吕进　向天渊◎主编

SHI XUE

2021
第十五辑

巴蜀书社

诗学编辑委员会

主　任

吕　进

委　员（按姓氏音序排列）

白　杰　陈本益　陈　剑（新加坡）

段从学　古远清　蒋登科　李应志

梁笑梅　林于弘（中国台湾）　陆正兰

骆寒超　毛　翰　蒲华清

朴宰雨（韩国）　邱雪松　邱正伦

童龙超　万龙生　王　珂　王　毅

魏　巍　向天渊　熊　辉　许金琼

颜同林　岩佐昌暲（日本）　余祖政

宇　秀（加拿大）　曾　心（泰国）

张传敏　张德明　张立新　周俊锋

主　编

吕　进　向天渊

副主编

梁笑梅　魏　巍

编辑部秘书

程　晋

目录

◆ 现代诗学

从百年新诗的先天性不足看近年来中国新诗的"创新疲劳"　陈义海 ··· 003

论田间诗歌创作与时代语境的关系　熊辉 ················· 020

小众与大众
　——《新时代半月刊》中的诗歌传播　袁仕萍 ············ 031

论延安时期民歌体新诗的语言特色　胡青霞 ················ 056

走向深入与多元
　——新诗中的国家形象研究述论　姚洪伟　蒋登科 ········· 069

"朦胧"的大小传统与诗学流变　刘牧宇　梁笑梅 ············ 084

深远而悠长的生命咏叹
　——谢克强长诗简论　邢海珍 ·························· 094

吕亮耕笔名考　吕宗林 ·································· 108

群文阅读视角下的诗歌教育
　——以统编本教材九年级上"诗歌单元"为例　韩一嘉 ······ 122

◆ 比较诗学

象征主义象征的自发性及其心理学依据　李国辉 ············· 137

"赛先生"如何闯入文学
　——论晚清到"五四"时期文学理论译介的"复古"品格　徐臻 ······ 151

爱情的传道者
　　——叶芝在中国的一个面相　杨黎　梁笑梅 …………… 169

◆ **格律体新诗研究**

当代汉语诗坛生态略探　王端诚 …………………………… 197

格与诗歌　余小曲 …………………………………………… 207

"两行诗"史话　项兆斌 ……………………………………… 223

继承和发展
　　——万龙生对格律体新诗的建树　杨开显 …………… 236

课本与教辅
　　——读全国第一套正式出版格律体新诗集丛书　斯原 …… 247

东方诗潮论　赵青山 ………………………………………… 266

◆ **少数民族诗歌研究**

代际差异下的当代少数民族诗歌
　　——以娜仁琪琪格、苏笑嫣为中心　魏巍 …………… 285

以"草原"为中心说开去
　　——论娜仁琪琪格的诗学空间　李静 ………………… 299

《诗学》征稿启事 ……………………………………………… 315

诗学·第十五辑·

现代诗学

从百年新诗的先天性不足看近年来中国新诗的"创新疲劳"

□陈义海[①]

内容摘要：百年新诗是在不断地打破、借鉴和创新当中走过来的。"五四"新诗所呈现的诗艺，在今天看来似乎有点过于"简单""朴素"，但用历史的眼光看，中国新诗的先驱者们在中国古典诗歌、外国诗歌、白话诗之间的融通上所做的探索，在今天看来无疑是一种开天辟地的壮举。20世纪80年代初到90年代中期，则是中国新诗20—30年代之后的一个探索、创新的高峰，是中国新诗在诗学建设上的一个黄金期。20世纪90年代末到21世纪初，中国新诗呈现出比较自觉的"汉诗"意识，中国新诗进入一个文本稳定期。然而，近十年来，特别是近五年来，中国新诗似乎进入到一个非常"热闹"但并无主流的时代。随着移动终端和自媒体的发达，由于文化资本的介入，诗歌成为文化资本的消费品，中国新诗似乎进入一个"只有文本而缺乏探索"的阶段。中国新诗进入到一个探索意识和文本意识贫弱的"创新疲劳"期。

关键词：中国新诗；创新；"创新疲劳"

---

① 陈义海（1963—），男，江苏东台人，现为盐城师范学院文学院教授，兼任中国比较文学研究会教学研究分会副会长、江苏省比较文学学会副会长、西南大学中国新诗研究所客座教授等。主要从事跨文化研究、中外诗歌研究、翻译研究等。曾获得江苏省最高文学奖"紫金山文学奖"等。基金项目：本文为江苏省社科基金（重点项目）"近四十年江苏新诗综合研究"（项目编号：20ZWA002）阶段性成果。

求新、求异、求独创，是诗歌的生命。百年中国新诗就是在不断地打破、借鉴和创新中走过来的。"五四"新诗所呈现的诗艺，在今天看来似乎有点过于"简单""朴素"，甚至"过时"，那些先驱者们文本的"质地"甚至会被认为不如当下的许多普通文本；周作人的《小河》虽然被胡适赞颂为"新诗中的第一首杰作"①，但用今天的审美标准看，它甚至达不到公开发表的标准。相应地，很多人也是用颇为疑惑的眼光去打量中国新诗前三十年代表诗人的代表性作品。然而，用历史的眼光看，中国新诗的先驱者们在中国古典诗歌、外国诗歌、白话诗之间的融通上所做的探索，在今天看来无疑是一种开天辟地的壮举。20世纪五六十年代提倡"民歌＋古典"是特定历史时期的中国诗学的异样呈现，事实证明，这是中国新诗百年历史上的一处"洼地"。孕育于70年代，勃发于80年代初期的新诗潮，给中国新诗的美学探索注入了强劲动力；中国新诗的创新性达到一个前所未有的活跃期，尽管这波创新大潮由于时代的局限蕴含着先天性不足。然而，近年来，中国新诗坛存在理论创新缺乏内在动力，诗人对诗艺的追求缺乏自觉意识，诗歌文本冲击力不强等诸多问题——中国新诗似乎进入到一个"创新疲劳"期。

一、新诗拓荒者们的创新意识

回望中国新诗百年历程，中国新诗的拓荒者们的探索意识、创新意识，在今天看来仍堪称文学史上的壮举。

首先，在几千年的中国古典诗歌传统面前，他们并没有被这伟大的传统"压垮"，在新诗作为一种"尝试"的初年，他们便表现出一种强烈的文体自觉意识。"我们做诗，尽管照我们自己所最好的做去，不必拘于一格。至于我们底作品究竟该属于哪一格，留给后来的文学史家做分类的材

---

① 胡适：《谈新诗——八年来一件大事》，杨匡汉、刘福春编《中国现代诗论》（上），花城出版社，1985年，第3页。

料好了!"① 康白情的这段"大白话"相对于今天一些高深的理论似乎并无什么冲击力,然而,隔着一百多年的时空,经历了中国新诗各个阶段的时代议题后,我们依然惊讶于早期新诗人们的非凡气魄。在谈到新诗的创新性问题时,康白情认为:"新诗的精神端在创造。因袭的、摹仿的,便失掉他的本色了……如果以前有了这么一种诗情,以后的就可以不必再作了;因为两美并立,便两败俱伤,何必多此一举呢?而况事实上并不能两美并立呢?"② 这些话语在今天依然有着极强的警醒力。

其次,在资讯还不发达的年代,中国新诗的拓荒者们与国外诗歌的发展保持着高度的同步性,在借鉴古希腊、罗马以来的西方传统的同时,密切关注着国外诗坛的当下性,并把这些当代诗人几乎在第一时间介绍到国内;他们的每一次译介,其实都伴随着一次借鉴,都激起着一次探索与创新。从美国诗人蒂斯黛尔对中国新诗坛最初十年所产生的影响便可以看出新诗的拓荒者们与国外诗歌界的这种同步关系。

莎拉·蒂斯黛尔(Sara Teasdale,1884—1933),20世纪初美国诗坛影响较大的一位女诗人,曾获得1918年度哥伦比亚诗歌奖(即普利策诗歌奖的前身);但是,在30年代后,特别是以庞德、艾略特为代表的现代主义诗歌在世界诗坛确立了地位后,蒂斯黛尔的声望便被逐渐淹没,以至于差不多被人淡忘,甚至几乎被列入到三流诗人的行列。然而,就是这样一位诗人,她引起了不少"五四"时期的诗人们的关注,并对他们的探索与创新产生了一定的影响。胡适特别喜爱蒂斯黛尔的诗歌,他在《尝试集》中收入为数极少的外国诗人,而蒂斯黛尔却是他中意的诗人之一。他将蒂斯黛尔的名作 *Over the Roof*,译为《关不住了》收入集中,并将这一举动视为他的"'新诗'成立的纪元"③。这究竟是强调对蒂斯黛尔诗歌的褒奖,还是对自己将这首诗翻译中文的这一行为的夸张性肯定呢?我们认为胡适的这句话要表达的应该是后一层意思,即,他将蒂斯黛尔的这首诗翻译成

---

① 康白情:《新诗底我见(有引)》,载《少年中国》一卷9期,第41页。
② 康白情:《新诗底我见(有引)》,载《少年中国》一卷9期,第42页。
③ 欧阳哲生编:《胡适文集》(9),北京大学出版社,1998年,第135页。

中文,对于他创建自己的白话诗学有着十分重要的意义。胡适等人鼓吹白话诗,其实并不是要一"白"到底;在重重阻力中,他们便在推进白话诗的初期就十分注重为之建立音韵与节奏的"规矩"。蒂斯黛尔之所以会被胡适选中,主要是因为她的诗歌的音韵风格十分适合胡适建构他的白话诗歌音韵新体系。蒂斯黛尔开始诗歌创作时,虽然现代主义诗歌已经盛行,但她却是夜莺传统(Nightingale tradition)的服膺者,视维多利亚诗风为正统,重视音律和谐整一。所以,"通过大量的汉英、英汉的双向翻译实践,胡适这才逐渐摆脱了以文言为依归的古典诗歌之窠臼,在英汉的双向转换中,更好地体悟出两种语言及其诗歌的现代性构建的可能性。在翻译与创作的互动中,其白话诗歌理论逐步清晰,诗歌尝试也更加得心应手了"①。总之,从胡适译蒂斯黛尔诗歌的这一举动可以看出,中国新诗的先驱者们借重于外国诗歌所做的新诗诗学探索。

蒂斯黛尔对新诗草创时期诗人的影响也体现在闻一多的创作上。闻一多1922—1925年在美国留学时,特别是在芝加哥的一年,他对当时的美国诗坛很快就做了全面的考察,并与时任美国《诗刊》(Poetry)主编的著名诗人门罗有了交往。他1922年8月给国内诗歌界朋友用英文写过一封很长的信(这封信应该是闻一多书信中最长的),对当时的美国诗坛做了几乎是概览式的描述,向国内诗歌界介绍了三十多位当时美国诗坛活跃的诗人。当然,其中也包括对胡适新诗早期探索产生了影响的美国女诗人蒂斯黛尔。而蒂斯黛尔对闻一多本人的影响,最显著的例证便是他的那首写于1926年的《忘掉她》。这首诗受到蒂斯黛尔《忘掉它》(Let It Be Forgotten)的影响,已是不争的事实。

蒂斯黛尔对稍晚于闻一多走上诗坛的徐志摩无疑也产生了显在的影响。1918—1920年期间徐志摩在美国留学,当时正是蒂斯黛尔影响最盛的阶段。她的《雪歌》在徐志摩的《雪花的快乐》中留下了深深的印迹②。

---

① 陈历明:《胡适译诗〈关不住了〉的版本考辨》,《外国语文》2019年第4期。
② 陈义海:《徐志摩和蒂斯黛尔在雪中相遇》,《名作欣赏》2021年第2期。

> 精灵般的小雪花，小雪花
> 飘呀，飘呀，你四处飘洒
> 我是否也可以
> 像你这样飘洒
> 轻轻地，轻轻地飘向天涯。
> ……
> 我要飞扬，飞到我爱人的身旁
> 像一片雪花飞扬在狂风中，
> 我愿意死去，
> 我愿意死去，
> 死在他温暖的嘴唇上。①

此外，郭沫若、刘延陵、胡怀琛、罗念生等诗人也都关注并翻译过蒂斯黛尔的诗歌。其中，刘延陵翻译过四首，蒂斯黛尔"简洁而含蓄，细腻而清新，唤起了刘延陵情感的共鸣"②。总之，通过蒂斯黛尔对"五四"新诗人的影响，可以看出蒂斯黛尔与中国新诗最初几年探索之间的特殊关系；更主要的是，我们由此可以看出中国新诗的先驱者们通过借鉴国外传统来开创中国诗歌新传统的拓荒精神。

二、从"传统"断裂看新诗创新的先天缺陷

十七年诗歌虽然尝试创新新诗的表达形式，但"民歌＋古典"的路径严重束缚了诗人们的手脚；与西方现代主义诗歌的隔绝，更使中国新诗表现手法趋于单调。"文革"十年，一个方面讲，是中国新诗"失落的十年"（ten lost years），但从另一个方面讲，它却孕育了中国新诗的第二个诗学

---

① 陈义海译自 *Helen of Troy and Other Poems*，G. P. Putnam's Sons，1911，P. 87.
② 张文：《西方现代恋歌对刘延陵诗歌创作的影响》，《安庆师范学院学报》2016 年第 4 期.

革命的高潮；长久的压抑，使得创新热情的岩浆得以空前炽烈地喷射。60年代的"X诗社"与"太阳纵队"，70年代的"白洋淀诗歌群落"，无疑是十年文化戈壁上的点点绿洲。特别是白洋淀诗歌群落，"不愧为那个时代的先锋"，因为"它在一片旧秩序中开辟着新路，奠定了日后现代主义借以走入人文新时期的基点"①。70年代末期的"今天"诗派，更是催生了标志着中国新诗发展里程碑的所谓"朦胧诗派"。到朦胧诗派的出现，则标志着中国新诗沉寂一个时代的结束，一个新的时代的开启。

于是，从70年代末期到90年代中期，是中国新诗迎来了二三十年代之后的又一个充满激情的探索期、创新求异的高峰期，甚至可以说是中国新诗在诗艺探索上的一个黄金期。诗人们用空前好奇的眼光审视国外现代主义诗歌，从中文译文入手，"贪婪地"汲取外国诗歌的精髓，用自己独特的，甚至是误解或曲解的方式吸收国外诗歌的技法——在百年中国新诗历史上呈现出令人惊异的探索与创新奇观。中国新诗在创新性的探索上由此达到了一个高潮。20世纪90年代末到21世纪初，中国新诗已具备比较自觉的"汉诗"意识，并由此进入一个文本稳定期。至此，也可以说，中国新诗用约一百年的时间完成了自身的文体自觉之旅；用约一百年的时间，初步完成了对国外数千年传统的初步吸收；用约二十年的时间，走完西方现代（后现代）主义文学近一个世纪的"心路历程"。

我们必须肯定20世纪70—80年代"地下"诗潮和朦胧派对中国新诗所做出的不可替代的诗学贡献。首先，他们是极其封闭的环境中"偷光"学习异质文化中的"新奇的"表现手法。新诗潮早期的探索者们，不少是干部子弟、作家或高知的后代。他们所能获得的阅读资源包括中华人民共和国成立前或十七年期间出版但尚未被销毁的外国作品，或者是通过阅读"文革"期间出版的"内部阅读""内部读物""内部参考""供批判用"的书籍来获得对国外文学的了解。虽然他们难以对国外文学有全面的了解，但是，或许一本书、一首诗就能为他们在黑暗年代打开一扇窗；被压抑的

---

① 孙基林：《崛起与喧嚣》，国际文化出版公司，2004年，第26页。

生命本能、创造本能便一下子被唤醒。其次，由于新诗潮早期的探索者的处境的缘故，他们的诗歌写作与他们的生命本体之间是一种合一的关系。特别是朦胧诗群，由于他们的主体意识被长期压抑，他们的诗歌首先表现出来的"言志"面目，"以寻找失落的自我为契机的，同时贯穿着浓厚的叛逆意识、忧患意识、反思意识以及后来的文化意识、生命意识"①。但是，在西方现代主义文学影响下，他们的"言志"方式又与中国传统的"言志"方式非常不同，因为他们"多少纠偏了多年来'诗言志'的绝对法则，扬弃了传统'具象化直接抒情'的老路子，而移易为意象化的途径，努力把有限经验领悟提升到无限的精神领域，从而在朦胧与艰涩，熟悉与陌生，多义与单解，单纯与繁复相互包缠中，重新确立新的美学坐标，在双方对峙抗拒中，较好地掌握其间的'度'"②。所以，朦胧派诗人的巨大贡献恐怕在于他们调适好了内容与形式的"度"，以及理性与非理性、本能与非本能、自觉与非自觉的"度"③。

朦胧派之后，20世纪80年代中期到90年代初期，中国新诗进入一个流派林立、众声喧哗的阶段。"莽汉""非非""他们"等诗派，客观地讲，在中国新诗诗学的建设中都唱出了自己独特的声部。但是我们不得不承认，由于历史语境发生了很大的变化，朦胧派之后中国新诗的这种以确立流派、打出旗帜为标志的诗学探索，其功利色彩日渐显著。

总之，百年新诗的诗学探索历程，是一个不断创新、不断形成新传统、不断向过去的传统学习的过程；然而，不难发现这一百年存在着许多"断层"的情况，这导致了新诗诗学建设本身存在着先天性不足，这些先天性不足客观上也为今天的新诗诗学建设留下了"后遗症"。

首先，"五四"时期的新诗运动，其自身就是一次与中国悠久的古典诗歌传统之间的瞬间断层。虽然古今、中外诗心相通，但新诗的表征符号白话文足以证明新诗自身是一种与古典诗歌完全不同的表达形式。今天的

---

① 陈仲义：《中国朦胧诗人论》，江苏文艺出版社，1996年，第6页。
② 陈仲义：《中国朦胧诗人论》，江苏文艺出版社，1996年，第7—8页。
③ 陈仲义：《中国朦胧诗人论》，江苏文艺出版社，1996年，第12—13页。

我们难以想象，一百多年前，胡适、俞平伯等"少数分子"与悠久传统对峙需要多大勇气！然而，他们作为诗歌革命者的勇气固然令人敬佩，但新的诗歌体式与古典传统的创痕问题始终并未得到解决。可以说，"五四"新诗传统是一个有缺陷的传统。

其次，20世纪30年代末到40年代，中国新诗呈现出解放区和国统区两种不同的风景。在解放区，大众化是诗歌的主流。在内容上，强调现实性、革命性、科学性、反帝反封建性、斗争性；在形式上，强调民族特色；在语言上，提倡"大众所熟悉的，有普遍性的，富有形象的，生动活泼的"的口语，甚至是方言①。在国统区，由于环境的不同，部分诗人坚持向外国现代主义诗歌学习，他们的诗歌创作呈现出与解放区诗人迥然不同的特点，如"九叶诗人"。但无论是解放区诗人还是国统区诗人，都未能真正解决"五四"新诗所遗留下来的问题：即新诗与古典诗歌之间的关系问题。解放区诗歌的支脉后来与十七年延续，而国统区诗歌的支脉，不久便被切断。

再次，十七年诗歌在诗学的探索上是一个停滞期。这期间艾青、卞之琳、冯雪峰、何其芳、朱光潜等诗人和学者都发表了不少新诗诗学建设方面的文章，但多数只涉及新诗格律问题、新诗的人民性问题，在诗学建构上有独到之处的文章则少之又少。冯雪峰在1951年认为，中国新诗的形式建设重点是三类：第一类是"自由诗"（他将之等同于散文诗），第二类是从民歌蜕化出来的诗歌，第三类是根据人民口语创造完成的各类格律诗②。如果不是毛泽东在《致臧克家等》的信中指出"诗当然应该以新诗为主体，旧诗可以写一些，但是不宜在青年中提倡"③，新诗在十七年期间的地位恐怕还要更低。与"五四"新文化运动时期的诗歌相比，十七年诗歌至

---

① 严辰：《关于诗歌大众化》，《解放日报》1942年11月2日，引自杨匡汉、刘福春编《中国现代诗论》（上），花城出版社，1985年，第411—422页。

② 冯雪峰：《我对新诗的意见》，引自杨匡汉、刘福春编《中国现代诗论》（下），花城出版社，1986年，第8页。

③ 毛泽东：《致臧克家等》，引自杨匡汉、刘福春编《中国现代诗论》（下），花城出版社，1986年，第68页。

少有两个"断裂"。第一，跟"五四"时期一样，新诗与中国古典的关系并没有得到根本的解决，"民歌＋古典"，最终得到落实的更是民歌一端而非古典；"五四"新诗发展过程中留下的断裂，在这个时期加深了。第二，新诗向国外诗歌借鉴的问题在大多数有影响的文章中都避而不谈；30年代开启的新诗现代主义潮流，在这里彻底干涸了。这是十七年诗歌的第二个"断裂"。与"五四"新诗相比，十七年在诗学建构的精致性、纯粹性方面，显然是退步了。从上述这两个断裂，还可以推导出第三个断裂，那就是十七年诗歌与整个"五四"新诗"新传统"的断裂。何其芳就因为"不分青红皂白地强调'五四'新诗的传统"而受到批评①。

最后，我们来综合考察一下70年代末新诗潮到90年代中期这二十多年间新诗诗学建设情况。

由于中国新诗前三十年（1919—1949）和十七年（1949—1976）这两个历史发展阶段存在着诸多断裂，由于"文革"十年文学发展的基本规律完全得不到尊重，任何具有个性的写作都遭到了禁锢，中国新诗几乎萎缩到了消亡的境地。正是由于这种长期压抑，以"白洋淀诗群"和以"今天"为代表的朦胧派，负载了中国新诗的第二次启蒙运动。如上所述，中国新诗在诗艺探索上进入一个黄金期。然而，这黄金期还是存在很多"断裂"，其中有些是三十年和十七年"遗传"下来的。

首先，"文革"已经彻底割断了中国新诗的文脉。"五四"新诗和十七年期间的探索，尽管存在着诸多缺陷，但它们无疑是中国新诗发展过程中的两个传统，但由于历史的原因，新诗潮诗人们甚至对这个相距不远的传统也比较隔膜。他们没有机会全面了解20年代到30年代中国现代文学史上的那些已经成为经典的优秀诗人。他们或许知道有个叫徐志摩的诗人存在，但往往是从一些评判性的文章中了解到的，知道那是一个"具有洋奴买办性"的、"疯狂反对""革命和革命文学"的、"对西洋诗歌生搬硬套"

---

① 田间：《民歌为新诗开辟了道路》，《人民日报》1959年1月13日。

的、写"名为爱情实则色情诗"的"买办的资产阶级诗人"[①]。李金发在30年代时异军突起,用他那不像汉语的汉语开辟了中国象征主义的蹊径;可是,到80年代中期《李金发诗集》出版时,很多年轻诗人才第一次听说"李金发"这个名字。其次,由于"文革"期间对西方现代主义的文学的翻译、出版基本上停止,新诗潮诗人们大多都是从偶然获得的有限的资源了解西方现代主义文学;即便能通过"地下"的方式获得一些读物,往往是片面的、不连贯的。再者,由于高考制度尚未恢复,大多数新诗潮诗人一般只有高中或初中水平,他们一般都是完全通过阅读中文译文来理解现代主义作品,误读的情况是普遍的,虽然误读也是文学接受的一种方式。此外,从70年代末新诗潮到90年代中期这段时间,新诗与中国古典诗歌之间的裂痕不但没有消弭反而加深了,原因有两个:一个是这期间中国的基础教育基本上是为政治服务,高等教育则处于停顿状态;另一个原因是,让新诗潮诗人睁开眼睛的西方文学(包括哲学思潮),从偶然的途径获得的西方现代主义作品,犹如从一道窄门里射进来的强烈阳光,这阳光已经让他们炫目,眼前除了现代派的作品别的几乎都不存在。这种情况到80年代中后期才有所改观。此外,在朦胧诗派的启蒙、激励下,80年代中后期包括大学生诗社在内的社团遍布共和国的土地。各个流派无不以追求"极端"为能事。"莽汉主义""特种兵""三脚猫""撒娇派"……为了显示自己的"异端"性,不少流派竭尽"打倒""砸烂"之能事;这虽然是对极"左"时代的变态性反拨,但他们在创造新诗新纪元的同时,在某种程度上也陷入中国传统文化虚无主义。当他们喊出"打倒北岛""打倒舒婷"时,创新的动机显然已经发生异化。

　　总之,对百年新诗几个主要阶段的考察可以看出,中国新诗是在不完美甚至是在残缺中发展的,是在挣扎中前行的,断裂和断层存在于每个发展阶段,这影响了各个阶段的诗学建构,同时也为近些年来的新诗创新留

---

① 复旦大学中文系现代文学教研室:《徐志摩的反动诗歌》(1978),引自邵华强编《徐志摩研究资料》,陕西人民出版社,1988年,第390—393页。

下了一些"后遗症"。

三、近年新诗创新疲劳之原因探析

经过百年探索,中国新诗毫无疑问已经进入到诗学建构的稳定期;新诗所取得的成就毋庸置疑,新诗的文体独立性已经完全得到确立。在"危机"中一路走来的中国新诗,却依然没有脱离危机的困扰。近年来,最大的危机应该是新诗创新意识单薄,创新的激情远不如20世纪八九十年代。当年,徐敬亚的那篇有名的文章是这样开头的:"我郑重地请诗人和评论家们记住一九八〇年(如同应该请社会学家记住一九七九年的思想解放运动那样)。这一年是我国新诗重要的探索期、艺术上的分化期。"① 学术论文一般不这样开头,这是一种宣言式的开头;它充满着激情和自信,而这种激情和自信,正是当下诗坛所缺乏的。

近年来,新诗的创新明显呈现出疲态。这一方面是由新诗发展过程中的先天性因素造成的;另一方面则是新媒体时代和诗歌写作生态环境异常造成的。

"历史意识"淡薄。具备"历史意识"是一个作家成熟的标志之一。文学从来都是一个"连续的故事"(a continuous story),一切先于一个作家的优秀作品构成这个作家的传统。艾略特对历史意识表述十分精辟:"传统并不能继承。假若你需要它,你必须通过艰苦的劳动来获得它。首先,它包括历史意识。对一个超过二十五岁仍想继续写诗的人来说,我们可以说这种历史意识几乎是绝不可少的。这种历史意识包括一种感觉,即不仅感觉到过去的过去性,而且也感觉到它的现在性。"② 法国学者布吕纳介甚至很夸张地认为,在文学创作上不存在绝对意义上的原创,所有的创

---

① 徐敬亚:《崛起的诗群——评我国诗歌的现代倾向》,《当代文艺思潮》1983年第1期。
② [英]艾略特:《传统与个人才能》,见《艾略特文学论文集》,李赋宁译注,百花洲文艺出版社,1994年,第2页。

作都是继承:"没有人能凭空进行'创造'。"(one does not create from nothing.)①

中国新诗草创时期的先驱者们应该说是非常具有这种历史意识的,不仅如此,他们甚至比后来任何一个时期的诗人都更具有国际视野,比后来任何一个时期诗人更能直接从原作中学习国外的经典。十七年时期的诗人只能说具备了"半个历史意识",因为外国优秀传统的大门几乎关闭,最多是半开半掩,这个时期如果有所谓经典流传,那也是残缺的经典。"当一件新的艺术作品被创造出来时,一切早于它的艺术品都同时受到了某种影响。现存的不朽作品联合起来形成一个完美的体系。由于新的(真正新的)艺术品加入到它们的行列中,这个完美体系就会发生一些修改。"② 十七年时期作品的不完美性,这也导致了中国新诗体系这一链环上的不完美性。

20世纪70年代末新诗潮到90年代中期虽然是中国新诗创新的黄金期,由于上文所论及的"裂痕"的缘故,这也是一个历史意识淡薄的阶段。新诗潮初期,诗人间的传播表现为非常显著的人际传播(personal communication)特点,无论是白洋淀诗歌群落还是"今天"诗派。这种人际传播的特点,还可以引申为"诗际传播"。由于政治形势所迫,他们的不少作品是在"地下"诗人之间秘密传播的,食指的《相信未来》便是如此。到80年代中后期,很多青年诗人的"直接经典"则是朦胧诗派的作品。这种传播方式局限了一代人的美学视野,他们很难将自己的创作置于中国新诗发展、整个中国文学乃至世界文学的坐标中;虽然他们留下了很多优秀作品,但是从"历史意识"的角度看,他们的创作还是有着时代性局限。直到80年代中期之后,随着翻译、出版渐渐放开,随着一大批文学刊物复刊或创刊,这种情况才有所改变。

---

① [法] Brunetiere, European Literature, see Comparative Literature in the Early Years, p. 180.

② [英] 艾略特:《传统与个人才能》,见《艾略特文学论文集》,李赋宁译注,百花洲文艺出版社,1994年,第3页。

经典意识缺失。近十年来，特别是近五年来，中国新诗似乎进入到一个非常"热闹"但并无主流的时代。随着移动终端和自媒体的发达，由于文化资本的介入，诗歌在一定程度上成为文化资本的消费品；文化资本为诗歌搭建了舞台，诗歌在这个舞台上演完"戏"后常常销声匿迹，却不能留下传世的诗行。创新、探索、实验，似乎已经不再是诗坛的核心话题，为诗艺而献身的诗人少之又少。中国新诗似乎进入一个"只有文本而缺乏探索"的阶段，进入到一个探索意识和文本意识贫弱的"创新疲劳"期。这固然跟社会大众对诗歌的关注度下降或整个社会的阅读率下降有关，诗人自身毫无疑问也需要反思。

经典意识缺失，文本意识淡薄，是当前中国新诗的症结。与新诗的文体身份危机相比，这是一个更为深刻的危机，这种危机比社会大众不关注诗歌还要更可怕，因为新诗"在表面轰鸣的喧嚣中走向内在的沉寂"①。诗人对伟大文本的追求意识，明显不如80年代；特别是创作动机带着很强的功利性后，作者便不能沉下心来，反复打磨文本。诗歌文本口语化、平淡化、庸俗化、应景化特征明显。同时，不少诗人是用自己的社会身份去推动文本影响力，导致诗人的个人身份与文本价值之间的混乱，导致人际关系与文本价值的关系颠倒。一些诗人不能完全凭文本立世，而是凭借自己的社会身份和社会地位。在判定文本价值时，不完全是看文本本身，而是看这组诗是谁写的。

这些问题一方面是新的社会生态造成的，但究其根源，还是跟中国新诗各个发展阶段所遗留的问题密切相关；换言之，不少问题仍是"胎里带"的。

首先，中国新诗从一开始是以"抗争"的姿态出现的，与文言抗争，与旧体诗抗争，与悠久的传统抗争。"五四"诗人在"破"中求"立"，边破边立，所形成的传统不是一种自然成长。十七年时期，则是在古典与民

---

① 王明文：《当下中国新诗的流弊及突围的路径》，《淮北师范大学学报》（哲学社会科学版）2017年第4期。

歌之间求生存，是权宜之计，没有创新。70年代新诗潮的勃兴依然是一种抗争，对西方现代派的倚重，是新诗潮诗人们对社会现实的一种逆反，并在这种逆反中给新诗诗学带来了新的转机。80年代中期后如雨后春笋似的的社团，注意力似乎更多放在纲领的标新立异上。不难看出，新诗各个阶段的发展，是在各种"关系"的张力当中发展的：古典与现代、写实主义与现代主义、新的诗歌阵营与旧的诗歌阵营……这样一来，追求文本的经典性便成为迫切主题，不然就失去存在的价值。而现在，我们的诗歌创作没有了上述各个历史时期的"对手"，没有了需要挑战的"对象"。如果诗人们能把自己作为对手，把自己的写作惯性作为挑战对象，诗歌文本的"质地"还有希望。

其次，诗歌创作队伍构成多元化，不少作者对诗歌的审美价值、崇高观念缺乏应有的体认。王珂认为，新诗的艺术价值和审美价值的缺失"与新诗太平民化和世俗化，以及新诗人太年轻和无文化休戚相关。新诗是年轻人的文体，写新诗的人大多是青年，特别是在相当长的时期内都是一些文化程度不高的青年，如朦胧诗的名诗人们普遍只有中小学文化"有关①。这有一定道理但不够全面，因为审美价值缺失的问题还必须联系时代来考察。

传播的异化作用。近十年来诗歌的传播方式发生了很大变化。虽然纸媒仍然是中国当代文学传播最权威的方式，但随着互联网的发展，特别是移动终端的普及，一场完全不同于传统的文学传播方式的革命已经发生，并对文学传播产生着难以预测的影响。加拿大学者哈罗德·伊尼斯认为人类历史上两大传播模式，口头传播和书面传播，前者具有空间偏向，后者具有时间偏向②。根据这一"偏向理论"，网络传播则具有同时突破时间、空间的两种偏向。在移动终端时代，在诗歌创作上，至少发生两种改变：一是诗人的创作方式，二是作品的发表方式。

---

① 王珂：《新诗现代性建设研究》，东南大学出版社，2015年，第174页。
② ［加］哈罗德·伊尼斯：《传播的偏向》，何道宽译，中国人民大学出版社，2003年。

从诗人的写作方式看，越来越多的诗人采用计算机写作或者手机写作。这是一种很高效的写作方式，然而从心理学和人类思维科学的角度看，它对诗歌文本无疑产生了某种影响。这里就不展开。

从作品的发表方式看，诗人不再完全依赖于纸质媒介，各类自媒体已经成为诗歌传播数据量最大的载体，远远超过了传统载体。发表变得比以前任何时候都更加容易。通过移动终端发表的作品，甚至比通过传统媒介发表的作品能拥有更多的受众。同样，由于自媒体的发达，作品从生成到发表的周期被无限缩短。不少作者甚至即写即发，参加诗会时则现场作诗，文本失去了沉淀期，而作者对文本也没有了应有的敬畏感。文本传播变得如此容易，又何必要去锤炼文本呢？总之，传播方式的改变正使得文本的千锤百炼变得不可能。

于是，我们不难发现传播方式正在异化着诗歌创作，乃至于整个文学创作的行为。"两句三年得"等千百年的中外创作规条正在成为无限崇高但几乎无人能践行的圣言。虽然我们坚持认为，不管用什么媒介传播，诗歌的品质最终还是落实在文本上，落实在卞之琳式的、带有文字洁癖的文本上，但事实上新诗的文本质地在悄然地发生着变化。简单地说，键盘时代的文本并没有超越书写时代的文本。这是一个值得我们持续研究的问题。可以说，新时期以来，中国新诗并没有完全突破朦胧派及海子诗歌所拓展的诗学坐标。

阅读行为的异化作用。新时期以来，中国诗人的阅读方式是畸形的。中国新诗的发展历程中本来就包含着许多断层与裂痕，而不少诗歌作者对这个充满断层和裂痕的传统甚至也缺乏应有的了解。虽然不少诗歌作者的阅读量很大，但大多数诗歌作者的阅读依然具有80年代时的人际传播、代际传播、圈内传播的特点，有的作者通常只阅读期刊，这严重束缚了他们的视野。"诗有别材，非关书也"，不是要我们不去进行广泛的阅读，而是强调不要读死书、死读书，是强调在阅读之后能融会贯通并不失诗意的灵动。随着新媒体的不断发达，更多的作者主要是从移动终端来阅读各类作品，其阅读的随机性更强；公众号的关注和阅读取代了对经典的系统阅读。就像传播方式和书写方式在异化着诗歌写作那样,碎片化阅读也在悄悄地异化着诗歌写作。一个优秀的诗歌作者,他首先必须对新诗百年传统各个阶段的优秀作品有一个全面的认识,必须对中国古典诗歌有一个基本的认识,同时还要对国外最优秀的诗人的创作有所了解,而不只是单凭兴趣靠碎片化阅读来勉强支撑。当今诗坛,只写不读的作者也为数不少;他们凭借所谓才气,复制自己的昨天和前天。

伟大的读者产生伟大的作者(Great readers make great writers)。没有扎实阅读的诗歌写作,如何能产生伟大的文本?

资本与文本的角力。我们正面临一个文化大发展、大繁荣的时代,这是一个文化的盛世,这是不争的事实。然而,我们不能只追求表面的繁荣,而写不出"传得开"、传得久远的作品,必然有愧于这个伟大的时代。然而,当我们的时代为诗歌提供了更多的机会与平台时,换言之,当文化资本空前活跃时,我们的诗歌却正成为文化资本的消费品。文化资本在消费诗歌时,它并不在乎这些诗歌能传多久、多远,它在乎的是瞬时的效应和效益;在很多情况下,诗歌被文化资本消费完后,其文本也就"香消玉殒"。"有声望的诗人和批评家,情愿或不大情愿地奔走穿梭在各种诗歌节、研讨会、评奖典礼上。"① 我们只见很多著名诗人从年头到年尾匆忙于赶往诗会的旅途上,却很少见到他们一年下来给我们留下了多少令人难忘的文本。文化资本在滋养诗歌文本的同时又将它蚕食掉;在资本与文本的角力中,首先败下阵来的是文本。

批评的缺位,创作主体理论意识单薄,也是导致当前新诗创新动力不足的因素之一。从批评者方面看,表现为两种情况:一是将关注当下型,这类评论者往往将评论看成是一种肯定评价。他们往往不能主动去面对诗坛和诗歌现象,而是被动地应付诗歌作者的"需求"。二是"逍遥"于当代诗坛之外,偏于对纯粹诗学和文学史层面的学术问题的讨论,侧重于纯理论和文学史维度的研究。从作者方面看,也表现为两种情况:一是把对

---

① 洪子诚:《没了"危机",新诗将会怎样?》,《文艺争鸣》2016年第1期。

自己的诗歌评价看作是来自学术界的"一纸鉴定"。由此，评论者与被评论者之间便形成了一种默契。二是很多诗歌作者认为诗歌创作就是大量生产文本，只要有激情和勤奋就能成为优秀的诗人。其实作为诗歌创作主体，他们自己也应该具备较高的诗学理论水平，然而，由于上述种种原因，我们的诗歌创作主体的理论水平其实相当缺乏，缺乏应有的理论功底、诗学眼光和美学洞察力。当今诗坛，我们更缺乏中国新诗草创时期的集创作、研究、批评、翻译于一身的自觉的探索者。

综上所述，中国新诗在经历了不同时期的"有缺陷的"繁荣之后，正进入一个"创新疲劳"期。这种创新疲劳最终可以总结为：创作主体的创新意愿不强，文本呈现出严重的扁平化、同质化现象。在个性"均质化"、风格"均质化"的时代，新诗如何超越和创新，需要所有的诗人和评论家们共同努力。我们相信，文学史本身具有一定的"自愈"功能，在经历了一段文本的"扁平期"之后，定会迎来杰出文本纷呈的高峰期。

论田间诗歌创作与时代语境的关系

□ 熊辉①

内容摘要：田间被誉为时代的鼓手和大众的歌者，他的诗歌创作跨越了不同的历史阶段和地域空间，从而呈现出不同的阶段性特征。田间早期的诗歌创作与家乡的成长经历、上海的求学经历有关，具有较强的抒情特征，主要关注中国的乡村和都市底层人的艰难生活；他到了延安和敌后抗日根据地之后，解放区的文学创作环境使他的诗歌具有强烈的现实主义色彩，该时期其诗歌主要内容是鼓舞国人抗战和边区人民投身大生产运动；在中华人民共和国成立以后的新社会里，他的诗歌歌颂无产阶级革命的胜利、歌颂各民族的新生活及国际友谊。由此可见，田间的创作与不同的时代语境之间有密切的关系，他的创作是时代之歌。

关键词：田间；诗歌创作；时代语境；历史阶段

如果说创作资源为田间的诗歌作品提供了丰富营养的话，那不同时期的语境则为田间诗歌创作在内容和形式上产生了一定的规约，比如上海时期受"左联"及抗日爱国语境的影响，在解放区受边区文化和延安文艺政

---

① 熊辉（1976—），男，四川邻水人，文学博士，现任上海交通大学人文学院教授、博士生导师，主要从事翻译文学与中外文学关系研究，兼事中国现代新诗评论。

策的影响,中华人民共和国成立后受到新社会语境的影响等等。

一

田间早期的诗歌具有较强的抒情性特征,主要体现出对乡村和都市底层人苦难生活现状的书写,对北方"义勇军"抗日斗争的赞颂等。田间早期作品的这些风格与他个人的艺术和思想追求有关,但更是受到了时代大环境的影响。

田间在上海光华大学读书期间,和同寝室的马子华同学一道参加了"左联"的光华大学小组,在思想上追求积极的进步,而且参加了"左联"在光华大学的各种活动,也参加了"左联"在校外的游行、演讲、动员会等诸多活动。田间从一开始就表现出极强的"革命意识",在同屋马子华被当局特务抓走之后,为防止其他成员被发现而烧掉了他的日记。田间并参与编辑了进步刊物《新诗歌》《文学丛报》《每月诗歌》,受到了包括鲁迅在内的一批左翼作家的影响;与此同时,田间还参与创办了光华大学进步文学社团"轨迹文艺社"的刊物《轨迹》,他最初的作品就是在这份刊物上发表的。"左联"实际上是中国共产党领导的文艺组织,1930年3月2日在上海中华艺术大学举行的成立大会上,鲁迅先生作了题为《对于左翼作家联盟的意见》的讲话,首次提出文学为"工农大众"服务的方向,要求左翼作家的创作一定要和实际的社会斗争结合。在"左联"这样的文学组织内,田间受到的影响是明显的,他不仅参与了实际的社会斗争,而且在创作上也尽量反映大众的疾苦。田间早期诗歌的这些特点,固然是他本人社会经历和生活经历的反映,但也与他在"左联"所受的熏陶分不开。无怪乎"左联"负责宣传工作的王淑明先生会给田间的诗集《未明集》写序,称赞他的诗歌具有内容的充实和形式的革新。

除了"左联"形成的小范围的创作语境对田间的诗歌有一定影响之外,放眼整个中国社会,"内忧外患"可谓是对当时中国最恰当的描述。以反对军阀割据为目的的第一次国内革命战争失败之后,"国共第一次合作"也宣告失败,国民党对内加强了舆论的管控,而军阀继续对所管辖的区域实施最大利益化的管辖。而统治者所有的利益冲突或利益索取最终都是以牺牲广大民众的利益为代价的,致使农村和城市的底层人过着"民不聊生"的生活。因此,田间的诗歌对农村的凋敝、逃荒者和饥饿的乡民等投注了热情的目光,对城市的流民、工人及军阀混战中的士兵等也抱有强烈的同情心。这也是田间在《未明集》和《中国农村的故事》等诗集中重点表现的主题,构成了他早期"底层书写"的主干内容。在对外关系上,且不说第一次世界大战后"巴黎和会"上的屈辱条约,空间上距离田间最近的是上海租界带来的刺激,那里的洋人和巡捕在中国人面前趾高气扬,犯罪后也可以逍遥法外,而且他们还会镇压中国人和中国学生合理的游行,使田间对上海这座城市产生了厌倦。而在遥远的北方,日本侵略的铁蹄已经踏破了中国人的防线,导致东北这片热土沦陷为日本的殖民地。有同情心和爱国情的田间关心东北群众的生活,想象他们在敌人的控制下艰难活着的场景,同时为那些坚持抵抗日本侵略者的东北民众和"义勇军"高唱赞歌,其早期代表作《义勇军》这首诗就是诗人这类诗歌创作的代表。面对如此时代和如此国情,作为一个居住在上海的青年学生,田间是最早关注东北沦陷区民众抗日的诗人之一,他在全面抗战爆发前的1936年6月出版的诗集《中国牧歌》,就是集中展示国土沦陷之殇的作品。

田间对时代语境的体察是超前的,或者说从底层人和被殖民者的角度来看待中国现实的诗人在当时不具普遍性,以至于其作品在发表后遭到了国民政府的禁封。从另外一个角度来看,田间对中国人民和社会的观察带有鲜明的"革命者"的色彩,这是革命阵营需要的作品,自然是保守势力反对的作品。

二

田间到了延安和敌后抗日根据地之后,其诗歌创作取得了更大的丰收。因此,解放区的文学创作环境也是孕育田间诗歌创作的土壤。

解放区的文化生活质量得到了提升和发展。报刊给大众传播知识和信息方面发挥着重要作用。在陕甘宁边区广泛传播的报刊主要有："延安出版的《新中华报》（自一九四一年五月十六日起改出《解放日报》）及《解放》《八路军军政杂志》《团结》《中国文化》《祖国呼声》《中国工人》《中国青年》《中国妇女》等杂志，重庆出版的有《新华日报》《群众》周刊等在边区亦有很大的销量。"① 边区工农民众平时除了阅读这些来自解放区和大后方的报刊之外，还有抗战地方剧团定期演出，丰富了他们的文化生活。为提升边区民众的知识文化水平，培养更多人的读书看报能力，边区政府利用各种途径组织群众教育。1944年，边区开展了大规模的群众文化教育运动："根据一九四四年毛泽东同志在边区文化教育工作者会议上的指示，组织文化教育工作中的统一战线，教育应适合群众的需要和依靠群众的自愿。因之，在这一时期，文化教育工作者在小学教育与社会教育方面都有许多适合人民需要的创造，入延安南区的教育合作社、杨家湾的北郊村小学、新正县民众教育馆的长舌集黑板报等，都受到人民的热烈欢迎。以冬学与读报识字组为主要形式的成年补习教育大量发展。为群众信仰的文教工作者也相继出现。"② 在组织广大群众读书识字的基础上，边区政府发动有知识的群体深入到基层生活，给民众带去精神食粮："在毛泽东同志的关于文化界整风运动的正确号召下，医疗机构与部队医务工作人员、文艺工作者如鲁迅艺术学院、西北文工团等的秧歌队、文艺作家和大批知识分子都开始到农村中去进行工作。边区在毛泽东同志所提出的新方针的指导下的许多关于文化教育的改革工作的创造，对各个解放区文化教育工作曾起了示范的作用。使各解放区的文化教育工作都有了面向群众、面向实际的改变。"③ 在共产党领导的群众文化教育运动中，在大生产运动的保障下，解放区的民众不仅增长了知识，而且过上了温饱而又愉快的生活。

---

① 《抗日战争时期解放区概况》，人民出版社，1953年，第19页。
② 《抗日战争时期解放区概况》，人民出版社，1953年，第19页。
③ 《抗日战争时期解放区概况》，人民出版社，1953年，第20页。

1942年前后，解放区除了原有的陕甘宁边区之外，后增加了14个较大规模的敌后解放区，包括华北的晋察冀边区、晋冀鲁豫边区、山东区和晋绥边区，华中的苏北区、苏中区、苏南区、淮北区、淮南区、皖中区、鄂豫皖区和浙东区，华南的东江区和琼崖区。从行政区划来看，敌后解放区的抗日民主政权有行政公署22个、专员公署90个、县政府635个。在这些解放区内，共产党实行了人民民主政治，建设新的经济和人民大众文化体制，从而使"解放区在强敌的压迫之下，在国民党军队的封锁和进攻之下，能屹立不摇，并且一天一天发展，成为配合世界反法西斯阵营作战、驱逐日本侵略者、解放全中国人民的主要力量"①。由此可见，中国共产党的领导是根据地发展壮大的组织保证，经济建设是根据地渡过难关的物质保证，文化的大众化是根据地团结一心的精神保证。因此，在特殊时代背景和政治语境下，敌后解放区的大众化文学为中国抗战的胜利做出了积极的贡献，尤其是对擅长情感抒发和富有鼓动性的诗歌而言，其在该时期所起到的作用是更为明显的，对之加以整理研究具有十分重要的历史意义和当下价值，可以发掘并建构追求生存、独立和富强的民族精神。

中国新诗经历了"五四"前后的草创期之后，在20世纪30年代迎来了发展的黄金期，抱着各种艺术主张和思想见地的群体不断涌现，诗人们的艺术探索为新诗积淀起了自身的传统，也为后来新诗的发展提供了多种可能性。抗战全面爆发之后，中国新诗的艺术探索之旅并未止步，反而出现了更为丰富和多元的创作路向，而且在中国特殊的政治版图上，出现了风格和内容迥异的诗歌作品，演绎出新诗的繁芜且个性鲜明的景观。在这样的诗歌盛景中，解放区诗歌无疑是独特而珍贵的元素，是20世纪40年代诗歌中"一支引人注目的花朵，或者说，它就是长在西北黄土高原上的山丹丹花，染红了解放区的大地"，也在黑暗中照亮了中国人前行的道路，让他们在最灰暗的民族浩劫中依稀地看到了希望的光亮。1938年8月7日，居住在延安的诗人柯仲平、田间、林山、史轮、邵子南等人将自己创

---

① 《抗日战争时期解放区概况》，人民出版社，1953年，第4页。

作的诗歌贴在延安大街小巷的墙上，由此拉开了解放区街头诗创作的序幕，也掀起了解放区诗歌创作的高潮。除延安之外，在晋察冀边区，1938年10月28日，"海燕文艺社"在《抗敌报》的副刊"海燕"上发表了史塔的《关于街头诗》和鲁萍的《行动的街头诗与政治底煽动诗》，同时发表了田间的《假使敌人来进攻边区》《毛泽东同志》等街头诗作品，奏响了晋察冀边区诗歌创作的序曲。与此同时，大批诗人如田间、邵子南、史轮、曼晴、方冰、丹辉等来到晋察冀边区，并创建了铁流社、战地社、文艺前卫社等文学社团，并相应地在1939年出版了《诗战线》《诗建设》《诗歌前卫》等刊物。此外，1939年，边区"文救会"创办了《边区诗歌》和《诗文》两种杂志，1941年，边区诗会创办了《诗》杂志，河北的新世纪诗歌社创作了《新世纪诗歌》。其他解放区如晋冀豫在华北版的《新华日报》副刊"新地"上开辟了"街头诗专页"，山东根据地的《大众日报》于1939年5月25日专门介绍了该解放区街头诗运动的兴起和发展情况。

  伴随着文艺大众化运动的蓬勃开展，文艺如何走出书斋与大众生活密切结合成为解放区作家面临的新问题。因此，延安文化俱乐部在1942年9月10日在文化沟举办"街头画报""街头诗"和"街头小说"三种大型的墙报；绥德新诗歌会在会员大会上号召致力于新的诗歌大众化，继续推动街头诗创作和诗歌朗诵，在诗歌刊物上开辟街头诗特辑、诗歌大众化论文特辑，并联合延安及边区各诗歌团体开展街头诗运动。1942年10月22日，边区文协、延安诗会、新诗歌会等在延安文化俱乐部召开诗歌大众化座谈会，从创作形式、诗歌内容及语言形式等方面详细讨论了诗人创作与大众相结合的问题，并决定组织诗歌朗诵，推动街头诗创作，印制诗歌传单等活动。来自不同区域且具有不同文化背景的诗人在延安为着抗战和民主革命的目的而走到了一起，在经过艰难的思想调适之后走上了相似的创作道路，并汇入了解放区大众化诗歌创作的洪流中。然而，除来自上海、北京和大后方各城市的知识分子作家，源于苏区的部队作家和边区的地方作家之外，参与解放区大众化诗歌创作的还有广大群众。群众参与诗歌创作当然与解放区政府的鼓励和文艺政策的精神有关，比如在1944年的陕甘宁边区文教会上，周扬、丁宁和艾青等人对农民诗人孙万福、拓开科等人的创作就做了详细的介绍和推广；晋察冀边区召开了"群众翻身诗歌座谈会"，总结了农民诗歌创作的经验和教训；解放区各边区政府和文艺工作者十分重视民歌的搜集和整理，仅在1948年就推出了《民歌选集》和肖三主编的民歌集《中国出了个毛泽东》，田间出版的《民歌杂抄》、袁同兴出版的《抗战谣》《俚曲短唱》等均是民歌热潮的产物。解放区的群众除了农民之外，还包含普通战士和工人，他们同样结合自己的岗位和生活经历，创作了大量的诗歌。战士们借助街头诗运动的风向，创作了"枪杆诗"，歌唱中国人民抗战的胜利并展望民主革命的光明未来。工人们的创作则赞美了在共产党领导下生产运动的显著成效，同时鞭挞旧社会对农工阶级的剥削和压榨。群众性的诗歌创作营造了边区的文化氛围，这些作品大体上均是对旧社会的控诉，对新政府的赞美，或者是对解放区领导人的歌颂，主要表达的还是对解放区新社会的热爱之情，这也是共产党和解放区政府需要弘扬的主旋律。

广大群众参与诗歌创作是解放区诗歌大众化运动不同于其他地方诗歌大众化的主要标志，不仅推动了诗歌真正朝着大众化方向发展，而且繁荣了解放区的诗歌创作，为知识分子作家的创作提供了更多的"民间"资源。但与此同时，我们必须清醒地意识到，随着群众性的诗歌创作越来越活跃，知识分子的诗歌创作就会陷入与之对峙的尴尬局面。因为照理说，知识分子作家应该在诗歌创作艺术上起到引领的作用，并且在诗歌精神和情感的表达方面比群众的创作更加深刻，二者的创作所构成的诗坛格局并非"对峙"的状态，而应该是前者对后者的示范和榜样作用，后者为前者在一定范围内提供了启示。但在解放区特殊的语境下，有了毛泽东《在延安文艺座谈会上的讲话》所提出的文艺创作为工农兵服务的目标之后，有了解放区文艺界主流的提倡或推波助澜之后，群众性的诗歌创作就具备了更多的主体性地位，"甚至对诗人的创作发生直接影响，成为颇具借鉴意义的对立的另一极,成为专业诗人的审美参照系"①。叙事长诗代表了解放区诗歌最高的艺术成就。在塑造群众英雄的浪潮中,长诗无疑发挥着更重要的作用,它能将人物形象塑造得更加丰满。田间的《赶车传》《戎冠秀》、李季的《王贵与李香香》、阮章竞的《漳河水》、艾青的《索娅》《吴满有》等是解放区叙事长诗的代表。除了以上诗歌活动和诗歌形式之外,怀安诗社和燕赵诗社还致力于创作旧体诗。怀安诗社成立于1941年9月5日,主要成员有谢觉哉、林伯渠和李十庵等人;而燕赵社的成员主要有邓拓、成仿吾、马致远等人,他们的诗歌创作为解放区文学园地增添了又一道特殊的风景。

从文学的角度考量,解放区的时代语境至少应该包含两个方面的内容:一是前面讲述的繁荣的创作语境;二是特殊的政治语境对文学创作的特殊要求,这种语境是对部分创作的规约,而又是对另一类创作的鼓励。就后一种语境而言,在抗日战争走向尾声的时候,随着解放区政治发展的需要,也是出于当时文艺界出现的不和谐现象,延安掀起了一场影响深远的文艺整风运动,而且伴随着毛泽东《在延安文艺座谈会上的讲话》的发表,解放区的文艺政策也发生了很大的改变,重新规定了解放区文学创作的方向和为广大工农兵群众服务的宗旨。而且解放区文艺在由前期的多元化走向后期的一元化的过程中,很多作家纷纷对自我创作进行了"改造",以适应新政策对文艺发展的规定。关于政治发展形势所形成的创作语境对田间等人的诗歌创作带来的影响,下节将做详细分析,在此不做赘述。

在如此热烈而又高度一致化的文学创作语境下,田间也积极地调整着自己的创作方向,努力向轰轰烈烈的解放区文学创作靠拢。难怪田间多次在回忆文章中说,解放区繁荣的文艺运动孕育了他的作品,他创作的丰收离不开边区的时代语境和文化语境。

---

① 汪应果、冯秋红、葛文军:《解放区文学史》,漓江出版社,1992年,第226页。

三

中华人民共和国成立之后，田间的诗歌创作迎来了新的创作语境，他的作品也焕发出新的色彩。随着新生社会主义国家的建立，无数人为之奋斗甚至献出生命的革命事业终于取得了成功。田间等来自解放区的作家更是热情地歌颂新社会，他们作为一直跟随共产党"打天下"的笔部队，自然被视为社会主义文学的"主流"和骨干力量，比起那些来自沦陷区和国统区的作家，他们显然更加珍惜这来之不易的新生活。因此，在这样的语境下，热情讴歌人民政府成为田间"十七年"间的主要创作方向，如《欢送曲》《预言》《当太阳出山时》《大海之歌》等。而且，相比来自其他区域的作家而言，来自解放区的田间也更加支持新政府的各种决定，比如"大跃进""人民公社""新民歌运动"等。在那些极具理想色彩的建设运动中，田间用自己的创作体现出浪漫主义意绪的艺术追求。1954年6月，作家出版社出版的《汽笛》；1958年12月，中国青年出版社出版的《1958年歌》；1959年1月，作家出版社出版的《东风歌》等，均体现出田间诗歌创作与时代语境的密切关系。又比如他在1959年和1961年出版的长诗《赶车传》的上下两卷，就是出于理想化的政治目标所扩写的作品，也是对之前"革命"不彻底性的纠正，塑造了在边区成长起来新农民形象，也是在当时语境下对政治理想的图解。

中华人民共和国成立之后，对内面临着巩固政权和统一全中国的重任。田间为了给自己的创作搜集新鲜的题材，也为了对边疆少数民族在新社会的生活情况有深刻的了解，他从1954年夏天到60年代中期，曾先后走访了内蒙古、云南、新疆等民族和边疆地区。1957年12月，书写内蒙古社会变迁的《马头琴歌集》在中国青年出版社出版；1957年7月，书写云南少数民族新生活的《芒市见闻》在云南人民出版社出版；1958年10月，书写少数民族风俗及生活的《长诗三首》（包括《龙门》《丽江行》《阿瓦人》）在作家出版社出版；书写新疆少数民族生活的《天山诗草》最初交付百花文艺出版社出版，但因特殊原因没能出版且原稿遗失，后根据目录搜集到53首，由作家出版社在1987年12月出版。边疆问题关系到中国社会的长治久安，而祖国的统一大业在新中国初期也是亟待解决的重大政治问题。如此重大的社会政治问题自然也成为田间诗歌关注的话题，1958年10月，诗人来到福建前线体验战士的生活，创作了诗集《英雄歌》和叙事长诗《英雄战歌》。1959年5月，《英雄歌》由上海文艺出版社出版；1959年5月，长诗《英雄战歌》在作家出版社出版。这些作品的创作，反映出时代语境对田间诗歌创作主题的某种规定性，或者说时代语境给田间的诗歌提供了写作的某种可能性，他的创作很大程度上是对时代语境的回应。

作为新生的社会主义政权，时代语境自然包括新中国对外形成的国际关系。新生的社会主义政权最初遭遇了西方势力的阻挠，对其合法性给予了质疑，从政治经济的角度来封锁新中国的发展。因此，中华人民共和国成立初期的诗人也势必会面临这种窘迫的大语境，他们的诗歌创作也势必会站在国家和人民的立场上，讴歌和平，谴责霸权。田间除了歌颂中华人民共和国的成立之外，还歌颂了和平社会的到来，以及对国际和平的呼吁。田间曾两次赴朝鲜参加抗美援朝战争的新闻报道并体验生活，归来后写成了组诗《志愿军凯旋歌》，歌颂了中国人民志愿军英勇杀敌的精神和中朝两国人民的深厚友谊，同时谴责了以美国为首的西方帝国主义的侵略行径。除了正面的战争以外，田间还参加了文化战线上的对外交流活动，1962年2月，田间与茅盾、夏衍等参加了在埃及首都开罗举行的"第二届亚非作家会议"，他根据这段经历创作出诗集《非洲游记》，1964年1月由作家出版社出版。

在极端的政治语境下，田间的诗歌创作也被迫中止。直到20世纪70年代后期，田间才重拾诗歌创作之笔，在思想解放潮流中重新开始歌唱，直至生命的尽头。诗歌创作有普遍意义上的不受时代语境限制的艺术追求，但更有特殊时代和特殊语境下的特殊创作路向，二者并不是非此即彼的关系，它们可以很好地融合在一起，即用普遍的艺术性的表达来再现时代的或超于时代的情感。作为"时代的鼓手",田间的诗歌创作与时代语境的关系非常密切,而他诗歌的抒情性及情绪带来节奏、节奏带动诗行的艺术性,同样铸就了闪耀在新诗历史中的名篇。

小众与大众
——《新时代半月刊》中的诗歌传播

□袁仕萍①

内容摘要：对武汉抗战诗歌十四年的发展，做一个整体的本体研究，走入抗战时期武汉诗歌发生发展的现场寻迹，我们会发现一个立体的动态的富有内在发展逻辑的诗歌地图。如果说1937—1938年的武汉诗歌是重社会、重现实、重群体、重使命，具有强烈的大众传播强效特质，那么，1931—1933年的武汉抗战诗歌却是非社会、非现实、重个体、重生命，具有明显的大众传播弱化倾向。

关键词：《新时代半月刊》；诗歌传播；小众

从自然时间维度看，十四年的抗战诗歌史，1937—1938年这两年武汉诗歌无疑在动态发展的抗战诗歌中，处于一个主峰的位置与高度。文学史论述武汉抗战诗歌，其实就是把原本十四年的武汉抗战诗歌按照文学史的叙述侧重，切出1937—1938年这一年多的诗歌活动与创作，突出武汉抗战

---

① 袁仕萍（1937—），女，湖北文理学院文学与传媒学院副教授，硕士研究生，研究方向为中国现当代诗歌。基金项目：本文是2019年度教育部人文社会科学研究一般项目"武汉抗战诗歌研究"（项目编号：19YJA7510）阶段性成果之一；2016年度国家社会科学基金重大招标项目"中国新诗传播接受文献集成、研究及数据库建设（1917—1949）"（项目编号：16ZDA240）阶段性成果之一。

诗歌以朗诵诗为主的大众化诗歌运动。这种叙述，毫无疑问是研究者对序列分布状态的研究对象进行扫描式归纳式的总结，对突出武汉抗战诗歌在整个抗战诗歌发展中的重要作用，富于高度概括性与强化性，但也容易形成僵化与单一的状态。换一种视角，对武汉抗战诗歌十四年的发展，做一个整体的本体研究，走入抗战时期武汉诗歌发生发展的现场寻迹，我们会发现一个立体的动态的富有内在逻辑发展的诗歌地图。如果说1937—1938年的武汉诗歌是重社会、重现实、重群体、重使命，具有强烈的大众传播强效特质，那么，1931—1933年的武汉抗战诗歌却是非社会、非现实、重个体、重生命，具有明显的大众传播弱化倾向；"为什么大众传播有时具有强大的效力，而有时又只具有间接的和相当微弱的效力"①。研究武汉抗战诗歌传播由小众向大众发展流动，一是对1931—1933年武汉抗战诗歌真实的文学景观还原，二是梳理武汉抗战诗歌由小众传播到大众传播合乎事实与逻辑的发展。《新时代半月刊》中的诗歌具有鲜明的传播学意义的典范，表现出武汉抗战诗歌最初三年的诗歌传播效果的弱化，也即诗歌传播的小众化特色。

一、《现代评论》的复活：《新时代半月刊》作为学术刊物的海内名达效应

1931年5月1日，由"国立"武汉大学《新时代半月刊》编辑发行，编辑为学生群体，主要由十几位法学院学生轮流编辑。1933年5月16日出版的第四卷第五期《新时代半月刊》，刊发新时代社1931年5月31日的所有编辑合影，人数为12人。紧接着本期刊发新时代社1932年5月16日的所有编辑合影，人数则增加到20人。编者大多数没有署名，以下五期的卷首语或编后则专门署名，分别是第一卷第一期龚叔英、第一卷第四期錬白、第二卷第一期丁宪熏、第三卷第二三期彭年鹤、第四卷第一二期冶

---

① 周鸿铎：《应用传播学史纲》，中国纺织出版社，2005年，第96页。

群。印刷方面除了创刊号由新时代社印刷外，其余均由武昌李荣真印书馆印刷。至1933年5月16日出版至第四卷第五期终刊，在整整三年的出版时间中一共出版23期，目前可以查阅全刊有18期，由于编辑为在校学生，暑期散居各处，有四期为合刊，所以18期中有14本。

《新时代半月刊》属于学术期刊。《新时代半月刊》学术期刊性质表现在两个方面：一是该刊的发刊牟言、征文启事，多次强调该刊的学术刊物性质。在第一卷第一期《发刊牟言》中："学术刊物量的多寡与质的优劣，是文化进步或后退的重要因素。近年来吾国出版物虽日渐增加，但在质的方面优越尔有真价值的，实在不多。"目前搜集到的18期《新时代半月刊》，其中14期的封二均重复刊发《新时代半月刊》征文启事，感于"国内学术期刊之荒芜"，"质既不良，量亦过少"之弊，"岂敢语学术上元始之贡献"，"俾于来日学术刊中，得占光荣地位"。二是刊物所发文章以学术论文为主，18期《新时代半月刊》共发表两种类型文章，政治、经济、法律、外交等社会科学理论与实践文章104篇，占比63.8%；文艺作品59篇，占比36.2%，其中59篇文艺作品中，诗歌创作、诗歌翻译、诗论有38篇，诗歌作品占文艺作品中的65%，占刊物总作品数量的23%，平均每期发表两首诗歌。

序号	期数	出版时间	征文	广告	卷首语	学术论文篇数	文艺作品（诗歌单列）类型篇数	诗歌创作	译诗	诗歌评论	诗歌论文	编后
1	第一卷第一期	1931.5.1	有	有	有	9	翻译独幕剧1	1				有
2	第一卷第二期	1931.5.15	有	有		6	续独幕剧翻译 戏剧论文1 小说翻译2	1				有
3	第一卷第四期	1931.6.15	有	有		6	小说创作1 随笔1	5				有
4	第一卷第五、六期	1931.7.16	有	有		7	随笔1	2				有

续表

序号	期数	出版时间	征文	广告	卷首语	学术论文篇数	文艺作品（诗歌单列）类型篇数	诗歌创作	译诗	诗歌评论	诗歌论文	编后
5	第二卷第一期	1931.11.1	有	有	有	9						
6	第二卷第二期	1931.11.16	有	有		7	小说创作1	1	1			
7	第二卷第三四期	1931.12.16	有	有		9	剧本翻译1	3				
8	第二卷第五期	1932.3.1	有	有		6	续剧本翻译 随笔1	3				有
9	第二卷第六期	1932.3.16	有	有		7	续剧本翻译 小说翻译1	1	2			
10	第三卷第一期	1932.4.1	有	有		8	报告文学1 小说翻译1 小说1 随笔1	3	1			有
11	第三卷第二、三期	1932.9.1	有			8	续随笔小说 翻译1 小说1	3				有
12	第三卷第四期	1932.10.2	有			7	随笔2 小说翻译2	4	1			有
13	第四卷第一、二期	1932.12.1			有	6		5				
14	第四卷第五期	1933.5.16			有	9						
总	18期		11	11	3	104	21	29	8		1	

《新时代半月刊》学术期刊，是"借海内名达之效应"，通过学术，引起思想革命、文化变革，"倾借著之才，尽济世生民之策略"，达到解决社会实际问题的目的。《新时代半月刊》编辑群体是"国立"武汉大学法学院学生群体，104篇学术论文作者以"国立"武汉大学的知名教授为主，1931年"国立"武汉大学法学院由法学系、政治学系、经济学系、商学系四个系构成，有王世杰、皮宗石、李剑农、任凯南、周鲠生、杨端六、吴学义、陶因、李铁峥、燕书棠、陈剑翛、时绍瀛等15位教授，140余名学

生。1917年由留学英、日知识分子创办综合性政论刊物《太平洋》月刊，以政论为主，文艺为辅，文艺又侧重翻译。李剑农、杨端六、周鲠生、皮宗石是核心成员，前期编辑李剑农、后期编辑杨端六，出至四卷42期终刊。1924年12月13日，太平洋社与创造社核心成员之一郁达夫合作，创办《现代评论》周刊，由王世杰担任主编，燕书棠、周鲠生先后担任编辑，出版至第六卷第136期后被北洋政府查封，于1927年7月23日转移到上海出版，主编由丁西林担任。由此看来，1931年刚成立两三年的"国立"武汉大学法学院教授由太平洋社、现代评论社成员为主的政治经济法律专业知识分子南下，他们已经成为"权威和稳定"的学术传播群体。"权威，指身份具有影响力，说出的话、写出的文章令人感到重要而容易认同；稳定，指比较经常地在相对固定的领域发表文章，署名对于读者比较熟悉，有助于吸引和扩大受众群体。"① 《新时代半月刊》发表"国立"武汉大学文学院、法学院、工学院知名教授16人的共计30余篇学术文章，这16名教授中除了前文提到的《太平洋》月刊、《现代评论》周刊中的主要编辑与撰稿者外，陈源、凌叔华、苏雪林、袁昌英等，也是《现代评论》的撰稿者，陈源一度还是《现代评论》的编辑者。1917年在上海创刊的《太平洋》月刊，1924年以太平洋社创造社郁达夫合作创刊的《现代评论》，1931年"国立"武汉大学学生创办的《新时代半月刊》，具有明显的相同点，均为综合性期刊，学术为主，文艺为辅，均关注实际社会问题。所以《新时代半月刊》编辑人员之一，时任"国立"武汉大学助教的李铁峥在传记中回忆这一时期编辑工作时说："我有南京学联背景，很容易地和武大同学打成一片，我和其中杰出者丁宪熏、谢嘉等办一刊物名'新时代'，老师们间亦投稿，外间误以为北京《现代评论》复活。"②

---

① 沈毅：《近现代经济新闻历程研究》，中国传媒大学出版社，2012年，第80页。
② 李铁峥：《敝帚一把：李铁峥的晚年写作和生平》，湖南人民出版社，1984年，第201页。

二、生命的微波：《新时代半月刊》的诗人群体

如果说《新时代半月刊》中的学术论文的作者以知名教授为群体，具有强效果的传播效应，那么《新时代半月刊》中的诗歌作者则是完全被遮蔽的群体。《新时代半月刊》中诗歌作者28位，除苏雪林、吴志谦在文艺界、翻译界已经早有名气外，其余26位作者在新诗研究中几乎无人知晓。其原因有以下几方面：

第一，从专业领域看：编辑是法学院学生，在编辑之余，创作发表诗歌，毕业后均在法学、政治经济学领域深耕，诗歌创作被人遗忘，比如龚化龙、龚叔英、程邻芳等。根据武汉大学档案馆《国立武汉大学学籍表》查询，龚化龙为湖南零陵人，1931年9月入学"国立"武汉大学，进入文学院历史学系学习，1934年9月至1936年8月处于休学状态。在"武汉大学李剑农先生指导之下研究中国经济史的"[①] 的龚化龙，根据民国期刊网查询只有1930—1935年五年时间的学术论文和诗词文章（见下表）。

作品名称	作品类型	发表时间	发表刊物及卷期
1《黄鹤楼》	旧体诗	1930年	《学生杂志》第十七卷第八号
2《长湖黄昏》	旧体诗	1930年	《学生杂志》第十七卷第八号
3《浣沙溪途上》	旧体诗	1932年	《新时代半月刊》第四卷第一、二期
4《月夜立桥上》	旧体诗	1932年	《新时代半月刊》第四卷第一、二期
5《清商怨桥梦》	旧体诗	1932年	《新时代半月刊》第四卷第一、二期
6《太平洋问题与世界未来的大战》	论文	1933年	《新时代半月刊》第四卷第五期
7《春日杂兴》	旧体诗	1933年	《国闻周报》第十卷第八期
8《中国历代保甲制度之检讨》（上下）	论文	1934年	《前途》第二卷第七号、第九号

---

① 陶希圣：《编者的话》，《食货》第1卷11期，1935年5月1日。

续表

作品名称	作品类型	发表时间	发表刊物及卷期
9《秋日杂兴》	旧体诗	1934年	《珞珈月刊》第一卷第三期
10《中国诗歌源流考略》	论文	1934年	《珞珈月刊》第二卷第四期
11《明清炮术西化考略》	论文	1934年	《珞珈月刊》第二卷第六期
12《明代采矿事业的发达和流毒》（上下）	论文	1935年	《食货》第一卷第十一期、十二期

龚叔英，根据武汉大学档案馆《国立武汉大学学籍表》查询，龚叔英籍贯为江西省德兴县（根据王伟著《中国近代留洋法学博士考》〈1905—1950〉，认为龚叔英为江苏崇明人）。从中央政治学校党务学校毕业后，1930年9月至1933年7月在"国立"武汉大学法学院法律系就读，1942年获得法国巴黎大学法学博士学位，1949年曾担任国民党驻法党支部机关报《三民导报》编辑，1949年去台，任中华科学协进会驻法筹备员。诗歌及文章发表如下：1931年发表诗歌孤篇《凭吊》，论文《政府对东省事件应有的自觉与外交政策的改善》，1932年发表社论《李顿报告书公布以后》，均发表于《新时代半月刊》。1939年由中央政治学校毕业生指导部出版的行政刊物《服务》，发表龚叔英的两篇法国党员与军队通讯：《法国党员活动情形》《法国壮丁入伍军营生活情形》。

程邻芳，又名景珊，出生于安徽南陵西城，1929年考入安徽省立大学，旋即退学考入"国立"武汉大学。1931年在《国立武汉大学安徽同学会会刊》发表三首诗歌：《哀歌》《月下》《落叶》，1932年在《新时代半月刊》发表诗歌《杀敌》，1934年与陈思谦合译日本著名法学专家美浓部达吉著作《行政法撮要》，由商务印书馆出版。

在"国立"武汉大学从事经济史学习的龚化龙，从事于法律学习的龚叔英、程邻芳，发表诗歌作品数量非常稀少，有的甚至是孤篇。在时间跨度上，诗歌与专业论文写作时间也仅局限在三五年时间。社团成员往来疏离，编辑刊物是轮流编辑，缺乏交流。即使有法学院《新时代半月刊》社团和同乡性质的社团——"国立"武汉大学安徽同学会，也没有活跃的群团活动，除了两个刊物有幸保存下来，后来的诸多书籍、传记、回忆录等几乎无从寻迹有关他们的活动。

　　第二，从地缘空间看：《新时代半月刊》中诗歌作者数量为28人，作品数量为38首，很多作者信息资料相当难以寻觅，依据《国立武汉大学安徽同乡会会刊》，我们可以寻找一些信息。根据《国立武汉大学安徽同乡会会刊》和《新时代半月刊》两种刊物中均发表诗歌作品的人员可以推测安徽籍学生诗人有刘承哲、程邻芳、汪忠天、剑白、前人。实际上，根据档案资料，刘承哲，籍贯为河南新乡，1929年9月至1933年7月在"国立"武汉大学文学院外文学系就读。根据《河南教育资料汇编民国部分》我们知道刘承哲在抗战期间于1940年被委任为潢川初级中学校长。据民国期刊网查知刘承哲在1931年发表有三首诗歌：《我的祖国》《再不见祥云》《海誓》，这三首诗歌在抗战初期的武汉诗坛具有很特殊的意义，《我的祖国》是《新时代半月刊》创刊号中唯一一首诗歌，可以看成是武汉抗战诗歌最早的一篇诗歌作品。再者，《我的祖国》于1931年5月发表，早于抗日战争开端的"九一八"事变，可以说，武汉抗战诗歌开篇之作早于抗日战争开始。刘承哲的诗歌创作也仅有这三首作品，《我的祖国》具有外化色彩，拟人手法的使用显示作者诗歌创作中奇特的想象力，《再不见祥云》与《海誓》则有内倾意味，唱出"只愿赤裸我的心，弹出自己的曲"，"去另找我指海为誓的女郎"，表达了人生与爱情的自我追求。不同于抒情象征诗人刘承哲，汪忠天的诗歌《诗一首》在这一时期武汉抗战诗歌自觉的颓废萎靡时代氛围中具有惊雷之势，是武汉抗战诗歌中最早歌颂战争中的勇士，也是武汉抗战诗歌中最早反映淞沪战争的作品，呼吁大家"踏着他们的血阵""摧毁这地球上所有强暴者的巍峨魔殿王楼"。《诗一首》也是武汉抗战诗歌中最早一篇具有讽刺意味的作品："广漠的同胞，/当这灭亡的钟声已敲，敲，/独自在庆祝'太平，富贵，寿考'；/酒馆猜拳叫号；/影院卖不赢门票；/烟床正吐雾吞云；/仙桌上犹闲斗着牌宝；/青年啊，依然在那里谱弄甘美情调。"

第三，其他因素，如笔名的大量使用。《新时代半月刊》诗歌作者共28位，真实署名的作者有苏雪林、龚叔英、刘承哲、程邻芳、汪忠天、李蔚华、龚化龙、吴志谦、熊伯虎、刘一杰，其余均为笔名。国民政府管控，1931年"国立"武汉大学坚持独立办校原则，但是仍然属于国民政府管辖范围。

以学校为传播平台，学生编辑轮流编辑，把关人不是专业作家，文学编辑能力薄弱，在校期间发表作品人员众多，作品幼稚，在《新时代半月刊》28位诗歌作者中发表的作品成为孤篇的有五位作者，他们是署、自荫、勒戏一、俍鲽、刘一杰。学生毕业后离开传播环境和传播媒介，就此停笔者除了上面列举的五篇孤篇外，即使有多篇作品发表，但是时间均很短，如白那诗歌创作集中在1931—1932年，《浣香女史诗词》发表于1932年和1935年。

以学生为中心，其传播之主要媒介为出版物，这一个由中心向外发散，由"经验读者"向"一般读者"传播过程中，青年学生既是新诗的读者、追随者，也是新诗的作者群。在大众传播研究中，受众指的是大众传媒的信息接收者或传播对象。受众是一个集合概念，最直观地体现为作为大众传媒信息接收者的社会人群。传播学家克劳斯认为，受众按其规模可以分成三个不同的层次：第一个层次是特定国家或地区内能够接触到传媒信息的总人口，这是最大规模的受众；第二个层次是对特定传媒或特定信息内容保持着定期接触的人；第三个层次是不但接触了媒介内容而且也在态度或行动上实际接受了媒介影响的人，对传媒而言这部分人属于有效受众，在他们身上体现了实质性的传播效果。

三、一张颓废的网：《新时代半月刊》的诗歌内容

《新时代半月刊》中诗歌书写内容依次是爱国、羁旅、孤独、爱情。

现代爱国诗：《新时代半月刊》发表的第一首诗歌，也是仅有一首爱国诗《我的祖国》：

我的祖国

刘承哲

我的祖国：
现正是冰雪淋溜的残冬，
你周身遍长棘心的创痛，
外面是利刃飞带着猩红，
内部满生了疲痂的疮疗！

我的祖国：
你心腹如带伟大的黄河，
那里曾建过宫殿多巍峨，
它虽畅流着万世的混浊，
但我不愿辞见它的扬波！

我的祖国：
你主脑近代文化的长江，
神州国光输送到太平洋，
它虽埋葬我许多的青年，
但我不愿它从此就中殇！

我的祖国：
作你南屏的喜马拉雅山，
你看它多么峭峻与巍巘，
它寝卧冰冽终年的积雪，
还不能寒挫虎视的强邻！

我的祖国：
你那海棠叶东端的一片，
历来的积血至今不曾干，
列强的角逐使它成碎烂，
怎禁我的泪不向他涕怜！

我的祖国：
我愿长江大河作我的心，
走遍中土寻我的同路人，
他们的浩荡作我的血液，
旋转好一个自然的车轮！

我的祖国：
我愿积雪作我挺拔毅志，
晶莹能显出不易的瑕疵，
将筋肉塞在坚固的盘底，
看它无辜者终不出牢狱！

我的祖国：
我愿东省永作我的心瓶，
拿出肝胆保护它那螟蛉，
看我用那园丁栽培殷勤，
敌不过多年毒我的蚕虫！

我的祖国：
我有热血毅志还有目程，
去唤醒那灭亡的巴比伦，
将她的文化哲人和英雄，

在现在的世界重现光明!

我的祖国:
我有热血毅志还有目程,
去登到金字塔的最高峰,
讲给他们些博爱和平等,
塔底里埋没当代的杰雄!

我的祖国:
我有热血毅志还有目程,
去观验苏伊士河畔的殷红,
试问那些创造者的初衷,
苦工换下种族间的牺牲!?

我的祖国:
我有热血毅志还有目程,
去听下大洋中的汽笛声,
试问新陆的资本是祸根,
抑人性中就有惨的斗争!?

我的祖国:
就这样表明我们的心弦,
弹一声波动全宇的城垣,
老大还配冠上清醒头衔,
你帝国主义真的不同转!?

我的祖国:
我们有竭智尽忠的屈原,

我们有革命领袖的孙中山，
还有还有华裔的蒙古汗，
都来都来和他们作死战！

我的祖国：
最后正义定能代替强权，
和平的旗幡青天下招展，
弱小老大都跻登上衽坛，
都乐奏大地新转的凯旋！

我的祖国：
现正是冰雪淋溜的残冬，
你周身遍长棘心的创痛，
我愿把猩红换上了和平，
疮疗骤变成隽永的祥钟！

一九三一，二，十六，脱稿于武大

诗作16节，每节首句均以"我的祖国"开端，节与节之间对仗非常整齐。用拟人手法"你周身遍长棘心的创痛"，从空间上的黄河、长江、喜马拉雅、东部沿海的受欺凌，从历史上屈原、孙中山、蒙古汗抗争依次展开。爱国意识与近代以后诗人所获得的世界观念分不开，是他们自觉地将中国置于世界历史中审视的结果，是民族国家身份认同的表现，这种民族国家身份认同是诗人们面对西方现代性挑战而萌生的一种现代民族国家观念的体现，是古代诗人们所缺乏的一种典型的现代性意识。爱国诗歌相当程度的社会化、功能化，这是启蒙传播时代的一种现代性现象，也是中国新诗现代性的重要表征。

"民族主义的崛起是近代才有的现象，在此之前民族概念如果有也至多是自在的存在,没有自为的意识,民族主义付之阙如……从历史上看,古代中国只有天下意识和蛮夷之辨。"①中国传统社会只有空泛的天下主义,没有真正的民族主义,所以文学创作上几乎没有真正意义上的民族主义作品,中国古代诗歌非常发达,但古代诗歌中表现爱国主义和直接歌咏爱情的作品却很少,现代意义上的民族主义诗歌更是无从寻觅。"因为中国自古以来崇尚的是天下主义、家族主义,以天下为公,以家族为立足之地,中国人追求的是修身、齐家、治国、平天下,而所谓的'国'也是天子的'国'。"②民族,首先,它主要是一个空间或领土的概念。"它是并且必须是'历史性的'土地,是'祖地',是我们人民的'摇篮'。""'历史性的土地'是这样一个地方,在那里,土地与人民经历了长达数代的相互影响与良性互动。祖地成为保存历史性的记忆与联系的博物馆,它是'我们的'智者、圣徒和英雄曾生活、工作、祈祷和战斗的地方。所有这些都使得祖地如此独特。它的河流、海岸、湖泊、山脉、城市都变成了被敬慕和颂扬的'神圣'场所。只有那些了解这些历史的,即具有自我意识的民族成员,才能真正明白它们的内在意义。"③从这个角度理解《新时代半月刊》中刘承哲的《我的祖国》构思的精妙之处。从祖国领土心腹伟大的黄河、主脑近代文化的长江、南屏的喜马拉雅山、那海棠叶东端的一片依次展开,激发有相同历史记忆的人民的爱国之情。这种具有现代意识的爱国诗歌与中国古代忠君爱国的诗歌有了更高的层次,爱国的群体,已经普泛开来,不是古代那样对君王的效忠,而是以领土上最广大的人民的意愿为根本点。

现代羁旅诗:雷蒙德·威廉姆斯在《乡村与城市》中探讨了英国文学的重心是怎样从田园式的"过去所熟悉的社会"转移到"充满黑暗和光明的城市"。从某种程度上说,现代中国文学的萌发与生长,同样伴随着城乡关系的衍变。抒情主体外在于事物的旁观者,其对外物的书写,已明显

---

① 陈刚:《民族主义的兴起》,《南京工业大学学报》(社会科学版)2004年第2期。
② 方长安:《新诗传播与构建》,中国社会科学出版社,2012年,第7页。
③ [英]安东尼·D.史密斯:《民族认同》,王娟译,译林出版社,2018年,第16页。

有别于古典诗歌"以物观物""物我同一"的表达方式，而是注重营造抒情主体与所观察之"物"的心理距离感。作为观察者的外在之"我"在诗歌中的确立，恰恰是中国现代新诗"现代性"特征显现的标志之一。古典诗歌讲求"以物观物"，即不强加心灵于物，而是将自我化入事物之中，使物象得到自然呈现，物象与主体精神相互映衬又独立存在。而现代诗人对"移动之风景"的观察与捕捉从形式上看是以行动上的"动观"打破了古典诗歌的"静观"模式。借由机械之力展开的意义旅行，便于诗人构建与自然物象世界拉开距离之后的现代主体形象。透过交通工具意象，他们捕捉到由城市意象所赋予的"主观干预"的观察视角，不再刻意将精神主体融入物象世界，因而使其文本凸显出"现代人"的主体性存在。现代机械"动"的力量为新诗提供了无数种观察可能：轮船、飞机、汽车、火车……况且，世界已经呈现出整体性的"动"之趋势，即便诗人自身保持静观的姿态，他也难以找到与之相对静止的可观之物了。诸多动态意象大量涌入诗歌，拓展了新诗的意象容量和情感空间。在《新时代半月刊》中有四首诗歌《民二十游新都 重过无锡车中感而成韵》（作者仲纤）、《负笈异地亲时寄家乡菜佐膳望儿成立之切若此思之泪下书自以勖》（作者前人）、《黄昏之歌》（作者白那）、《我底心在那遥远的古城》（作者自荫），内容明显地在城市景观与乡野想象中切换。"平畴烟突成行立，实业中心小柏林""穿越过烦嚣的市声""我怕金杯之光芒刺目，我更怕肉香酒味之恶臭浓烈""古城边排列着苍郁的森林，森林里轻流着静默的溪河，河岸上飘荡着，飘荡着熠了的萤火。飘荡的萤火有如我梦游的幽魂，你看夜色浓重古城已睡梦深了：我轻蹑着脚步前去，走进了，步进了那孤寂的巷门……啊，何处去了这淡漠的街灯！我的心失落了，失落在那遥远的古城。"

孤独书写：《新时代半月刊》中诗歌，孤独主题的诗歌占了一半以上，《悲哀》《悽音》《凭吊》《小草黄了头》《漫歌》《再见》《过去》《你是给——》《再不见祥云》《青年的象征》。这个时期武汉诗坛的孤独主题，与当时诗坛的现代派诗歌异质同构，共频协振。《现代》派崛起时，正当

"九一八"事变之后,东北沦陷,日寇进犯华北,国民党却实行妥协政策,对中央苏区发动军事"围剿"。处在民族矛盾和阶级矛盾复杂尖锐形势下,《现代》派反复咏叹的不外是寂寞的幽居、空濛的山色、飘零的落叶、迷惘的人生、破碎的爱情、感伤的青春,表现出知识分子游离现实之外,又无法排遣的孤寂和惆怅情绪。正如诗人唐祈所说:从新月派到现代派,是新诗发展的两段不同的艺术进程。新月派轻盈曼妙的浪漫主义情调,到了现代派已转为内向性的自我开掘,咀嚼人生的彷徨忧郁,表现时代的阴暗情绪。

《新时代半月刊》中收录译诗 8 首,其中两首诗歌写的孤寂主题。第二卷第二期的《孤寂》(法国 Lamartane 作,吴志谦译)、第三卷第一期《傍晚的明星》(法国缪塞作,吴士英译)。

孤寂(L'Isolement)

(法)Lamartane 作　　吴志谦译

一八一六年冬将尽的时候,拉玛丁因患肝痛病,到 Aix-ies-Bains 海岸休养。那儿他遇见一个青年的妇人 mmejulie charles,年纪比拉玛丁自己稍长(拉玛丁那时是廿六岁)健美娇怯而智力甚高。幻想力甚强,他热情的爱上了她。但这深情地恋爱的代价是骇惧,忧苦,一别不再返的离痛,无可宽慰的绝望,痛苦的回忆,与灵魂的孤寂。Julie(亦即 Elvire)患病不起,缠绵床席数月之后,终于在一八一七年十二月殁了。这打击所给与的痛苦在拉玛丁的诗上表露得非常明显。这时所作的不是巧构的诗文而是真诚的流露,灵魂的呼声。是这样才产生了 L'Isolement(孤寂),Lelac(湖),Le vallon(小谷),L'Automne(秋),L'immotalito'(不死),Le Desespoir(失望)等篇,各篇的后背(笔者注:当是"背后")都隐隐现出 Elvire 的阴影,至本篇中名句 un s'eul etre evus mangue. et tout est est depeuple(伊人长逝万相皆空中)之 etre 所指何人,读者亦可以不言而喻了。

高高山上古橡的荫底，
我常在日落时忧郁的下坐；
我任意流盼那大地平原；
幻变不息的景色展露在我的足下。

这儿吼着浪涛汹涌的流川，
蜿蜒的伸入昏暗的远处；
那边静湖中平铺着息流的水，
湖上，晚星升上了蔚蓝的天空。

在冠戴着幽林的群山之巅，
晚霞仍射出最后的光芒；
森阴的女王的云雾宝辇
升起了，映白了天边。

同时俄特式的钟塔传出了神教的钟声，
播散于天空的四向：
旅客息步了，乡野的钟声，
神肃的曲奏与日昼的喧嚣相和混。

但我无感的灵魂对这甜美的景色
不感到迷恋也不感到狂喜；
我像一个飘浮的精魂淡视这大地：
活人的阳光照不暖死人。

我的目光无睹的从此山丘移彼山丘，
由南而北，由晨曦到昏夕，
我流盼过这无垠大地的四向，

心里沉思：没处儿有我的幸福

这些小谷，华厦，草庐于我何有？
那一切都失去了动我的迷魅。
任它流川，峻严，深林，和美贵的幽寂，
伊人一逝，万相皆空。

太阳东升或西沉，
我只以无感的目光步逐它的行程；
日落或东升时是天清还是昏暗，
太阳何有？我无所待于光明。

我追随着它的广泛的行程，
只求睹沙漠与空虚：
光明照耀的一切我都无意；
我无所求于这广阔的宇宙。
但也许在世外的地方，
有另一天地的真正光明映耀，
我只愿把躯壳脱下遗流（编者注：当为"留"）在人世间，
我渴想这愿望能够实现

那儿我将狂饮于我醉心的源泉；
那儿我将与希望和爱重逢，
还有那我全灵魂希求之理想至善，
在此尘世的勾留还不知名！

我为什么不能借我愿望中的虚物，
乘那晨曦的宝辇来至你的身前！

在这放逐的尘世我为甚么仍要久留?
它与我实没有半点合和。

林中一片叶落在草原上,
晚风起了,把它吹入谷中;
我呢,我正似一片残叶,
一样的把我卷去吧,你强暴的北风!

Lamartane,20世纪20—30年代国内习惯称之为:拉马丁。拉马丁全名为阿尔封斯·德·拉马丁。外文名字为 Alphonse Marie Louis de Lamartine,法国19世纪第一位浪漫派抒情诗人。

1790年10月21日拉马丁出生于一个贵族家庭,在宁静的乡村勃艮地度过幼年。他喜爱《圣经》和夏多布里昂（Chateaubriand）等人的浪漫主义作品。他的诗歌多是感情的自然流露,给人以轻灵、飘逸的感觉,着重抒发内心的感受,语言朴素,一扫三百多年来笼罩在法国文坛的理性至上、压抑自我的沉闷空气,对19世纪初的法国文坛起了振聋发聩的作用,催生了雨果（Hugo）、乔治桑（George Sand）、维尼（Vigny）等一代浪漫派大师。他的一些名篇如《湖》（*Le lac*）在法国至今仍然妇孺能诵。

1811年秋,拉马丁漂泊意大利,在那不勒斯认识了一个叫格拉齐拉的姑娘,后来为她写了一部小说《格拉齐拉》。1816年秋,他在法国东南都温泉镇艾克斯莱班（Aix-les-Bains）疗养,认识了一位老科学家的年轻妻子,两人相恋。她次年的病故给他带来懊丧的回忆,写下了许多悲叹爱情、时光和生命消逝的诗篇,后结集为《沉思集》,诗人的第一部诗集,也是最出色的诗作,1820年发表后获得上流社会的热烈欢迎而一举成名。他还著有诗集《新沉思集》《诗与宗教和谐集》,小说《一个女仆的故事》《圣普安的石匠》等。

拉马丁长于抒情,诗歌语言朴素,节奏鲜明,但情调低沉、悲观。他认为诗是心灵的艺术,是感情充溢时的自然流露。我国从1925年起对拉马丁开始关注并进行连续译介，从1925年起到抗战开始这六年时间，主要是《晨报副刊》以拉马丁为诗歌主题进行诗歌创作的间接介绍和《学衡》对拉马丁的图片直接介绍。从民国期刊网梳理有8篇。从1931—1945年整个抗战期间对拉马丁的介绍形成了期刊推介覆盖面宽广、以拉马丁四大名作《孤寂》《谷》《湖》《秋》为核心的集中宣传，篇数达到17篇之多。其中在武汉出版的《新时代半月刊》1931年第二卷第二期刊登了一首拉马丁的四大名诗之一《孤寂》。

1932年8月15日《武汉文艺》第二卷第一期发表白石《给武汉青年作家》一文，清楚看到武汉诗坛的颓废情绪弥漫："据此，武汉文艺界，似乎还沉滞在初期状态里。但实际原因，并不如此简单，诗歌在其传统的本质上说，是比较容易避免现实的。新诗人，与旧诗人，还是一样，所谓多病苦愁，便是诗人的特色。我们只要一检查武汉文艺界的新诗，差不多十有八九带着感伤——个人的感伤——的情调，吟弄风花与雪月。仅有许多人说，这就是无病而呻；但我以为，这并不是无病而呻，却确是有病而呻。可怜的却是他们想借这仅有的呻吟，来减少他们自己病的苦痛，还是变相的麻醉自己，出卖自己。不把自己打入在社会里，看清自己所受到的在社会的压迫底一切。终于成了有病而徒呻。"白石并为武汉诗坛的这种现象找出了解决的办法："武汉的文艺，就是逃避现实社会方面看，或许还有其社会的根据。但我们所希望于武汉的文艺界的，却是必需从'是社会'的，走到'为社会'的。青年的作家们，奋然的起来。我们必需把这行将崩落的武汉社会，如实地给暴露出来。我们必需探求它病的结症底所在，我们又必需运用历史的法则，来指示我们未来的光明。——负起这样的艺术底社会的任务来！"①

感情颓废没落是诗人的致命伤。对于抒发颓废情绪的诗篇，诗坛很多批评的声音。未名社诗人韦丛芜20世纪20年代后期起渐趋消沉，后来陷入空想，最后沉溺宦海。1933年1月，胡愈之主编的《东方杂志》新年特

---

① 白石：《给武汉青年作家》，《武汉文艺》第2卷1期，1932年8月15日。

大号上，辟了"新年的梦想"专栏，韦丛芜即以专栏标题为文题撰文说："我梦想着未来的中国是一个合作社股份有限公司，凡成年人都是社员，都是股东，军事、政治、教育均附属于其下，形成一个经济单位，向着世界合作化股份有限公司走去。"纯属脱离实际的空想。1933年6月，鲁迅在给台静农信中说："立人（即韦丛芜）先生大作，曾以一册见惠，读之既哀其梦梦，又觉其凄凄。昔之诗人，本为梦者，今谈世事，遂如狂醒；诗人原宜热中，然神驰宦海，则溺矣，立人已无可救。"①

1932年10月1日出版的《现代出版界》第五期，刊发一篇署名为可木的文艺通信《武汉文艺界》："来武汉文艺界颇形热闹：刊物如雨后春笋，书店也有许多增加。""对于时代社会较有认识的煤坑旬刊执笔者系禹玄，一菲，丽尼等人，他们起先似不甚经意，后来始将态度变为严肃，该刊显然有两种缺点：（一）就形式上说，诗太多；（二）就内容说是：对于旧的情感迷恋太深。"② 1935年12月1日《文艺》第二卷第三期发表武汉诗人丁韬对诗坛受戴望舒诗歌影响的流弊："一条死色的线上倒下了我们不少的年轻人，他们像是染了肺痨病的患者。吁着急促的气息在缓缓地唱起他们生命的哀歌。"③

现代爱情诗：沈从文在评论汪静之《蕙的风》指出："既然男女关系新的道德的成立，在当时的兴味，并不在普遍社会问题之下，因'生理'的或者说'物质'的原因，当前的事情，男女解放问题竟似乎比一般问题还更容易趋于严重。使问题一面得到无数的同情，也同时使无数的人保持到另一见解，引起极端的纷争，倒不是政治，不是文言与白话，却是'男子当怎样做男子，女人应如何做女人'。这焦点移到文学，便归结到诗上去，是非常自然的事。""使他的诗成为那样的诗，'年轻'是有关系的。""有青春的灵魂，青春的光，青春的颜色与声音在内。全是幼稚的不成熟的理知，全是矛盾，全是……然而那诗上所有的，却是一般年青人心上所

---

① 潘颂德：《中国现代诗论40家》，重庆出版社，1991年，第5页。
② 可木：《武汉文艺界》，《现代出版界》第5期，1932年10月1日。
③ 丁韬：《中国新诗坛的检讨》，《文艺》第2卷3期，1935年2月1日。

蕴蓄的东西。青年人对于男女关系，所引起的纠纷，引起纠纷所能找到的恰当解释与说明，一般人没有做到，感到苦闷，无从措手，汪静之却写成了他的《蕙的风》。他不但为同一时代的青年人，写到对于女人由生理方面感到的惊讶神秘，要求冒险的失望的一面，也同时把欢悦的奇迹的一面写出了。"①《新时代半月刊》有三首爱情诗《久矣别吾爱》《漫歌》写得含蓄，弥漫感伤的情绪。但是《你不要太爱我了》写得大胆热烈：

你不要太爱我了，
在人面前；爱之火焰，
只应在无人的时节燃起；
在人面前时，爱的，
你要把庄重放在他们的眼里；

你要把庄重放在他们的眼里，
这样，我就会没留没乱地来爱你了，
可是，你却不要使我脸红啊，
爱的，在人面前时，听我说——
"你不要太爱我了！"

你不要太爱我了，
你的媚眼——灼热的火，
如酒精在我心里燃着。
可是，亲爱的别太野，
人面前要庄重些！

人面前要庄重些！

---

① 沈从文：《论汪静之的〈蕙的风〉》，《文艺月刊》第1卷第4号，1930年11月15日。

玫瑰的温馨心里飘扬，

我跌入 ERotic 的浪。

你再一笑我便要魂消，

你不要太爱我了！

这首爱情诗发表在 1932 年 12 月，与半年前发表在《武汉文艺》上的另外一首爱情诗《枕上曲》（作者郭剑影），是 1931—1937 年武汉诗坛上两首最直接最火辣的爱情诗，很符合武汉这个城市一贯的火辣性格。这两首诗歌时代性色彩不是很突出，倒是具有跨时代的经典爱情诗歌的可能。

大众传播效果的产生是一个极为复杂的社会过程，其间存在着众多的中介环节和制约因素，单一的大众传播并不能左右人们的态度。1960 年 J. T. 克拉帕在《大众传播效果》一书中对《人民的选择》和《个人影响》以来的"传播流"研究进行了系统总结，并提出了关于大众传播效果的"五项一般定理"：1. 大众传播通常不是效果产生的必要和充分的原因，它只不过是众多的中介因素之一，而且只有在各种中间环节的连锁关系中并且通过这种关系才能发挥作用；2. 大众传播最明显的倾向不是引起受众态度的改变，而是对他们既有态度的强化，即便是在这种强化过程中，大众传播也并不作为唯一的因素单独起作用；3. 大众传播对人们的态度改变产生效果需要两个条件是其他中介因素不再起作用，其他中介因素本身也在促进人们态度的改变；4. 传播效果的产生，受到某些心理生理因素的制约；5. 传播效果的产生，还受到媒介本身的条件（信源的性质、内容的组织）以及舆论环境等因素的影响。克拉帕的这些观点极力强调了大众传播影响的无力性和效果的有限性，因而称为"有限效果论"。

《新时代半月刊》中诗歌的传播，具有大众传播"有限效果论"的特征：1. 刊物性质是学术性期刊，刊物内容侧重政治、经济、外交、法律等社会科学，在发行的 3 年期间，共出 4 卷 23 期，发表各类文章 163 篇，其中诗歌有 38 首。2. 从传播空间看，主要集中在相对封闭的"国立"武汉大学校园内。3. 传播主体与接受主体是一种重复闭合关系，以"国立"武汉大学的学生为主，具有明显的阶层分化。"由于社会经济地位高者通常能比社会经济地位低者更快地获得信息，因此，大众媒介传送的信息越多，这两者之间的知识鸿沟也就越有扩大的趋势。"① 4. 未出现一个或多个"意见领袖"引领带动。以武汉的苏雪林与东北的穆木天稍加比较，就可以看出这种巨大的差距。穆木天写出了：

我们要唱新的诗歌，
歌颂这新的世纪。
朋友们！伟大的新世纪，
现在已经开始。

我们不凭吊历史的残骸，
因为那已成为过去。
我们要捉住现实，
歌唱新世纪的意识。
……
我们唱新的诗歌吧。
唱颂这伟大的世纪，
朋友们！我们一齐舞蹈歌唱吧，
这伟大的世纪的开始。②

苏雪林在《北风——纪念诗人徐志摩》中则是一种投降姿态："我们已经有了那么久长的生命，已经向世界贡献过那样伟大的文化，菁华已竭，蹇裳去之，现在便宣告下台，也不算什么奇事，难道我们中华民族是

---

① 郭庆光：《传播学教程》，中国人民大学出版社，1999年，第230页。
② 穆木天：《发刊词》，《新诗歌》第1卷创刊号，1933年2月11日。

个赋有特权的民族,应当永久占据这个世界的吗?"①

抗战时期武汉诗歌14年作为一个整体研究,与1937—1938年武汉抗战诗歌的大众化相比较而言,大众传播的诸多要素,在以《新时代半月刊》为代表的1931—1933年武汉诗歌创作与传播中,并没有形成1937—1938年武汉诗歌的大众化效果,反而具有明显的小众化倾向。

---

① 苏雪林:《北风——纪念诗人徐志摩》,《新时代半月刊》第2卷3、4期,1931年12月16日。

论延安时期民歌体新诗的语言特色

□ 胡青霞①

内容摘要：延安时期的民歌体新诗不仅是中国新诗史上重要的诗歌实践成果，也是中国新诗传承和转化民族资源的重要体现。而离开诗体语言无以言诗，故本文将从延安时期民歌体新诗对日常口语的探求、对感发功能词语的挑选以及对语言成分的搭配三个方面来分析和探讨延安时期民歌体新诗的语言特色，以发掘它的诗学空间与艺术价值。

关键词：延安时期；民歌体新诗；语言特色

延安时期的民歌体新诗，诞生于中国全面抗战的特殊背景之中。柯仲平、艾青、田间、贺敬之、公木、何其芳、袁水拍、李季、邵子南、刘御、张志民、阮章竞、李冰等诗人那些"抒人民之情""叙人民之事"②的诗作，都是此时期民歌体新诗的重要组成部分。这些诗作大胆地撕去了诗歌"神秘的、超现实的尸衣，亟使醒目易懂"③，破除了传统诗歌形式的枷锁，在一定程度上"打破那种定型的诗的概念，改变那种知识分子的语言

---

① 胡青霞（1994—），文学硕士，重庆市潼南区朝阳小学语文教师，主要从事中国现当代文学研究。
② 何其芳：《谈写诗》，《星火集》，群益出版社，1946年，第188页。
③ 新诗歌编辑委员会：《我们底话》，《新诗歌》第2卷1期，1934年6月1日，第45页。

的传说"①。可以说，延安时期的民歌体新诗，是众多诗人继承了 20 世纪二三十年代新诗歌谣化和大众化的理论主张，呼应"民族形式"大讨论的结果，是他们回应急迫的战时环境、用诗歌面向时代发言而取得的诗学实绩。

毋庸置疑，作为一种诗歌体式的民歌体新诗，也具有诗体美。而这诗体美的营构，又离不开语言特色。毕竟，"诗，就是语言的传颂，而且也是语言的最高的纪录，脱离了语言就不能写诗，诗就是从用语言开掘的"②。而诗人，"如果没有语言的话，那便不能把生活的感情传导出去。这样，为了把生活的感情传导出来，那所用的语言，就必得是活的语言，时代的语言"③。因此，对延安时期民歌体新诗的语言特色做一番论述，也就显得十分必要。

一、广泛深入地探求日常口语

刘半农曾在 20 世纪 20 年代提出："我们要说谁某的话，就非用谁某的真实的语言与声调不可；不然，终究是我们的话。"④ 他提倡原初口语，正是看到了口语的生命力与表现力。口语"是千万年来人类生活的结晶，它本身就是现实的、社会的、历史的反映。为着使诗的语言，成为最能够表现那为现实所挑动底人类的感情，更能接近于民众，那么必然以人类生活结晶的语言为适恰的语言。也唯有应用它，才能奔放地表现时代的真实感觉，情绪"⑤。

艾青曾在《诗论》里说过："最富于自然性的语言是口语。尽可能地用口语写，尽可能地做到'深入浅出'的地步。"⑥ 于他看来，口语最富有

---

① 何其芳：《谈写诗》，《星火集》，群益出版社，1946 年，第 194 页。
② 绿野：《诗与语言》，《诗歌与木刻》第 6 期，1941 年 12 月。
③ 江离：《诗的语言》，《诗歌杂志》第 3 期，1937 年 5 月，第 6 页。
④ 刘半农：《刘半农文集》，线装书局，2009 年，第 70 页。
⑤ 江离：《诗的语言》，《诗歌杂志》第 3 期，1937 年 5 月。
⑥ 艾青：《诗论》，三户图书社，1942 年，第 52 页。

人间味，且充满了生动的气息。抗战时期，在"我们对于抗战诗歌的意见"的座谈会上，蓬子曾说过："丰富诗的词汇，只有从生活中去求""要写战斗诗，我们不能采用旧诗外国诗的词汇，而是要从实际的战斗生活中去学习！"① 老舍在《论新诗》中更是强调："去从生活上提取白话，而不是东拾一个词西取一个字，来装饰诗歌。"② 由此看来，真挚、贴切人间气息的用语，只有到生活中去才能真正求得。如刘御在1940年创作的《马老汉》：

老大老二上地去，
忙了一天快回罗。
克锵麻擦快快做——
前锅温稠酒，
后锅溜馍馍。③

在这里，"克锵麻擦"与"溜馍馍"都是陕北方言。"克锵麻擦"是拟声副词，形容快速。"溜馍馍"是把冷馒头蒸热的意思。除此之外，从"霸占你的地，/莫要生气，/要打架下野地，/打官司也是茄子气"中的"茄子气"（不顶事之意）；"老牛死了换上牛不老，/杀父深仇要子报"中的"牛不老"（小牛之意）；"咱们祖辈三代呀，/给人家的门神抗膀子呀"中的"门神抗膀子"（讨饭之意）等，可以看出：口语入诗后，不仅没有打破诗句合乎语法规范的完整叙述，而且这种乞灵于生活的基本用语，还多少给诗歌增添了鲜活气息和地域色彩。

然而，并不是所有的"卑俗的语言的渣滓"④ 都适宜添入诗中，"每个

---

① 《我们对于抗战诗歌的意见》（诗歌座谈会纪要），《抗战文艺》第3卷3期，1938年12月17日。
② 老舍：《论新诗》，曾广灿、吴怀斌编：《老舍新诗选》，花山文艺出版社，1983年8月，第178页。
③ 刘御：《马老汉》，《延安短歌》，上海文艺出版社，1959年12月，第19页。
④ 雷石榆：《诗歌的语言及表现法》，《海风》（天津）第5、6期，1937年3月10日。

诗人必须要对自己所采用的语言加以严格的选择"①。入诗的词语"必需经过提炼,经过加工,经过润色"②。如李季的《王贵与李香香》选段:

打死老子拉走娃娃,
一家人落了个光踏踏!

十冬腊月雪乱下,
王贵想起他亲大。
崔二爷来胡日弄,
修寨子买马又招兵。

人有精神马有劲,
麻麻亮时开了枪。③

诗中的"光踏踏"(精光)、"亲大"(亲爸爸)、"胡日弄"(胡搞鬼、胡闹)、"麻麻亮"(曚曚亮、黎明)都是陕北方言,但却精炼、明朗。这些词语"是生活的,然而,却也是那么新鲜而单纯"④。在这些语言中,充分显示着农民在被奴役的生活中爆发出来的对现实的不满与反抗,这是对生活现实的生动反映。所以,"口语是美的,它存在于人的日常生活里。它富有人间味。它使我们感到无比的亲切"⑤。

再如,公木的《孤儿叹》(调寄小白菜)选段:

秋天里呵树叶黄呵,

---

① 艾青:《我怎样写诗的?》,《学习生活》第2卷3、4期,1941年3月10日。
② 沙鸥:《关于方言诗》,《新诗歌》第2期,1947年3月15日。
③ 李季:《王贵与李香香》,大众书店,1946年12月12日。
④ 艾青:《诗论》,三户图书社,1942年,第72页。
⑤ 艾青:《诗论》,三户图书社,1942年,第72页。

十五六岁失家乡呵!
日本鬼子真凶狠呵,
爹爹妈妈都杀光呵!
爹娘被杀房被占呵,
小小年纪走四方呵!
出得山来两眼黑呵,
云儿飘飘风儿凉呵!
日入西山无处睡呵,
想起爹娘泪汪汪呵!
泪汪汪呵,泪汪汪呵!①

  在这首诗歌中,每行都以"呵"煞尾,全是降调,奠定了整首诗的情感基调,口吻十分鲜明。如第一句中"秋天里呵树叶黄呵",本身是很写实的场景,但因一个"呵"煞尾的低叹腔调,能使我们感受到"说话"的这位"孤儿"凄惶无助的情绪节奏和心灵真实。除了口吻的亲切、自然外,这首诗歌的词句也具有审美文化内涵。如第一节中的"云儿飘飘风儿凉呵!日入西山无处睡呵",运用白描的手法勾勒出一幅寒秋落日降临的图景。"飘飘"不仅形容的是"云儿"在空中浮动的状态,而且也形容"孤儿"四处飘零的境遇。其中,一个"凉"字不仅道出了秋日的风寒,而且也点出了"孤儿"内心的悲凉。"日入西山",本应是四处嬉耍的孩提归家之时,但因为"爹娘被杀房被占",独留一个无家可归、无家可依的"孤儿"四处流浪,诗人于冷寂的天地间道出了日本侵略者恶劣的行径和无辜百姓悲惨的遭遇。

  诗的语言基础就是日常用语。"最好的语言,也还是从生活里产生的。离开了生活就没有语言。"② 延安时期民歌体新诗中的语言,不仅对群众的

---

  ① 公木:《孤儿叹》,《新诗歌(延安版)》第1期,1940年9月。
  ② 艾青:《诗的形式问题——反对诗的形式主义倾向》,《人民文学》1945年第3期,第27页。

日常口语进行了更深广的诗性选择,而且表明了方言或口语入诗具有很多的可能性。

二、精心巧妙地挑选感发功能词语

那些被着意挑选的词语,不仅因为它们具有诗化意味,而且还因为它们具备了一定的审美文化意蕴和独特的感发功能。在这里所说的"感发功能",着眼于人们对诗词的生命体验,它既是一种活生生的感性机能,能在情感上引起共鸣,也是一种对生活经验的超越,能在一定程度的审美认知上触发联想。

延安时期的民歌体新诗"为了适应时代的要求,为了更接近民众,诗的语言,就必须是活的,当代的,大多数人的而且最现实的语言"[①]。由此,才能触动人民的情绪。而且,诗为了适应时代的要求,更好地完成时代赋予它的使命,"必须和中国革命一起,并且依附于中国革命的发展,忠实地做中国革命的代言者"[②]。战时的"农村是在贫困,无文化中挣扎",对于文化水平较低的农民群众来说,"原封不动的知识分子的诗歌显然是不会发生作用",只有用他们惯用且熟悉的语言,"才容易被他们接受",如此才能起到宣传的作用,"使他们同心同德地去和敌人们斗争"[③]。

譬如"鬼子"是通行于中华大地上较广泛地域的方言词汇,它在延安时期经常被运用到文艺创作中代称"日本侵略者",以激发、表达人们的憎恶之情。如《男女一齐上前线》中:"抗战已发动,/日夜炮声紧,/前方我将士,/勇敢杀敌人,/不让那日本鬼子来逞凶,/屠杀我国民。"[④]再如《要打得日本强盗回东京》中:"眼看那鬼子兵,/步步逼近,/男女老

---

① 江离:《诗的语言》,《诗歌杂志》第3期,1937年5月。
② 艾青:《抗战以来的中国新诗》,《中苏文化杂志》9卷第1期,1941年7月25日。
③ 沙鸥:《关于方言诗》,《新诗歌》第2期,1947年3月15日。
④ 敏夫:《男女一齐上前线》,《合作与民众》第18—21期,1939年3月16日。

少,/细听分明,/大家来抗战,/救国最要紧,/保了国才能保家保自身!"① 同样的,诗人在创作民歌体新诗的时候,也做了一样的选择。其中就有这样的诗歌:

炮楼儿好比草鸡窝,
怕死的鬼子里面躲,
临死他抓个垫背的呀,
警备队是倒霉的货。
——白杨林《炮楼谣》②

妇女们跑的慢,
满脸上是血浆,
你看那鬼子兵朝我们家里闯
……
兄弟们拿起家伙赶他们出村庄!
——史轮《大家都来杀鬼子》③

抗日战争期间,"鬼子"在中华大地上肆意横行,烧杀抢夺无恶不作,而"中国的新诗,是服役于中国革命的,即以民族解放与民主的要求作为内容的"④。因此,"鬼子"这个具有独特兴发感动功能的词语,在抗战时期的诗歌中被诗人选中来代称日本侵略者,这既贴切地传达出对侵华日军的激愤,也易于引发读者在情感上的共鸣。又如商展思创作的《王桂花》:

街上皮鞋响声近,

---

① 陕西小调:《要打得日本强盗回东京》,《老百姓》第34期,1939年5月15日。
② 白杨林:《炮楼谣》,魏巍编:《晋察冀诗抄》,中国青年出版社,1959年,第390页。
③ 中国四十年代诗选编委会编:《中国四十年代诗选》,重庆出版社,1985年,第368页。
④ 艾青:《抗战以来的中国新诗》,《中苏文化杂志》第9卷1期,1941年7月25日。

传来鬼子吼骂声,
只听"喀塌"一声响,
窗纸忽闪灯头挑。

这时候呵这时候,怀中娃娃受了惊,
奶头塞,塞不住,
小嘴一张要哭出声!

娃娃哭,不当紧,
敌人听见跟踪寻,
大伙空手难抵抗,
满炕伤号难活命。①

诗中既运用"鬼子"这一感发功能词语以触动人民群众的抗战情绪,又用口语色彩极其浓烈的"娃娃"来代替"孩子""幼儿"或是"稚童"等的称呼以烘托敌军的形象,更增添了侵华日军的可怖。而且,"娃娃"一词属于叠音,在诗中不仅发挥了语音修辞的功能,加强了诗歌的音乐美感,而且在语义上饱含对孩子的宠爱和怜惜之情,使读者在读及这个词的时候,自然地产生呵护之意。因此,它在一定程度上也具有感发功能。

由于延安时期的民歌体新诗取法于民歌,而民歌的地域性决定着其语言具有浓重的方言色彩,因此新诗人在选取自己的诗情传达策略时,瞄准了民歌中具有特定内涵的方言词语。如张玉珩的《纺毛歌》:

东家娘,西家嫂,
大家起来纺羊毛。

---

① 商展思:《王桂花》,魏巍编:《晋察冀诗抄》,中国青年出版社,1959年,第347—348页。

织成军毯万万条，
我家郎哥有一条。
不生病，不怕寒，
打走日本好种田，
打走日本好过年。①

诗中的"郎哥"蕴含了脉脉深情与厚意。因为"郎哥"这个词有情的可感性，相较于"伴侣""丈夫""爱人"或其他的称谓，"郎哥"很容易引发到对"郎情妾意"这个词的联想，使人在潜意识里能感受到两人的浓情蜜意。而且，"郎哥"这个词所蕴含的细微情感信息是其他称谓所难以提供的。

又如"山丹丹"这个词就特具色彩与语调，给人一种青春洋溢的美感，在陕北民歌里就有"山丹丹开花红姣姣""山丹丹花开红艳艳"等句子。李季在《王贵与李香香》中正是利用了富有感发功能的词语，来为他描述香香的特点服务的。如：

山丹丹开花红姣姣，
一对大眼水汪汪，
……
香香人材长的好。②

就这么几句，使得香香的青春美艳因了"山丹丹"这个兴发感动功能颇强的词汇比拟了出来，以至于很多读者提到李香香就会联想到"山丹丹"这个颇具美感的词。

"文学是语言的艺术。诗对语言提出了更高的要求，要求每一句话都

---

① 张玉珩：《纺毛歌》，《西北工合》第4卷9期，1941年5月1日。
② 李季：《王贵与李香香》，大众书店，1946年12月12日。

能精炼、生动、新鲜，准确而活泼。"① 延安时期的民歌体新诗中的感发功能词语，不仅在语言上做到了明朗、简洁而精炼，而且"含蓄着涵沃的感情和深刻的印象"②。

三、和谐灵动地搭配语言成分

诗歌"绝不是单语言的排列，无论有怎样丰富的语汇，而没有经过适当的表现，那诗歌的内容即使保有生命也等于病人的呻吟或残喘"③。因此，"一行一节地规规矩矩地排着的语言，极为缺乏感情，缺乏诗人和主题的完全诚实的合一"④，是诗作者对创作持轻视态度的体现。在诗歌创作中，"诗人要用语言来呼应一切生活的音响"，他所使用的语言不仅应该是"最和谐的节奏，最活泼、最健康、最明瞭、最能传达生活的呼息和步调"，而且需要诗人"娴熟地驾驭着语言"⑤。并且，对语言成分进行巧妙地搭配组合。延安时期的民歌体新诗中所采用的民歌词语一般而言是朴实而单纯的，原生态情味较浓，内在的文化积淀较少，缺乏一定的再造性趣味，这也使新诗人对民歌词语的吸收并不计较词语本身，而注重它们相互间的搭配组合。

譬如，胡征《石榴花开》⑥中的"石榴花开满树挂红灯"，单独而言并没有多大的深意，但诗人把它拿来同现代口语中的革命词汇搭配起来：

石榴花开满树挂红灯，

小两口讨论去参军。

---

① 唐弢：《谈"诗美"——读毛主席给陈毅同志谈诗的一封信》，《文学评论》第1期，1978年3月2日。
② 绿野：《诗与语言》，《诗歌与木刻》第6期，1941年12月。
③ 雷石榆：《诗歌的语言及表现法》，《海风》（天津）第5、6期，1937年3月10日。
④ 绿野：《诗与语言》，《诗歌与木刻》第6期，1941年12月。
⑤ 黄绳：《诗歌的语言》，《文艺阵地》第4卷3期，1939年12月1日。
⑥ 胡征：《石榴花开》，《北方杂志》第1卷6期，1946年12月19日。

满树花开兆丰收,这本是农人最为欢喜的事情,但"小两口"并不偏安于自家一隅,而是选择投身于革命的浪潮中,这就使得"石榴花开满树挂红灯"既强化了兴发感动功能,又深化了意境。又如:

播谷鸟儿叫唤,
　　太阳升,

这是现实生活图景的原生态表现,并没有很强的感发功能,但和"毛主席领导咱翻了身"搭配,新意和深意就显现出来了。这种搭配表面上看是一副生活实景的再现,其实暗含着毛主席实为东方红日能救民济世之意,表露出翻身农奴当家做主后高兴、喜悦的心灵真实。

石榴花开满树红,
　　太行山上出英雄。
……
石榴花开红□①眼。
　　英雄的决心永不变!

在这几句诗中,诗人以"石榴花"起兴,暗指革命英雄像"石榴花"一样布满中华大地,并且革命的决心始终如一,其中包含诗人对革命取得胜利的信心。

何其芳曾在《写诗的经过》中说道:"在新诗的语言上,也应该容许一些按照汉语的语法可以容许的省略和倒装句……句法多一些变化,我想是必要的。"② 延安时期的诗人,就尝试创作了一些反语法规范的特殊句

---

① 原期刊中的字迹不清晰,无法识别。
② 何其芳:《写诗的经过》,《关于写诗和读诗》,作家出版社,1956年,第121页。

法。如李季的《王贵与李香香》在"王贵就像（是）麦苗苗。/王贵想起他（的）亲大"中省略掉了"是""的"；"少先队来赤卫军，/女人们走路（像是）一阵风""太阳出来天大亮，太阳出来（像是）一朵花"都省略掉了"像是"，这些都是词语不守语法规范的省略。

又如素开的《锄头泪》中："二月里来麦苗青，/黄莺娃叫破泥窑洞，/小奴奴，懒把炕头下，/却怕那荒草麦垅生！"① 齐鸣的《边区运盐队》中："过一道道河来上一道道坡，/运盐的人儿唱山歌。"② 这两首诗中的"来"都不是动词，而是成了语气助词，依照日常语言的语法要求是不必用它的，而诗人在写诗时用上了它，这是对语法规范的超越。这种用法在陕北的民歌中经常可以见到，可以说，化动词"来"为语气助词已经成了陕北民歌的独特审美特征。同时，《锄头泪》中的"懒把炕头下"其实按照正常的语言表述应该是"懒得下炕头"，这里的"下炕头"变成了"把炕头下"，也是对日常用语中语法规范的违反。由于《边区运盐队》这首诗表现的是边区人民在毛主席的领导下生活的美满与欢快，所以齐鸣还在下文中写道：

一道道山来呦一条条水，
天下数咱边区美。

这里的"来""呦"两个语气助词更增加了欢畅、自豪的咏叹情调。艾青曾有过一番言论："假如我们没有把文字重新配置，重新组织，没有把语句重新构造，重新排列……我们就没有必要去制造这一首诗。"③ 在他看来，超越语法规范的诗句对诗歌创作来说是很有必要的。

"诗和语言的关系最密切，语言是生生不息的，却亦非无中生有。语

---

① 素开：《锄头泪》，《西北工合》第4卷9期，1941年5月1日。
② 齐鸣：《边区运盐队》，徐纶、韦夷编：《延安文艺作品精编 理论、诗歌卷》，浙江文艺出版社，1992年，第234页。
③ 艾青：《我怎样写诗的?》，《学习生活》第2卷3、4期，1941年3月10日。

言的文法常在变迁，我们不能否认。"① 延安时期民歌体新诗在语言的营构中，无论是词语的省略，还是成分的颠倒、助词的增加等都是语言超越语法规范的体现。那些经过改造的诗歌语言活泼而不古板，灵动而富想象，于自由流转间透露出语言的美。

民歌体新诗从20世纪20年代开始用白话"说话"发展到延安时期用口语"说话"，显示了新诗语言建设的进步。延安时期的民歌体新诗作为中国新诗史上重要的诗歌实践成果，它创造性地运用"现代的日常所用的鲜活的口语，表达自己所生活的时代——赋予诗以新的生机"②。并且，它在探求口语超越语法规范的同时，也巧妙地实现了诗歌传情达貌的词语搭配。延安时期的民歌体新诗倚重其自身的大众性，将能"代表大众意识的语言"③纳入诗中，使诗歌语言趋于明朗单纯，可以说它既响应了时代的号召，又适应了诗艺的要求，还迎合了群众的需要。它在紧密贴近时代主题、贴近人民心声、贴近战争现实的同时，也形成了自己鲜明的语言特色。

---

① 朱光潜：《从研究歌谣后我对于诗的形式问题意见的变迁》，《歌谣周刊》第2卷2期，1936年4月11日。
② 艾青：《〈诗论〉前言》，《艾青论创作》，上海文艺出版社，1985年，第72页。
③ 胡愈之：《关于大众语文》，文振庭：《文艺大众化问题讨论资料》，上海文艺出版社，1987年，第216页。

走向深入与多元
——新诗中的国家形象研究述论

□姚洪伟 蒋登科①

内容摘要："国家形象"研究最初发端于国际关系和新闻传播领域，后主要集中于传播学和政治学领域，近十年来，一些研究者才将国家形象研究引入文艺学研究领域。目前，涉及文学中的国家形象研究成果相对较少，有关中国新诗中的国家形象研究的成果则更少。现有研究成果主要从部分著名诗人的诗作出发，散点关注现代新诗中"劫难"与"新生"并存的国家形象，十七年诗歌中的红色中国形象以及新时期以来国家改革开放的外在形象，同时也注意到了21世纪以来新诗中国家形象建构的多元化特点。在中国港澳台及海外汉语新诗有关国家形象建构研究方面，研究者则注意到了从传统到现代的国家形象转型，其建构方式也开始从对抗负面形象到塑造正面形象。总之，新诗中的国家形象研究正开始逐渐走向深入与多元。

关键词：中国新诗；国家形象；研究现状

---

① 姚洪伟（1980—），西南大学中国新诗研究所博士研究生，西南医科大学人文与管理学院副教授，主要研究方向为中国现代诗学；蒋登科（1965—），西南大学中国新诗研究所教授，主要研究方向为中国现代诗学。基金项目：本文为国家社科基金一般项目"百年中国新诗中的国家形象建构研究"（项目编号：15BZW147）、中央高校基本科研业务费专项创新团队项目"中外诗歌发展问题研究"（项目编号：SWU2009110）的阶段性成果。

"国家形象"研究最初发端于国际关系和新闻传播领域，后主要集中于传播学和政治学领域，近十年来，一些研究者才将国家形象研究引入文艺学研究领域。新诗中的国家形象研究是伴随着"国家形象学"研究的兴起才出现的，研究成果主要集中在21世纪以来的十余年时间里，尤其是近十年来研究成果正在逐渐增多。相比较而言，对于早期新诗中的国家形象研究相对较多，其他时段的研究相对较少，中国港澳台及海外新诗中的国家形象研究也有所涉及。总体来讲，有关新诗中的国家形象研究仍处于起步阶段，不过随着近年来研究者的逐渐增多，研究视角的进一步拓展，研究的整体态势正在走向深入与多元。

一、现代新诗中的国家形象研究

作为中国新诗的草创和探索阶段，现代新诗（主要指20世纪20—40年代）中的国家形象受到了较多研究者的关注，研究成果也相对较多。对该时期新诗中的国家形象研究，研究者主要把目光聚集在郭沫若、闻一多、戴望舒、艾青等著名诗人的诗作上，"由于晚清以来的中国大多时候一直处于落后、贫穷、被侵略和国人内耗的境地，反映在诗歌创作上，就是诗人对苦难中国现实的深切忧思或对民族未来的希冀。从整体来看，这些诗篇构建出一个新生与劫难并存的中国形象"①。胡苏珍对早期新诗中国家形象构建的评判较有代表性，纵观该时期有关新诗国家形象建构的研究，"劫难与新生"是一对绕不开的关键词。

早期新诗对苦难中国形象的描述和诗人们通过想象寻求新生的中国形象成为研究者们关注的重点。胡苏珍在其论文中认为郭沫若"在《凤凰涅槃》中塑造了一个诀别旧我、浴火重生的中国形象"。闻一多在"《死水》中表达了对现实中国丑陋的诅咒，在《七子之歌》中倾诉了对被分裂的祖国的哀痛""自觉追溯'四千年的华胄'，创造文化层面的中国形象"。艾

---

① 胡苏珍：《现代汉诗中的中国形象》，《江西社会科学》2010年第7期。

青则"呈现了当时中国旷世般的苦难",成为"战时中国形象的有力表征"。而戴望舒运用超现实的写作经验,通过"虚设"自我,在想象中通过"感知意象共同构成了中国当时的残损山河……来建构苦难中国的另一种希望中的形象"。此外,作者还注意到诗人穆旦通过矛盾修辞,在《赞美》一诗中运用"非明朗型意象,呈现了特殊时期真实的中国形象"①。逄增玉、孙晓平在《"五四"及20年代文学中的中国形象与符号表征》一文中则认为,郭沫若通过《凤凰涅槃》描绘了"新中国华美芬芳的新形象",这个新的中国形象被郭沫若"表述为他心目中的'面目葱俊'的姑娘",具有其"'五四'中国想象"的女性阴柔之美。而闻一多在诗中则对现实祖国充满"怨恨",在想象中建构起了理想的文化中国形象,论者认为闻一多诗歌在国家形象建构过程中,"真正的文化中国、价值中国在古代和想象里,与现实中回乡回国的游子看到和感知的政治黑暗、经济凋敝、人民苦难的中国,构成了霄壤之别"②。

在"苦难形象"与"新生形象"之间,有论者还将早期新诗中的国家形象表述为苦难的"'过去式'中国形象"和充满希望的新生"'将来式'中国形象"。彭正生就认为,"中国形象在诗人笔下也被基本框定在二元结构的想象之中,表现为'过去式'中国形象的颓败和'将来式'中国形象的鲜美。在具有符号象征意义的郭沫若的《凤凰涅槃》等诗歌中,'过去式'的中国形象被指称为'屠场''囚牢''坟墓'和'地狱'(《凤凰涅槃》),而'将来式'的理想中国形象则是'芬芳'与'和谐'的'年轻的女郎'(《炉中煤》)"。在艾青、戴望舒和闻一多等人的诗歌中,则表现的是"'现在式'中国'憔悴''哀伤'的形象"。作者还进一步论述了20世纪40年代国统区和解放区新诗中构建的两种截然不同的国家形象,"在中国共产党统治的解放区,诗人们建构了一个'鲜花开满山''到处是庄稼''遍地是牛羊'(贺敬之:《南泥湾》)的生机盎然的中国;而在国民党统治

---

① 胡苏珍:《现代汉诗中的中国形象》,《江西社会科学》2010年第7期。
② 逄增玉、孙晓平:《"五四"及20年代文学中的中国形象与符号表征》,《海南师范大学学报》(社会科学版)2014年第5期。

的国统区，诗人们延续了30年代关于现实中国的想象，它依然是一个由'荒凉的土地''忧郁的森林'和'荒芜的沼泽'（穆旦：《赞美》）构成的死气沉沉的中国形象。"①

民族和国家在一定情况下是可以相通的，民族国家形象也受到研究者们的关注。王治国从"民族中国"形象的视角论述了闻一多的诗歌，认为"在闻一多的诗歌创作，尤其是为数众多而且特色鲜明的爱国诗篇中，始终存在着一个独具闻一多特色的'民族中国'形象"②。论者从"'民族中国'的理想性""'民族中国'的文化属性"和"'民族中国'与'少年中国'"三个方面来论述了闻一多诗歌的"民族中国"形象，认为其诗中"民族中国"形象的建构，离不开"苦难中国"的社会现实，其想象的"民族国家"形象是迫于无奈的结果。

还有论者以西南联大诗人群为中心，对20世纪40年代知识分子的"建国"想象进行了论述，认为"诗人们首先在诗歌中大胆呈现了'病态中国'的真实形象。……以敏锐的洞察力，诊断着中国的病灶所在"，同时还把诗歌中描写的苦难视为病态中国形象，因为"在此之前，现代诗歌中很少出现如此惨烈的意象：流血、凌乱、饥饿、死亡。但这并不是冷静、客观地展示苦难，而在字里行间渗透着诗人的体验：凄苦、战栗、哭泣，最后凝结为'全在的痛苦'"③。这里所论述的"病态中国"形象实际上只是苦难中国的另一种表述。

此外，段从学从"现代新诗的国家想象"这一个视角，通过对闻一多、艾青等诗人诗作中有关"地图中国"形象和"土地中国"形象的变迁，为我们理清了新诗对"现代中国"形象的想象和书写④。杨华荣从民

---

① 彭正生：《个人想象与集体意识交织着的民族共同体——严阵诗歌中的中国形象》，《巢湖学院学报》2015年第1期。
② 王治国：《闻一多诗歌中的"民族中国"形象》，吴秀明主编：《文化转型与百年文学"中国形象"塑造》，浙江工商大学出版社，2011年，第443页。
③ 赵丽苗：《1940年代知识分子的"建国"想象——以西南联大诗人群为中心》，《理论与创作》2010年第5期。
④ 段从学：《现代新诗的国家想象：从"地图中国"到"土地中国"》，《文艺争鸣》2017年8月号。

族意识、国家意识出发,分析了少数民族抗战诗歌中的国家形象,认为少数民族抗战诗歌中存有"祖国母亲形象"和"重生的中国形象"①。

综上所述,现代中国新诗中的苦难形象和寻求新生的形象,成为研究者们研究该时段新诗中的国家形象的主要关注点,同时也从另一侧面表明了早期新诗中国家形象建构的基本样貌。

二、"十七年"时期新诗中的国家形象研究

虽然专门针对十七年时期新诗中的国家形象研究的成果较少,但仍有一些研究成果涉及这一话题。这些研究成果主要从新中国形象、大跃进民歌、新北京形象等描述新诗对红色中国形象的建构。

中华人民共和国的成立,让诗人们看到了新的希望,有了新的喜悦。"新中国"成为十七年诗歌不断书写和赞颂的对象。涉及这一话题的研究者都论述了十七年诗歌在构建国家形象时所表现出的"新"特点。徐迎新认为,"新中国诞生,这个划时代的历史巨变,对于中国和世界都意义非凡,诗人们以史诗般的巨献歌颂祖国的新生"。她通过对胡风、郭小川、郭沫若、何其芳、冯至、严阵等诗人诗作的分析,列举了不同诗人眼里的"新"中国形象,这些形象包括具有"革命建设精神"和"主人翁情怀"的新工人形象、"新中国领导者的坚定的领航人的形象"、"'保和平,为祖国'新中国卫士和英雄形象"。除了人物形象的"新"之外,自然山水在新中国也焕发出新的活力,代表了美的国家形象。徐迎新认为"新中国成立之初,人们从战乱与贫困的废墟站到了新的地平线,一切都是新生一般,诗人的祖国豪情每每从自然形态中升起……自豪与深情款款携行,山川之美已深深刻进祖国的概念中"。贺敬之、郭小川等人的诗"让人们从祖国壮丽的自然景观中获得自豪感,这熟悉而又充满魅力的祖国让多少海

---

① 杨华荣:《少数民族抗战诗歌中的国家形象与国家认同重建》,《区域文化与文学研究集刊》2019年第2期。

外游子魂牵梦绕,也延续着传统中那个美丽神秘的东方国家形象"①。十七年诗歌中"新"的国家形象成为研究者们经常探讨的话题。

"新民歌"运动是十七年新诗参与文艺国家形象建构的一场群众性运动,被视为新诗发展的新方向。姜飞以重返历史现场的研究姿态,从"大跃进民歌"与新中国国家形象建构的视角,对十七年时期作为新诗发展方向的"民歌"在建构国家形象中的作用进行了探讨,认为"大跃进民歌之所以被视为一种'新民歌',是由于它避开了'民歌'的基本规定性,而成为贯彻国家意识形态并建构新国家形象的国家文艺"。新民歌成为"国家文艺"的国家形象,其"所谓'新思想''新时代''新国风''新内容''新风格'等'新'意迭出的新修辞,都是力图说明大跃进民歌的国家文艺性质,再以之实现对正在大跃进的'新中国'形象的诗化描绘"。姜飞还从国家文艺的高度,认为郭沫若和周扬编选的《红旗歌谣》背后,"矗立着大跃进时期高大雄健的红色中国想象","大跃进民歌"不仅"参与塑造了1958年的中国形象",还呈现出一个"红旗飘飘的革命国家形象","大跃进民歌的所指是强大的中国形象"②。

在研究十七年诗歌中的国家形象中,有论者以个案的形式,分析了当代诗人建构国家形象时的"离合状态",具有"个性"和"共名"的双重特征。研究者认为,在特定的政治化语境中,"诗歌是通过诗人的主观革命抒情和中国形象建构来谱写'颂歌'",通过核心意象"飘扬的红旗",描绘了一个"充溢革命与浪漫的中国形象","中国形象更多的是由高山、大海、太阳、红旗等可以体现和彰显积极乐观的革命精神和团结凝聚的国家意识的意象群所组成"③,红色的中国形象由此得以确立。

"北京"作为新中国的首都,其能指与所指与此前的"北京"相比均

---

① 徐迎新:《新中国70年诗歌中的国家形象:民族精神大写意》,《沈阳工程学院学报》(社会科学版)2020年第2期。

② 姜飞:《"大跃进民歌"与新中国形象的建构》,《中国现代文学研究丛刊》2011年第6期。

③ 彭正生:《个人想象与集体意识交织着的民族共同体——严阵诗歌中的中国形象》,《巢湖学院学报》2015年第1期。

发生了变化,"新北京"被赋予全新的意义。在十七年诗歌中,"新北京"形象成为诗人们着力建构的新中国形象,这一形象建构也引起了研究者的注意。梁鸿声以"十七年"与"文革"诗歌为例,分析了诗歌中的"新北京"城市形象。他认为十七年与"文革"诗歌对"新北京"的书写,"为北京建构起了红色谱系","有效地建构了'红色'北京的革命血统",还"将北京作为社会主义中国的首都,对北京在共产主义阵营中的中心或次中心地位进行国际性的想象"①,从而构建了一个正义的国际性的红色中国形象。

少数民族诗歌一直参与中国新诗的建设,"远方"与"边地"成为诗人建构国家形象的重要意象。颜炼军把当代诗人闻捷、李季等诗中的少数民族文化元素当成"另一种诗意资源",通过"'远方'的祖国景观"这一视角,讨论了当代少数民族文化在新诗国家形象建构中的作用,他认为"不同时期的汉语写作者都曾根据不同的意识形态和诗意需求,将各种少数民族文化元素化入汉语诗歌写作中。实际上,这一贯穿当代诗歌史的现象,暗含了新中国国家形象建构的密码,以及'主流'文化革新过程中被疏忽的力量"②。当代少数民族诗歌在建构国家形象时,除了构建"远方"与"边地"的国家形象外,还体现在对统一团结的多民族国家"民族共同体"形象的想象和建构上。有论者认为,十七年少数民族诗歌与主流诗歌一道,通过对"民族认同"感的书写,描绘了一个"多民族大家庭"的国家形象,少数民族诗人们用"祖国""母亲"等意象对"民族共同体"进行了想象和建构,呈现出一个多民族团结和谐的国家形象③。

综上所述,十七年诗歌中的国家形象研究主要表现在对红色中国形象

---

① 梁鸿声:《文学中的"新北京"城市形象——以"十七年"与"文革"诗歌为例》,吴秀明主编:《文化转型与百年文学"中国形象"塑造》,浙江工商大学出版社,2011年,第94—103页。

② 颜炼军:《"远方"的祖国景观——论当代汉语诗歌中的少数民族文化元素》,《江汉论坛》2012年第5期。

③ 吴晓、张国亮:《论当代少数民族诗歌的"民族共同体"想象》,吴秀明主编:《文化转型与百年文学"中国形象"塑造》,浙江工商大学出版社,2011年,第265—277页。

的建构，这一形象最大的特点是"新"，新的国家形象、新的政权形象，研究者常常通过对"新形象"的确认，去证明新中国的合法化性形象和先进性形象。

三、新时期以来新诗中的国家形象研究

新时期以来，随着新诗的多元发展，新诗中的国家形象建构也发生了根本性变化，研究者们多从历史与现实、丰富与多元等层面展开相关研究工作。

朦胧诗作为新时期以来影响最大的诗歌流派，研究者们对其建构的国家形象进行了较为深入的探讨。胡苏珍认为，"新时期以来，夹杂苦难与新生的中国形象在'朦胧诗人'笔下最为鲜明。舒婷的《祖国啊，我亲爱的祖国》塑造了一个兼具痛苦与光明的中国形象"①。徐迎新则认为舒婷的《祖国啊，我亲爱的祖国》书写了"一个遍体鳞伤而又不屈的祖国形象"，这一形象"意味着人们的成熟和担当"，使得"祖国形象更加丰满"②。吴晓、尚斌从整体上对朦胧诗的中国形象书写进行了考察，认为朦胧诗"青年诗人们在当代中国历史转型期以其独有的开拓精神、沉思品格、浓烈情怀，或高声或低音地呼唤和绘写着一个从历史废墟中站起的崭新而自立的中国形象"。这一形象不仅"独具审美个性"，而且还含有"思想深义"，"具有特定的历史与文学的双向意义"③。还有论者专门针对顾城诗歌中的"中国形象"建构及其精神求索展开讨论，认为顾城"以'童言'式的诗歌语言固执地打造着属于自己的童话世界"，"在自己的意念中建立了一个美好的理想国，一个属于自己的'中国'"，顾城诗歌从"自然中国"形

---

① 胡苏珍：《现代汉诗中的中国形象》，《江西社会科学》2010 年第 7 期。
② 徐迎新：《新中国 70 年诗歌中的国家形象：民族精神大写意》，《沈阳工程学院学报》（社会科学版）2020 年第 2 期。
③ 吴晓、尚斌：《历史废墟中升起的圣象——论朦胧诗对中国形象的书写》，《北方论丛》2011 年第 4 期。

象、"自然+文化"中国形象、"自性中国"形象和"我即中国"形象四个方面"幻想和建构着心中最美的'中国'"①。

朦胧诗之后,八九十年代的大量诗歌书写中,国家形象建构得到进一步发展,"个体"的中国形象书写成为主流。胡苏珍总结出该时期新诗"文化的中国"形象,她以肖开愚等诗人的作品为例,认为"比起现实的中国,他们更爱文化的中国","'文化的中国'往往成为他们想象性的精神补偿,成为他们的诗意家园","文化的中国"形象是诗人对"当代中国形象的反思",该时期的诗人更愿意"在文化传统中构建诗意中国形象"②。彭正生通过分析严阵90年代以后的诗歌创作,认为诗人建构的"充满欲望与沉思的中国形象"代表了"90年代消费时代中国形象的集中想象",诗人以"个体的主观印象来摹刻中国形象",这样的形象建构是"对物质主义盛行的时代的一种反思,也是对商品主义思潮的一种冷静审视",呈现了"一个物质化、欲望化的中国形象"③。除了以上形象的建构,还有论者注意到了改革的中国形象,认为"重新焕发生机的中国形象,它代表了改革的中国"④,不过其论述并不深入。

进入21世纪后,新诗创作趋于平稳,诗人们能够沉静下来认真观察和仔细思考,新诗中的国家形象建构也进入了一个新的多元时代。徐迎新认为"进入新世纪,诗歌中祖国形象沿着美丽中国的讴歌全方位展开……在新世纪诗人笔下,我们看到的不仅是壮丽的中国,也看到了文化的中国、生态的中国、发展的中国,展现古老文化勃勃生机的现代新华夏"。同时21世纪诗歌开始再次与时代同频共振,"'奥运诗歌''抗击非典诗歌''地震诗歌'等特定主题诗歌,表达了国人众志成城、共同奋战的爱国热情,

---

① 冯哲:《论顾城诗歌的"中国形象"建构及其精神求索》,吴秀明主编:《文化转型与百年文学"中国形象"塑造》,浙江工商大学出版社,2011年,第461—470页。
② 胡苏珍:《现代汉诗中的中国形象》,《江西社会科学》2010年第7期。
③ 彭正生:《个人想象与集体意识交织着的民族共同体——严阵诗歌中的中国形象》,《巢湖学院学报》2015年第1期。
④ 徐迎新:《新中国70年诗歌中的国家形象:民族精神大写意》,《沈阳工程学院学报》(社会科学版)2020年第2期。

向世人展示了一个团结强大的中国形象"，社会劳动者也成为国家形象的代表，"这些新时代的劳动者们，以他们的创造与奉献、责任与担当，作为当代中国的代表，向世界展示了中国锐意向上、开放负责的大国形象"①。彭正生在论述严阵诗中的国家形象建构时，认为新诗中21世纪的国家形象可以概括为"充盈自信与期待的中国形象"，这一形象"显示出诗人的民族自豪感和对未来中国的信心"②。霍绍俊在评论梁平长诗《三十年河东》时，认为"国家形象是世界对国家的整体印象和综合评价的结果，在当今全球化的背景下，形象的势能得到前所未有的释放，人们对形象的关注远远超过了以往任何时代，当代世界就是形象的世界，因此，国家形象的战略地位被凸显出来"。由此，21世纪诗歌中"站立起来，崭新的中国形象"成为国家形象建构的新期待，诗人们"应该采用新的元素来塑造新的国家形象"③。

综上所述，新时期以来，随着新诗多元化的发展，新诗中的国家形象也进入了一个新的建构阶段，丰富多元成为研究者们关注最多的方面，同时，研究者们对新诗中新的国家形象建构也提出了新的要求并有新的期待。整体而言，研究成果仍偏少，亟待研究者们继续深入。

四、中国港澳台及海外新诗中的国家形象研究

中国港澳台及海外新诗创作是现代汉语新诗不可缺少的部分。由于地缘关系、意识形态、历史传统及文化环境等方面的不同，中国港澳台及海外新诗在建构国家（中国）形象时，呈现出与中国内地截然不同的形象特征。研究者们常常把中国港澳台及海外本土汉语诗人与旅居海外的内地诗

---

① 徐迎新：《新中国70年诗歌中的国家形象：民族精神大写意》，《沈阳工程学院学报》（社会科学版）2020年第2期。
② 彭正生：《个人想象与集体意识交织着的民族共同体——严阵诗歌中的中国形象》，《巢湖学院学报》2015年第1期。
③ 吴思敬、张立群、贺绍俊、霍俊明：《梁平长诗〈三十年河东〉笔谈》，《当代文坛》2009年第2期。

人加以区分，分别从文化乡愁、民族形象、人文中国等国家形象视角加以研究。

在港澳台新诗国家形象建构研究中，赵小琪教授取得了一系列令人瞩目的成果。他分别从人文中国形象、现代性中国形象、象征中国形象、现实中国形象等多个维度入手，探讨了港澳台新诗中国家形象建构的特点。在对港澳台新诗中的"人文中国形象"进行分析时，他指出"当代台港澳新诗的人文中国形象主要包括三个方面的内容：中正和谐的哲学中国形象，重情写意的艺术中国形象，含蓄悠闲的文学中国形象"，并提出"要完善台港澳诗歌中的人文中国形象的建构，就必须正确处理人文情怀和科学精神、本土文化和外来文化的关系"①。在论及当代港澳台新诗的现代性中国形象建构时，他认为"在追求和反思现代性的过程中，当代台港澳新诗建构了一个由个体性与民族性、理性与感性、理想与现实相结合的现代性中国形象"。同时还对内地和港澳台新诗在国家形象建构上的区别做了辨析，"台港澳的现代性与它们作为殖民地的经历有着较为重要的关系，这种语境的复杂性带来了当代台港澳新诗中国形象内涵的丰富性与独特性，当代台港澳新诗中的中国形象既不同于西方文学中的他塑性的中国形象，也不完全等同于大陆诗歌中的中国形象"②。在分析台湾新世代本土诗人诗歌中的象征中国形象时，他认为"台湾新世代本土诗人把国家、民族、家庭描述并理解为人体、动物、植物等生命有机体"，其诗中的中国形象"获得了极为深刻的生命意义"③。赵小琪还专门对台湾新世代本土诗人笔下的大陆景观进行了分析，考察其现实中国形象建构，最后认为"在台湾新世代本土诗人对中国大陆景观的书写中，中国大陆既有着'如家'般的

---

① 赵小琪、常莉：《当代台港澳新诗的人文中国形象》，《安徽大学学报》（哲学社会科学版）2011年第3期。
② 赵小琪：《当代台港澳新诗的现代性中国形象建构》，《社会科学战线》2014年第4期。
③ 赵小琪：《类比想象：台湾新世代本土诗人诗歌中的象征中国形象》，《贵州社会科学》2018年第9期。

'优美',也有着'非家'般的生态秩序的失衡"①。此外,白杨还从"文化记忆"的视角,讨论了台湾现代诗人笔下"中国形象"的历史建构,认为在"政治创伤"中,台湾诗人笔下的中国形象建构经历了乡土中国形象、文化中国形象和现实的中国形象的历史变化过程②。

除了对港澳台新诗中的国家形象建构研究之外,赵小琪、胡苏珍等还对跨区域华文诗歌和旅居海外诗人诗歌中的国家形象建构进行了研究。赵小琪认为"在台港澳、东南亚、北美、大洋洲等跨区域华文诗歌中,存在着大量对中国传统进行改铸和更新的变异式形象"。这些形象在不同的诗人笔下呈现出不同的样貌,"表现出一种历史、现实和未来的对话性"③。此外,跨区域华文诗歌中的中国形象很难用确切的几个形象加以概括,具有多样性和丰富性,有对传统经典的重构、对历史人物的改铸以及对历史事件的追问,还有"标志性动物象征""核心性地景象征""代表性节日象征"④ 等,"通过再现式的想象方式,揭示了居住地主流文化中塑造的中国形象的意识形态特性,表现了他们对故国家园的认同"⑤。赵小琪还对跨区域华文诗歌的中国形象研究的重要性进行了强调,认为"通过对跨区域华文诗歌的中国形象的研究,不仅可以进一步开发中国悠久文化与现代精神等方面的资源,大力提升它们的价值,而且可以立足于20世纪跨区域华文诗歌的现实实践,研究民族共有精神家园对跨区域华文诗歌的影响,从整体格局上把握跨区域华文诗歌对民族共有精神家园的异中有同的历史记忆与文化认同,进而为新世纪跨区域华文诗歌的发展提供历史的经验与现

---

① 赵小琪:《再现式想象:台湾新世代本土诗人旅游经验中的现实中国形象》,《上海师范大学学报》(哲学社会科学版)2018年第4期。

② 白杨:《政治创伤中的"文化记忆"——台湾现代诗人笔下"中国形象"的历史建构》,《安徽大学学报》(哲学社会科学版)2011年第3期。

③ 赵小琪:《跨区域华文诗歌中国形象的变异式想象论》,《贵州社会科学》2011年第11期。

④ 赵小琪:《跨区域华文诗歌中国形象的类比想象方式论》,《广东社会科学》2012年第1期。

⑤ 赵小琪:《跨区域华文诗歌中国形象的再现想象论》,《贵州社会科学》2013年第3期。

实的启示"①。胡苏珍则对旅居海外的汉语诗人诗歌中的国家形象进行了研究，认为"尤其是20世纪八九十年代走出去的多多、北岛、张枣、王家新等诗人，更自觉地在欧美异国土地上眺望东方，想象祖国的形象。作为华文文学的一部分，这些诗人的文本和当代留学生文学、旅美华裔小说一样，有着中国记忆、中国经验、中国文化的烙印"。"他们笔下的中国形象不是现实的，而是审美的"，"'乡土'和'汉语'，成为当代由大陆旅居海外的汉语诗人文本中的鲜明中国形象"②。

综上所述，中国港澳台及海外新诗中的国家形象研究主要集中在少数研究者的研究里，其视域也主要集中在台湾诗歌，海外华文诗歌中的中国国家形象研究还少有涉及，这为我们的下一步研究提供了拓展的空间。

五、新诗中国家形象研究的多重空间

就目前的研究来看，新诗中的国家形象研究可以拓展的空间较大，国家形象与民族认同、社会演进、文化外交、思想变革及新诗史写作等都有着非常密切的关系，从这些方面入手，可以使新诗中的国家形象研究走向更加深入与多元。此外，新诗中国家形象的变化与新诗的现代性建设也息息相关。因此，新诗中的国家形象研究不仅具有多重空间，还具有多维的时空视野。综合以上因素，新诗中的国家形象研究还可以从以下四个方面展开具体研究。

一是从时间纬度上对新诗中的国家形象建构进行整体梳理。"五四"时期到20世纪20年代的诗歌充满了对国家的忧患和深情，抒写了对美好未来的期待，具有明显的启蒙意味，如闻一多、郭沫若、郑振铎、蒋光慈的诗歌。三四十年代的战争时期，与国家形象有关的诗歌非常繁荣，左联诗歌关注现实社会、反帝抗日；七月派诗歌充满爱国主义和英雄主义情

---

① 赵小琪：《跨区域华文诗歌中的中国形象》，《安徽大学学报》（哲学社会科学版）2011年第3期。
② 胡苏珍：《现代汉诗中的中国形象》，《江西社会科学》2010年第7期。

怀；九叶诗派则更多地抒写民主、自由等观念，在国家形象建构上体现出明显的现代化倾向。50年代到70年代的诗歌以赞美新中国的"新民歌运动"和大量政治抒情诗为代表，关注领袖形象和讴歌祖国成为基本情感取向。新时期直到20世纪末，新诗国家形象建构逐渐形成多元化格局：既有充满责任感的写实性作品，也有充满民族、历史与文化的国家形象隐喻的现代性诗作，更有对传统诗歌中的国家形象和历史文化进行解构和重构的、具有后现代性倾向的"第三代"诗歌。21世纪的新诗国家形象建构在现代性、后现代性与"中华性""本土性"之间的张力中更趋复杂而多元。总之，在百年新诗的发生、发展过程中，现代中国人的国家观念逐渐强化，国家形象建构意识从未中断，为我们系统研究新诗中的国家形象提供了丰富的思想资源。

二是从空间维度上考察新诗的国家形象建构。内地诗人、台港澳诗人和"去国"诗人等从不同角度对国家形象进行了各具特色的建构。虽然有研究者在这方面做了研究尝试，但联系台港澳曾被殖民的历史语境，基于现实生存考量的应激性认同，台港澳诗人对民族国家认同有着各自的独特性，他们远离"故乡"，内心无所依傍，或焦虑，或彷徨，新诗成为一种补偿方式。因此，在国家形象建构上凸显出与内地诗人截然不同的样貌。而用汉语写作的"去国"诗人则要直面居住地主流文化对中华文化和国家意识的压抑与遮蔽，常常采取某种对抗性的写作姿态，揭示被居留地主流文化塑造的"他者"性中国国家形象的意识形态特性，以表现他们对"故乡"的文化认同，在这样的矛盾与抗争中，诗人们在对抗与对话中不断地进行着国家形象建构。因此，从空间维度可以更具体地考察出国家形象的立体特征。

三是可以从综合的视角考察新诗在国家形象建构上的特色与成就。新诗的国家形象建构是具体而丰富的，可以从政治、审美、先锋性、世俗性、民族性和生态建设等方面加以梳理和研究。自"五四"新文学运动以来，新诗一直是最敏锐地感受时代脉搏、表现时代精神的文学样式。政治的异动、审美的转向、新思潮的形成，无不与新诗创作发生关联，所以新诗在国家形象建构的过程中常常具有先锋性特征，同时也在日常生活的世俗性方面具有显著的时代特征。民族性则是中国新诗的世界性特质，它是区别于其他国族诗歌的重要特征，也是建构中国形象的独特载体，民族性是新诗建构特色国家形象的重要因素。生态建设是新诗国家形象研究的新范畴，人与自然的和谐相处，是新诗"和谐诗学"建构的主要内容，生态书写一直潜隐于新诗创作的整个过程，自然景物入诗早在新诗发生期就已出现，所以，梳理研究新诗的生态书写与当下的生态建设的关系，也是呈现国家形象的重要一脉。

四是可以从中外比较的纬度考察中国新诗在国家形象建构方面的得失。全球化语境下，在进行国家形象的"自我"建构时，要考虑到他国读者的接受语境，从"他者形象"中发现国家形象构建之得失，引起警醒，激发我们努力通过诗歌来建构当今中国形象的责任意识与使命意识，增强形象建构的针对性和有效性。

"朦胧"的大小传统与诗学流变

□刘牧宇　梁笑梅[①]

内容摘要:"朦胧"作为一种古已有之的诗歌传统和理念,在20世纪80年代之前的当代诗坛中,长期处于沉寂状态,直到朦胧诗的诞生和新诗潮的崛起方得以苏生。但与此同时,在新诗歌形式和美学道路举步维艰的时刻,诸多崛起派诗人、学者也将"朦胧诗"所具有的独创性和开拓性意义进行了并不确切的指认,甚至标榜其所蕴含的诗学理念、诗歌技巧为"前无古人"。实际上,"朦胧"这一命名背后的诗歌传统,自古典诗歌发源以来就被提出和实践,在现代新诗中也并非就此断裂,而是在实验性的探索中被继续沿用和改良,因此远非一座孤岛,而具备可供回溯的传统与脉络。

关键词:朦胧诗;现代主义诗潮;诗歌传统;现代流变

对"朦胧诗"这一诗歌热潮和流派而言,对命名的质疑伴随了其从诞生到兴盛再到落潮的全过程,甚至时至今日,这一问题仍被学界间歇性地

---

① 刘牧宇（1996—）,四川大学文新学院博士研究生,主要研究方向为中国现代诗学。梁笑梅（1967—）,西南大学中国新诗研究所教授,主要研究方向为中国现代诗学和文化传播学。基金项目:本文为中央高校基本科研业务费专项创新团队项目"中外诗歌发展问题研究"（项目编号:SWU2009110）阶段性成果。

提及和讨论。但从实际效果而言,"朦胧诗"这一称呼在当下显然已经难以撼动,不仅该诗歌流派本身已成为文学经典和文学史的组成部分,甚至作为一种诗歌特征和广义上的诗学传统的"朦胧",也借助新诗潮的影响力,在中国新诗史中开拓出了一方园地。洪子诚曾表示,"时至今日,没有谁再去费神考察或重新审定这些命名的名实相符","文学史上的一些概念很多都是约定俗成的",而它真正的价值在于"用的时候赋予了它什么含义"。某种程度上,崛起派成员正是充分利用了"朦胧"可供策略性阐释的特征,根据时代的需要和主流话语权力更替的趋势,重建了新时期的文学秩序和道路,因此"朦胧诗"的功绩不单单局限为一个文学热潮或流派的意义。

但同样,出于朦胧诗在当时整体诗歌氛围的不利情况,以及迫切为朦胧诗争取合法性地位和话语权利的心理,崛起派也产生了诸多对"朦胧诗"价值加以鼓吹的言论,如徐敬亚在著名的《崛起的诗群》中就如此说道:"我认为这是继文艺复兴和浪漫主义运动之后,在世界范围内文艺的一次重大变革,是人类物质文明发展到一定阶段的产物。"而对于"五四"以来的新诗探索,他则做出了这样的判断:"在研究现代倾向的时候,我们不会忘记当年新诗中出现的现代萌芽。但它太幼小了,当时中国并不具备全面产生现代主义文学艺术的应然性。"[①] 这种对朦胧诗"崛起"意义的片面强调,无疑是偏颇和粗糙的。事实上,"朦胧"作为自古典诗歌以来便存在的中国诗学传统,一直以不同的名称与形态贯穿于现代诗学之中,而新诗潮所掀起的轩然大波,也不过是其整体发展脉络中的一个重要波峰,无论是作为古典"大传统"还是现代主义的"小传统",它都未曾缺席中国诗歌的发展历程。

---

① 徐敬亚:《崛起的诗群》,姚家华主编:《朦胧诗论争集》,学苑出版社,1989年,第250页。

一、诗贵含蓄:"朦胧"的古典传统

"朦胧诗"尽管是以反传统意识为自我标榜和基本立足点的,但其内在气质中的艺术风格与中国古典诗词的关联和承继关系其实相当明显。在中国古典诗论中,"诗言志"和"诗缘情"被认为是诗歌的本源性话语。前者出自《尚书·尧典》中的"诗言志,歌永言,声依永,律和声,八音克谐,无相争伦,神人以和"①,其中的所言之"志"的内涵几经变迁,流传至今已经是融合了儒家政教伦常理念、道家自然法则以及法家王霸之道的一种内心志向、怀抱及情感。而"诗缘情"的观念源自陆机《文赋》中的"诗缘情而绮靡,赋体物而浏亮"②,认为诗因情而发,目的是抒发情感。"言志说"和"缘情说"共同构成了中国古代诗论的基础,以文学基本因素和本质特征的姿态存在。需要提出的是,"诗缘情"一说虽然提出较晚,但中国第一部诗歌总集《诗经》中更倾向于情感或直接或曲折的抒发,因此"缘情而发"是中国早期文学中更具民族特色的创作形式。另外,"诗缘情"的主张侧重诗歌生成时的感性因素,因此相较于"诗言志",在诗歌形式艺术的开拓上也倾注了更多的心力,如借助周遭景物来烘托、渲染和反衬诗人感情,强调融情于景、情景交融,从而产生了古典诗歌"意象""意境"等独特的概念。曹丕《典论·论文》中的"诗赋欲丽"和欧阳修的"穷而后工"都是基于此对诗歌语言修辞、抒发方式提出的进一步要求,待到南宋严羽在《沧浪诗话·诗辨》中指出"如空中之音,相中之色,水中之月,镜中之象,言有尽而意无穷"③,以及明代王廷相《郭价夫学士论诗书》中的"夫诗贵意象透莹,不喜事实粘着,古谓水中之月,镜中之影,可以目睹,难以实求是也……故示之以意象,使人思

---

① 《尚书》,《十三经注疏》,中华书局,2009 年,第 4 页。
② (南朝梁)萧统:《文选》(第二册),上海古籍出版社,1986 年,第 766 页。
③ (宋)严羽:《沧浪诗话校释》,郭绍虞注,人民文学出版社,2005 年,第 18 页。

而咀之，感而契之，邈者深矣"①，更重点阐述了在诗歌中营造意象，以藏情其中、曲折表意的诗歌观念，即"其寄托在可言不可言之间，其指归在可解不可解之会"。他们将这一特征视为"诗之大致也"②，即诗的核心特征和品格。所以，在中国古典诗论中，"借象传心，托此言彼"这种曲折委婉、犹抱琵琶半遮面的言情方式，早已被一些诗论家放置在了极高，甚至是诗歌核心的位置上，获得了很大程度的认可。

由此再来反观"朦胧"这个词，它通常被释义为"模糊不清"，用以表达传递思想感情时的含蓄不清晰。而当"朦胧"作为"诗"的前缀，成为"朦胧诗"时，其实就与此种诗论下所指向的古典诗歌特征有着极大的契合度，因此可以被视为诗歌含蓄的表达技巧和美感的代名词，不仅未含贬义，反而成为蕴藏了古典况味的合理传统。抒情对象的不明确，意象的零散陌生，语言的委婉曲折，都成为此类诗歌的"诗味"特征。此外，中国古典诗歌中也的确存在与当下我们所指称的"朦胧诗"特征相近的作品，其中成就最为显赫，也最广为人们熟知的就是温庭筠与李商隐的诗作。温庭筠的词作具有幻想性、视觉化和立体性等方面曲幽委婉的特征，整体上呈现出"清艳"之美。而李商隐的"朦胧"诗作引用或化用各种典故，将高度个人化的内心情感加之于意象，再辅以言辞的绮丽华美，从而在诗作中营造出可供解读和阐释的广阔缥缈空间，给读者一种恍惚迷离的美感，其中尤以无题诗为最。可以说，"温李"的诗歌成就代表了"朦胧"诗风在古典诗歌中所取得的崇高地位，由此也确证了"朦胧"之于古典诗歌的重要意义，也为这一传统从古典向现代文学过渡，建立了良好的基础。因此，"朦胧诗"命名之中的"朦胧"，实际上暗中接续了涉及诗歌本质的重要古典诗歌传统，那些经常出现在诗歌中的繁复意象，对比兴、通感等手法的使用，以及因含蓄性所构建起的多重阐释空间，都无法与古典诗歌传统相割裂，甚至可以说是一脉相承的。

---

① 王廷相：《与郭价夫学士论诗书》，《王廷相集》，中华书局，1989年，第504页。
② 陈良运：《中国诗学批评史》，江西人民出版社，1995年，第472页。

二、新诗初创期的"朦胧"传统

中国古典诗歌形式的成熟，使得注重表意形式成为其"文学性"的重要部分：雍容典雅的格律、含蓄委婉的典故、凝练精致的语辞。对于创作者而言，只要掌握了这种形式的特点，自如地控制格律、用典和文言，便能制造出符合古典诗歌形式特征的文字组合，创作出品质不低的诗歌来。但也正是古典诗歌这种过分套路化的文体特征，在近代成为其发展的壁垒。过度开发的文言造成了大量"陈词滥调"，无休止的用典掩盖了诗人的主观情绪，僵死的外形更是妨碍了主观情感的抒发。古典诗歌与现代国人生命体验上的落差和隔膜，成为新诗变革的原始动力和内因。

在新文化运动和"文体改良"的大潮之下，为了突破旧体诗词的束缚，倡导现代性的白话新诗写作，并以此确立人的主体价值，白话诗人们的关注焦点开始转向抒情主体的建构和情感自然热烈的喷发，至于诗歌的"朦胧"传统则很大程度上被压抑和遮掩了，那些古典诗艺上用典、意境和文法，大多被指摘为"无病之呻吟"和"烂调套语"①。不过，此种类型的诗歌创作虽然在"救亡"和"启蒙"的宏大话语之下远离中心，走向了边缘，但对它进行现代性转化的尝试却从未中断过。在中国现代文学的发轫期，表现主义、象征主义、未来主义、意象主义、超现实主义等西方现代主义流派也在欧洲的文学艺术运动中同步出现并盛行，它们与传统决裂的姿态及创造性的特征赢得了部分新文学创作者的青睐，并被迅速传入中国。周作人的"新诗第一首杰作"（胡适语）《小河》也有着象征诗派的影子，以小河的存在象征由忧郁转到光明的生活的斗争，使光明由力的抗议中产生；梁宗岱的《暮》《白莲》《晚祷》等作品则在象征手法上的运用已趋于完善。不过这些最初的现代主义尝试没有明显的倾向，所取的向度也不尽相同，在当时更是被新诗"开天辟地"式的语言革新和文体创造所遮

---

① 胡适：《新青年》，《新青年》1917年第2卷5期。

蔽，直到在后来的早期现代派诗人身上，才放出了异彩。

施蛰存、卞之琳、徐迟、何其芳等诗人主要接受着来自波德莱尔、魏尔伦、瓦雷里等法国象征主义诗人和艾略特、庞德等美国意象派诗人的影响，他们没有同胡适一样，对"文体革命"抱有过多的执念，而是一边吸纳西方现代主义诗学中的语言陌生化、感情抽象化和象征手法等特色，同时力图缩短新诗同中国古典诗歌之间的距离，移用了比兴、通感和戏剧技巧等古典手法，希望在同具有"朦胧"特征的两种诗艺之间，找出一个可以共存的平衡点，从而促进中国现代主义诗歌质的飞跃，创造具有现代性的"朦胧诗"。这一时期，李金发的象征主义诗歌实验无疑是最突出的成就。1925年经周作人推荐，李金发的诗集《微雨》出版，之后相继推出了《食客与凶年》《为幸福而歌》，从而引发了中国现代主义诗歌史上第一次对诗歌"朦胧"与"明朗"之别的内部论争，而这一论争"传统"后来也几乎贯穿了整个新诗发展史。李金发的语言生涩奇崛，诗歌中的意象之间也以个人飞跃式的想象，形成了一种超越本土的奇特关联，借此传达对时光飞逝、情感无常、生命神秘和荒诞性的深刻哲思，对新诗进行了一次革命性的思想与语言革新。同时期的王独清、穆木天、冯乃超三位后期创造社诗人，则选择从形、音、画上进行美的营造，处理忧郁伤感的迷蒙情思，胡也频、蓬子、石民等诗人也在表意形式、语辞创新方面有所建树。总体而言，含有"朦胧"意味的现代主义诗歌在初创期就取得了一定成果，交杂着对内在世界进行深度发掘时的"灰暗"，但也流露出对家国、感情和风光热爱留恋的"明朗"，它在艺术上的"朦胧美学"建构，对语言和表现手法的大胆探索，与新月诗派的新格律诗探索遥相呼应，"一同冲击了'五四'以来诗坛艺术上大而无当的直露风气，反拨了诗歌形式的板结与诗意的滥情，为诗坛带来了'新的颤栗'"[①]。

---

① 罗振亚：《20世纪中国现代主义诗潮概观》，《福建师范大学学报》（哲学社会科学版）2005年第2期。

三、"现代派"与"九叶诗派":"朦胧"传统的确立

进入 20 世纪 30 年代之后,"朦胧"意味强烈的中国现代主义诗学迎来了自己的巅峰期。围绕施蛰存主编的《现代》杂志,聚集起了一批兼具才情和抱负的诗人——戴望舒、何其芳、卞之琳、废名、李广田、徐迟、金克木等。他们的主要贡献在于将古典诗词中的比兴、意境和西方现代派诗歌的象征、隐喻进行了联结和沟通,从而完成了前一阶段遗留的,中国古典诗歌艺术如何与西方现代主义诗艺有效结合的关键性问题,达成了两者艰难的融会贯通。在统一的探索方向之外,众位诗人也各自发出了独具特色的声音:戴望舒对新月派格律体的束缚做了突破,重视诗歌的散文美和纯诗性,对现代人隐秘的心理空间进行了建构和表达;何其芳将法国象征派诗歌技巧与古典诗歌的典故辞章进行了巧妙的联姻,生发出曼妙的美学力量;卞之琳将感情的倾吐转化为理性的哲思,以戏剧化的冲突、严谨的构架、精巧的语词和冷凝的情调形成了独特诗风,开启了向后期象征主义的转变。"朦胧"的特征不仅没有在这一阶段被弱化,反而因为中西诗艺的恰当结合,被赋予了新的生命色彩,从中西和新旧两方传统夹击中的无处安放,跨入了独立自觉的创造时期。

在现代诗派之后,现代主义诗歌与"朦胧"传统进入了相对沉寂的发展阶段。20 世纪 30 年代末至 40 年代初外来侵略和民族危亡的时代环境,使得国族存救亡成为新的主旋律,也跃升为文学创作不可绕过的主题。在"团结全民族统一抗战"的呼吁之下,直白明朗、情绪激昂,且能够凝聚民族力量、宣传抗战救亡的诗歌形式成为当仁不让的主流,而以现代主义诗歌为依托的"朦胧"传统,因为呈现出纯文学的倾向,与普通群众的审美和理解有着一定的距离,也很难契合对抗战进行精神动员和宣传的要求,某些时候甚至与主流诗坛形成了相当尖锐的冲突,因此显得分外不合时宜,面临着不小的困境。但也正是国家与民族所处的特殊环境,为现代主义诗歌和"朦胧传统"从"悬浮"的私人内心世界重返现实,向更高层

面蜕变提供了重要契机。

当"现代派"诗歌的发展陷入僵局之时,以辛笛、陈敬容、杜运燮、唐祈、唐湜、郑敏、杭约赫、袁可嘉、穆旦九位诗人为代表的青年诗人,却以自身的创作实践,悄然酝酿着一种新的现代主义流派——九叶诗派。这个诗歌流派虽然形成于40年代,但是在当时并没有以此为名结社,也没有该流派之说,直到1981年江苏人民出版社结集出版了袁可嘉、郑敏等人编选的《九叶集》,方才得名"九叶诗派"。而在当时,"九叶诗派"的诗人则主要分布于两个团体之中,一是出身于西南联大,在抗战后返回京津地区的北方诗人们,可称之为"西南联大诗人群";二是以上海刊物《诗创造》为中心,聚集和活跃的一批诗人,可称之为"上海诗人群"。而1948年6月创刊的《中国新诗》,成为南北两方诗人汇聚和"中国新诗派"(也即"九叶诗派")形成的契机。"九叶诗派"突破了前阶段诗歌多传达个人情感的狭隘观念,在诗歌中融合了人生经验和民族意识,将创作主体置放在社会文化语境中,与民族和时代结合起来,从而对生命价值和个体命运进行探讨,"实现了中国现代主义诗由气体化向固体化的诗型转化"①。

首先是西南联大诗人群,主要是指穆旦、杜运燮、郑敏、袁可嘉。他们主要以西方现代诗学为参照,希望使"音乐的变为雕刻的,流动的变为结晶的,从浩无涯际的海洋转向凝重的山岳"②,要求诗情元素由情绪内质向思想和经验内质转变,相较于现代派诗人波动式的诗质内蕴,更加富有思想情绪和人生经验的坚实密度。而在现代主义的诗学主题开拓上,他们则延续了鲁迅《野草》中对自我的审视,还将对生命内涵的思索和对深层心理的开掘引入诗歌,从纠结缠绕的矛盾旋体中体验生命的不同面向与本质。在对内在进行深入发掘的同时,他们也不逃避"救亡"的民族主题,积极投身到时代洪流之中,从具体的生活形象中提炼诗歌元素,以有限表达无限,完成超时空性的多层次象征,从而获取永恒的诗歌魅力。其次,

---

① 张同道:《探险的风旗——中国现代主义诗潮回眸》,《文学评论》1996年第3期。
② 冯至:《里尔克——为十周年祭日作》,《冯至学术论著自选集》,北京师范大学出版社,1992年,第482页。

陈敬容、杭约赫、辛笛、唐祈、唐湜几位诗人则以"上海诗人群"的身份，围绕《诗创造》进行着创作活动。他们的活跃时间正处于抗战结束，内战烽火将燃的紧张氛围之中，上海特殊的城市场域又是各种尖锐的社会问题的集中爆发之处，因此相较于西南联大诗人群，他们更倾向于诗的社会性，倡导对生活的直接，强化了对社会现象的描述。但他们并没有忽略现代主义诗艺的运用和改良，在创作上加强各种元素的糅合，将本土元素、现实主义、浪漫主义、古典主义与现代主义融合一堂，钝化了先锋色彩，显得更为温和，同时也更贴近现实，极大彰显了现代主义诗的社会性的一面。

"九叶诗派"综合和吸收了新诗诞生以来二十年的诗学主题和诗歌技巧经验，与古典诗歌"朦胧"的传统也有着遥相的呼应，共同形成了它内敛、蕴藉、沉雄的整体风格，促成了新诗从广义现代主义到中国式现代主义的质的飞跃。当然不可否认的是，现代诗派那种"小处敏感，大处茫然"的缺点依然可以在"九叶诗派"身上被发现，它在艺术上仍有着可供改进的空间。在"九叶诗派"之后，因为"十七年文学"和"文革"文学在文艺道路上片面的侧重，现代主义诗歌失去了可供生存的土壤，处在了长时间的空白期，直到20世纪80年代"朦胧诗"兴起，这一从先秦时期中国诗歌发轫就开始传承的诗学传统，才得以被再次赓续。

结　语

从中国古典诗歌诞生以来，直至现代诗学的初步建立和完善，中国诗歌传统中"朦胧"一脉的诗歌特征始终或隐或现地存在于新诗尚未完成的实验运动之中，它所代表的一类诗歌特征，在数千年的中国诗歌传统中，往古典诗歌溯源，可以寻到从《诗经》即开始的"大传统"，而回眸20世纪以来的现代诗歌史，也能在历史的秘藏中寻出一条若隐若现的"小传统"，即20世纪20年代"象征诗派"——20世纪30年代"现代诗派"——20世纪40年代"九叶诗派"——20世纪80年代"朦胧诗派"的大致发展逻辑。诗人和学者郑敏曾表示："诗的特点，一是没有统一确定的解释；二是极富暗喻；再是拥有凝结感性具象与悟性的内涵意象。这三者构成古今中外诗歌特性，即'朦胧'使得诗有言之不尽、以逻辑推理无法穷竭的内蕴。"因此，"朦胧"这一审美性诗歌观念，实际上融合了中国传统古典美学所追求的意蕴和境界，以及现代主义含蓄、多义的特征，有着明确且可供溯源的诗学渊源和逻辑。"一切陈述、暗示、比喻、语法形式、语气节奏和其他要素都具有基本的或纯粹的创造机能。即使那些常常迫使批评家们加以意译的朦胧成分，也成了诗的构成要素。"如果站在这一层面，再去反观徐敬亚在《崛起的诗群——评我国诗歌的现代倾向》中对朦胧诗"现代主义"原创性、突发性的强调，以及对朦胧诗诗学源流"太幼小""不具备全面产生现代主义文学艺术的应然性"的评价，尽管是为了替朦胧诗争取合法地位，却忽略了"朦胧诗"的悠久诗学传统，自然存在着理论的缺憾了。在 80 年代掀起浩大文学浪潮的"朦胧诗"热潮，本质上仍是"朦胧"传统在经过数十年的潜伏与积压后，在新时期的又一次复兴而已。这对我们重新审视"朦胧诗"的诞生与文学史价值，或许提供了又一个有效视角和进一步阐释的空间。

深远而悠长的生命咏叹
——谢克强长诗简论

□ 邢海珍①

内容摘要：谢克强的长诗是"言志"之诗，是"志之所之"、发为心声的由衷之诗。诗以"独白"的叙述方式表达了内心的真性情，追求人情和人性的高远境界。重视时代性和社会性，把握历史的大趋势，关注民生现实，把自我的个性情怀与时代社会精神有机地统一起来。叙事与抒情互融，诗意的表现自如而深切。多用意识流或板块式结构，注重跌宕起伏的效果，在回旋中产生更大的张力。

关键词：谢克强；长诗；个性情怀；时代与社会精神

在我的理解中，长诗的写作具有一种天然的历史性，其长度与某种"历史"的因素有关。诗的本色是"瞬间"的，而长诗的构成则是以某种历史的过程性来呈现若干诗意生命的"瞬间"，进而达成人生世界更博大更深远的心灵景观。诗人谢克强出版了八卷本的《谢克强文集》，基本上囊括了诗人多年的创作实绩，展示了诗人在新诗领域多方面努力探索取得的成就。其中的"抒情长诗卷"是诗人长诗创作的主要成果，在他整体创

---

① 邢海珍（1950—），男，黑龙江省海伦市人，中国作协会员，绥化学院文学与传媒学院教授，主要从事诗歌评论与理论研究。

作中占有极其重要的位置。

慢慢读来,谢克强的长诗深深地打动了我。清代大学者纪昀在《冰瓯草序》一文中说:"诗本性情者也。人生而有志,志发而为言,言出而成歌咏,协乎声律。其大者,和其声以鸣国家之盛,次亦足抒愤写怀。举日星河岳,草秀珍舒、鸟啼花放,有触乎情,即可以宕其性灵。"① 谢克强是"诗言志"的信仰者,他的诗是言志之诗。不论是"和其声以鸣国家之盛",还是关乎个人喜怒哀乐的"抒愤写怀",都是"志之所之"、发为心声的由衷之诗。

《挽歌》和《恩泽》这两部长诗底蕴深厚,可看出谢克强长诗写作的坚实基础。从写作时间上看,是《挽歌》在先,而《恩泽》随后。诗人为悼念母亲的文字歌哭,这样的真情书写一发而不可收,于是接着写下了怀念父亲的心祭长调。两诗均是发自内心,有催人泪下的感染效果,是不可多得的长诗佳作。诗人在长诗的大结构框架中,情怀舒放,一唱三叹,把藏于心中的复杂情感化为清新质朴的文字,淋漓尽致地表达了一个儿子如火燃烧的深切情怀。

在"献给母亲灵前"的《挽歌》中,诗人谢克强以这样自然而别致的方式打开了长诗的"窗子":

> 这是这个冬天最冷的一天
> 太阳没有出来
> 只有风凛冽地刮着
> 好冷好冷的风呵
> 然而比风更冷的消息
> 顷刻冻僵了我
> 冻僵了一个儿子的心
> 是呵

---

① 转引自李壮鹰主编:《中华古文论选注》上,百花文艺出版社,1999年,第230页。

还有什么
比临危弥留的母亲
一声声
吃力地喊着儿子的乳名
更令儿子痛心
妹妹哽咽在电话那头
泣不成声
而我的泪
我的带着体温的热泪
溅在衣襟上
在冷飕飕的风里
骤然成冰
这时
一只鸟儿飞落我的窗口
鸟儿低垂着脑袋
耷拉着翅膀
用哀愁的目光望着我
我打开窗户
让鸟儿飞进屋里

  一个好的切入点,对于长诗本身来说是十分重要的。谢克强是以自然而深入的描述方式,让人怦然心动又入情入理,朴素的文字引人进入情境,表现出一种脱俗的大气。诗人从"冬天最冷的一天"开始,引出"临危弥留的母亲""一声声/吃力地喊着儿子的乳名",一下子进入题旨,便入木三分地触及了人情人性的内蕴。诗又由妹妹的电话而引出"泣不成声"的感人一幕,写到"我的泪""骤然成冰"。接下来诗人又荡开一笔,写一只在窗外被寒冷袭击的鸟,"低垂着脑袋/耷拉着翅膀/用哀愁的目光望着我",是另一番天地,另一种境界,而不经意的一笔"我打开窗户/让鸟儿飞进屋里",好似无心插柳,但一下子把诗意推向了高度,可以说是阴凉遍地了。

在谢克强的长诗中,《恩泽》和《挽歌》占有特殊而重要的地位,它代表了诗人的整体创造水平、诗的理念、艺术表现的技巧和修养所达到的境界。两部长诗都是"独白"的叙述方式,诗人在倾诉中表达了对于亲人的怀念,文字中的哀思如长长不竭的山泉,在心灵的原野上潺潺流动。诗人笔下的生命咏叹有一种朴素而沉实的感动力量,是人生经历中最真实的体验和感受沉积在胸,是灵魂中疼痛后的精神升华,当然这是诗的机遇。此时此刻,诗人心中的父亲母亲已不是常人,而是伟大的"神",诗人诗意地发现了平常人身上的神圣和伟大,突破了日常生活的局限。同是一个"抓壮丁"的事件,在两部长诗中都有不俗的表达。在《恩泽》中,诗人这样写下了父亲被抓走的场面:

> 七八支枪
> 已逼在门口
> 这些狗日的东西
> 都他妈的从哪里来的
> 你站了出来
> 回头望了望身怀六甲的妻子
> 望了望默默饮泣的母亲
> 望了望残破的老屋
> 你大步走上前去
> 就这样
> 你被抓走了
> 你被抓壮丁抓走了——

以情感浸染的方式还原了已逝的历史场景,门口是逼近的"七八支枪",然后是两句"这些狗日的东西/都他妈的从哪里来的",真是一下子就"境界全出"了,这样的辱骂或许还有些不雅,但却成了真正的诗,大约这就是所谓的"愤怒出诗人"吧。是这种水到渠成但又有些出其不意的情感表达使诗的情境描写有了更深的底蕴和化腐朽为神奇的可能性,这也可能是区别诗与非诗的一个临界点。而这一场景在《挽歌》中则是另一番情形:

没等父亲打开大门
几支黑洞的枪口直指着他
不容分说
父亲被抓走了
目送父亲的身影渐渐走远
渐渐消失
你咬碎了牙齿
将仇恨吞进肚里
那是个风雨交加的夜
就在风雨交加的电闪雷鸣中
我出生了
你抱着新生的儿子
凄苦地笑着
你说:我们家又有壮丁了
狗日的
你们抓吧

同一件事,但从两个角度来表现,也是对历史场景的一种互证方式。在诗人的笔下,我们看到的不是描述的重复,而是诗具有了增长点。父亲被抓走了,他的儿子出生了,悲剧的云雾中出现了新的曙光。而这里最为要紧的是,诗人转而通过母亲之口表达了一种充满豪情的愤怒,"你说:我们家又有壮丁了/狗日的/你们抓吧"。异曲同工,与《恩泽》中的愤怒相比,《挽歌》中又多了母亲的性格因素,这也是诗人艺术表现上的变化。同是有些不雅的"骂",其诗意的内涵是丰富的,不如此则难以确切表达内在的情感,这也是一种"不吐不快"。

在结构上,《恩泽》和《挽歌》采取了意识流动的自由方式,伸缩有度,开合自如,显示了诗人随机把握、驾轻就熟的布局能力。诗人把父亲离世的现实性场面与他一生的经历交叉在一起,形成了一个整体与片段交织穿插的情感表述流程,不是单纯地叙写往事,也不是一味地呈现悲剧的场景,而是把父亲的人生往事融会于情感的跳跃和流动之中,波澜起伏,回旋婉转,生命的情境在结构的阵列中产生了极大的张力。在母亲的病床前,老人家弥留的现实场景是儿子面前的悲剧现实,而由这现实出发所牵引出的一桩桩往事形成了一种独白式的表达。是儿子对母亲的悠远而深切的爱恋之情推动着一种结构长度的伸展,这是诗人心灵颤动的波澜所自然流动的抒情态势。

《祖国》和《夏歌》作为长诗,从诗体结构着眼就可以区别于《恩泽》《挽歌》及《三峡交响曲》。《祖国》和《夏歌》两部长诗是由若干独立的诗篇组合而成的,因每首诗的独立而成为一种板块结构,在衔接照应中实现了整体性的格局。这种结构为诗的选材提供了极大的自由和方便,也使长诗具有了更大的包容性。

鲜明的时代性是这两部长诗的突出特色,诗人始终对他所立足的时代、生存的现实饱含无限深情,他通过《祖国》《夏歌》这种开阔的抒情天地来表达自我心中的激情和大爱,这些诗就像燃烧的火焰一样闪耀着热烈的光芒。谢克强的长诗在一定程度上表现出对重大题材和主题的重视,诗人在写作中特别关注国家前途、民族命运,他用心灵最敏感的神经去感应社会和时代的脉搏,努力去表现强烈的时代精神。他在长诗中,及时准确地反映了崭新的改革风貌,把握历史发展的大趋向,关注国计民生的大事件,书写引领历史潮流的伟人,歌颂伟大的旗帜,描写建设新时代的高高的脚手架。这些大题材和大主题是谢克强抒情长诗的风骨和血脉,构成了诗人写作主体的大视野、大襟抱和大境界。

在一段时期内，许多作家和诗人有忽略大题材、大主题的倾向，一味小手小脚，一味杂乱琐碎，失却了必要的大时代、大社会的精神气象，这是文学表现的一种失落。著名诗歌理论家谢冕先生在《文学的"重大主题"》一文中说过："不难设想，若我们的文学失去了对于厚重、深刻的关怀，只剩下'小女人'、小摆设、小圈子，那也是非常可怕的情景。"[①] 谢克强在长诗写作中抓住了大主题，写出了深刻动人的情怀和境界，坚守时代精神，时刻保持一种内在的清醒和定力，这是值得推重的。

谢克强善于在这些大题材中抓住要害，用朴素的方式去准确表现深刻的题旨。长诗《祖国》中的《汉子》一首有这样两节：

历史等了多久呵
他才从江西那条小道走来
待他渐近渐近的足音
叩开春天的大门
他一挥手
十一届三中全会的春风
将一个个播种的季节
还给劫后的中国

三次沉浮
这个铁骨铮铮的汉子
可以忍辱负重
却从不向邪恶低头
当他重新站出来工作
他沸腾的热血
将阳光和真理铸一把长剑

---

① 谢冕：《文学的"重大主题"》，《西郊夜话》，福建教育出版社，2000年，第65页。

驱散迷雾

这样的诗是自然而朴素的，几乎没有任何华丽的外衣炫目，把"历史"人格化，一个真实而具体的人去"叩开春天的大门"，在虚化中营造了诗意。诗人把十一届三中全会的历史性转折写成了"将一个个播种的季节/还给劫后的中国"，富有浪漫的诗性精神，而又十分贴切妥当。如"三次沉浮""忍辱负重"，像"重新站出来工作"，都是不加修饰，有着明显的纪实性。在《黎明，我登上脚手架》一诗中，诗人有这样的情境化描写：

真好
就在我的期待里
妻子来信了
她没有告诉我
父亲收获的稻子又卖不出去
母亲采撷的蚕茧又压价了
她已有大半年没领到工资
甚至女儿学会喊爸爸也没说
她只告诉我
又有一个孩子退学了
将教室里本来滴血的伤口
又一次拉大
而整整一个冬天
孩子们静坐在透墙的风中
她有点担心
这漏风漏雨的教室
能不能支起她和孩子们的天空
读着读着我落泪了

> 读着读着电灯熄了
> 这一夜　我失眠了
> 混沌中我做了一个梦
> 梦见我回到老家
> 和我的妻子肩并着肩
> 为新建的希望小学
> 剪彩

　　这些近于写实的生活具象内容为情感的表达奠定了坚实的基础，避免了空泛性，也同时实现了寄情于事象之中的目标。写妻子来信，写她教书的学校"孩子退学"，教室"漏风漏雨"的困境，在写实的基础上，诗人用想象的方式，写"做了一个梦"，巧妙地揭示了困境中的希望，为多事的现实平添了一笔亮色。谢克强重视生活的情境，他的诗就是用情感的烛照使生活焕发出强烈的艺术光彩。正如他在长篇诗话《独白，徘徊在诗与美之间》所说的那样："诗歌，就是生活，是充满生命力的经历。这是因为，诗人也与平常人一样生活在一个客观现实的世界中，诗人献身这个世界，就是力图把客观的现实生活艺术化，使人们生活在诗意的世界中。"①诗人在长诗中所表现出来的扎实、稳健的抒情风格，是与他重视吸纳社会生活和时代精神的营养分不开的。

　　《三峡交响曲》是谢克强长诗中最为重要的作品。这是中国诗歌史上第一部表现三峡工程，反映社会主义经济建设的抒情长诗。诗人以冲天的豪气牵一条"从我心中流过"的长江，把悠远而苍茫的历史烟云、辽阔而生动的现实人生、豪迈而深邃的生命节奏融会于一体，写出了大襟怀、大气魄的长江三峡社会人生交响曲。

　　在诗人的笔下，"长江"是一个时代生机和活力及进取精神的大意象，

---

①　谢克强：《独白，徘徊在诗与美之间》，《谢克强文集》（诗论卷），长江文艺出版社，2011年，第43页。

这条关系着一个历史悠久大国的生存和发展的水脉，贯穿着中国的历史、现实和未来，诗人以一个浩大工程作为标志张扬了21世纪时代精神的宏伟篇章。《三峡交响曲》以其鸿篇巨制书写了人与自然的生命律动，是立足三峡、弘扬长江文化的诗意大制作，充分见证了改革开放后国家和民族发展的活力和崛起的风范。长诗开阖自如，节奏起伏跌宕，确是近年来直接反映社会现实重大题材的优秀力作。

长诗的开篇这样写道：

向我奔来
哦
向我奔来
拍天的波涛向我奔来
拍击我大堤一样的胸膛
惊醒我的歌喉
好久好久呵
我的歌喉喑哑了
一阵莫名的激动后
我漂泊的记忆
有了一种回家的感觉
当我重新回到你的身旁
（像儿子回到母亲身边）
激动而庄严的情感
在心中慢慢升起
我又听见你脉搏的跳动
听见你乳汁流淌的声音
你博大的胸怀与母爱
感动了天上梦幻的流云
感动了地上萌生的小草

也感动着我

把酒临风

为你唱一支歌

诗人从心灵出发，抒写对长江"母亲"之情的深切感受，是那心荡神摇的波涛，是那充溢着象征意蕴的流水，一下子点燃了热血和诗情。人和自然的对话，正步入一个全新的历史时代，让久已"喑哑"的歌喉重新发出美妙的绝响。在中国文明史发祥和传承的版图上，"长江"无疑是一个极为重要的符码，是文化精神内核负载的大情结。

四千多行的长诗《三峡交响曲》具有抒情的丰富性，诗人描绘了一幅幅壮丽的画卷，大论证、大规划、大迁徙、大截流、大建设，从这些生动的历史性大景观中，我们看到诗人把自然风物和社会实践的伟大力量进行了心灵化的诗意抒写。不是空泛的政治口号，不是抽象的流行概念，而是发自生命本质的真诚的歌唱，是富有个性精神的情境体验，是历史与现实联结的具象表达。在三峡工程开工典礼的伟大时刻，沉重与激情同时汇聚在诗人的笔下：

这是怎样的一条大道

就在穿山越涧的高速公路下

曾是峡江纤夫长长的纤道

纤夫们深沉的拉纤号子

穿过岁月的风雨

仿佛还回荡在峡江的涛声里

轰然回应行进着的车队

一声声鸣响着的

车笛

这是历史的期待

一支车队追着一支车队

一声汽笛追着一声汽笛
延绵在黑夜与黎明间
奔突在重峦与峡谷里
驶向三峡工地
我知道
三峡工程的奠基礼
从这笛声开始

这是一个大时代吹响历史性进军号角的场面，人流和车流在辽阔的中国大地上汇成了另一条气势磅礴的"长江"，三峡工程就是在这样的诗意情境中打开了通向美好未来的大门。《三峡交响曲》虽然诗意的构建单纯明晰，但诗人却匠心独运地把历史与现实叠印在一处，形成了"穿山越涧的高速公路"与"峡江纤夫长长的纤道"浑然一体的人间血脉，就像长江之水从久远的岁月流来，携着不倦的激情在现实的天地里汹涌澎湃。"拉纤号子"与"峡江的涛声"以及车队的"汽笛"，在"黑夜和黎明间"汇为时代的交响曲，这是生命与力量的象征。诗人以"大我"的感叹写出了改革开放之后中国发展的勃勃生机，"一支车队追着一支车队/一声汽笛追着一声汽笛"的壮观景象，正是一个民族一个大国奋然崛起的写照。就像这三峡工程的奠基一样，伟大的时代在诗人的笔下也是一次庄严而神圣的誓师，一条奔流不息的"长江"迎着日月的朝晖，开启了一个令人振奋的"世界级工程"。

谢克强引入了叙事的表现机制，使抒情空间多了不少更生动更绚丽的色彩。在《移民图与世纪大迁徙》一章中，诗人回到诸多细节中来，充满深情的笔致刻画出一幕幕感人的景观，在动情的"叙事"中涵纳了悠远而博大的情感力量：

这时
一只小鸟飞来

落在他的目光深处

他无声的目光浸满泪水

打湿了鸟的翅膀

莫非那飞在天空的鸟儿

也知道他的心思

树是母亲栽的

母亲早已离开了这个世界

可母亲那些死去活着的往事

却在枝头一年一年地

绿

他想起童年

拉着母亲宽大的衣襟

翻山越岭

拣拾山村遗落的金秋

而每次放学回来

母亲总要站在夕阳的树下

那一声声深情的呼唤

在他身后飘成一缕一缕

淡蓝色的炊烟

  诗人意味深长的描写充满了人生的动感和人情的细腻,笔墨间浓淡相宜,朴实而富有灵性。诗中的一系列人物和细节,真切地呈现了生活本质的诗意情态,在情节性的表达中寄托了更丰富的人性和人情因素,使长诗的抒情更为立体化、复调化。在《三个士兵与一首情歌》一章中,写三峡工地施工士兵的爱情生活,诗人的笔下是青春的憧憬,是爱情的期盼,但为了祖国的建设,士兵们日日夜夜滞留在热闹而繁忙的施工现场,不能与自己所爱的人耳鬓厮磨。诗人描写了失恋者心中的苦涩,但却刚强地抬起头来,正视生活的现实,把忧伤化为力量,在"遗忘"中走向三峡的未来，这些平凡而伟大的人知道"爱的深不可测"。诗人谢克强把叙事与抒情有机地统一起来，玉成了长诗曲径通幽的效果，使诗的结构富于变化，诗意也更加饱满。

在一个诗歌必然走向多元化的时代，政治抒情诗的低靡决不是社会的福音；一味煽情、滥情而趋于狂躁当然不是诗歌发展的常态，但如果全体降温而失却热情，诗就会萎缩而失去应有的活力。多元发展的诗歌应有政治抒情诗的一席之地，这是文学和诗歌生态所不能缺少的。正如王富仁先生在《为新诗辩护》一文中谈到诗的"激情"之不可少时所说的那样："一个缺乏'激情'的民族怎能会产生伟大的诗人，产生伟大的诗篇呢？不靠'激情'，诗人的精神又怎样冲出物质的重围，获得自我的独立表现呢？不靠'激情'，诗人用什么撞开我们封闭已久的心灵、让我们拥抱另外一个灵魂呢？不靠'激情'，诗人又从哪里找到转动一个个沉重的方块汉字的力量，以让它们焕发出从来未曾焕发过的异彩呢？"① 人生世界、文学和诗歌都需要冷静、需要清醒，但同样需要冲动、需要激情来点燃我们的生命、我们的热血，有了这种动力性因素，可以让岁月升起明亮的灯盏，引领世界进入更美好的诗意中去。

在中国新诗发展的进程中，谢克强的不懈追求所取得的成就应当引起关注，从八卷文集我们可以看到他在诗歌创作上所倾注的心血。他的几部抒情长诗堪称佳作，为中国新时期以来的诗歌发展做出了应有的贡献。诗人以诗歌的长度体现了深切的历史性，把自我生命的进程与时代和社会的发展有机地统一起来并置放在优美的情境之中，以抒情的方式把诸多有价值的记忆保留在质朴的文字里，为远去的时光存储了多姿多彩的美好诗意记录。

---

① 王富仁：《为新诗辩护》，《文学评论》2006 年第 1 期。

吕亮耕笔名考

□ 吕宗林①

内容摘要：本文在掌握大量现代报刊第一手资料的基础上，结合笔名研究辞书和现代学者的评述，对现代派诗人、作家、报人吕亮耕使用的二十余个笔名进行了较为详实的考证，澄清了个别存疑笔名，基本厘清了吕亮耕自20世纪30年代初至60年代初文学创作中笔名署用的来龙去脉，探寻了吕亮耕笔名的审美趋向和文学韵味。通过对吕亮耕笔名的考证，较为清晰地反映出吕亮耕文学创作的大致轮廓，为吕亮耕笔名研究乃至其整个文学创作研究打下了较为坚实的基础。

关键词：吕亮耕；笔名；考证

吕亮耕（1914—1974），别号恢畲，祖籍湖北省嘉鱼县，出生于湖南省益阳县。现代派诗人、作家、报人。20世纪30年代初期开始发表作品，20世纪40年代至中华人民共和国成立前，曾担任多种报纸的副刊总编辑、

---

① 吕宗林（1953—），笔名景耕，出生于湖南衡阳；1986年开始文学创作，诗作收入《新乡土诗派作品选》《湖南青年诗选》《新世纪衡阳诗选》等数十种诗选集，出版诗集《活水》、《花溪》（散文诗）、《三人爱情诗》（与人合著）、《梦回唐朝》（长诗集）；获第六届中国（海宁）徐志摩微诗歌大赛一等奖，主编《湘南作家文丛》《衡阳水路交通史》，系湖南新乡土诗派成员，湖南省作家协会会员。

编辑、主笔，抗战时期创作高峰期，发表了大量诗歌、散文、小说。结集出版的作品有诗集《金筑集》（重庆独立出版社，1940年）、《吕亮耕诗选》（湖南文艺出版社，1989年）。

笔者在收集吕亮耕作品和相关资料过程中发现，吕亮耕发表作品使用过的笔名有：吕亮耕、亮、亮耕、蒲柳、蒲柳芳、朱颜、西崖、何多日、多日、上官柳、黄河清、成一、王谢、于在荒、辛漠、上官卿、畸人、歌官颂德、夜郎、孔祁、榛子、疑古钩沉、素心、云耘等。存疑笔名有：令狐令德。现就本人所掌握的文献资料，考证如下。

一、关于笔名：吕亮耕、亮、亮耕

（一）笔名：吕亮耕

徐迺翔、钦鸿编《中国现代文学作者笔名录》（以下称《笔名录》）之"吕亮耕辞条"称："吕亮耕——见于诗《中国的领海》，载1941年7月15日桂林《自由中国》新1卷2期。又用于汉口《诗垒》、建阳《前线日报·战地》等报刊。"①

1934年，吕亮耕在杭州蕙兰中学读书。笔者查阅资料发现：当年，该校自办的文学刊物《蕙兰》第2期上，刊登了以吕亮耕笔名发表的散文《生命的活跃》《乡愁》和小说《雪天》，这是迄今为止笔者发现的吕亮耕发表的最早作品。因此，吕亮耕笔名的使用应提前到1934年。

1934—1937年，以吕亮耕笔名发表的作品还有：新诗《盲人（外五章）》（《盲人》《船夫》《古巷人家》《古塔十四行》《无题十四行》《城上》），载1934年《蕙兰》第3期；小说《盐泽少将的失望》，载1934年《蕙兰》第3期；散文《我与西湖及其他》，载1935年《蕙兰》第4期；新诗《第一个春天》，载1935年《蕙兰》第5期；新诗《无题》，载1937年《稽中校刊》第7、8期；散文《阳光》《心情》，载1937年《稽中学生》第

---

① 徐迺翔、钦鸿编：《中国现代文学作者笔名录》，湖南文艺出版社，1988年，第131页。

6期。

这一时期，吕亮耕创作泉涌，除以吕亮耕笔名发表作品外，开始使用其他笔名发表作品。

（二）笔名：亮

《笔名录》"吕亮耕辞条"称："亮——见于《祝捷与劳军》，载1942年1月6日衡阳《大刚报·新阵地》。"

1943年8月18日，吕亮耕在《大刚报·新阵地》以"亮"笔名分别致信李白凤、端木蕻良、林潘，商谈有关稿件事宜。吕亮耕署"亮"笔名发表的作品还有：新诗《无题》，载1944年1月22日《国民日报·长风》；剧评《重庆二十四小时里的房东和房东太太》，载1944年2月17日《国民日报·剧艺》。

以姓名中的一个字取笔名，在现代诗人作家中比较常见，如鲁迅就曾署"迅"为笔名。

（三）笔名：亮耕

《笔名录》"吕亮耕辞条"称："亮耕——见于《欧战杂话》，载1940年9月15日《贵州日报·革命军》，又用于《大刚报·新阵地》等。"

笔者查阅资料发现，1932年3月30日上海《金刚钻》报第二版发表通讯稿《日机在杭之行动》，作者署名：亮耕。因此，亮耕笔名的使用应提前到1932年。1938年4月15日，长沙《抗战日报·诗歌战线》刊登散文《诗人应不应该搁笔?》，亦署名"亮耕"。上述《贵州日报》和《大刚报》中使用亮耕笔名，笔者查阅资料时发现有：散文《可怖的间谍网》，载1940年12月7日《贵州日报·革命军》；小说《春夜短梦》，载1941年5月12日《大刚报·新阵地》；散文《迎儿童节》，载1942年4月4日《大刚报·纪念儿童节专号》；剧评《〈梅萝香〉简评》，载1942年10月13日《大刚报·星期娱乐版》；散文《诗贺新年》，载1943年1月2日《大刚报·新阵地》；《诗人节献辞》，载1943年6月7日《大刚报·第三届诗人节》。1942年2月1日，吕亮耕在《大刚报·新阵地》"代邮"专栏以亮耕笔名分别致信韩北屏、芦荻、陈才，商谈稿件事宜。此外，笔者查阅其他报刊发现署亮耕笔名的作品还有：散文《除夕一夕谈——形与影的对话》，载 1943 年 12 月 31 日《国民日报·长风》；剧评《康泰论——分析〈重庆二十四小时〉》，载 1944 年 2 月 3 日《国民日报·剧艺》；散文《爱箴》，载 1944 年 1 月 9 日《国民日报·文艺新地》；散文《感甄诗话》，载 1944 年 5 月 6 日《国民日报·国民副刊》；散文《作家的寂寞》，载 1946 年重庆《时代》第 14 期。

以姓后之名取笔名，在现代诗人作家中也很常见，如刘半农就曾署"半农"为笔名。

二、关于笔名：蒲柳、蒲柳芳、朱颜、西崖

（一）笔名：蒲柳

《笔名录》"吕亮耕辞条"称："蒲柳——署用情况未详。"

笔者查阅资料发现，1935 年，《蕙兰》第 4 期刊登新诗《偶然外五章 sonnet》，作者署名：蒲柳，该六首诗为十四行体，爱情诗。周伯乃在评价吕亮耕新诗《低头见》时说："吕亮耕早期用蒲柳笔名发表作品甚多，后来改用上官柳笔名写诗。"[①] 周锦著《中国新文学简史》称："蒲柳（吕亮耕），《长江集》《金筑集》，多战斗意志高昂的作品。"[②] 因此可以印证，蒲柳为吕亮耕笔名。

蒲柳，亦名水杨，落叶灌木，秋天早凋，用来比喻或自谦身体衰弱。《晋书·顾悦之传》曰："蒲柳常质，望秋先零。"李白有"秋霜不惜人，倏忽侵蒲柳"诗句，杜甫有"手自移蒲柳，家才足稻粱"诗句。吕亮耕以蒲柳自居，含自谦之意。

---

① 周伯乃：《早期新诗的批评》，台北：成文出版社，1980 年，第 210 页。
② 周锦：《中国新文学简史》，台北：成文出版社，1980 年，第 197 页。

（二）笔名：蒲柳芳

1934年9月，《绍兴商报·周年纪念特刊》刊登作者蒲柳芳《诗二首》（《等待》《无题十四行》），其中《无题十四行》与吕亮耕《盲人外五章》中的《无题十四行》诗内容大致相同；1935年，《蕙兰》第4期刊登蒲柳芳新诗《八行二什》（《欲暮天》《欲渡之前》）；1944年，由著名学者、诗人孙望选辑的《战前中国新诗选》收入吕亮耕的新诗《低头见》《欲渡之前》；从以上两处例证，可知蒲柳芳为吕亮耕笔名。吕亮耕以蒲柳芳笔名发表的作品还有：新诗《晚来》，载1936年6月12日《大公报·文艺·诗特刊》；新诗《三秋草》（《心境的秋天》《草头露》《送秋辞》），载1937年《稽中学生》第6期；新诗《葵扇词》，载1941年10月6日《贵州日报·革命军诗刊》第5期；新诗《商籁——寄一个人》，载1941年11月18日《东南日报·笔垒》第938期。

吕亮耕以蒲柳芳为笔名，或许是要给柔弱之蒲柳增添一丝芳香气息，以示浪漫和独特，又或许是要给一段友情或爱恋保留一些美好回忆，二者都值得回味。

（三）笔名：朱颜

《笔名录》"吕亮耕辞条"称："朱颜——见于诗《赋得秋思第一章》，载1942年9月12日衡阳《大刚报·新阵地》。"

1981年，诗人易龙云在衡阳《雁峰》杂志发表《吕亮耕小传》中说："解放前，吕亮耕以上官柳、素心的笔名在各报章杂志发表大批倾向自由和民主的进步诗文。"[1] 1989年，易龙云在《衡州今古》发表散文《诗人吕亮耕》。他说："吕亮耕，当代诗人。先后以上官柳、上官卿、何多日、黄河清、素心、朱颜、亮、亮耕等笔名发表作品。"[2] 易龙云于1960年仲秋结识吕亮耕，是吕亮耕的好友、忘年交，在与吕亮耕交往过程中了解到的笔名，可信度较高。

---

[1] 易龙云：《吕亮耕小传》，《雁峰》1981年第1、2合期，第83页。
[2] 易龙云：《诗人吕亮耕》，《衡州今古》1989年第3期，第57页。

笔者查阅资料发现：1935年，吕亮耕在山西《大同月刊》第1卷第3期发表新诗《寻找》，署名：朱颜。根据此发现，吕亮耕署用朱颜笔名应提前至1935年。吕亮耕署用朱颜笔名发表的新诗还有：《进城》，载1937年《文学杂志》第1卷第4期；《赠语西风》，载1942年9月12日《大刚报》；《不散》，载1942年11月5日《力报·文艺新地》；《音乐演奏会听某女史奏琴口占》，载1943年3月30日《大刚报》；《辞岁》，载1944年2月1日《国民日报·诗焦点》；《眼》，载1944年2月23日《国民日报·诗焦点》；《初见》，载1944年2月27日《国民日报·诗焦点》；《生命》，载1944年9月29日《国民日报·国民》；《小呗二章》（《咏感情》《咏情绪》），载1947年6月25日《武汉日报·鹦鹉洲》；《水边》，载1947年7月26日《武汉日报·鹦鹉洲》；《抒情诗四章》，载1947年7月30日《武汉日报·鹦鹉洲》；多为爱情诗。散文《浮世绘》，载1944年9月15日《国民日报·文艺新地》，亦为抒写爱情之作；小说《秋梦》，载1946年10月22日上海《申报·春秋》。

吕亮耕在其散文《除夕一夕谈——形与影的对话》（载1943年12月31日《国民日报·长风》（沅陵版）和诗论《诗诠》（载1943年5月6日《贵州日报·革命军》）中，均曾引用李煜"留连光景惜朱颜"的句子。在《辞岁》诗中，吕亮耕自叹："良辰读孤往，朱颜随少年。"春光易逝，娇好永存，朱颜笔名的由来，可能源于此。

（四）笔名：西崖

1934年，《现代出版界》第24期刊登诗论文章《读〈荷花〉》，作者署名：西崖；1939年11月1日上海《文笔》第1卷第11、12合期刊登散文《弗洛特》，作者署名：西崖；1940年1月18日《大刚报·新阵地》发表散文《关于弗洛特》，与《弗洛特》全文一致，作者署名：吕亮耕；由此可知，西崖为吕亮耕笔名。

西崖，清代僧人，著有《扬州画舫录》《墨香居画识》《墨林今话》。杜甫《木皮岭》诗曰"西崖特秀发，焕若灵芝繁"。取"西崖"为笔名，近僧人禅趣，绕山崖陡峭，可见吕亮耕之追求。

由于青春期的骚动，恋爱波涌，使用笔名多与爱情有关，吕亮耕的爱情诗，大多用蒲柳、蒲柳芳、朱颜笔名发表。

二、关于笔名：何多日、多日、上官柳、黄河清、令狐令德

1941年10月，吕亮耕的好友吴剑芬在上海《文林月刊》第5期发表文章《记一位青年诗人》，记述他与吕亮耕的交往。吴剑芬说："他爱署笔名，从前是黄河清和何多日，现在又一化而为什么上官柳和令狐令德了。"吕亮耕在《自传》中也说："写作时曾用过上官柳、黄河清等笔名。"

（一）笔名：何多日、多日

何多日，出自《诗经》之《旄丘》中"叔兮伯兮，何多日也？"笔者查阅资料发现，吕亮耕署何多日笔名在上海《南报·南风》发表多篇散文，篇名为：《醉疑仙》（1937年4月21日）、《石像》（1937年4月22日）、《晚归》（1937年4月28日）、《独坐》（1937年5月3日）、《茶经》（1937年5月8日）、《芦花》（1937年5月9日）、《无题》（1937年5月11日）、《约》（1937年5月16日）、《晚间三小时》（1937年5月17日）、《琴挑》（1937年5月20日）。这些散文多涉及爱情与友情，篇幅短小，且有屠格涅夫式散文的味道。以何多日笔名发表的新诗有《芦花》，载1937年5月9日上海《南报·南风》。

"多日"笔名的散文，目前仅发现一篇《畚》，载1937年5月23日上海《南报·南风》；1937年4月22日上海《南报》"南风"附刊编辑留言："多日、凌霄、百琴先生：请于本星期六下午二时至本刊编辑室一谈如何？"可见，多日、何多日为同一作者，也就是吕亮耕。

（二）笔名：上官柳

《笔名录》"吕亮耕辞条"称："上官柳——见于诗《给蒙古骑士》，载1939年2月8日桂林《救亡日报·文化岗位》。又用于《文艺》《中国诗艺》、重庆《文艺月刊》、恩施《诗丛》以及贵阳、衡阳等地报刊。"

笔者查阅资料发现，吕亮耕署名上官柳发表作品最早见于1938年8月《中国诗艺》第1卷第1期发表的新诗《拟木兰辞》，其他署上官柳笔名的尚有：小说《他们十七个》，载1939年1月11日《大刚报·文艺》；散文《给勇敢的战士》（第一篇、第二篇），载1939年2月26日、3月31日《大刚报·阵地》；小说《代罪羊》（上、下），载1939年5月21日、5月22日《大刚报·阵地》；小说《恋爱试验》，载1947年5月21日《武汉日报·鹦鹉洲》；小说《恋爱错综》，载1947年6月4日《武汉日报·鹦鹉洲》；散文《论"自由"》，载1949年4月6日衡阳《中华时报》。此外，吕亮耕还以上官柳笔名在重庆《国民公报·文群》、湖南《国民日报·国民副刊·诗焦点》、《贵州日报·革命军》、《力报·文艺新地》（衡阳版）、《大华晚报》（衡阳版）、《东南日报》、香港《星岛日报》、《华侨日报》以及《现代读物》、《改进》杂志等发表诗文。这个笔名使用时间长、次数多。

笔者查阅资料还发现，1941年4月11日重庆出版的《文艺月刊》四月号（总第111期）刊登了上官柳的诗《春草》，该刊《本期作者介绍》中说："方湖、唯明、无名、上官柳是几位极熟悉的作家的笔名。"该刊《征稿简章》第五条要求作者"稿末请注明姓名及详细通讯地址"。从上述资料分析可见，吕亮耕使用上官柳笔名，在20世纪40年代初的中国文坛已有了较大的名气。1943年7月25日《贵州日报·大十字·革命军》刊登《新诗人笔名真名对照表》中，列明吕亮耕对应笔名为上官柳，该《对照表》还列明了令狐令得（郭曾先）、丽尼（郭安仁）、南星（杜文成）、曾卓（曾庆冠）、穆旦（查良铮）、力扬（季信）、艾青（蒋正涵）、田间（童天鉴）、厂民（严辰）、徐迟（徐商寿）、孙望（孙自强）、绛燕（沈祖棻）、上官碧（沈从文）、李白凤（李爱贤）、程千帆（程会昌）、婴子（万应之）、洪遒（章洪猷）、胡明树（徐善元）、柳木下（马御风）19位诗人作家相对应的本名和笔名。

上官为姓，唐代有著名诗人、宰相上官仪，上官仪之孙女上官婉儿亦擅长文学音乐，也能作诗，吕亮耕署名上官柳，可能与诗有关，也可能是他"柳系列"笔名的延伸。

（三）笔名：黄河清

《笔名录》"吕亮耕辞条"称："黄河清——见于诗《写示日本天皇》，载1938年4月29日长沙《抗战日报·诗歌战线》。又用于贵阳《中央日报·前路》《贵州日报·革命军》、衡阳《大刚报·阵地》、九江《型报》等。"

笔者最近查阅资料发现，吕亮耕署黄河清笔名发表的作品有：新诗《洪水》，载1936年2月杭州《现代诗草》创刊号；新诗《马蹄行》，载1937年1月1日南京《文艺月刊》第10卷第1期；据此，黄河清笔名的署用应提前至1936年2月。以黄河清笔名发表的散文有：《当来日大难》，载1939年12月11日《大刚报·阵地》；《音乐与战争》，载1940年8月11日《中央日报·前路》（贵阳版）；《日本人民在十字路口》，载1940年11月26日《中央日报·前路》；在《中央日报·前路》以黄河清笔名发表的新诗有：《七月诗抄》等。

黄河清的典故，出自程登吉《幼学琼林》："圣人出，黄河清。"传说黄河五百年变清一次，甚至还有"千年难见黄河清"的说法。吕亮耕以黄河清为笔名，可能更多的是表明一种人生态度，虽非圣人，岂可无志？

（四）笔名：令狐令德

《笔名录》"郭曾先辞条"称："令狐令德，见于诗《除夕呈客》，载1940年《文艺阵地》4卷5号。又见于《奴城传奇》，1944年福建国民版。"又，1943年3月5日孙望致信吕亮耕，内有"令狐令德在何处，乞见告，闲时拟一访之"之句，可知孙望、吕亮耕、令狐令德（郭曾先）都是朋友。令狐令德，为郭曾先笔名。以上吴剑芬的文章记叙有误。

三、关于笔名：成一、王谢、于在荒、辛漠、上官卿

（一）笔名：成一

1938年5月6日，长沙《抗战日报》副刊《诗歌战线》第8期刊登散

文《制造大众歌曲》，作者署名：成一；该文又载 1940 年 3 月 5 日《贵州日报》，作者署名：吕亮耕。可知成一为吕亮耕笔名。该笔名作品目前仅发现一篇。

以成一为笔名，不好解释，待续考。

（二）笔名：于在荒

1939 年，上海《文笔》第 1 卷第 9 期刊登电影故事《山洪》，作者署名：于在荒；1939 年 11 月 30 日，《大刚报·阵地》（衡阳版）刊登电影故事《山洪》，作者署名：黄河清。由此可知，于在荒为吕亮耕笔名。该笔名作品目前仅发现一篇。

吕亮耕为何要取于在荒笔名，不得而知，待续考。

（三）笔名：王谢

1939 年 9 月 16 日，《文笔》第 1 卷第 9 期刊登新诗《偶成两章》（1、《人字柳》，2、《葵扇词》），作者署名：王谢；《人字柳》又载 1941 年 3 月 29 日《贵州日报·革命军》，作者署名：吕亮耕；《葵扇词》又载 1941 年 10 月 6 日《贵州日报·革命军诗刊》，作者署名：蒲柳芳；综合可知，《偶成两章》的作者王谢即吕亮耕；同期同页还刊登有王谢（即吕亮耕）的新诗《遥夜》。

王谢，六朝旺族王氏与谢氏的合称。刘禹锡《乌衣巷》诗曰："旧时王谢堂前燕，飞入寻常百姓家"，取王谢为笔名，可谓高贵且诗意满满。

（四）笔名：辛漠

1939 年 9 月 16 日，上海《文笔》第 1 卷第 9 期刊登小说《杜娜》，作者署名：辛漠；1939 年 12 月 3 日《大刚报·文艺》刊登小说《杜娜》，作者署名：吕亮耕；由此可知，辛漠为吕亮耕笔名。署名辛漠笔名的作品还有：小说《旅程》，载 1938 年 8 月 16 日《文笔》第 1 卷第 7 期；小说《奇迹》，载 1938 年 9 月 16 日《文笔》第 1 卷第 8 期。

辛漠笔名，不好解释，待续考。

（五）笔名：上官卿

《笔名录》"吕亮耕辞条"称："上官卿——见于诗《茶粥站》，载1942年1月25日衡阳《大刚报·新阵地》。"1939年10月12日，吕亮耕以本名在重庆《国民公报·文群》发表诗《茶粥站》，但两首诗内容不同，不好印证，亦只能待续考。

四、关于笔名：畸人、歌官颂德、夜郎、榛子、疑古钩沉、素心

（一）笔名：畸人

1940年8月10日，吕亮耕以黄河清笔名在《中央日报·前路》（贵阳版）发表散文《谈烟草》；1943年7月11日，《贵州日报·革命军》刊登散文《从烟草说开去》，与《谈烟草》内容相同，作者署名：畸人。由此可知，畸人为吕亮耕笔名。该笔名作品目前仅发现一篇。

畸人，奇异而不合时俗之人，庄子《大宗师》曰："畸人者，畸于人而侔于天。"吕亮耕取笔名畸人，意在坚守，不与世俗合流。

（二）笔名：歌官颂德

1941年3月28日，《贵州日报·革命军》刊登诗《给罗斯福》，作者署名：歌官颂德；1943年2月1日《大刚报·诗突击》发表诗《美国，罗斯福总统》，作者署名：吕亮耕。两首诗内容相同，可知歌官颂德为吕亮耕笔名。该笔名作品目前仅发现一篇。

吕亮耕取歌官颂德笔名歌颂正义，可谓实至名归。

（三）笔名：夜郎

1942年2月23日，吕亮耕以本名在《国民日报·国民公园》（长沙版）发表散文《夜工作者》；该文又载1944年2月16日《国民日报·长风》（沅陵版），作者署名：夜郎。可知夜郎为吕亮耕笔名。该笔名作品目前仅发现一篇。

夜郎，又称夜郎国，《史记》中记载夜郎为当时西南夷中最大的国家，湖南省新晃县，秦汉时期属夜郎国治地，唐宋曾两次置夜郎县。吕亮耕署夜郎笔名，可能是身为湘人，偶发乡情之举，并没有"夜郎自大"的意思。

（四）笔名：孔祁

1942年4月10日，《大刚报·新阵地》刊登散文《一瞥》，作者署名：孔祁；1944年9月5日，《国民日报·文艺新地》刊登散文《浮世绘》（《一瞥》《惊鸿》），作者署名：朱颜。可知孔祁为吕亮耕笔名。该笔名作品目前仅发现一篇。

（四）笔名：榛子

1944年5月6日，吕亮耕以"亮耕"笔名在《国民日报·国民副刊》》发表散文《感甄诗话》；1946年12月11日，《武汉日报·今日谈》刊登散文《感甄诗话》，作者署名：榛子。可知榛子为吕亮耕笔名。该笔名作品目前仅发现一篇。

榛子，山板栗，湖南山地多见，吕亮耕署榛子笔名，可能源于乡情之故。

（五）笔名：疑古钩沉

1944年9月10日《国民日报·文艺新地》刊登散文《真诗人论》，作者署名：吕亮耕；1946年12月28日《武汉日报·今日谈》刊登散文《诗人的真假》，作者署名：疑古钩沉。两篇散文内容相同，可知疑古钩沉为吕亮耕笔名。1946年7月，吕亮耕赴汉口，任汉口《大华晚报》总编辑，在武汉当地报刊发表较多诗文，笔者查阅《武汉日报》发现，以疑古钩沉笔名发表的散文作品还有：《安贫乐道》，载1947年1月29日《武汉日报·今日谈》；《世纪末情调》，载1947年3月28日《武汉日报·今日谈》；《混世哲学》，载1947年4月24日《武汉日报·今日谈》；《造谣社会》，载1947年5月15日《武汉日报·今日谈》。

以该笔名发表的作品多为杂谈，取疑古钩沉笔名，体现出吕亮耕探索的意向。

（六）笔名：素心

1946年5月11日，吕亮耕在《中华时报》（衡阳版）副刊《野草》第5期发表旧体诗《梳妆台怀古》，作者署名：素心。当时，吕亮耕任该报总编辑，多署笔名发表作品。吕亮耕挚友易龙云曾说吕亮耕用过素心笔名，在此得到了印证。

素心，心地朴素。陶渊明《移居诗》二首之一曰："闻多素心人，乐于数晨夕。"李白《赠从弟南平太守之遥》诗二首之二曰："素心爱美酒，不是故专城。"作本心解。吕亮耕以素心为笔名，可能为心地朴素，也可能为本心，或二者兼而有之。

五、关于笔名：云耘

1963年，吕亮耕与诗人、好友易龙云合作，以"云耘"笔名在衡阳市文化馆油印刊物《群众文艺》上发表了一首八行新格律体诗。

易龙云在《风雨人生路——缅怀永生的诗人吕亮耕》一文中说："记得1963年秋，他提议我们俩合作，像'马铁丁'那样。我欣然同意了。于是我们起了个笔名叫'云耘'。第一个'云'字是我笔名'云虹'的第一个字，姓名'易龙云'的最末一个字，故代表我；第二个'耘'字，是耕耘的意思，所谓'春耕夏耘'，耕地除草，这'耘'便代表吕亮耕先生了。可惜，这个合作'协议'订得太晚了。我们仅在当时由市文化馆编印的《群众文艺》油印刊物上，用'云耘'这个笔名发表了他八句话的一首新格律诗。"1957年，吕亮耕被打成"右"派，已不可能用本名发表作品，故只能与诗人、好友易龙云合作以"云耘"笔名发表作品。即使这样，因一连串运动而至，诗人的创作激情慢慢降温熄灭，直至1974年逝世，再也没有公开发表作品。

六、结论

综上所述,吕亮耕经常使用的笔名有:吕亮耕、上官柳、黄河清,阶段性使用的笔名有:蒲柳、蒲柳芳、何多日、朱颜、亮、亮耕、疑古钩沉;偶尔使用的笔名有:多日、西崖、成一、王谢、于在荒、辛漠、上官卿、畸人、孔祁、榛子、夜郎、歌官颂德、素心;与人合作的笔名有:云耘;应归于他人的笔名有:令狐令德。

吕亮耕的笔名,大部分出自典故诗文,如蒲柳、何多日、黄河清、朱颜、王谢、畸人、夜郎、素心;一部分由其自己确定,如多日、成一、辛漠、歌官颂德、榛子、于在荒、孔祁、疑古钩沉等;一部分出自自己的名,如亮、亮耕;个别的出自前人,如西崖。

吕亮耕发表爱情题材诗文,多用蒲柳、蒲柳芳、上官柳、何多日、朱颜、素心笔名;发表杂谈,多用疑古钩沉笔名;在报纸上发表诗文,也用偶尔使用的笔名;在杂志上发表诗文,多用吕亮耕、上官柳、黄河清笔名。

群文阅读视角下的诗歌教育
——以统编本教材九年级上"诗歌单元"为例

□ 韩一嘉[①]

内容摘要：作为统编语文教材的重要组成部分，九年级上的诗歌单元在教学理念和方式上，一反传统现代诗教学中积重难返的弊病：精深理论下沉不多，高妙技法普及不广，先锋探索沉淀不够，经典文本阐释不足。面对这些传统问题，组诗阅读（群文阅读）的方式，可以很好地让学生感知诗歌进化中所呈现的美感。

关键词：活动探究；诗歌；群文阅读

"活动·探究"单元是统编教材一种创新性的组元类别，它打破了传统的篇章组元方式，以任务为引导、活动为主体、探究为路径，将听说读写融为一体，形成了一个丰富多元的动态系统[②]。作为统编语文教材的重要组成部分，"活动·探究"单元在教学理念和方式上，一反传统现代诗教学中积重难返的弊病：精深理论下沉不多，高妙技法普及不广，先锋探索沉淀不够，经典文本阐释不足。面对这些传统问题，"建议教师采取

[①] 韩一嘉（1989—），文学硕士，重庆市第一中学校一级教师，主要从事学教育和中国现当代文学研究。

[②] 陈家尧：《"活动·探究"单元的教学思考》，《中学语文教学》，2019年8月。

'1+X'的办法，即讲一篇课文，附加若干篇课外阅读的文章。"① 温儒敏建议的这种阅读方式，本质上就是"1+X"模式的群文阅读——将具有（或能够建立）某种关联的多个文本，按一定原则组合的阅读整体。

所谓"1+X"（群文阅读），"1"就是单元中的教读或自读课文的"这一篇"，"X"就是围绕"这一篇"涉及的"那一组"，或同一作家，或同一主题，或同一题材，或同一体裁，甚至是与"这一篇"相关联的整部作品的阅读等等②。所以，教师在一个单位时间内指导学生阅读相关联的多个文本，通过梳理整合、拓展联系、比较异同等，促使学生在一个或多个重要议题中探讨多文本阅读过程中的语言特点、意义建构、结构特征及写作方法等，从而使阅读由原有的读懂"一篇"走向读通"一类"③。这就要求教师在更高层次对学生的思维路径、知识谱系、方法探索上给予指导。

下面结合统编语文教材九年级上册第一单元（以下简称"九上第一单元"）"诗歌单元"，谈谈如何在"1+X"模式下实践诗歌"活动·探究"单元的教学。

一、任务驱动下的议题深化

"九上第一单元"的文本包括毛泽东《沁园春·雪》、艾青《我爱这土地》、余光中《乡愁》、林徽因《你是人间的四月天》和穆旦《我看》等五首诗歌。从题材到风格，从诗人身份到诗歌形式，都呈现出丰富的异质性和宽广的解读空间。越是这样，教师越应控制好"单篇精读"的冲动，应该以高度组织化的教学方式，激发学生以"单元"为对象来深度学习。所以，以群文为阅读模式，以任务为驱动力量，以议题为教学指向，是解决这一单元较为合适的方式。议题，既是教学目标，又是思考方向，它不仅

---

① 温儒敏：《"部编本"语文教材的编写理念、特色与使用建议》，《课程·教材·教法》，2016 年 11 月。
② 王本华：《统编初中语文教材的阅读设计与教学实践》，《语文建设》，2018 年 6 月。
③ 倪文锦：《语文核心素养视野中的群文阅读》，《课程·教材·教法》，2017 年 6 月。

要在最大程度上给予学生讨论空间，也要在最大限度上承载思考的深度。针对五首诗歌，议题不需要"唯一"，可以根据教学进度，不断抛出新的议题，让学生的思考深化，文类的感知具化，知识的排布有序化。

现代诗教学在长久的教学环境里，虽然说不上是教学重点，但一定是教学难点。所以，在议题的选择上，切口要小，讨论要深，每一个议题既要落实在具体的知识谱系上，也要落实在文类的把握上。

"九上第一单元"所列的三个任务，首当其冲就是"学习鉴赏"。诗歌鉴赏，尤其是面对现代诗，既有的教学理论无法焕发光芒，独特的教学方法又容易生搬硬套，除了带着感情一遍又一遍朗读出"感悟"，似乎只能是无限"阐释"诗歌的社会背景、历史典故、辞章句法，生生变成了一堂班会课，一堂历史课，一堂语法课。如何让现代诗区别于古代诗歌，区别于现代散文，甚至区别于散文诗，这是在教学活动开展前亟待解决的问题①。所以，议题选择必须侧重"诗歌"这一文体，一些基本概念需要在学生阅读前达成共识，如意象、意境、抒情主体和情感基点等。当然，现代诗相较古诗，是宜于解读的。所以，一首诗的主题和情感，也并不唯一，而是抒情主体在创作过程中的综合体现，需要在解读中不断生成。

在"任务一"中，统编本教材的编者提供了一组以阅读策略为形式的任务群。第一条"初读感受"是对学生独立阅读文本的考验，有必要在这个容易被忽略的任务中记录下初次阅读的感受，方便与后期生成的阅读感悟形成对比，令学生找到不断深读的路径。第二条与其说是"任务"，不如说是学习支架，因为它的学习目标就包含在第三条中：反复朗诵，看看能否回答下列问题：

◎你觉得这几首诗的感情基调分别是怎样的？
◎诗歌的感情基调主要是通过哪些词语或形式表现出来的？
◎这几首诗有哪些意象？它们分别具有怎样的特点？
◎诗人通过这些意象描绘了怎样的画面或营造了怎样的意境？

---

① 李卫东：《把现代诗当成现代诗来教》，《中学语文教学》，2012年7月。

◎这几首诗分别抒发了诗人什么样的思想感情？

◎当你朗诵时，你将通过哪些手段（比如语气、语调、语速、重音、停连）来传达诗作的情感？

把任务一到任务三做一个序列化呈现，如下表：

阅读策略	任务支架	学习目标
第一步：初读感受	独立阅读	感性体验，尊重感受
第二步：自主感知	朗诵、注释、旁批、资料等	感情基调、思想感情等
第三步：细读感悟	教师引导	词语形式、意象特点、意境营造

简单归类，我们应从两个方面对诗歌知识进行整理，一是诗作的题材和功能（写什么）：情感、情绪、叙事、哲理、氛围；二是诗作的语言和技法（怎么写）：字词（意象）、句子（句式）、诗节（节式）、诗篇（篇式、结构）。

我们发现，在尊重学生自主阅读后，需要解决和落实更多与诗歌相关的基本概念，构建起学生从感性到理性的知识谱系。只有对文类有了概念，才能在这一概念下群文阅读五篇甚至更多诗歌。所以区分现代诗与古诗的不同是必要的。这种不同，纷繁复杂，教师应该把握最重要的几个特点，激发学生从中思考。笔者简要提炼出现代诗的四个特点，以供探讨：1. 形式上的自由；2. 内在情绪的逻辑化；3. 个人化的意象表达和意境营造：突破古诗意象桎梏，力求新意；4. 陌生化表达方式。

诗歌鉴赏作为任务一，需要理清现代诗的相关知识，也要与任务二和任务三有机结合。虽然任务安排是序列化的推进，但三个任务在教学过程中却是一个有机共融的过程。余映潮老师提出，朗读就是"让学生认知文字，感受规律，体味词句，领会情感，品味意境，发展语感的充满情致的实践活动"[1]。如语气的把握是体验抒情主体情感的关键，语调的调整可以更好地从感性语感中代入对诗歌的理解，而重音与停连，则是对特殊诗形

---

[1] 余映潮：《余映潮语文教学设计技法80讲》，广东人民出版社，2014年，第3页。

的朗读实践。如《乡愁》《你是人间的四月天》和《我看》，节奏分明，句式相似，一气呵成，回环往复，形成一种古典诗学才有的一唱三叹，重章叠句之感。甚至一些韵脚的推敲，也能达至思想感情的领悟。而任务三的尝试创作，应该由模仿诗形入手，进而形成自己的诗形，传递自己的诗意。在这一任务中，要抓大放小，注意诗意和诗形两方面的把握，不可渴求学生在先锋诗歌的边缘突进。如单元介绍中所讲："抒发自己的情感"和"注意句式和节奏"。这两方面正是诗意和诗形的任务要求。

当我们明确了三个任务形成一个有效的闭环，互为支撑，激发共进，就可以基于这些任务所组成的群，确定一个或多个议题，让学生在议题形成的"场域"中活动和探究。

二、文本重组下的知识结构

所谓"文本"重组，就是利用教材的选文，根据一定议题，重新组元，形成以议题为导向的组织化的文本组合。组元的方式和标准，可以是多种多样的，要根据一定的议题来重新搭配。在不同议题下，增强文本间的互文性和异质性，交叉重叠中意义横生，更有利于学生在群文织就的大文本中感知单元学习的内容。

但是，在重组之前，还是要对单篇文本所共有的基本概念有一个基本的知识性了解，如下表是任务一的第 1 条和第 2 条的序列化呈现：

篇目	整体感受	写作背景
《沁园春·雪》	慷慨激昂 气势恢宏 感情奔放 胸襟豪迈	1936 年 2 月，毛泽东等率领红军东征抗日先锋军东渡黄河、突破阎军防线后，踏雪沿官道山行进，顺利到达山西省石楼县留村，并在此写下了诗篇
《我爱这土地》	真诚炽热 爱国情怀 崇高理想	写于 1938 年 11 月 17 日。1938 年 10 月，武汉失守，日本侵略者践踏中国大地。诗人和当时文艺界许多人士一同撤出武汉，汇集于桂林。作者满怀对祖国的挚爱和对侵略者的仇恨便写下了这首诗

续表

篇目	整体感受	写作背景
《乡愁》	浅白真率 情感深切 乡愁意深	该诗写于1972年。余光中的祖籍是福建永春,他于1949年离开内地去台湾。当时由于政治原因,台湾和内地长时间隔绝,致使余光中多年没有回过内地。在强烈的思乡之情中,诗人在台北厦门街的旧居内写下了这首诗
《你是人间的四月天》	细腻柔丽 轻盈优雅	发表于1934年4月的《学文》第1卷第1期上。关于这首诗有两种说法:一是为悼念徐志摩而作,二是为儿子的出生而作,以表达心中对儿子的希望和儿子的出生带来的喜悦
《我看》	深情款款 哲思暗藏	作于1938年,是诗人随学校一起来到云南之后创作的第一首诗,写于西南联大文法学院所在地蒙自

学生达成以上共识后,由感性认知而生成到理性探究。从学习目标上看,基于问题的解决来学习;从学习内容上看,是从单篇走向群文,从知识点走向任务群,从求同走向比异;从学习方法上看,是分析和综合的把握,偏重探究和思辨。基于达成共识的写作背景(资料)和整体感受(感知),议题才有讨论的共同底线。教育,是国家意志的体现,是相对稳定和保守的人文教育。所以,面对纷繁复杂的诗歌流派和技法,应该秉承着最为基础和传统的方式进入诗歌。这就要求九年级的诗歌教育,抵达一些较为稳定的诗歌本质,比如抒情传统、意象呈现、崇高精神、理趣智性等。所以,根据诗歌文体的特点,可以围绕不少于四个维度对诗歌进行简单分类和比对(如下表):

篇目	抒情主体	情感基点	意象选择	意境营造
《沁园春·雪》	伟人	历史纵深 伟大抱负	多意象组合 自然物象 历史典故	横向雪国描写 纵向故国议论
《我爱这土地》	诗人	国家忧思 爱国情怀	鸟为象征化的抒情视角,以土地为核心意象展开的河流、风、黎明	个人忧思统摄忧患祖国

续表

篇目	抒情主体	情感基点	意象选择	意境营造
《乡愁》	游子	个人思乡家国融合	邮票、船票、坟墓、海峡——成长经历中的选择	个人成长为线索与空间区隔之间的张力
《你是人间四月天》	女性（朋友或母亲）	纯情抒怀	自然意象（围绕四月天）	自然景象的情感组合
《我看》	诗人	伤春悲秋生命哲思	云南自然物象，季节性	古典意象的现代赋情

　　鉴赏诗歌，说到底就是理解诗歌和感受诗意。稳定的序列化的知识系统，令五首诗歌在互文中激发出异质化的思考，拓展了诗歌本身的容量。基于上表，我们可以尝试着从现代诗的构成要素或表现手法上，探讨几个议题的阐释空间：

　　1. 意象与意境

　　意象和意境是中国传统诗学概念，但不妨碍我们理解现代诗歌。所谓意象，就是"经作者情感和意识加工的由一个或多个语象组成、具有某种意义自足性的语象结构，是构成诗歌本文的组成部分"[①]。所谓意境，就是"一个完整自足的呼唤性的本文"。意象和意境的关系，就是局部和整体，材料和结构的关系。读者经过一个个赋情的意象，感受意境的存在，这就达到诗意的领悟。所以，意象相较意境更为基础和关键。

　　意象在现代诗中常以组合方式出现，一般分为两大类型[②]：一是逻辑的组合，包括平行、对比、反衬、递进、叠加等，总之是符合人的理想思维的逻辑规则。如《乡愁》和《我爱这土地》，前者的意象从邮票到船票，坟墓到海峡，既是随着时间而递进的，又是在乡愁这一主题中叠加在一起的。而后者，以土地为核心意象，辐射出河流、风和黎明，其中暴风雨这一意象，又是反衬和暗示。最为关键的，是艾青借由"鸟"的视角，抒发主体情感，土地之上的鸟，也是一种意象叠加的方式。以逻辑思维的形式

[①] 蒋寅：《语象·物象·意象·意境》，《文学评论》，2002年5月。
[②] 於可训：《新诗文体二十二讲》，武汉大学出版社，2012年，第248页

组合的意象，诗的结构比较清晰，情感比较集中。另一类就是非逻辑的组合。所谓非逻辑，并非是胡乱的意象组合，而是意象在修辞或句法的作用下，区隔较大，类似于意识流的自由联想和超越感性经验的精神想象。比如以情思和哲思偏重的《你是人间的四月天》和《我看》。前者意象涉及云烟、星子、百花、圆月、雪、白莲等，一节一意象，意象随着情感的脉络而迁移，但都是统摄在"四月天"的联想和想象中，意境营造并不是很强，但情思氛围却很浓厚。而《我看》，由春风到青草，由飞鸟到流云，是视野的展望，而非固定空间的描写，融思于景，迁就个人感发，而放任意象跳跃。

当然，意象组合是否符合逻辑，不是判断诗歌的标准，而是理解诗歌的路径。意象组合可以不符合逻辑，但我们可以逻辑地去梳理和理解诗歌。

2. 语言陌生化

现代诗区别于散文的一个重要标志，就是追求语言的陌生化。所谓陌生化，是一种效果的追求，只要是避免"自然"联想和"自动"想象的语言表达①，皆可视为陌生化。陌生化引起阅读时的"陌生"可以延长阅读感受，其实是一种更为细腻的处理方式。教师在引导学生以"陌生化"为议题的探讨中，可以找寻重组文本中陌生化的异同。如：《我看》的陌生化更多是在遣词造句上，写春风"揉过""丰润的青草"，"揉"字使青草的生长呈现一种与诗人互动后的激荡。又写"像季节燃起花朵又把它吹熄"，把自然的荣枯点明在"吹熄"上，形成一种互为比喻的动态结构。而《你是人间的四月天》则从"五觉"的直接感官上来"陌生"，"笑响点亮了四面风"是听觉延伸到视觉落回到触觉，丰富了生命体验，传递了身体感知。在写《你是人间四月天》时，也有视觉混融触觉（"黄昏吹着风的软"）。这样的陌生化，给予诗歌一种感性之上的全息图景，既符合诗意传达的生机勃勃，又流露着林徽因的清丽典雅。再比如《沁园春·雪》，

---

① 陈仲义：《现代诗语：陌生化张力的新思考》，《东吴学术》，2012年11月。

如果不去探讨现代诗和词的区别，仅仅从语言形式的陌生化考量。《沁园春·雪》又是从紧凑的字句中营造出一种陌生化效果，如"山舞银蛇""原驰蜡象"等自然风物的描摹。

陌生化作为议题，既可以探讨诗意的传达，也可以感知其作为表现方式所具有的艺术效果（惊奇感、延宕感等），更可以作为技法训练学生完成任务三的目标。

3. 散文化与格律化

这一议题，实质上是在诗形上让学生深入探讨分行和分节对于理解诗歌的重要作用。现代诗没有古诗严整规范的结构，但也自有其内在形式。如何把握"这一首"的独特形式，成了朗诵诗歌理解诗意的第一步。简单来说，义务教育阶段的现代诗，大致上可以分为以新月派为核心的"现代格律诗"，追求三美（建筑美、音乐美和绘画美）；以艾青、郭沫若为主的自由诗。前者音韵和谐，句式整齐，造成流动顺畅的整饬美感。如《你是人间的四月天》中，每节的第一句和第三句押韵，每节又以三行为主，这样就造成一种情感在节制中稳定抒发，含蓄婉转，具有古典诗情。而且，通过韵脚的排布，使得诗歌意义不至于因为联想而发散，反而在音韵的和谐中得到反复涵咏。而《我爱这土地》，错落有致，自然抒发，放任自然流露的情感于文字间，突出的是自由抒情，遵循的是内在逻辑，从虚写"鸟"的视角，到实写"我"的视角，转换不靠语言过渡，而是情绪在"然后我死了"这一回落中得到舒缓，进而引出"眼中的泪水"。事实上，自由体诗歌虽然没有格律体的建筑美和音乐美，它却能够自由使用各种文本符号来辅助情感传递，如《我爱这土地》中破折号的使用，造成一种突然安静后的延宕，是哀伤的延续，是反思的延长。最后的省略号，又是意犹未尽，造成言有尽而情未绝的艺术效果。

除了以上三类议题，还可以从其他角度探讨，如不同的抒情主体，对于诗歌理解是不同的，同样爱国情感，伟人主体和诗人主体的区别就尤为明显，毛泽东的逻辑重点偏重在议论中阐释历史规律，展望国家未来；艾青偏重于山河破碎中通过象征来传递朴素炽烈的爱国情感。同样是伤春悲秋主题，林徽因带着女性视角特有的鲜亮明丽，赋予自然物象灵动跳跃的色彩感受，而穆旦则沉潜凝练，自然物象凝结着古典诗情才有的细腻和沉重。再如诗歌结构上，《沁园春·雪》上片写景，下片议论，共时营造雪国胜状，历时彰显抱负胸襟，而《乡愁》以个人成长（线索），连缀起童年、青年、中年和老年的思亲乡愁，以个人经历投射特殊历史时段下游子的深情。也有论者从学习方法上探究，也可成为议题选择，如：知人论世法、文本直解法、引申联结法、联想想象法等①，亦可参考。

议题实际上是切入诗歌文本的角度，其中既要有知识性，又要有话题性。在求同的基础上比异，诗歌文本才会摇曳身姿，意彩彰显。

三、建构主体下的素养生成

所谓诗无达诂，在现代诗的教学过程中体现得尤为明显。这句话的主体虽然是"现代诗"，却揭示了接受美学意义、尊重读者的阅读感受才是第一位的。所以，这就要求现代诗的教学中，建构起以学生为主体的对比探究活动的整体图式。

教师在这一环节，要有高屋建瓴的把握，既不能让诗歌阅读超出"诗歌"范畴，也不能强行统一标准答案。总之，初学诗歌，不怕学生没有诗意，就怕学生都是标准答案。尊重学生对感受的表达，重在理解诗情，而非评价诗意。

目前，语文学科的核心素养模型基本确定，主要包括"语言建构与运用""思维发展与提升""审美鉴赏与创造""文化传承与理解"四个方面。这四个方面既是语文课程综合性的体现，又需要在言语实践活动中得以实现。核心素养中的前三者都可以在教师点拨指导下完成，而"文化传承与理解"，却需要由一定的教学支架才可以达成，这就是教学目的从智育走

---

① 刘真福：《诗歌语象、意象的辨析与教学应用——以统编教材九年级上册第一单元诗歌为例》，《语文建设》2018年第19期。

向美育的过程。

教师在教学过程中,立足学生主体,应突出诗教的两项功能:一是智育,一是美育。智育所涉及的教学内容,已在前文详细讲解。所谓美育,是侧重学生思考自身与社会现实、文化传统、命运共同体的关系,从诗的理解走向诗意的思考。如果从议题角度来谈,以美育为指向可以组合出三大精神:一是人类真善美的体现,如《你是人间四月天》《我看》;二是家国情怀,如《乡愁》《我爱这土地》;三是人类价值的思考,如《沁园春·雪》《我看》。阅读过程中,我们可以与之前学过的诗歌相勾连,形成对诗歌文本大群文的初步感知;也可以从现代诗对个人成长的帮助角度划分[①]:

分类	作用	文本
言志	启蒙大众,追寻哲理	《我看》《沁园春·雪》
抒情	记录情绪,丰富情感	《你是人间四月天》
治愈	宣泄情感,心理舒缓	《乡愁》《我爱这土地》

还可以从现代诗之为"现代"诗的角度,找寻诗歌的"现代性",如王珂在其文章中所谈到的,现代性是现代公民教育的一部分,是现代语文素养的重要组成部分。其现代性表现为:现代情感的抒发:重视自然情感和社会情感的和谐;现代意识的融入:重视个人意识和群体意识的融合;现代思维:重视语言思维与图像思维的综合;现代文化:强调传统与现代的共处;现代历史:追求主观精神在历史进程中的作用。

智育和美育都需要学生主体的深度参与和对比探究。所谓深度参与,是指学生基于学习情景做出真实的探究。它包括三个层面的情境[②]:个人体验情境(如初步感受)、社会生活情境(如朗诵活动)、学科认知情境(如鉴赏和创作)。对比探究学习,指的是学生在教学情境下的积极的认知活动。探究性学习,是"人本主义心理学家提倡的一种学习和教学方法。

---

① 王珂:《现代诗是与中学生最亲近的文体》,《名作欣赏》,2013年9月。
② 中华人民共和国教育部:《普通高中语文课程标准》(2017年版),人民教育出版社,2018年。

要求教师鼓励学生自己提出问题、讨论问题，自己找出答案"①。情境的梯度和层次，可以让文本之间的差异脱离浅显的比对，而走向更深处的异质体验。教材总主编温儒敏曾说："设计任务驱动，任务在前，提醒不能只是奔着任务去阅读，也不是单纯为了解决问题或者参加讨论去阅读。……很多课文都是经典，让学生接触经典，本身就是教学的重要目标，不应该把课文纯粹作为解决问题、完成任务的材料或者讨论问题的支架。"② 可见，学生作为教学主体，才能避免走向工具理性带来的弊病。探究性学习是围绕培养学生发现、思考、研讨、解决问题和表达见解的能力所进行的学习与教学活动。

总之，教材无非是例子。"群文"作为一种阅读方法，可以更接近真实的阅读，能够培养快速阅读、迅速获取信息的能力，能够锻炼梳理、整合能力，能够提高学生分析概括反思等高阶思维③。但这一切的前提，都是在"阅读"这一前提下，学生有一个真实的活动情境，才能进行一个真实的探究行为。

---

① 潘新和：《发现与质疑批判与创新——探究性学习浅论》，《语文建设》，2007年第1期。
② 温儒敏：《统编高中语文教材的特色与使用建议——在统编高中语文教材国家级培训班的讲话》，《课程·教材·教法》2019年第10期。
③ 王本华：《任务·活动·情境——统编高中语文教材设计的三个支点》，《语文建设》2019年第21期。

诗学·第十五辑·

比较诗学

象征主义象征的自发性及其心理学依据

□李国辉[①]

内容摘要：本文采用雅各布森提出的情感功能来审视象征主义的象征及其理论表述。象征主义诗人的象征具有真实心境的基础。波德莱尔强调通过特定的心灵状态来获得象征，理解他的象征不是通过理性，而是通过体验。马拉美从长期的无我心境中产生出他的梦幻，他将象征视为对这些梦幻的暗示。这些说法都肯定象征的自发性。从心理学上看，象征主义的象征与无意识的心理活动有关。诗人的心境与梦的心理状态类似，象征主义象征的心理基础是根据情感的相似性而自发产生形象的精神功能。

关键词：象征主义；波德莱尔；马拉美；象征；梦幻

2011年阿龙（Paul Aron）在他的著作中指出，"象征是一种符号，它通过可感的方式或者通过类比，表达不在场的事物或者抽象的所指"[②]。在此之前，象征主义理论家提出过象征的感应说、多义说、代替的符号说等

[①] 李国辉（1979—），文学博士，河南信阳人，台州学院人文学院教授，主要从事现代主义诗学、比较诗学研究。基金项目：本文系国家社科基金一般项目"《风行》杂志与象征主义自由诗的发生、演变研究"（基金项目：18BWW083）的阶段性成果。

[②] Paul Aron, *Les 100 Mots du symbolisme*, Paris: Presses Universitaires de France, 2011, p. 111.

定义①，在20世纪之前，象征主义诗人自身也有近似的论述。阿龙的定义虽然看似普通，实际上几乎综合了之前的所有观点，因而堪称周密。不过，象征主义是一种极为复杂的文学思潮，任何观察角度的变换都可能带来新的图景。阿龙和前人的定义，虽然合理，但是它们主要着眼于文本的功能，这是一个有限的视角。俄国形式主义理论家雅各布森（Roman Jakobson）曾提出文学活动的六要素说。这六个要素分别是：背景、传达者、信息、受者、接触方式、编码。与这六个要素相对应，语言具有六种功能：指示功能、情感功能、诗的功能、意动功能、交际功能、元语言功能。按照雅各布森的体系，阿龙等人的解释，其实针对的是信息和编码这两个元素，涉及的是诗的功能和元语言功能。除此之外，还有不少功能都可以提供新的观察视角。本文采用与传达者对应的情感功能来审视象征。本文认为象征主义的象征有着诗人的体验和心境的依据，并由此产生了象征主义象征的自发性。象征主义的象征与心理学调查的梦的象征有相似的起源。

一、波德莱尔的象征

西方文艺中的象征并非都有诗人、艺术家的情感体验。在中世纪，象征和隐喻并没有严格的区分，它们意义相同。神学家阿奎那（Thomas Aquinas）曾指出："将一些东西归在相似性中，这就是隐喻性的（metaphoricum）。"② 这种说法将象征分作两个部分：一个部分是可感的形象，另一部分是真理。形象和真理因为具有某种联系，就可以用形象来代

---

① 感应说指象征的形象与思想或者神秘的世界存在着感应，参见 André Beaunier, *La Poésie nouvelle*, Paris: Société dv mercvre de france, 1902, pp. 14—15. 多义说认为象征具有多重的意义，参见 Henri Peyre, *What is Symbolism*? Alabama: The University of Alabama Press, 1980, p. 8. 代替说指的是喻体代替本体，参见 Anna Balakian, *The Symbolist Movement in the Literature of European Languages*, Budapest: Akadémiai Kiadó, 1984, p. 27. 这些学说其实相互都有联系，无法完全分割。

② Thomas Aquinas, *Summa Theologiae*, Lander: The Aquinas Institute, 2012, p. 13.

指真理。真理在阿奎那看来是"神圣启示的光明",它其实可以通过理性直接传达,无需形象。形象与理性的地位相差悬殊。既然形象是低劣的,那么为什么还要利用形象来传达真理呢?这涉及对象征的作用的理解。阿奎那认为象征起到的是低端教育的目的,为了"没有受过教育的人也能理解它"①。从这里可以看出,象征的形象和意义在中世纪有断裂的情况。象征的形象往往是"真理"浅显的譬喻。

浪漫主义虽然给象征带来个性,但并未保证象征完全具有诗人情感的根据。瓦格纳(Richard Wagner)是19世纪中叶德国的浪漫主义戏剧家,他在戏剧上的成就,是确立了古希腊悲剧的象征体系对于现代德国歌剧的参照作用。瓦格纳从古希腊悲剧合唱队的旋律、舞蹈的节奏中,看到基督教音乐不具备的个性情感,他想在戏剧中通过交响乐来重造有力的象征。虽然瓦格纳的音乐不乏情感的来源,但是就戏剧艺术的题材来看,他偏好神话题材,多使用旧的象征符号。这符合他对个性的追求:"在神话中,人们的关系几乎完全脱下了它们习惯性的、只有抽象理性可以理解的形式;这种关系显示出生活拥有的真正人性的、永远可以理解的东西,而且是在具体的形式中显现出来的。"② 在当时的德国,神话的对立面,是历史和现实的题材。这两种题材往往涉及抽象的认知能力,不如神话更能直面纯粹的人性。因而旧的象征虽然有损象征的自发性和个人性,但是却具备更容易唤起人性的内容。

这里之所以提及瓦格纳,是因为他是象征主义的重要理论资源。象征主义诗人迪雅尔丹(Édouard Dujardin)曾将其誉为"象征主义的大师",还说:"走进瓦格纳主义的深处,遇不到象征主义是不可能的事。"③ 瓦格纳对象征主义思潮的影响,是启发并强化了象征主义诗人探索非理性、神秘性的象征世界。虽然没有瓦格纳,象征主义思潮可能仍然会出现,但是

---

① Thomas Aquinas, *Summa Theologiae*, Lander: The Aquinas Institute, 2012, p. 13.
② Richard Wagner, *Quatre Poèmes d'opéras*, Paris: Librairie Nouvelle, 1861, pp. xxv-xxvi.
③ Édouard Dujardin, *Mallarmé par un des siens*, Paris: Messein, 1936, p. 212.

瓦格纳影响了这种思潮出现的时机和兴趣的强度。需要注意,象征主义诗人也使用过瓦格纳那样的固定的象征,比如波德莱尔(Charles Baudelaire)的《感应》(*Correspondances*)一诗将自然视为一座"神殿",那里有"活的柱子"①,这里面就有基督教象征的气息。但是象征主义诗人在象征上的特色,不在固定的、人为的象征上,而在自发的、个性的象征上。虽然浪漫主义诗歌也有使用自发的象征的,但从流派上看,象征主义在这方面更典型、特征更显著。

波德莱尔第一次接触瓦格纳的作品是 1860 年。当年 1 月底和 2 月初,瓦格纳的歌剧在巴黎上演,波德莱尔去剧场观赏歌剧后,非常激动。这个时间点在波德莱尔的人生中比较晚,当时波德莱尔的写作和思想已经定型,他的《恶之花》(*Les Fleurs du mal*)已经提前三年刊出。但是瓦格纳的作品还是与波德莱尔产生了巨大的共鸣,瓦格纳的音乐成为一种象征,为他呈现了一个奇特的世界:"我们能发现精神和身体上极乐的感觉、孤独的感觉、观照无限广大和无限美丽的事物的感觉、愉悦人的眼睛和心灵,直至晕眩的强光的感觉,最后是对扩展到可以想象的极点的空间的感觉。"②波德莱尔进入到一个象征世界中,这个世界是可以体验到的,而非是借助于理性推测到的。换句话说,引文中的强光或者广阔的空间,都是在一种精神状态下自发出现的。

瓦格纳的歌剧印证了波德莱尔在《哲学的艺术》(*L'Art philosophique*)中提出的理论。哲学的艺术也利用象征,但是有着说教的目的。象征在这种艺术中主要是固定的、老套的,它的形象和意义存在着人们熟悉的联系,形象并没有独立性,只是意义的能指。波德莱尔肯定的是另一种叫做"现代艺术"的艺术,这种艺术注重暗示,象征和它要传达的意义是临时的,是个性的。现代艺术体现在许多诗人、艺术家身上,在

---

① Charles Baudelaire, *Œuvres Complètes*, tome 1, edited by Yves Florenne, Paris: Le Club français du livre, 1966, p. 768.
② Charles Baudelaire, *Œuvres Complètes*, tome 3, edited by Yves Florenne, Paris: Le Club français du livre, 1966, p. 677.

诗中是雨果、坡（E. A. Poe），在绘画中是德拉克洛瓦（E. Delacroix）。波德莱尔评论德拉克洛瓦的话，代表了他心中现代艺术的特质："因为具有更丰富的想象力，他尤其表达了大脑的深邃之处，以及事物非凡的部分，他的作品多么忠实地保存了他的观念的印迹和性情。这是有限中的无限。"① 在《恶之花》的作者眼中，现代的艺术最重要的是"大脑的深邃之处"的象征，它要传达的不是明确的意义，而是"观念的印迹和性情"，是个人的内在心境。同样，理解这种象征，需要通过一点一点积累的体验，这就是"暗示"一语在波德莱尔心中的真义。他的象征是无法完全通过理智把握的，必须要在特定的心境中去感受。所谓的象征本质上是特定心境中的形象，这种形象因为与心境的联系，能在读者的感受中还原那种心境。

因为心境是诗人真实进入过的，所以所有心境的象征其实都是个性的、自发的。波德莱尔将这种象征视作"通过专注的冥想生出的幻象，或者在想象力不太丰富的头脑那里，是借助于人工的兴奋剂生出的幻象"②。这里将进入那种神秘的境界的方法做了说明。方法共有两种：第一种是"冥想"，冥想不同于幻想、空想。它不是欲望的满足，而是自由的观照，哲学家也使用这种方法。叔本华曾指出："我们不再让抽象思想、理性观念盘踞在我们意识中，相反，我们将心智全部托付给直觉，完全沉浸其中，让我们全部的意识充盈着对实在之物平静的观照，不管它是一片风景，一棵树，一块石头，一段悬崖，一座建筑，或者别的什么东西。"③ 做到这一步，哲学家就能摆脱自我的意志，诗人就能通过一种客体化的状态，看到奇特的形象。第二种方法是"兴奋剂"，波德莱尔认为这是"想象力不太丰富"的人采用的，是等而下之的。等而下之虽然不错，但是许

---

① Charles Baudelaire, *Œuvres Complètes*, tome 3, edited by Yves Florenne, Paris: Le Club français du livre, 1966, p. 390.

② Charles Baudelaire, *Œuvres Complètes*, tome 3, edited by Yves Florenne, Paris: Le Club français du livre, 1966, p. 390.

③ Arthur Schopenhauer, *The World as Will and Representation*, translated by E. F. J. Payne, New York: Dover Publications, 1969, p. 178.

多想象力非常丰富的象征主义诗人也使用过这种方法。波德莱尔是个"瘾君子",因为身体患病,他长期用鸦片止痛。19世纪中期,印度大麻在法国文艺圈蔓延,波德莱尔抵不住诱惑,也多次试用这种麻醉剂。印度大麻成为波德莱尔进入神秘世界的有效工具,诗人曾这样描写他的体验:"精神里这种神秘而暂时的状态在发展,生命的深处——那里充满着各种各样的问题——全部在人们眼前的场景下呈现出来,尽管它自然、平常——那里,到来的第一个事物就变成了有力的象征。"① 波德莱尔明确提出,当精神进入特殊的境界后,所有的形式和色彩自发地成为象征。另一个象征主义诗人兰波(A. Rimbaud)也为印度大麻的效力感到兴奋,印度大麻成为兰波实现所谓的通灵人诗学的重要方式②。

兰波还带来第三种进入特定心境的方法:人为打乱感觉。在兰波那里,他主张长期打乱感觉进入"未知"。这种未知的境界,其实也是波德莱尔的内心体验,也正是象征所要抵达的地方。在兰波眼中,诗人一旦成为通灵人,他就获得反常的自我,就能看到这种象征:"当他神魂颠倒,最终丧失了对视觉的意识的时候,他就看到了它们。"③ 虽然兰波眼中不乏幻觉,但是这些幻觉或者其他的形象"是连贯的、直接的"④,它们有着真实感受的基础。波德莱尔很少在诗论中提到这种方法,不过,从诗作来看,异常的感受也经常伴随着他,使他具有一种"病态的敏感"⑤,并进而令精神世界的象征自发地呈现出来。

二、马拉美的梦幻

很多象征主义诗人将他们期望的境界称作梦幻。波德莱尔曾指出德拉

---

① Charles Baudelaire, *Œuvres Complètes*, tome 3, edited by Yves Florenne, Paris: Le Club français du livre, 1966, p. 162.
② 李国辉:《印度大麻与象征主义的通灵人诗学》,《浙江学刊》2019年第2期。
③ Arthur Rimbaud, *Œuvres Complètes*, edited by Antoine Adam, Paris: Gallimard, 1972, p. 251.
④ 李建英:《"我是另一个"——论兰波的通灵说》,《外国文学评论》2013年第1期。
⑤ André Barre, *Le Symbolisme*, New York: Burt Franklin, 1968, p. 55.

克洛瓦的艺术带来的就是梦幻,还认为在聆听瓦格纳的音乐时,自己有"几乎所有富有想象力的人都曾通过睡时的梦幻熟悉的这些感受"①。梦幻一般被看作是虚假的,是一种错觉。这里的梦幻的意思比较特殊,它强调可以亲证的经验。梦幻也好,醒时的印象也好,它们都不是空想或者推理出的,而是自身能够感受的境界。这种梦幻不是别的,它就是象征所要传达的东西。象征主义诗人的象征指向的不是哲学家寻求的理念,而是这种梦幻。

与波德莱尔相比,马拉美对梦幻有更深的体会。马拉美说:"我们这群不幸的人,我们被大地厌恶,我们只有梦作为庇护。"② 被梦"庇护"不只是在梦幻中寻求心理的安慰,它更重要的是强调内在的象征世界的真实性。当时的法国还存在着另外一种流派:自然主义。自然主义以实证主义哲学为基础,它对现实世界的关系及意义的肯定,就是对象征世界的否定。自然主义因而受到了同情象征主义的批评家的不满,布吕内蒂埃(F. Brunetière)曾说:"所有的自然主义美学都必然有某种狭隘的、不全面的、残缺的东西。它将艺术的目的化简成模仿自然。"③ 马拉美虽然对左拉不无敬意,但是他拒绝自然主义的美学。在他眼中,象征的深度才构成了真正的文学:"人的心灵中有如此绝对纯粹的东西——它适于被人歌唱,被人揭示出来——以至于它实际上成了人的珍宝,诗必须要抓住这种纯粹的状态、光彩。那里有象征,有创造。"④

在1866年4月的信中,马拉美自述自己体验到物质的虚无,而且说自己"在物质不知道存在的梦幻中狂奔,歌唱灵魂以及所有相似的神圣印

---

① Charles Baudelaire, *Œuvres Complètes*, tome 3, edited by Yves Florenne, Paris: Le Club français du livre, 1966, p. 676.

② Stéphane Mallarmé, *Correspondance complète*:1862—1871, Paris: Gallimard, 1995, p. 144.

③ F. Brunetière, "Le Symbolisme contemporain", Revue des Deux Mondes 104 (avril 1891), p. 683.

④ Stéphane Mallarmé, *Œuvres complètes*, Paris: Gallimard, 1945, p. 870.

象"①。他创作的《海洛狄亚德》(*Hérodiade*)表达的就是这种感受。在这首诗中,他发现自己不再受时间和空间观念的影响,感受力已经摆脱了现实的世界。马拉美并没有失去他的身体感受,他的感受力只是转向了梦幻的世界。他想在这种状态中记下他"内在的梦幻",但是却感到"我却没有力气写它们——从现在起的很长时间都是如此"②,因而这种古怪的状态不仅破坏了马拉美的理性能力,也削弱了他的行动能力。马拉美1868年从这种疾病中好转过来后,这些梦幻并没有消失,而是成为他后来许多诗作的素材。

在马拉美看来,任何个人的理智、意志,都是对完美的象征世界的侵犯。如果把象征的世界比作清澈的液体,作者好像是一个空空的袋子,里面装着这种液体。自我存在的价值并不是触碰这些液体,而是保持它的纯粹状态。这里的比喻只是说明主体的功能,它实际上并不恰当。因为这种比喻将自我与梦幻的世界分离成两种不同的东西。梦幻的世界不是独立于自我的,它是自我产生的。马拉美看到了自我的两种功能:一种功用是感受,它感知象征的世界;一种是认知,是理性,它喜欢解释。他提出无我的观念,这种无我是去掉理性的自我,尽最大限度保存感受的自我。因为没有理性的约束,象征独立地存在着,自发地显现出来,不需要人为的干预。为了维护纯粹的象征世界,马拉美尽量远离一切现实和一切理性的活动,他曾说"我永远拒绝所有的陪伴,以便把我的象征带到我去的任何地方",他还把自己比作透明的石头:"我感觉自己像一颗钻石,它反射一切,但并不是出于它自身而反射。"③钻石与上面的"袋子"的比喻相近,如果把象征的世界比作光芒,那么,钻石就是这种光出入的地方。钻石并没有改变这种光,它只是"反射一切"。这里的比喻,让人想到了艾略特

---

① Stéphane Mallarmé, *Correspondance complète*: 1862—1871, Paris: Gallimard, 1995, p. 298.

② Stéphane Mallarmé, *Correspondance complète*: 1862—1871, Paris: Gallimard, 1995, p. 367.

③ Stéphane Mallarmé, *Correspondance complète*: 1862—1871, Paris: Gallimard, 1995, p. 353.

(T. S. Eliot)1919年发表的《传统与个人才能》（*Tradition and the Individual Talent*）一文。艾略特受到了马拉美的影响，提出一个与"钻石"接近的比喻"白金丝"。艾略特想用白金丝构建他的非个人化诗学，而这种非个人化诗学的源头是马拉美（还包括福楼拜）的象征理论。

有了纯粹的梦幻状态，下一步该怎样表达它呢？像波德莱尔一样，暗示在马拉美那里，是揭示象征世界的有效方法。波德莱尔提出"暗示的梦幻"说，暗示是动作，梦幻是对象，象征是结果。但在马拉美那里，"暗示事物，这就是梦幻"①，暗示和梦幻并不是谓语与宾语的关系，它们是同义的。马拉美的梦幻的概念，与波德莱尔的相比，显然具有更大的包容性。在暗示手法的运用上，马拉美指出："渐渐地透露一个事物，以便呈现一种心灵状态，或者步骤相反，选择一个事物，通过一系列解读利用它引出一种心灵状态，这就是对这种神秘性（它构成象征）的完美运用。"②这里明确提出两种暗示的方法，它们方向相反，一种是心灵透露事物，一种是用事物引发心灵。它们是否遵守象征的自发性原则呢？首先看第一种方法。通过一点点透露与那种心境相关的事物，让事物成为心境的象征，这符合象征的自发性，因为事物原本就是内在实有的，不是人为的虚构。诗人所要做的，只是控制透露的过程。第二种方法看似与自发性有矛盾。诗人明说这个事物是"选择"出的，而且经由"一系列解读"，自然就有理性的解释和虚构，那么它引出的心灵状态，可能就是人造的象征。这种认识的失误在于它对"心灵状态"的理解有褊狭之处。马拉美并不是想从平常的事物中获得神秘的心境，相反，他的神秘的心境是原有的。在选择某个事物之前，诗人曾有过某种心境，诗人要做的，是遮住这个心境，不去说它，通过某个事物把它联系起来。因而，第一种暗示的方法，是透露现在的心境；第二种方法，是召唤过去的心境。虽然心境有现在与过去之分，但是它们都曾是诗人体验过的，都在诗人的心灵中自发地具有象征的

---

① Stéphane Mallarmé, *Œuvres complètes*, Paris: Gallimard, 1945, p. 869.
② Stéphane Mallarmé, *Œuvres complètes*, Paris: Gallimard, 1945, p. 869.

地位。

马拉美不但强调形象的自发性，也注重词语的自发性。词语的自发性好像与象征没有关系，实际上它是象征暗示美学的另一部分。词语作为诗句声音的载体，它们构成的音乐同样可以暗示神秘的心境，它们是马拉美的另一种象征体系。这种暗示其实也得到了马拉美的肯定。1893年，一位批评家曾指出，马拉美"以这种和谐组合的方式来使用词语，以至于给读者暗示一种心绪或者一种状态"①。马拉美在书信中对这一句话非常赞成，认为它解释得"最清楚"。为了让词语也具有自发性，马拉美同样通过非个人化的主张防止诗人的主观意志影响措辞。马拉美要求诗人"把主动性交给词语"，让词语自己建立起联系。这里，宝石的比喻再次被使用，词语自己的音乐性，就像光芒一样，"它们因为相互的反射而放光"，而诗人的心保持冷静，好像只有"光亮掠过宝石上面"②。在更早的版本中，马拉美的这句引文后还有一句话："这种特征接近交响乐的自发性。"③ 这里不仅把诗歌语言的自发性与交响乐的自发性进行类比，而且还透露了瓦格纳的影响。马拉美想通过形象和词语来重造瓦格纳的梦幻的象征。

三、对自发的象征的心理学思考

马拉美认为音乐上的交响乐的状态，是诗歌创作的必需，这种状态在人们"最无意识的心灵"中存在着④。马拉美和波德莱尔提倡的自发的象征从心理学上看，与人们的无意识活动有紧密联系，诗人们反理性、非个人化的诗学，表现了无意识写作的方向。在这方面，另外一个象征主义诗人拉弗格（Jules Laforgue）做了更多的思考。

---

① Stéphane Mallarmé, *Correspondance complète*：1862—1871, Paris：Gallimard, 1995, p. 613.
② Stéphane Mallarmé, *Œuvres complètes*, Paris：Gallimard, 1945, p. 366.
③ Stéphane Mallarmé, *Vers et prose*, Paris：Librairie Académique, 1920, p. 192.
④ Stéphane Mallarmé, *Correspondance complète*：1862—1871, Paris：Gallimard, 1995, p. 611.

拉弗格被称为"无意识的预言者"①，他早在19世纪80年代，就思考了无意识与象征的渊源。在他看来，文学艺术中存在的灵感，就是无意识心理活动。他还将这种无意识与瓦格纳的交响乐联系了起来，认为它们都是世界的法则："一切都是一种交响乐，这种交响乐是生动的、变化的生活，就像瓦格纳理论的'森林的声音'为了森林中洪大的声音在竞争。"②无意识被视作了世界的法则，这种原则并不是理性的，而是存在于理性之外的。瓦格纳的音乐确实寻求表达无意识的情感力量，他把无意识看作是人的本质。瓦格纳以及当时精神分析的著作，给拉弗格带来艺术和人生上的新认识。拉弗格想从现实生活退到无意识的世界，那种世界才是他艺术的真正境界。拉弗格这样谈自己的理想："我梦想这样一种诗，它来自人的心理，采用梦幻的形式，有花、风、香味、理不清的交响乐。"③文中的心理指的就是无意识，而梦幻的形式，其实就是象征的形式，它们通过形象、色彩等手段，将那种内在的精神状态暗示出来。虽然拉弗格很少提到象征，但是他的无意识诗学就是象征的诗学。

马拉美、拉弗格的解释，给理解象征主义的象征，带来一个新的、有启发的角度。因为象征主义诗人往往谈论神秘主义，又因为一些批评家们也来帮忙，象征主义的象征往往被解释为通向超自然世界的窗口。波德莱尔曾肯定"超自然的、电流的颤动"④，这就将象征摆到宗教的领域内。当代学者比耶特里曾指出，"对神秘内容的完美的运用，构成了象征"⑤。这些看法都否定象征主义象征的心理学基础。马拉美和拉弗格的诗学表明，所谓神秘的象征，可能只是无意识心理活动产生的，是特殊的心境下的产

---

① A. G. Lehmann, *The Symbolist Aesthetic in France*, Oxford, Basil Blackwell, 1950, p. 120.

② Jules Laforgue, *Mélanges posthumes*, Paris: Mercvre de france, 1923, p. 137.

③ Jules Laforgue, *Oeuvres Complètes de Jules Laforgue*, tome 4. Paris : Mercvre de France, 1925, p. 66.

④ Charles Baudelaire, *Œuvres Complètes*, tome 2, edited by Yves Florenne, Paris : Le Club français du livre, 1966, p. 153.

⑤ Roland Biétry, *Les Théories poétiques à l'époque symboliste*. Genève: Slatkine Reprints, 2001, p. 278.

物。如果暗示的艺术手法，等同于无意识心理，那么象征主义的象征，其实就接近心理学上的梦象（dreaming image），文学创造就接近平常人的梦幻活动。弗洛伊德很早指出，梦并不是超自然世界的产物，它是人的精神活动。虽然象征主义诗人经常将他们的梦幻与超自然世界联系起来，但这恐怕只是一种错觉，他们将一个无意识的梦幻错当作神圣的景象。

在荣格看来，无意识的心理内容共分为三类：第一类暂时无法在意识中出现，但是在记忆中可以自动产生；第二类无法自动产生出来；第三类根本无法成为意识的内容。第三类是心理学上的假定，并非是实际存在的。除去第三类不谈，前面两类在波德莱尔和马拉美那里，都有不同的表现。波德莱尔想通过麻醉品进入的神秘心境，这属于第二类无意识。马拉美因为患病而得到奇异的体验，也是这种情况。因为身体感受出现了异常，因而平常无法出现的刺激和冲动得到强化，得到了意识的注意，并产生一种特殊的心理状态。马拉美通过选择具体的事物引发的心境，以及波德莱尔通过冥想而得到的体验，属于第一类无意识。在这一类中，无意识内容潜在性地存在着，只是暂时被理性的意识所压制，通过注意力和想象力的调整，无意识的内容于是活跃起来。

当无意识的心理内容成为意识时，它并非仅仅表现为行动或欲求，而是主要呈现为具有形象的场景。这种情况可以用梦来说明。荣格认为："有意使用象征，只是更重要的心理现象的一部分，我们也在梦中无意识地、自发地创造象征。"① 梦作为无意识的活动，它以象征的形式显现出来。这里有人类大脑活动的基本特征，通过形象来思考是人类最基本的能力。在原始社会，人类通过感官将外在的形象保存在记忆中，日积月累，这些形象就成为人们思考的材料。无意识有利用形象的能力，当它在梦中变得活跃后，它就调动形象为它服务。当代心理学家哈特曼（Ernest Hartmann）发现梦由于梦者的情感关切，会自然产生形象。他将梦的这种

---

① C. G. Jung, *The Undiscovered Self*, translated by R. F. C. Hull, Princeton: Princeton University Press, 2010, p. 66.

功能称作"图像—隐喻",其实就是象征。他还认为这种象征不仅是人类的思想方式,"也适用所有精神动态,这种动态包括情感"①。在心理分析中,梦中重复出现的、清晰的形象,并非来自生活中平常的情感,而往往源于长期无法排遣的情感,比如心理创伤后的焦虑和恐惧。象征主义诗人们通过冥想或者麻醉剂远离现实的关注,可以唤起内心深处的情感关切,并进而得到清晰而有重要情感价值的象征。

梦中的形象有时会发生很大的变形,甚至是荒诞不经的。这些形象很多时候与梦者并没有直接联系,有些出现得非常突兀,连梦者都感到不可思议。中西方历史中,都出现过一些被解释为预言或者神谕的梦。比如《旧约》中七头肥牛、七头瘦牛的梦。这些变形的形象背后,有着梦者情感上的基础,哈特曼称这是"情感相似性"。变形的梦表面上与梦者没有关系,实际上是梦者的情感可以理解的。形象因为情感上的相似性,而被选择来代表梦者的情感关切。哈特曼进一步指出,"艺术大体可以视作在情感指引下建立新联系的行为,梦也正是这样"②。象征主义诗人的象征与梦象还不一样,它有时伴随着感官上强烈的幻觉,有时也有清醒的现实意识,因而这种象征在感受性、在与理性的关系上,都与梦象不同。但是诗人的象征同样是异常的、光怪陆离的。它在主观的变形上,与梦象有惊人的一致性。马拉美和兰波都提到的诗歌的"巫术",指的就是形象和语言的变形。象征主义变形的象征即使表面上与诗人没有直接的联系,但也可以通过情感的相似性来把握它们。换句话说,变形的象征是诗人的特定心境根据情感的价值而自发挑选的。只有诗人自己能够体会这些象征与他的心境的关系,很多时候,读者无法通过理性来认识它。象征的情感依据,使表面上陌生的形象与隐秘的内心建立了直达的通道。因而象征并不是晦涩的,它对于情感来说是透明的。它的晦涩只是对于理性而言的。从心境

---

① Ernest Hartmann, *The Nature and Functions of Dreaming*, Oxford: Oxford University Press, 2014, p. 57.
② Ernest Hartmann, *The Nature and Functions of Dreaming*, Oxford: Oxford University Press, 2014, p. 27.

到象征，存在着某种光亮的管道。艾略特在诗学中提到的"客观对应物"（objective correlative）也好，象征主义诗人的象征理论也罢，它们都是在这种管道上建立起来的。一旦这些新的建筑建立起来，最基本的情感的管道就被遮掩，不被人注意了。人们往往就用理性而非直觉来把握它们。

象征主义象征的自发性就是因为存在着情感相似性的管道。相似性并不是当代心理学家的发现，在本文开头，神学家阿奎那也曾将相似性看作是象征的特征。但是阿奎那也好，其他将象征理解为固定符号的理论家（比如叔本华）也罢，他们所说的相似性，指的是观念上的相似性，而象征主义的象征是情感上的相似性。观念上的相似性，虽然也能建立事物与意义的类比，但是这种类比与身体没有关系。象征主义的象征是用情感建立一种隐性的、自发的联系，准确来说，它不是类比而是通感。不过，这种通感往往是病态、厌世的，而非古希腊雕塑所代表的对人生的迷恋。

"赛先生"如何闯入文学
——论晚清到"五四"时期文学理论译介的"复古"品格

□ 徐臻①

内容摘要：从晚清到"五四"时期，虽然科学一直是中国思想界热衷探讨的话题，但实际上它对中国现代文学的影响很微妙。欧洲启蒙运动以来的科学并没有深入到中国现代文学之中，从当时的文学理论译介情况来看，影响中国现代文学的科学观念实际上带有浓厚的"复古"品格，因此，中国文学现代性的获得有着明确的内部变革力量。作为观念的科学首先与"今文学派"、格致之学相融合，进而在"五四"时期昭示出浓郁的实用主义色彩，因此追寻西方文艺理论前沿并不是最佳路径，寻求文化根源处的共性或能提供新的启发。

关键词：晚清；"五四"时期；文学理论翻译；科学

陈独秀提出"德先生"与"赛先生"的称呼后，两位先生不言而喻地成为"五四"时期的先锋思想代表，并且影响了中国现代文学的发生和发展，但也有学者注意到科学似乎并没有对中国现代文学发生多么深刻的影

---

① 徐臻（1988—），男，重庆人，西南医科大学外语学院副教授，西南大学中国新诗研究所特邀研究员，主要从事中国现代翻译文学研究。基金项目：本文为四川外国语大学中国语言文学重庆市"十三五"重点学科建设基本科研项目"中国现代文论中的'译述文论'现象研究"（项目编号：135ZDXKB011）的中期成果。

响，反而是文学和文化的发展让所谓科学这一概念发生了极大的变异，朱寿桐甚至断言："科学从来就没成为新文学的内在因素或传统主脉。"① 要"赛先生"走入文学，这原本就是一件颇为矛盾的事，须知对文学的感悟和把握与科学所需的思维时常南辕北辙。当然，科学作为一种观念完全能走入人生与艺术，只是作为观念的科学到底在"五四"时期有何种内涵，其又如何蜕变，这还需要进一步辨析。

从"五四"时期的文学理论译介情况来看，真正科学的并没有走入文学理论系统，也不可能完全进入，毕竟学科差异客观存在，偶有的吸收借鉴也比较浅层。最初与"赛先生"相接触融合的是以梁启超为代表的晚清今文学派思想，但实际结果是赋予了科学更多的理想色彩和正面评价而已，这种正面评价也随着梁启超游历欧洲后反思"科学万能"而失去光辉。中国学者初以"格致之学"来理解科学，强化了科学的人文色彩，进而所谓狭义的实证性科学与新文学的发生与发展关系确乎不大，加之，在张君劢眼中算不得科学的"精神科学"在"五四"时期却成为中国现代文学的一大理论源泉。可见，中国现代文学所要寻求的并非纯然的"启蒙理性"，反而是学衡派道出了真谛：寻求中西文学在根源上的共性，以期找出中国现代文学立足世界文学之林的合法性。这或许也是"五四"新文化运动在"启蒙"和"文艺复兴"的叙述之间争论不休②的原因之一，毕竟"赛先生"不是纯粹的海外来客，也是从中国文化传统中走出来的"宁馨

---

① 朱寿桐：《论汉语新文学传统中的科学因素》，《学术月刊》2013年第3期。另外，《鲁迅与新文学的科学维度》一文对朱寿桐的观点提出了批评，认为朱寿桐的文章没有区分作为"时代核心价值观"的科学和作为"学科的"科学，就此推导朱寿桐认为科学没有切实影响中国现代文学这一观点属于"偷换概念"。然而朱寿桐在文章中非常明确区分过科学的学科意义和价值观意义，也明确表示作为学科的科学对新文学的确有过影响，但并未形成一种强势的传统。《鲁迅与新文学的科学维度》一文，与其说在驳斥朱寿桐的观点，不如说从另一个方面证明了朱寿桐观点的合理性。用常识即可知，真正影响文学的只能是作为思想观念的"科学"，而不可能用狭义的实证性"科学"直接介入文学创作或研究。

② 相关情况可参看王本朝：《"文艺复兴"与"思想启蒙"——"五四"新文学运动的身份认同》，《华南师范大学学报》（社会科学版）2019年第3期。

儿"，对科学的提倡和反科学万能都是当时文学理论译介中的常见现象①。而看似悖论的两极，实则昭示了晚清到"五四"时期文学理论译介的"复古"品格，即"五四"新文化运动的启蒙性质有深刻传统根基，"一种固有的实用精神决定了，对理性的当仁不让亦是我们民族文化内蕴的应有之义。而周易的'蒙'卦、墨子的名学、孟子的'智'端、华严的唯识、张载的'蒙以养正'的'正蒙'、朱子的格物致知、黄宗羲的'公天下是非于学校'、方以智的'质测之学'以及清代无信不征、求实切理的朴学之风即其显例"②。

一、晚清"今文学派"与科学的碰撞

科学与文学理论的碰撞在"五四"之前就已经发生，晚清时期虽然还较少有严格意义上的文学理论译入中国，但学人多从自然科学中寻求启发，从而反哺文学。从《近代西学翻译目录》的收录来看，当时存在着数量巨大的自然科学翻译著作，在理论著作的翻译中，其比例远超过了文学理论和社会科学理论。王国维曾翻译了藤泽利嘉太郎所著的《算数条目及教授法二卷》（1901），中村五六编纂的《日本地理志一卷》（1901）以及池田日升三所著的《农事会要一卷》（1900），可见自然科学理论在当时并非是少数专业从事者才阅读的资料，虽然此处举例与王国维的求学经历密切相关，但也能窥见它们的影响范围跨越了文理界限。自然科学如此激烈地冲击文学，自有其散播途径，当时叙事文学受到翻译文论的影响较大，相较而言，虽然有过诗界革命，但翻译文论对诗歌创作、理论的启发远不及叙事文学。以词为例，"词论受西学影响，王国维似绝无仅有，对时局同样淡漠"③，并没有大刀阔斧的革新趋势。这或许与梁启超对小说地位的

---

① 可参见徐臻：《理论倒错与反科学万能："五四"时期新浪漫主义翻译文论的几种特质》，《浙江学刊》2020 年第 2 期。
② 张再林：《中国近现代思潮中的"以复古为启蒙"》，《学术界》2020 年第 10 期。
③ 徐中玉：《导言》，《中国近代文学大系·文学理论集一》，上海书店，1994 年，第 32 页。

重新定位，着眼于小说与晚清社会变革的举措有关，但不能忽视自然科学与格致之学的纠缠以及二者与晚清"今文学派"之间的思想关联。

自严复翻译《天演论》之后，进化论思想俨然成了晚清时期科学的标杆，"《天演论》《群学肄言》诸书，即穷乡僻壤之白发学究，亦争先购读。'物竞天择'一语，几可代'子曰''诗云'而为学究之口头禅"①，而进化论思想与"今文学派"对六经的看法不谋而合，因此梁启超提升小说地位并非单纯起源于偶然在船上看到《佳人奇遇记》，实际上是以治经的态度来对待叙事文学。"我国研究史学者，其基本观念，有相反之二派。一为'退化的历史观'……一为'进化的历史观'。……经古文家认为六经为信史；影响所及，乃产生退化的历史观。经今文家认为六经为孔子托古改制之作，所说尧舜三代之治，特孔子托往事以描写其所憧憬之改制后理想实现的乌托邦；影响所及，乃产生进化的历史观。"② 既然在晚清学者眼中社会也是不断进化的，加之"今文学派"眼中的《春秋》并非信史，而是孔子理想的寄托，托古表达对未来的憧憬，也是指向未来，因此二者的目的不谋而合。梁启超师从康有为，二者都是晚清时期"今文学派"的重要人物，梁启超在西学和《佳人奇遇记》的启发下提倡政治小说，这与"今文学派"对六经中叙事色彩最鲜明的《春秋》之理解有莫大关系。

梁启超眼中的"小说"实则与鲁迅在《中国小说史略》中梳理的"小说"概念不甚一致。鲁迅定义的"小说"是与"官书"相对的概念，他提到《三国》和《水浒》在嘉靖年间有督察员刻本，所以"世人视若官书"，《续文献通考》和《百川书志》才将其收录，而纯粹的民间流传的小说，"史志皆不录"③。而梁启超所谓"小说"应当做广义的叙事文学看待，与经史合流。一方面，叙事需要观照艺术性；另一方面，广义的叙事也是一种话语权力的体现。梁启超在《小说与群治之关系》里面不光提倡"小说

---

① 章衣萍：《随笔三种》，现代书局，1934年，第127页。
② 蒋伯潜：《十三经概论》，上海古籍出版社，2010年，第19页。
③ 鲁迅：《中国小说史略》，中华书局，2013年，第5页。

有不可思议之力支配人道"①，还着重分析了小说的艺术手法、艺术功能，甚至从文艺心理学的角度探讨了小说的情感宣泄作用，可见他对叙事文学有着清晰的理解，并非简单的文学功利论者。梁启超将小说作为正统经史的补充，"故'六经'不能教，当以小说教之；正史不能入，当以小说入之"②。这明确表现出他将小说与经史看作广义的叙事文学。既然小说与经史无异，那"今文学派"所重视的《春秋》"微言大义"，无形中也渗透到了小说中。"正名"是《春秋》之"义"，为的是强调王道，以定其名分，乃至寓褒贬于叙事之中；"微言"乃是孔子"不以言言之"，何休"谓'新周，故宋，以《春秋》当新王'，此一科三旨也；'所见异辞，所闻异辞，所传闻异辞'，此二科六旨也；'内其国而外诸夏，内诸夏而外夷狄'，此三科九旨也"③。从进化论的角度来看，"内其国而外诸夏，内诸夏而外夷狄"是一种从一个中心点出发，逐渐将大同盛世普照到天下的渐进方式，也是社会进化的表现；从翻译文论提倡的科学精神来看，"三世异辞"明显具有求实的精神，是在叙事话语上张扬求真务实之法；从政治目的来看，梁启超之辈提倡西方君主立宪，"正名"恰似正王道之名，以小说补经史又是笼天下人心之法。由此可见，"科学""进化论"等晚清翻译文论所引入的重要西学思想与"今文学派"有着天然的融合力。

掌握了叙事话语，也就一定程度上掌握了宣扬社会政治理想的钥匙。晚清翻译文论中许多自然科学理论渗透到文学领域，实际上就是改变了晚清学人的叙事方法（包括文学叙事与社会叙事），既然"今文学派"诸人将六经都看作孔子对其理想的某种叙述，那么他们在翻译文论启发下产生的新叙事文学来推动其社会政治理想的实施，也就显得合情合理。不过此间也产生了分裂，"同为接受外来思潮的影响，结果却不同：今文学派与

---

① 梁启超：《小说与群治之关系》，徐中玉主编：《中国近代文学大系·文学理论集》（二），上海书店，1994年，第303页。
② 梁启超：《译印政治小说序》，徐中玉主编：《中国近代文学大系·文学理论集》（二），上海书店，1994年，第302页。
③ 蒋伯潜：《十三经概论》，上海古籍出版社，2010年，第298页。

现时政治相接引，倡导者化为实地的革命者；另外一些受西学影响的学人包括王国维，则成为现代思想启蒙的先驱"①。王国维从《红楼梦评论》到《人间词话》的转向，正是把目光从叙事文学移向了抒情文学，标志着早期的科学对他的启发逐步内化，走向思想、文化、哲学方向的思考，从而开启了"五四"以后对中国现代文学现代性叙述的开端。但梁启超为代表的联合西方自然科学思想和今文学派观念来推动社会革新的思想，随着其政治运动的失败而落潮，随即被前者取代，其萌发的晚清以来的独特现代性叙事也被压抑和走向没落。因此，"五四"以后的叙述方式，都把中国现代文学和文论的启蒙特征视作西方"理性"在东方的移植，在根本上压制了晚清时期中国文化内部的革新因素。

二、格致牵手赛先生：作为观念的科学

晚清翻译文论明显浸染着自然科学的求实精神，早期的学者们普遍把西方自然科学的求实精神等同于格致之学。这种状况的确带来文学批评的新气象，在印象式的点评之外开启了对文学内部结构的关注。然而将科学的精髓等同于格致之学也会带来一系列的变异，一方面是格致之学对人自身和道德伦理的重视，使得被误读的科学精神灌注到了晚清的文学理论和批评话语中；另一方面，对所谓客观的追求又为后来"五四"时期混淆自然主义和现实主义观念埋下了伏笔。

西方自然科学与中国格致之学的联姻当追溯到明朝中后期利玛窦和徐光启合译《几何原本》之时，利玛窦认为："吾西陬国虽褊小，而其庠序所业格物穷理之法，视诸列邦为独备焉。"② 徐光启更明确定义道："有一种格物穷理之学，凡世间世外、万事万物之理，叩之无不河悬响答，丝分

---

① 刘梦溪：《中国现代学术要略》，生活·读书·新知三联书店，2008年，第49页。
② 利玛窦：《译几何原本引》，徐宗泽：《明清间耶稣会士译著提要》，中华书局，1989年，第257页。

理解。退而思之，穷年累月，愈见其说之必然而不可易也。"① 可以看出，当时的中国学者实际上把西方科学的实验、归纳等研究方法看作是"格致"的体现。到了晚清，科学对中国产生强烈冲击之时，又有了大量以"格致"命名的书刊，如《格致汇编》《格致新报》《格致入门》等。格致之学的集大成者当数朱熹，因此，只有先厘清格致之学与科学的细微差异后，才能反观科学影响下的晚清翻译文论。

朱子所定义的格致之学与科学至少存在两点主要差异：其一，是对人伦道德的关注程度有异；其二，是求"所以然之则"与"所以然之故"的差别。首先，科学讲求的是客观性，而格致之学则要求先反思自身，再察自然万物。"古人自幼便识其具，且如事亲事君之礼，钟鼓铿锵之节，进退揖逊之仪，皆目熟其事，躬亲其礼。及其长也，不过只是穷此理，因而渐及于天地、鬼神、日月、阴阳、草木、鸟兽之理。"② 因此，朱熹所倡导的格物不是单方面去客观认识自然万物，而是要从自身出发，这就与科学讲求从客观事物中寻找规律的研究思路有所不同。正是由于从人自身出发来穷极万物之理，那么格致之学就免不了更多关注人伦和道德问题，当然这并不是说格物致知不看重对外界事物的客观认识，相反朱熹"特别强调格内在的身心性情与格外部的事物不可偏颇"③。那么晚清学者把科学与格致之学等同起来，也就在无形中将科学的观念属性扩大了。其次，科学通过实验、分析、归纳等方式研究世间万物的规则，这一层面与格致之学所倡导的求"所以然之则"是相通的，但与求"所以然之故"存在着距离。在朱熹看来，"大至于阴阳造化，皆是'所当然而不容已'者。所谓太极，则是'所以然而不可易者'者"④，即是说在事物变化的规律之外，还有一个不为人的意志为转移的至高因素，它是万物法则的源头，而格致之学的最终目的就是要把握这个"故"。格致之学看来似乎具有超越自然科学的

---

① 徐光启：《泰西水法序》，《徐光启集》（下），上海古籍出版社，1984年，第66页。
② （宋）黎靖德编：《朱子语类》，中华书局，2015年，第286—287页。
③ 乐爱国：《朱子格物致知论研究》，岳麓书社，2010年，第136页。
④ （宋）黎靖德编：《朱子语类》，中华书局，2015年，第415页。

形而上学精神，这也并不奇怪，朱熹原本就是在对《大学》的反复研读中思考格致之学的，因此格致之学始终与个人的修养有密切关系，而朱熹又认为"人心之灵莫不有知"，始终强调致知与格物是同一个过程①，并不承认格物致知是一种经验主义式的探索，而赋予了其某种先验色彩，而这一点与科学几乎是背道而驰。

由此可见，将科学等同于格致之学，势必在一定程度上将科学的研究方法和结论当作某种先验真理来使用，使得科学的观念属性更为突出而渗透到文论思想中，由此引起文学批评和理论的异变。温儒敏先生认为，王国维的《〈红楼梦〉评论》虽然有许多牵强附会的地方，但那应当是王国维为了引进西方理论，借用叔本华等人的哲学观点来阐释《红楼梦》，希求打破传统"红学"的局限性，而采用一种有意识的"误读"方法②。如果结合前文所提到王国维对自然科学论著的翻译、他求学时的学科背景以及晚清对科学和格致之学的混淆，也许可以判断王国维的"误读"不一定具有鲜明之目的。王国维的批评话语具有明显的逻辑性与思辨性，他在论述"古雅"的时候，把"古雅"界定于"优美"和"崇高"之外的形态："艺术中古雅之部分，不必尽俟天才，而亦得以人力致之。苟其人格诚高，学问诚博，则虽无艺术上之天才者，其制作亦不失为古雅。"③ 从文学艺术的无功利性方面来看，"古雅"是"第二形式美"；从美的范畴来看，"古雅"是"优美"和"崇高"的另一连接点。王国维弥补康德美学不足的方式实则与康德三大批判的架构方式异曲同工，这一点足以见出其批评和理论话语方式的逻辑性。这种逻辑思辨的文论话语确实是中国古代文论中所少见的，可以说是王国维对科学和哲学吸收的结果。但从另一方面看，这种吸收并不尽完美。王国维在《教育偶感四则》中谈及文学与教育问题时，认为政治家给国民带去的利益只是暂时的，而"精神上之利益，永久

---

① 乐爱国：《朱子格物致知论研究》，岳麓书社，2010年，第144页。
② 温儒敏：《中国现代文学批评史》，北京大学出版社，2003年，第6页。
③ 王国维：《古雅在美学上之位置》，徐中玉主编：《中国近代文学大系·文学理论集一》，上海书店，1994年，第222页。

的也"①，强调要根本改变晚清国民的堕落心理，须以文学和美学的教育来提高国人的审美趣味。那么文学功利欤？无功利欤？其实王国维也心存矛盾。特别是他把科学、哲学、文艺都看作"势力之欲"，而又反过来希望科学、哲学、文艺等可以填补人类的空虚，寻得精神上的"永久利益"。那么，王国维这种以逻辑和思辨的话语回到对形而上问题的纠结，不是和上述晚清混淆科学与格致的整体风气合拍吗？

所以，与其说王国维引进西方理论而在批评实践中做出的"误读"是完全刻意与自觉的行为，恐怕不如说是晚清在引进西方文论之时，学者们的整体认知水平所致。科学与格致的纠缠在往后的时间里逐步得到了矫正，"作为'science'译语的'科学'传入中国，实际上是甲午战争之后的事。令人惊讶的是，'科学'传入中国后不到十年，其使用频度便开始超越当时用来翻译'science'的'格致'等词语，辛亥革命后则完全取代了'格致'"，使得自然科学与格致之学逐渐分家②，那在这样一个"牵手"到"分离"的过程中，非理性与理性处于什么样的张力状态中呢？

三、非理性何以携手理性

科学这一概念与17世纪启蒙思潮密切相关，是理性的衍生物，而整体来看，中国的古代文艺思想中的理性成分并不突出，有趣的是，在"五四"时期的文艺心理学译介方面，被张君劢拒绝承认是科学的精神分析理论红极一时，这其中不难见出这样一个趋势：严格意义上的科学其实在逐步远离文学，但在批评话语和理论系统层面上的确达成了中国传统文学理论感悟式的非理性与科学所携带的理性之融合，进而体现出强烈的实用主义色彩。

较早对西方近代心理学进行全面介绍的是《新青年》，在1920年2月

---

① 王国维：《教育偶感四则·文学与教育》，徐中玉主编：《中国近代文学大系·文学理论集一》，上海书店，1994年，第210页。

② 周程：《亦谈"科学"为何取代了"格致"》，《自然辩证法研究》2010年第2期。

出版的 7 卷 2 号上刊登了张崧年翻译的《近代心理学》(*The Modern Science of Psychology*)，该文对实验心理学的兴起到分析心理学的盛行状况都做出了简要的历史梳理，文章重点强调的还是心理学的科学性，对于从心理学方面介入文学研究的话题并未涉及①。另一篇专门介绍弗洛伊德心理学理论的评介类文章是朱光潜于 1921 年 7 月发表在《东方杂志》18 卷 14 号上的《福鲁德的隐意识说与心理》，这篇文章可以看作是弗洛伊德心理学理论的浓缩版，朱光潜分九个部分介绍了弗洛伊德理论的各方面，其中第三部分隐意识与神话以及第五部分隐意识与文艺和宗教已经涉及了文艺心理学的相关领域。文章认为："大概爱文艺和信宗教的人都有些与事实相冲突的孩子气。诗歌小说常想入非非，都是隐意识的流露。"② 此文虽简要，但基本上概述了文艺的产生是出于对压抑的突围这一核心命题。

在 1922 年到 1923 年之间，上海中华书局出版的《心理》杂志是"中华心理学会"的机关刊物，该杂志主要从"昌明国内旧有的材料""考察国外新有的材料""根据这两种材料来发明自己的理论和实验"③ 等三个方面着力。其中 1923 年第 2 卷 2 号上发表的《近代心理学之变迁》是德国学者杜里舒博士（Dr. Driesch）在南京的演讲发言，由张君劢口译而成，也是简要介绍了心理学的主要研究领域和方法，除结尾处提及弗洛伊德的性压抑问题，也几乎没有涉及文学问题。倒是《心理》杂志 1 卷 3 号刊载的《文学家之想象》和 2 卷 1 号之 2 号连载的《诗人之趣味》这两篇文章自觉使用心理学的研究方法对文学现象进行剖析，是"五四"时期较早的文艺心理学批评实践。二者的共同之处非常明显，使用了极为实证的量化图表，将作家的心理现象都反映在数据之中，这与后来兴盛的心理分析学派之做法大相径庭，如郭沫若《批评与梦》（《创造季刊》第 2 卷 1 号）就显然是依据精神分析理论。然而，这种实验量化的研究方式最终没有在提倡科学的"五四"时期产生预期影响，反而是厨川白村和松村武熊的文学批

---

① 张崧年译（作者不详）：《近代心理学》，《新青年》1920 年第 7 卷 3 期。
② 朱光潜：《福鲁德的隐意识说与心理分析》，《东方杂志》1921 年第 18 卷 14 期。
③ 佚名：《本杂志宗旨》，《心理》第 1 卷 1 期，1922 年 1 月。

评以弗洛伊德的精神分析理论为基础，在文坛上掀起了风浪。

1922年《文学旬刊》第57期至62期连载了日本学者松村武熊的论文《精神分析学与文艺》，著者从性的压抑、潜意识的涌动等角度分析了大量西方文学经典中体现出的"情结"（Complex）问题。整体而言，松村武熊对于弗洛伊德的思想持肯定的态度，他认为精神分析的方法可以帮助文学批评家对文学文本做出更精到的分析。在举例《哈姆雷特》的时候，他表示："哈蒙雷特为什么不赶快把他的叔父（母亲的唯一竞争者之叔父）杀掉呢？关于此点，精神分析学者却下了在文艺批评家以上更深刻的解释。"① 但他的认同也不是毫无保留，在他看来，精神分析家都应当是严谨的学者，绝不轻率下结论。此后，据赵景深回忆，松村武熊的专著《文艺与性爱》曾由谢六逸翻译并刊印了单行本②。可以说，在文艺心理学方面，对松村武熊的译介基本上就是转手介绍了弗洛伊德的精神分析理论，但比松村武熊影响更大的当数厨川白村。

厨川白村与松村武熊不同，他对精神分析理论的吸纳是有选择性的，并且加入了更多自己的见解，把个人的潜意识与宇宙大意识联系起来，具有一定的形而上学主义色彩。关于厨川白村在"五四"时期的译介，秦弓在《二十世纪中国翻译文学史·五四时期卷》中已经有了比较详细的论述，此处仅就他与文艺心理学有关的翻译文论加以整理。厨川白村的《病的性欲与文学》以及《文艺与性欲》由樊仲云翻译并分别发表在《小说月报》1925年16卷5期和7期上。在写作《病的性欲与文学》一文时，他并没有全面接触到精神分析理论，这一点他在《文艺与性欲》的末尾已经有过说明。在《文艺与性欲》中，厨川白村已经开始从精神分析理论的角度来重新思考文艺问题，他的代表作《苦闷的象征》在1924年出版以后，"鲁迅于4月8日购进日文版书，9月22日夜开译，10月10日即译毕，可

---

① ［日］松村武熊：《精神分析学与文艺（四）》，译者不详，《文学旬刊》1923年第60期。
② 赵景深：《中国新文艺与变态性欲》，《一般》1928年第4卷1期。

谓神速"①。在鲁迅所译的《苦闷的象征》单行本发表之前,其译文的前两部分曾于1924年1月到10月在《晨报副镌》上连载,后来由商务印书馆刊印单行本发行。此外,《民铎》也在1927年8卷4号上刊登了任白涛的《苦闷的象征缩译》,任白涛的缩译基本上重点保留的还是"创作论"和"鉴赏论"两部分,他认为:"凡是外国的好书,至少需要两种不相同的译本,并且主张某种的外国书——即如厨川白村的这本《苦闷的象征》的遗稿不必全译。"② "五四"时期还有几本重要的厨川白村论文集,未名社1925年12月出版了鲁迅翻译的《出了象牙之塔》,上海启智书局1928年9月出版了绿蕉、大杰翻译的《走向十字街头》,这两部论文集中包含了多篇涉及精神分析与文学话题的论文。

从以上文献梳理可以看到,"五四"时期所引入的西方现代心理学理论已经和文学研究有了跨学科联系,自觉的文艺心理学批评实践也已经出具端倪。虽然有《心理》杂志上基于数据分析,带有实证色彩的文艺心理学研究,但更为主流的还是郭沫若《批评与梦》这一类型的心理分析理论实践,这得益于大量转手于日本的文艺心理学翻译文论。总而言之,在"五四"提倡科学的大语境中,看似不那么"科学"的精神分析学派反而占据上风。

蔡元培认为:"欧洲文化不外乎科学与美术;自纯粹的科学:理、化、地理、生物等等以外,实业的发达,社会的组织,无一不以科学为基本,均得以广义的科学包括他们。自狭义的美术:建筑、雕刻、绘画等等以外,如音乐、文学及一切精致的物品,美化的都市,皆得以美术包括他们。而近代的科学美术,实皆植基于复兴时代。"③ 在新文学倡导者的眼中,科学与艺术是可以也应当有机结合的,因此他们莫不提倡"科学的文

---

① 秦弓:《二十世纪中国翻译文学史·"五四"时期卷》,百花文艺出版社,2009年,第99页。
② 任白涛:《苦闷的象征缩译》,《民铎》1927年第8卷4期。
③ 蔡元培:《总序》,赵家璧选编:《中国新文学大系·建设理论集》,上海良友图书印刷公司,1935年,第3页。

艺",期望以科学的理性视角来指导文艺创作、引领文艺批评并建构文艺理论——欧洲文艺复兴以来的理性启蒙、人文主义精神、民主思想成为新文学的出发点,因此蔡元培也要求新文学有"科学精神、民治思想及表现个性"①的特征。在这种科学与文艺相结合的思想影响下,翻译文论必然要考虑到是否科学的问题,毕竟沈雁冰就认为当时翻译的核心动机不外乎"足救时弊"②,他们看重的是科学的实用性。

  判断某事物是否科学,一般而言是通过实证的方法证实或者证伪,但"五四"时期译介的心理分析理论实际上并不看重弗洛伊德心理学的实验证实,也不过多关注他早期理论的实证倾向,反而关注的是世界观问题。这就与时代推崇科学的语境产生了矛盾:既然要提倡"科学的文艺",那为何偏偏着重译介精神分析学中充满争议、难以实证的部分来扩充文艺心理学理论呢?为此,不妨先看看"五四"时期学者眼中"科学的文艺"究竟是何种概念,而精神分析的文艺心理学又如何与此概念相一致。

  首先,用科学精神照亮的文艺观,要求文艺应当有明显的现实意义,精神分析学理论的"泛性论"色彩正好为新文学提供了文艺挣脱传统道德束缚,但这并不关乎科学本身。文艺不脱离社会乃是"五四"时期众多学者们的共识。沈雁冰极度推崇写实文学,强调文学与现实之间的密切关系。在《社会背景与创作》中,他先阐明是先有特定的社会状况,才产生反映该社会现实的文学,而非先有何种文学才导致社会的变迁。此后,他进一步呼吁当时的作家有更广阔的社会视野,"描写社会生活之一角的小说,现在见过很多,只不过没有描写点广阔气魄深厚的作品罢了"③。在此基础上,沈雁冰提到了很重要的一点,当时所谓"描写社会生活一角"的小说几乎都是千篇一律的恋爱小说,表达对自由恋爱的渴望,作家们热衷于探讨两性关系,但在艺术和社会意识上却都缺乏实质性的突破,那么从

---

  ① 蔡元培:《总序》,赵家璧选编:《中国新文学大系·建设理论集》,上海良友图书印刷公司,1935年,第11页。
  ② 沈雁冰:《介绍外国文学作品的目的》,《文学周报》1922年第45期。
  ③ 朗损:《社会背景与创作》,《小说月报》1921年第12卷7期。

日本转手译介"性"概念缩减化后的精神分析理论，实在是为新文学"推波助澜"的利器。"性"在当时的文艺理论家手中变成了斗争的工具，"用压抑来说明性与权力的关系也许另有让我们非常满意的原因：即对说话者有益。如果性受到压抑，也就是说性被禁止、性是虚无的、对性要保持沉默，那么谈论性及其压抑的唯一事实就是一种故意的犯禁行为。谁这样谈性，他就站到权力之外的某一位置上了。他搅乱了法律，预见到一点未来的自由"①。

其次，"科学的文艺观"要求理性与系统性，这正是"五四"时期的译者渴望翻译文论能带来的东西。在当时的众多学者眼中，中国传统的文学批评大多流于印象式的浅度鉴赏，缺乏理性的思考和统一的批评标准。成仿吾、沈雁冰等人都提到过，当时许多文艺批评者把批评工作当成了吹捧友人作品，笔伐异党成员的工具，没有履行起批评应有的责任，"我们为文艺批评时，最困难的是批评的标准。我们不可为一时的交感与浅薄的印象所惑，我们必须有一种尺度做标准"②。精神分析的文艺心理学恰好提供了一种在具体历史化的语境中，剖析作家内心世界，将文艺现象与社会、历史、个人联系在一起的批评方法。在深入接触到弗洛伊德的理论之前，厨川白村的《病的性欲与文学》基本上采用的是心理学家蔼斯理的观点，将同性恋、性虐待等因素看作是病态性欲的表达，"一般断绝色欲而道心坚固或有道德的人，他们自己常完全无意识的有同性性欲的性癖，而把此性癖改变为慈悲博爱的美德者也是很多"③。此时他眼中书写同性恋一类的文艺还是某种病态的表征，但涉足弗洛伊德的理论后，他果断承认："现在据弗劳特一派的学者，已可得新的解释了。"④ 这"新的解释"在《苦闷的象征》中明显体现出一种超越道德判断的理论系统："文学不以

---

① ［法］米歇尔·福柯：《性经验史》，佘碧平译，上海人民出版社，2014年，第5—6页。
② 成仿吾：《批评的建设》，《创造季刊》1924年第2卷2期。
③ ［日］厨川白村：《病的性欲与文学》，樊仲云译，《小说月报》1925年第16卷5期。
④ ［日］厨川白村：《文艺与性欲》，樊仲云译，《小说月报》1925年第16卷7期。

moral 为必要条件，同样，也当然不以 immoral 为必要。"① 既然不以道德与否为判断，厨川白村则结合弗洛伊德的学说，以理性分析入手，架构起从创作论到鉴赏论，再旁涉文艺与道德关系、文艺起源等问题，这种系统化的文学理论在传统的中国文学理论中是较为缺乏的。精神分析学对意识、前意识和潜意识的结构区分，也为文艺出自"性压抑"的整体运作过程给出了理性的分析，进而为冲破"压抑"，追寻自由赋予了理性的支撑，最终在厨川白村笔下，文艺成为生命力的突进。

从上述分析可以见出，"五四"时期要求文艺的科学其实并非真正如自然科学那般实证的科学，判断某一翻译文论是否科学的标准，于外部而言是看它对现实的推动力之大小；于内部而言是看它是否具有逻辑性和系统性，是否基于理性的分析判断，而非印象式的理解。以精神分析学说为核心的文艺心理学则是在符合了上述判断的条件下被提倡科学的"五四"时期所接纳，进而影响当时的文艺理论和创作。所以，从翻译文论的角度来看，"五四"时期倡导文艺的科学精神，骨子里其实是理性理论话语照耀下的实用精神的具体化。

四、追寻根源还是前沿？

科学这一概念在晚清到"五四"时期的文学理论译介中体现出强烈的实用主义色彩，学者们重点关注的并不是科学本身的内涵，而是如何借"赛先生"之手寻得中国文学的现代化路径，"实用科学理性以其'科学'与'世界'等具有强烈诱惑性的'现代'字眼，使中国现代作家由衷地相信这就是真正意义上的西方人文精神"②。问题在于，对科学的这种理解有明显弊端，对西方文明也是一种误解，因此，诸如学衡派等人强调的"启蒙"是在国外资源的影响下返照传统，而非彻底背离传统，科学在此隐含

---

① ［日］厨川白村：《苦闷的象征》，见《卷首语》，《小说月报》1925 年第 16 卷 5 期。
② 宋剑华：《实用科学理性与"五四"新文学结盟的逻辑关系》，《文学评论》2007 年第 1 期。

着深厚的"复古"① 品格。问题是,究竟如何才能让中国文学顺利接轨现代世界,有译者按照进化论的思路追寻西方文艺前沿,但在学衡派看来,这样的方式不得要领,白璧德明确指出:"今日中国文艺复兴之运动,完全以西方文化之压迫为动机,故就其已发展者而言,亦仅就西方文化而发展,与东方固有之文化无预也。"② 回到古典去寻找中西文化在源头处的共性才是"启蒙"的正道。

  学衡派在文学理论翻译方面着力最重的地方还是西方文明源头之经典文论,特别是古希腊、古罗马时期的重要著作。学衡派的治学逻辑很清晰,他们首先肯定中西双方的古代经典中具有某些超越时空的价值,其次寻找中西双方在其智慧源头所具有的共通性,最后希望从中西智慧源头的比较研究中找到救赎人类的真理。柳诒徵在《论中国近世之病源》中强调,以胡适为代表的新文化运动者分明是寻错了敌人,把中国当前一切弊病都归于孔子学说,但"孔子之道初未尝完全施行于中国国家社会之中,以余生平耳目闻见所及,实行孔子所言之道理者寥寥可数,而充满与社会国家之人物,所作所为,无往而非大悖于孔教者"③。因此,学衡派敏锐地察觉到新文化运动的支持者们对孔子学说激进地批判是"无的放矢",从根本上推翻了后者的批评逻辑。进一步而言,面对西方文化的经典著作,学衡派则极力论证其与"正宗"孔儒之学的共性。景昌极在《苏格拉底自辩》的译者前言中曾盛赞苏格拉底的"君子"风范:"猗欤伟哉!其为人也。躬行君子人也。自守约,饮食有节,衣室无华。其于家人生产之事,漠然也。其遇人也,厚爱人以德。诲人不倦。通部大市之中,与涂人语,恳恳言,唯恐其不得为善之利也。其事神也敬以顺。"④ 在他眼中,苏格拉底几乎是一活脱脱的古希腊版孔子形象。由此可见,在学衡派看来,中西

---

  ① 此处所谓"复古"并不是文化保守主义者所谓"复古",而只是指明一种"以复古为启蒙"的探索方向,实际上"白璧德不主张复古"(白璧德:《白璧德释人文主义》,徐震堮译,《学衡》1924年第34期)。
  ② [美]白璧德:《白璧德中西人文教育谈》,胡先骕译,《学衡》1922年第3期。
  ③ 柳诒徵:《论中国近世之病源》,《学衡》1922年第3期。
  ④ 景昌极译:《柏拉图语录之一:苏格拉底自辨篇》,《学衡》1922年第3期。

智慧在源头上有相当多的共性，这表明虽地域相隔千万里，但人类必然有相似的文明追求，这些跨文明的共同之处，就是一个严肃的学者应该重视并尽力挖掘的真理。

理性，作为科学的核心，始终是学衡派文学理论翻译的着力之处。《学衡》在重点关注古希腊和古罗马文论的同时，也涉猎了相当广泛的近现代文论，诸如浪漫主义、象征主义等，不过对于近现代文论选择倾向性非常明显。新文化运动的支持者们对浪漫主义和象征主义文论有明显的偏爱，这主要源于这些流派的理论在很大程度上回应了新文化运动呼吁个性解放、呼吁自由的时代诉求，而学衡派面对这些文论的眼光就显得"挑剔"得多。《学衡》中没有直接刊载翻译的浪漫主义文论，但却借助他人之口来批判浪漫主义。面对浪漫主义的鼻祖卢梭，徐震堮在译者前言里毫不留情地评价道："今之谈文艺者，所谓表现自我、纯任自然、平民生活、写实笔法；今之谈道德者，所谓纵情任欲、归真返璞、社会万恶、文明病毒；今之言改革者，所谓打破礼教、摆脱拘束、儿童公育、恋爱自由，凡此种种，无非承袭卢梭之遗言遗行，奉为圭臬。故今世之乱，谓其泰半由卢梭可也。"① 因此，研究卢梭的著作就是从源头上匡正今日各种文化弊病之重要途径。象征主义同样也是曾被"五四"时期论战各方所关注过的流派，在沈雁冰主编的《小说月报》1924 年 15 卷 1 期曾刊载了爱伦坡《诗的原理》，与新文化运动"相对立"的学衡派却抓住了瓦雷里。爱伦坡的文学观念实际上具有一定浪漫主义色彩，他认为"若还有人看不出真理与诗有这般大的区别，那才真叫瞎子呢。既有了这样大的区别，仍不管不顾地硬要把真理与诗如油和水似的混起来，那才真是丧心病狂的人"②。瓦雷里则非常重视理智在诗歌创作中的作用，与爱伦坡的看法颇多矛盾之处。吴宓非常赞同瓦雷里对理智的坚守，他认为弗洛伊德的精神分析理论、浪漫主义、文艺生产理论等"凡此种种，皆理性之敌，又皆文明之患，而人

---

① Sainte-Beuve：《圣伯甫评卢梭忏悔录》，徐震堮译，《学衡》1923 年第 18 期。
② 爱伦·坡：《诗的原理》，林子译，《小说月报》1924 年 15 卷 1 期。

类进步之障也"①。

  从晚清到"五四",科学进入中国文学领域的路径已经比较清楚,今文学派对新叙事的寻找与进化论之间寻得了微妙的共鸣,格致之学与科学的合谋更为后者平添了浓厚的观念色彩,进而到了"五四"时期,科学成了具有"现代"和"世界"魅力的价值观念,越发凸显其实用主义特征,而离科学原本的内涵越来越远。这样的发展路径显示出,并非追寻西方新近的理论思潮才符合晚清到"五四"时期学者们对科学的期盼,相反,从一开始,作为观念的科学就和中国文化传统紧密相关,因此,学衡派尝试从中西文化的根源处去寻找传统文化的世界性和现代性的探索方向具有其合理性。不妨说,欧洲启蒙时代以来的"科学"其实并没有真正深入到中国现代文学当中,说"五四"新文化运动是中国的启蒙运动或者文艺复兴运动,从这个角度来看,都是妥当的。时代变革中的传统因素不应当被遮蔽,内部的变革力量或许才是中国文学现代转型的根源性力量,对西方资源的借鉴当然是重要的刺激源,然而不应当认为中国文学的现代性是以完全牺牲自身传统为代价而获得的品格。

---

① 瓦雷里:《韦拉里论理智之危机》,吴宓译,《学衡》1928年第62期。

爱情的传道者

——叶芝在中国的一个面相

□ 杨黎　梁笑梅[①]

内容摘要：文学巨匠威廉·巴特勒·叶芝影响着同时代及后世众多诗人的创作，他创作丰富多变，呈现出多面的诗人形象，由于时代语境和接受者的变化，叶芝在中国所呈现和建构的形象一直变动不居、此消彼长。"五四"时期，其民族主义运动的勇士形象率先建构而成。20世纪三四十年代，其现代主义诗歌榜样的一面开始得到塑造，并与民族主义运动的勇士形象并驾齐驱。1980年以来，叶芝在中国得到了全面的译介，其形象变得多元、立体。与此同时，爱情的传道者形象也逐渐凸显，并与其他形象交织在一起，形成多声部演奏的现象。本文主要探究叶芝爱情的传道者形象在中国的建构，1919—1949年，叶芝仅有几首爱情诗被译介进中国，1980年以来，伴随着消费文化、大众文化的盛行，叶芝的爱情诗成了研究热点和接受重点，其爱情的传道者形象逐渐形成并得到了强化，影响了王家新、张枣等诗人的创作。叶芝的爱情名诗《当你老了》也因为多元媒介的推动，成为文学经典。

关键词：叶芝；诗人形象；爱情的传道者

---

① 杨黎（1993—），四川遂宁人，2019年硕士毕业于西南大学中国新诗研究所，现为西南大学附属小学教师。梁笑梅（1967—），西南大学中国新诗研究所教授，主要研究方向为中国现代诗学和文化传播学。基金项目：本文为中央高校基本科研业务费专项创新团队项目"中外诗歌发展问题研究"（项目编号：SWU2009110）阶段性成果。

1980年以来，中国学界对叶芝的研究进入全面、深入的阶段。在中国学者精细的雕琢下，叶芝形象变得更加多元、立体起来。叶芝的爱情诗成为研究热点，其爱情的传道者形象开始生成和建构。伴随着消费文化的崛起，其爱情诗《当你老了》在大众接受中反响极为强烈，爱情传道者也成为叶芝在大众接受中呈现出的最典型的形象。

回顾叶芝在中国的接受史可以发现，其在中国所呈现和建构的形象并不是一成不变的。新时期以来，由于时代语境和接受者的变化，叶芝爱情传道者的一面也被逐渐凸显出来，与此同时，民族主义运动的勇士、现代主义诗歌榜样的形象也并没有消弭，共同形成多声部合奏的现象。

一、叶芝爱情诗在中国的译介和研究

（一）从点到面与一诗多译

1919—1949年，由于文学变革和政治原因，叶芝爱情诗在中国翻译的数量屈指可数。1924年，仲云翻译的叶芝诗《恋爱的悲哀》发表在《时事新报·文学周刊》上；1933年，林疑今译的叶芝诗《记忆》发表在《青年界》上；1944年，朱光潜翻译的《叶芝诗选》发表在《时与潮文艺》上，其中收录了《你老的时候》（When You Are Old）。1946年，未央翻译的《情诗两首》发表在《世界与中国》上，这两首译诗分别是叶芝的《爱德之愿》和哈代的《灰色》。

回顾新时期以来叶芝诗歌在中国的接受，可以发现1980—1985年的收录较为零散，从1986年起，其诗歌在中国的出版呈现出井喷的盛况，其中，袁可嘉、傅浩等人的译本被不断翻印。以叶芝最为出名的爱情诗篇《当你老了》为书名出版的诗集更是不胜枚举，这些诗集大多选译了叶芝的抒情诗，有的诗集甚至给叶芝冠上了"最美抒情诗人"的称号。裘小龙曾这样评价道："在叶芝的作品中，抒情诗占着特别重要的地位。国外的批评家常常称他为最后的、也是最大的一位抒情诗人。"① 同时，当前中国的文学接受语境为叶芝在中国的传播提供了有力的条件，中国读者的审美情感需求为叶芝的抒情诗提供了生长的土壤，从而使得其在中国有着庞大的读者市场和广泛的受众性。同时，他的《当你老了》在中国大众的接受最为流行，这是多元媒介与大众情感需求合谋的结果，这一接受现象也影响着叶芝诗人形象在中国的塑造。

1980年6月，邵鹏健编的《外国抒情诗歌选》由江西人民出版社出版，收录了袁可嘉翻译的《当你老了》和《茵纳斯弗利岛》两首叶芝诗歌。1980年10月，袁可嘉等人选编的《外国现代派作品选》由上海文艺出版社出版，收录了袁可嘉翻译的《茵纳斯弗利岛》《当你老了》《柯尔庄园的野天鹅》《基督重临》《驶向拜占庭》《在学童们中间》《那样的意象》七首叶芝诗歌，袁可嘉在书中对叶芝的风格进行了简要的介绍，肯定了叶芝诗歌中的抒情性。1981年7月，莫家祥、高子居编选的《西方爱情诗选》由漓江出版社出版，该诗选的目的主要是"过去翻译的爱情诗歌往往分散在各类书刊中，极少单独结集出版。许多读者特别是青年读者希望能读到外国爱情诗歌的名篇专辑"②。经袁可嘉翻译的叶芝爱情名诗《当你老了》也被收录其中。1982年5月，华宇清编撰《金果小枝 外国历代著名短诗欣赏》由黑龙江人民出版社出版，其中收录了由袁可嘉翻译的叶芝诗歌《茵纳斯弗利岛》《当你老了》《那样的意象》及赵澧翻译的《白鸟》。1983年3月，卞之琳翻译的《英国诗选——莎士比亚至奥顿》由湖南人民出版社出版，选录了叶芝的《深誓》《在学童中间》《青年女子歌》《青年男子歌》《长时间沉默以后》。1983年12月，诗刊社编《世界抒情诗选》由春风文艺出版社编选，收录了袁可嘉翻译的《当你老了》和《茵纳斯弗利岛》两首叶芝诗歌，虽然该诗选介绍了叶芝早期作品承袭了19世纪末唯美主义的风格，是后期象征主义诗歌在中国的代表，但也承认了他的"有

---

① 裘小龙：《译本前言》，[爱尔兰]叶芝：《抒情诗人叶芝诗选》，裘小龙译，四川文艺出版社，1986年。

② 莫家祥、高子居编：《西方爱情诗选·前言》，漓江出版社，1981年。

些情诗写得比较成功"①。1984年3月,关山编译的《英美诗歌选译》由北京师范大学出版社出版,其中收录了叶芝的《劝君莫痴情》《为安·葛莉高莉而作》《爱情的悲哀》《老妈妈之歌》《库尔德天鹅》《神父吉利根之歌》。1985年4月,黎华选编的《外国情诗选》由山东文艺出版社出版,收录了袁可嘉翻译的《当你老了》及卞之琳翻译的《长时间沉默以后》两首叶芝诗歌。之后,《英美抒情短诗选》《外国爱情诗选》等抒情诗选及爱情诗选皆收录了叶芝的诗歌。1980—1985年这几年,叶芝开始重新进入中国读者的视野,这时期译介的诗歌对于中国以后重新塑造叶芝的诗人形象有着至关重要的作用。从这几年中国翻译叶芝的情况可以看出,叶芝的爱情名篇《当你老了》被反复收录。

随着市场经济的发展,消费文化的进一步盛行,叶芝在中国的译介也逐渐成熟,叶芝的诗选、诗集得到了大量的出版发行。在1986—2012年间,学界发行了众多的诗集,这些诗集对叶芝诗歌进行了全面的翻译。在2013年之后,烙上"爱情""当你老了"等标签的诗集开始层出不穷,这些诗集中叶芝的抒情诗尤其是爱情诗成为主体。2013年7月,江水渡翻译的《世间我所中意的美好 叶芝经典抒情诗选》由古吴轩出版社出版。2013年9月,李立玮翻译的《我以为,能与你到老:最美抒情诗人 叶芝典藏诗咏:英汉对照》由湖南文艺出版社出版。

2013年12月,《爱是一生的修行:叶芝诗选》由敦煌文艺出版社出版。2015年3月,陈希翻译的《当你老了:叶芝抒情诗选(英汉对译解读版)》由石油工业出版社出版。同年7月,宋龙艺翻译的叶芝诗集《当你老了》由北京理工大学出版社出版。2016年1月,罗池翻译的《当你老了》由云南人民出版社出版。9月,北京时代华文书局出版了《当你老了:叶芝诗歌精选》。11月,傅浩、刘永军翻译的《寂然的狂喜:叶芝的诗与回声》由中信出版社出版。这时期,不少诗集也零散地收录了叶芝的爱情诗。

---

① 诗刊社编:《世界抒情诗选》,屠岸译,春风文艺出版社,1983年,第183页。

从以上的译介情况可以看出，叶芝爱情诗在中国的译介经历了由点到面的变化。一方面，由于新时期以来中国译者对叶芝诗歌的全面译介，使他的爱情诗在中国的接受成为可能；另一方面，由于消费文化下传播者为满足读者的审美趣味、期待视野，大量出版叶芝的爱情诗，以至于出现众多诗集用《当你老了》来命名的诗集的接受现象。在1966—1976年这十年中，文学沦为政治服务的工具，"爱情"等情感主题被历史遮蔽，随着时代的发展，大众不再受旧的审美观念的束缚，他们更加渴望情感的表达。因此在市场化浪潮下，为了获取更多市场和受众，纸质媒介则根据大众口味来选择出版对象，以《当你老了》为名出版的诗集就是市场主导文学出版的结果。当然，纸质媒介也将影响大众，使得大众对叶芝的接受逐渐聚合在爱情诗上，从而建构叶芝爱情的传道者形象。同时，叶芝的爱情名诗《当你老了》成为译介热点，在中国斩获众多译本，成为诗歌传播领域的佼佼者。朱光潜、袁可嘉、杨牧、飞白、傅浩等译者纷纷翻译了这首爱情诗，不仅提高了该诗的传播度和知名度，也促进了叶芝爱情传道者形象的塑造。

（二）爱情诗研究热对其形象的确认与强化

经历了前期的译介，叶芝爱情诗在中国的接受状态由介绍向研究转变，研究者对叶芝爱情的传道者形象主要从三个层面进行塑造和建构：第一个层面即是考察叶芝与毛德·冈的经典爱情对诗人创作的影响。第二个方面，即是站在文学、美学的立场上从功能文体、隐喻、意象等角度出发，建构叶芝爱情传道者的形象。第三个层面即是对叶芝爱情观的探讨。

罗若冰率先对叶芝爱情歌者的身份进行了建构，首先他简要介绍了叶芝与毛德·冈的爱情经历，接着对《当你老了》《库尔湖的野天鹅》进行了分析，认为这两首诗都是"由景及情，由表及里，层层抒发的爱情诗"[1]，从现在来看，罗若冰的分析方法稍显简单，但是他为叶芝爱情诗的

---

[1] 罗若冰：《绵绵愁思里，脉脉皆真情——读叶芝的爱情诗〈当你年老〉〈库尔胡的野天鹅〉》，《名作欣赏》1990年第5期。

研究开了先河，也为其他学者的阐释奠定了基础。学者张烨、袁可嘉以诗人的爱情经历为创作背景，对《当你老了》这首诗进行了简要地分析。苏音编译的文章《情有独钟——叶芝与冈妮的恋情》结合叶芝与毛德·冈的信件对他们的爱情进行了介绍，这篇文章中的叶芝形象与之后大众文化中建构的"痴情种子"形象略有出入。之后，曾思艺的《不幸的爱情结出了诗歌的硕果——叶芝早年的爱情与毛特·冈组诗》，张悦、任盈盈《论叶芝与茅德·冈的经典爱情对叶芝爱情诗创作的影响》都不约而同地谈到了叶芝的爱情经历对其爱情诗创作的影响。作为一个自传性作家，叶芝的爱情经历不仅帮助他创作出篇篇思想深邃的情诗，也促进其爱情的传道者形象在中国的建构。

随着学界对叶芝爱情诗的研究深化，甘文婷、程晓、谢亚军等学者从文学、美学的立场，采用意象、隐喻等角度来解读叶芝诗歌中的爱情题材。学者程晓从分析《当你老了》的艺术特色入手，认为叶芝"用委婉的方式表达了自己对爱情的忠贞"，"表现了自己对毛德·冈的深深的爱恋和眷恋之情"①，他的评价使叶芝爱情传道者的轮廓变得清晰。甘文婷认为天鹅意象是叶芝爱情思想的重要化身，首先，她提出叶芝早期诗歌中使用的"白鸟"意象"象征着永垂不朽的爱情"②。接着，她结合诗人经历和观念的变化，发现叶芝中期诗歌中通过"天鹅"意象来表达他意识到自己不可能获得永垂不朽的爱情。最后，她挖掘出叶芝在晚期的诗歌中将天鹅的爱情与自己的爱情割裂来看。在甘文婷的分析中，叶芝一生的爱情观念几经变化，最终大彻大悟。而叶芝爱情思想的嬗变通过"天鹅"这一意象得到了充分的表达。董莹莹③对叶芝与徐志摩诗作中的爱情隐喻进行了比较，目的是为了从英汉两种语言、两种文化角度支持概念隐喻的现代认知理

---

① 程晓：《论叶芝诗〈当你老了〉的艺术特色》，《许昌学院学报》2010 年第 6 期。
② 甘文婷：《叶芝爱情诗中的天鹅意象的变迁》，《长江大学学报》（社会科学版）2012 年第 4 期。
③ 董莹莹：《从认知语言学的角度对徐志摩和叶芝诗作中的爱情隐喻的比较研究》，南京理工大学硕士学位论文，2007 年。

论。学者谢亚军①通过分析叶芝与海子的爱情诗，发现中英诗歌中的爱情喻体大致都采用玫瑰、天鹅等自然物象，同时也会选用一些人工物体为喻体。但是，他认为中英诗人在表现爱情的方式上、通过隐喻表现爱情的态度、隐喻思维都截然不同，英国诗人较为直接、坦率，而中国诗人则较为委婉、含蓄。这也造成英国的隐喻比较明显，爱情态度则是"爱是一切"，在爱情隐喻思维上更讲逻辑，而中国诗歌中的隐喻较为隐蔽，爱情态度更倾向道德层面，爱情隐喻思维也较感性思维，谢亚军这篇文章为学界分析叶芝爱情诗提供了新的思路，他对叶芝爱情诗的深入解读强化了叶芝爱情传道者形象在中国的接受。无独有偶，赵丽敏、王柱②则将叶芝与徐志摩进行对比，来分析英汉诗歌中的爱情隐喻，两位学者的观点与谢亚军学者的观点大同小异，进一步强化了叶芝爱情传道者的形象。刘秋芳的硕士论文《叶芝的爱情诗研究》③从归纳叶芝爱情诗的主要内容、语言、抒情主体、神话运用、意象、爱情观等方面对叶芝的爱情诗进行了全面讨论，这是中国学界首篇以叶芝爱情诗为主要研究对象的硕士论文，廓清了学界对叶芝爱情的传道者形象的一些盲点，增加了叶芝的身份认同感。

  同时，学界主要对叶芝爱情观进行了研究，徐赟通过赏析舒婷《致橡树》与叶芝的 *When you are old* 来讨论诗人的爱情观，他认为叶芝的爱"有着朝圣者的忠诚与圣洁"④。江义勇⑤主要以诗歌叙事视角为切入点，将叶芝不同时期的代表作作为材料，来分析叶芝爱情观、爱情诗风格的变化，《白鸟》是叶芝早期的作品，这一时期他多采用第一人称单数、复数叙事视角，表现诗人纯真、浪漫的爱情观；《柯尔庄园的野天鹅》是叶芝中期的作品，这首诗歌主要采用第一人称单数故事外叙事视角，是叶芝成

---

① 谢亚军：《中英诗歌中"爱情"隐喻的异同——以海子和叶芝的作品为例》，《当代文坛》2015 年第 5 期。
② 赵丽敏、王柱：《英汉诗歌爱情隐喻对比研究——以叶芝与徐志摩作为例》，《黑龙江教育学院学报》2017 年第 1 期。
③ 刘秋芳：《叶芝的爱情诗研究》，四川师范大学硕士学位论文，2016 年。
④ 徐赟：《舒婷与叶芝诗中的爱情观》，《文学教育》（下）2011 年第 4 期。
⑤ 江义勇：《从诗歌叙事视角看叶芝爱情观以及诗歌风格的变化》，《黄冈师范学院学报》2015 年第 4 期。

熟爱情观的具体体现；《丽达与天鹅》是叶芝晚期的爱情名诗，此诗采用全知视角叙事，充斥着性爱色彩。江义勇的评论丰富了叶芝的诗人形象，也体现叶芝爱情观的复杂性。袁微以文体学为切入点，对《当你老了》中的爱情进行了讨论，他从语言的变异、语言的排比等层面挖掘出诗人的爱情观主要有三个方面，即相信爱情在"时间和空间上的永恒""爱情是灵魂的交融""叶芝心甘情愿地默默守候，不求回报"[①]，袁微对叶芝的评价与"痴情种子"的形象较为贴近。张焕芹、孙凯元[②]通过解读叶芝爱情诗中的玫瑰意象挖掘出玫瑰与爱情的联系，并将其提升到了爱情与民族相融合的高度。

整体说来，由于新时期以来，文学接受语境的开放、包容，中国学者对叶芝爱情诗的研究已进入专业、全面的阶段。学者们主要从爱情经历、文学创作、爱情观等方面来进行解读，从而使得叶芝爱情传道者的轮廓更加清晰、立体。

二、爱情传道者形象的诗人影响个案

1980 年以来，随着叶芝爱情的传道者形象在中国的生成和建构，这一形象也影响着一些诗人的创作及对叶芝的解读。王家新、张枣即是此形象影响的典型案例。

（一）偶像效应：王家新的献礼

作为诗人，王家新谈到在诗歌创作路上叶芝对他的烛照，"最初的相遇往往最珍贵，我不仅从中经历了一场深刻的现代主义艺术洗礼，对于刚刚走上诗歌之路的我，那还是一种照亮和提升——尤其是袁先生所译的叶

---

① 袁微：《文体学视角下叶芝诗歌〈当你老了〉的爱情观探讨》，《长春大学学报》2017 年第 9 期。

② 张焕芹、孙凯元：《坠入爱情，开出玫瑰——解读叶芝诗歌作品中的深层爱情观》，《名作欣赏》2018 年第 29 期。

芝,让我看到了那颗照耀我的星"①。与此同时,《当你老了》这首情感真挚的诗歌也深深撼动了这位年轻诗人:"《当你老了》这首诗之所以对那时的我那样重要,是因为我一读就感到它已写出了我自己的一生!尤其是中间的两句'只有一个人爱你那朝圣者的灵魂,/爱你衰老了的脸上痛苦的皱纹',使我深受震动,仿佛就是在那一瞬,我被带向一个更崇高的生命境界,或者说,在这样的诗句中仿佛有某种痛苦而明亮的东西出现了,而它的出现提升了我,也照亮了我。"② 由于创作和精神的内在诉求,叶芝诗歌中的现代主义艺术及精神的元素吸引着王家新,叶芝成了王家新的诗歌偶像指引其诗歌之路。与此同时,叶芝的《当你老了》及爱情经历也使王家新久久不能忘怀。1992年,王家新作为一名访问学者奔赴英国,或许是受到诗神的感召,或许是"场域"变动所带来的心灵感应,他在叶芝曾生活、奋斗过的城市——伦敦写下了纪念偶像的同名诗作《叶芝》:

我再一次从书架上取下你的书
端详你的照片;
你诗人的目光仍洞察一切
使人忍不住避开。

我投向大街。
(我们在逃避什么?)
你终生爱着的一个女人
也仍在这个城市里走着,
——你写出了她
她就为此永远活着。
在英语里活着,

---

① 方向明编:《斯人可嘉:袁可嘉先生纪念文集》,浙江文艺出版社,2014年,第242页。
② 方向明编:《斯人可嘉:袁可嘉先生纪念文集》,浙江文艺出版社,2014年,第242页。

在每一道激流和革命中
活着。
她属于尘世。
但她永不知道她那双
激情的、灰蓝色的眼睛
属于天空。
这就是命运!
这已不是诗歌中的象征主义,
这是无法象征的生活,
折磨一个人的一生。
这使你高贵的目光永不朝向虚无。

于是你守望整个大地
——像一道投向滚滚流放的目光,
像承受一种最噬心的火焰,
像是永不绝望的绝望。

1992.4 伦敦①

诗歌第一节表现出王家新对叶芝的喜爱和钦佩,"再一次"可以见出王家新对叶芝的爱慕和眷念,他"端详"着叶芝的照片,似乎想透过照片看到诗人的内心。时光悠悠,诗人已逝,但他的精神、思想却依然能直击人的灵魂深处,"使人忍不住避开"。诗歌第二节表现了叶芝对毛德·冈的爱恋,将恋人写进诗歌而使她永存。随着王家新"我投向大街",他的思绪开始转换,不由得想到了在街上曾走过的叶芝和他挚爱的女人。诗中的"你终生爱着的一个女人"即叶芝挚爱一生的毛德·冈。"——你写出了她

---

① 王家新:《游动悬崖》,湖南文艺出版社,1997年,第97—98页。

/她就为此永远活着。/在英语里活着,在每一道激流和革命中/活着。"① 毛德·冈是个激进的民族主义者,她终生都在为民族运动奔走,面对叶芝的真诚告白数次拒绝。后来,两人曾因对民族运动的态度南辕北辙,关系一度跌入冰点。但是,叶芝没有停止对毛德·冈的爱恋,在他的众多诗歌中,都留下了毛德·冈的影子,并以"丽达""苹果花"等意象来象征毛德·冈。"这是无法象征的生活,/折磨一个人的一生。/这使你高贵的目光永不朝向虚无。"② 然而现实没有象征,究其一生,叶芝与毛德·冈的恋情无疾而终,而他所留下的情诗则成为一首首脍炙人口、感人至深的经典。诗歌最后一节用"像一道投向滚滚流放的目光,/像承受一种最噬心的火焰,/像是永不绝望的绝望"③ 三个比喻句将叶芝的爱上升到守护爱尔兰甚至整个大地的高度。

《叶芝》是王家新对诗歌偶像的献礼,整首诗用了大量笔墨但却含蓄地表现出叶芝对毛德·冈炙热的爱恋。诗中"你终生爱着的一个女人"寥寥数字将一个爱情歌者的形象描绘得淋漓尽致。叶芝在现实中曾面临着灵与肉的种种冲突,他在向毛德·冈多次求婚被拒后转而向她的女儿提出了求婚,甚至曾经跟奥利维亚·莎士比亚女士有过一段性爱经历,最后选择了跟乔芝走进婚姻殿堂。但在这首诗歌中,王家新对叶芝其他的爱情经历只字不提,笔墨都倾注在叶芝与毛德·冈的爱情上,从而描绘出一个"痴情种子"的形象。这在一定程度上带来了读者对叶芝形象的"误读",但这种合理的"误读"促进了叶芝爱情歌者形象的塑造。

(二)同诗异构:张枣的追慕

张枣的历史与欲望组诗中选用了中外诸多神话传说为题来表达爱情,《丽达与天鹅》便是其中一首。丽达与天鹅本是希腊神话中的故事,丽达是斯巴达国王廷达瑞俄斯的妻子,后被宙斯化身的天鹅侵犯而生下四位美

---

① 王家新:《游动悬崖》,湖南文艺出版社,1997年,第97页。
② 王家新:《游动悬崖》,湖南文艺出版社,1997年,第98页。
③ 王家新:《游动悬崖》,湖南文艺出版社,1997年,第98页。

如天仙的女儿。丽达的女儿海伦因跟特洛伊王子帕里斯私奔而引发特洛伊战争,另一个女儿克吕泰涅斯特拉则因其丈夫阿伽门农将长女献祭而怀恨在心,和情人一起将阿伽门农杀死。20世纪20年代,叶芝以丽达的故事为题材创作出了著名的爱情诗《丽达与天鹅》,若干年后,张枣在叶芝的感召下,写下了同名诗作。

叶芝的《丽达与天鹅》因其高超的诗艺,一直受到学界不同角度的解读。有的学者认为诗歌是对男性强权的书写,有的学者认为诗歌表现了丽达与天鹅的爱情带来了希腊文明,但也诱发了战争和冲突。本文认为诗歌表面是写丽达与天鹅求欢的故事,但丽达却象征着爱尔兰,天鹅则是英国的化身,叶芝通过描绘天鹅对丽达的侵犯,表现出英国曾经殖民爱尔兰所带来的伤害和文明。最后两句"在无情的喙放开她之前/她是否从他的力量获得了知识?"① 避免了诗歌落入俗套爱情故事,而使全诗得到了升华。诗人发出了疑问,这种被动的接受在使得爱尔兰受惊无措的同时,是否也推动了爱尔兰自身文明的建构。

在这首诗中,叶芝对爱尔兰被英国殖民的历史进行了反思。英国曾经禁止爱尔兰人使用盖尔语,大力推行英语,使得爱尔兰对宗主国的文化被动接受。若干年后,诗神远游至东方,影响了一批诗人的创作,张枣便是其中之一。柏桦曾指出张枣的"戏剧化手法"时与卞之琳有相似之处,也是向叶芝学习的结果。"张枣对艾略特(T. S. Eliot)的'非个人化理论'及叶芝的诗相当熟悉,尤其是叶芝,他从中学到了很多。"② 显然,张枣的《丽达与天鹅》有着叶芝同名诗带来的创作灵感,但同时张枣对诗歌进行了变奏。两诗都从希腊神话中丽达的故事中取材,都为爱情诗,诗中的丽达都处于被动接受的状态,但张枣在叶芝诗歌的基础上进行了个人化的创造。叶芝诗中的丽达是被侵犯、被压迫、被书写的对象,她虽然"在场"却处于"失语"的状态,而诗歌中描述的正是丽达正被宙斯化身的天鹅侵

---

① [爱尔兰]叶芝:《叶芝诗选》(全2册),袁可嘉译,湖南文艺出版社,2012年,第41页。

② 柏桦:《张枣:〈镜中的诗艺〉》,《东吴学术》2010年第3期。

犯的场景，是一种在场的叙述。但在张枣的诗中，丽达不再是被描写的对象，而有了发声的喉咙，整首诗都是以丽达的口吻叙述了她与天鹅求欢后的心理。

叶芝的《丽达与天鹅》共四节，共 15 行，诗歌中短句与整句分布。张枣的《丽达与天鹅》继承了叶芝诗的结构，共分四节。但同时又进行了变奏，诗歌共有 14 行，诗行大部分使用整句。张枣诗第一节描写了天鹅离去后丽达以第一人称发出追问的场面。第二节写出了丽达对天鹅的追寻，此时她继续追问天鹅，语气旖旎，在回味与恋人相处的时光。第三节表面写作为人的丽达模仿作为神的天鹅，但"皓月怎样摄取汪洋的魂魄"[①] 中写出了丽达无法模仿到天鹅的精髓。第四节写出丽达的种种模仿最后都颠倒成自身。全诗充满了问题意识，诗歌表面在写女子对恋人的追问和思念，实际想通过丽达与天鹅的故事表明，人与神力量悬殊，面对着神带来的伤害，人只能无措被动地接受，人对神的拙劣模仿是徒劳的。

叶芝与张枣的两首诗都以神话故事为基础进行"创造性的改写"，借古喻今，在古代题材中融进现代精神。叶芝诗表现的是对爱尔兰被英国入侵后，殖民地文化对宗主国文化的接受和逃离的冲突，张枣诗表现出人一味对神的模仿，只会导致正反颠倒。柏桦曾作《叶芝与张枣》诗，纪念好友张枣与其诗神叶芝。张枣的《丽达与天鹅》无疑是对诗神的追慕和模仿，诗歌中的丽达在对神的模仿中迷失了自己，现实中的张枣却摆脱了叶芝的影响，找寻到了自己的诗歌艺术。

三、大众话语空间中爱情传道者形象的生成

改革开放以来，中国建立了社会主义市场经济，人民逐渐步入消费主义时代。由于中华人民共和国成立后"左倾"思潮盛行，要求狠抓意识形态的领域斗争，过分强调塑造英雄人物形象，人民的个人情感需求往往被

---

① 张枣：《春秋来信》，文学艺术出版社，1998 年，第 14 页。

忽视和压制。所以当新时期西方作家、作品如雨后春笋涌入中国时，饥渴已久的中国读者迫切地从旧的审美体验中解放出来，纷纷加入了这一场文化盛宴以获得新的美感享受。叶芝因其与毛德·冈的爱情经历及极具艺术美的诗篇在这一时期获得了中国读者的青睐，成为消费市场上受欢迎的外国诗人之一。"法兰克福学派在激烈批判资本主义的文化工业时，已经指出，在资本主义商品经济中，文化的生产已经同商品生产密切地结合在一起了，文化作为商品，其生产和消费已经纳入市场交换的轨道，文化产品就是消费品。"① 改革开放后的中国选择了发展中国特色的社会主义市场经济，文化产品作为消费品也逐渐盛行。中国读者对叶芝的诗歌有着强烈的审美需求，因此叶芝在中国有着庞大的消费市场，其作品在新时期的中国被广泛译介。

（一）多元媒介的合力塑造

自改革开放以来，中国迅速与国际接轨，大量西方作品涌入中国。虽然我国于1958年就生产出了第一台电视，但是直到20世纪70年代末电视才在我国普及。直到1994年，我国获准加入互联网，并于同年5月完成全部中国联网工作。由此，多元媒介在中国的消费文化中开始扮演重要的角色，对中国产生着重要的影响。"和语言一样，每一种媒介都为思考、表达思想和抒发感情的方式提供了新的定位，从而创造出独特的话语符号。这就是麦克卢汉所说的'媒介即信息'。"② 在大众文化中，特别是与市场化运作机制相结合的消费活动中，多元媒介在叶芝诗人形象的传播过程中起着举足轻重的作用，并且合力塑造出叶芝爱情传道者形象。

1. 教材的推动与爱情传道者形象的凸显

叶芝爱情传道者形象不仅是文学译介、出版的结果，教材所代表的官方话语也具有重要的传播作用。余光中的短诗《乡愁》入选初中语文教材，使得"乡愁诗人"这一标签与余光中形影不离，深入中国大众内心。

---

① 蒋原伦：《媒体文化与消费时代》，中央编译出版社，2004年，第31页。
② ［美］波兹曼：《娱乐至死》，章艳译，广西师范大学出版社，2004年，第12页。

泰戈尔的《金色花》因入选了初中教材，使得这位印度诗人在中国家喻户晓。教材作为官方重要的话语媒介，有着教育、传播的作用。"在文学经典的形成过程中，学校才是场地的中心，教育系统所把持的统治关系，即使对于那些处于文化场域边缘的人也是有效的。"[1]

叶芝的诗歌在新时期也成功地进入教材。由袁行霈主编的普通高中语文选修课"外国诗歌散文欣赏"课本和教师用书（人民教育出版社，2005）在第二单元"自然而然的情感流露"中选载叶芝名诗《当你老了》，并配有导读文字对诗歌进行了简单的解读，并评说到"这是一首动人的爱情诗，写给诗人毕生追求的一位女性"[2]。普通高中课程标准语文读本编写组编写的《外国诗歌散文欣赏》"爱情絮语"一章中，选录了叶芝的《当你老了》并配有作品赏析。《大学语文读本》（复旦大学出版社，2009）《婚恋爱情》一章中选载叶芝诗歌《当你老了》，王永慧编选的《大学语文》（四川大学出版社，2010）载有叶芝诗歌《丽达与天鹅》，《实用大学语文》《大学语文实验教程》等书均选载了叶芝诗歌。毫无疑问，在中国的教材中，《当你老了》这首爱情名诗在叶芝的诗歌中拔得头筹，爱情诗人也成为叶芝在大众接受中的一张重要名片。

马克思曾指出："没有需要，就没有生产。"[3] 受众的接受需要的确促进了传播的发展，"没有接受需要，也就没有大众传播"[4]。情感是人类重要的需要，马斯洛在1943年发表的论文《人类激励理论》中提出的著名心理学理论——马斯洛需求层次理论，将情感和归属的需要归于第三层次。在语文教学的三维目标中，情感态度与价值观占据着重要位置。中学教材为了培养学生的情感感受能力，满足学生的情感需要，丰富学生的情感体验，在高中选修教材中收录了叶芝的《当你老了》，使学生们透过文字体

---

[1] 陶东风：《文学经典与文化权利（上）：文化研究视野中的文学经典问题》，《中国比较文学》2004年第3期。

[2] 人民教育出版编著：《语文（选修）外国诗歌散文欣赏》，人民教育出版社，2005年，第6页。

[3] 《马克思恩格斯选集》（第二卷），人民出版社，1995年，第9页。

[4] 邵培仁：《传播学》，高等教育出版社，2015年，第310页。

会诗中充沛的情感。文学接受具有阶层性和选择性，大众接受是精英话语与官方话语筛选后的结果。精英话语与官方话语通过教材这一媒介，使叶芝进入大众的文学接受视野，从而使得叶芝在大众眼中获得普遍认识。同时，由于大多数教材选载叶芝的爱情诗《当你老了》，使得诗人爱情传道者形象在中国逐渐凸显。

2. 传记对叶芝形象的塑造

过去的文学史往往集中讨论叶芝在诗艺上的探索及其诗风的转变，间或提到爱情的失意、剧院的创办对其诗歌的影响，但是具体经历及原因则语焉不详。自1990年以来，为全面了解叶芝这位令人敬仰的诗人，中国开始出版叶芝的传记。1991年，傅浩所著的传记《叶芝》由四川人民出版社出版，这部传记较为全面地呈现了叶芝的生活经历，叶芝一直被遮蔽的爱情和婚姻生活在书中也得到了体现。作者在《不得回报的爱情》《和解》等章节中讲述了叶芝与毛德·冈羁绊一生的爱恋，《奇婚》一章中谈到了叶芝与乔芝的婚姻。"叶芝主要是个自传性诗人。他的作品基本上就是自我思想和经验的实录，所以他的生平和创作之间反差不大，联系密切。"[①]在阅读体验中，读者更容易将自传性诗人的生平经历与他们的作品相结合。叶芝一生的情感经历颇具传奇性，更加深了读者的阅读体验。同年，傅浩的另一部叶芝传记《叶芝评传》由浙江文艺出版社出版，该传记在《叶芝》一书上更进一步地剖析了叶芝及其作品。

1996年，王家新编选的《叶芝文集》卷二《镜中自画像 自传·日记·回忆录》翻译了叶芝的自传。在自传中，诗人坚信自己从浪漫主义诗歌里获得一种完美的理想，并用了相当多的笔墨描述了与毛德·冈、奥利维亚·莎士比亚等人的爱情。其中，诗人谈到了自己性意识的觉醒，"我受性欲的折磨，好多年都如此。我常常想有一天我要把它全写在一本书上，聪明的年轻人不会像我一样认为这种羞耻只属于我一个人的。那是从我15岁时开始的。当时我游完泳，躺在第三西罗斯的沙滩上，用哈子覆盖

---

① 傅浩：《引言》，《叶芝》，四川人民出版社，1996年。

身体进行日光浴。沙子的重量顿时刺激了性器,尽管起先我并不知道这种愈来愈强烈的奇异的感觉从何而来,直到高潮时我记起别的男孩的描述和我祖父的百科全书中的描写才明白是怎么回事"①。当时的叶芝深爱着毛德·冈,面对性欲的折磨,他非但没有被摧垮,甚至在心中打定为爱独身的念头。在这本书中,叶芝本人的爱情故事、婚姻生活被收录其中,他坦诚了自己的情感和欲望,一个充满爱欲的、多情的叶芝被呈现了出来。

2004年,英国连摩尔和伯蓝所著的传记《叶芝》经刘蕴芳翻译由百家出版社出版,2013年,大连理工大学出版社出版了由傅广军、马欢翻译的英国史德普所著的传记《叶芝:谁能看透》,前者横贯叶芝的一生叙述了他的经历与创作,后者以《我们今天为什么读叶芝》《如何了解叶芝》《生平经历及背景》等主题为横截面对叶芝进行了讨论。这些传记都谈到了叶芝对毛德·冈的爱情,传记出版不仅展现一个人物的不同面貌,也满足了不同时期读者的接受需要。新时期以来出版的传记帮助叶芝从民族主义运动的勇士、现代主义诗歌榜样的形象中跳脱出来,并使得其爱情传道者的轮廓更加分明。

3. 影视乐与叶芝形象共生

20世纪80年代以来,随着中国历史文化语境的转变,消费文化、娱乐精神进入中国。市场与大众媒体以及社会时尚交互运作,使得媒体文化凭借着强有力的传播手段拥有着最广泛的读者大众。除了纸媒的宣传和传播,电视、电影作为重要的传播手段也在中国得到了引入与普及。随着《廊桥遗梦》《海洋之歌》《二十四城记》等电影的上映,叶芝爱情传道者形象得到进一步的发展。

1992年,美国作家罗伯特·詹姆斯·沃勒的小说《廊桥遗梦》一经出版,迅速风靡全球。1994年,梅嘉翻译的《廊桥遗梦》由外国文学出版社在中国出版。1995年,根据沃勒小说改编的电影《廊桥遗梦》在美国上映,迅速引起了一番观看及讨论热潮。1996年,该电影在中国上映时再度

---

① 王家新编:《镜中自画像 自传·日记·回忆录》,东方出版社,1996年,第55—56页。

引起观影热潮。这部经典的爱情电影收获1.82亿美元的全球票房,并获得金球奖、奥斯卡等众多奖项提名。电影中的廊桥拍摄地成了著名的旅游景点,至今仍有不少观众前往"朝圣"。电影《廊桥遗梦》描写了一段悲伤的爱情故事,作为家庭主妇的弗朗西斯卡在家人外出时相逢了《国家地理》杂志的摄影师罗伯特·金凯,两人在短暂的相处中经历了一段刻骨铭心的爱情,但因为弗朗西斯卡放不下家人,最终两人选择了分开,弗朗西斯卡怀着对罗伯特·金凯的爱遗憾地过完了余生。在电影的一个片段里,弗朗西斯卡悄悄地留下向金凯发出邀请的情物纸条,上面写着"'当白蛾子张开翅膀时'如果你还想吃晚饭,今晚事毕可以过来,什么时候都行",其中"当白蛾子张开翅膀时"一句来自叶芝《流浪者安古斯之歌》(*The Song of Wandering Aengus*)中的诗句:"And when white moths were on the wing."

  叶芝的诗歌擅于从爱尔兰神话及民间故事取材,构筑诗歌的意象世界。爱情诗《流浪者安古斯之歌》便是叶芝从爱尔兰神话中得到灵感而创作的作品。安古斯本是"爱尔兰的爱神"[1],他在梦中爱上一名女子而忧思成疾,找遍了爱尔兰也未寻得那名女子。在本诗中,安古斯是叶芝的化身。1888年,叶芝与毛德·冈第一次相遇时便被对方的美貌倾倒,在向对方多次示爱仍然遭到拒绝后,诗人叶芝写下此诗。诗中的"我"感到胸中憋闷,于是出门钓鱼,一条银色鳟鱼上钩,幻化成"一头秀发苹果颜"[2]的姑娘,诗人曾经在自传中形容过毛德·冈的美貌,"苹果花一样的肤色,脸庞和身体有着布莱克称为最高贵的轮廓之美,因为它从青春至老年很少改变,而体态如此绝妙,使她看上去非凡脱俗"[3]。诗中鳟鱼所幻化的姑娘便象征着毛德·冈。在"我"对她心生仰慕之时她却消失不见,"我"四方找寻,即使到"垂垂老矣""时间虚无"也未发现其身影。诗人借爱尔

---

  [1] [爱尔兰]罗尔斯顿:《凯尔特神话传说》,陕西师范大学出版社,2013年,第75页。
  [2] [爱尔兰]叶芝:《叶芝诗选》(全2册),袁可嘉译,湖南文艺出版社,2012年,第78页。
  [3] 王家新编:《镜中自画像 自传·日记·回忆录》,东方出版社,1996年,第24页。

兰神话中的爱神安古斯寻找鳟鱼，表达自己对爱人的追求和向往。

叶芝的《流浪者安古斯之歌》在电影中既充当着爱情媒介，又担任着弗朗西斯卡与罗伯特情感的信使，拉近了男女主之间的心灵距离。小说中，弗朗西斯卡曾在课堂上讲解叶芝，"但是没能让大多数人理解"①，电影中，也呈现了弗朗西斯卡朗读叶芝诗集的画面，从侧面反映出叶芝诗对女主的精神世界产生了重要影响，而罗伯特却能洞察叶芝诗歌的真谛，两颗孤独的心由此生出了惺惺相惜之感。同时，《廊桥遗梦》引用叶芝诗歌也是为了隐喻弗朗西斯卡与罗伯特求而不得的爱情悲剧。电影《廊桥遗梦》作为一部热门的爱情电影，因其有广泛的受众、强大的穿透力和影响力，使得叶芝的爱情诗广泛传播。《廊桥遗梦》以其潜移默化的传播效果，间接地传播了叶芝的爱情诗，更加强化了叶芝爱情传道者这一形象。

正如尼尔·波兹曼曾说："一切公众话语都日渐以娱乐的方式出现，并成为一种文化精神。"② 随着娱乐文化的盛行，叶芝诗歌通过谱曲成流行歌这一新的娱乐方式进入到大众的视线。爱尔兰著名乐队小红莓（The Cranberries）的歌曲 *Yeat's Grave*（《叶芝的坟墓》）中的独白引自叶芝的《没有第二个特洛伊》。为了迎合大众的需求，消费文化中常常将叶芝塑造成痴情种子的模样。*Yeat's Grave* 这首歌也不例外，通过叶芝的独白表达出了他对毛德·冈不忍责怪和深沉的爱。爱尔兰歌手美芙·威尔卡哈的歌 *Glimmering Girl*（《闪闪发光的女孩》）歌词来自于叶芝爱情诗《流浪者安古斯之歌》。无独有偶，叶芝的爱情诗《柳园里》（*Down by the Sally Gardens*）也被谱曲，后来该诗的同名曲被藤田惠美等歌者翻唱。叶芝的诗歌本身极具韵味，娓娓道来，打动人心。而歌手对叶芝诗歌进行谱曲，使得其诗歌通过新的方式获得更多的阐释空间，从而实现诗与歌在娱乐文化中的双剑合璧。

新时期以来，叶芝在中国产生了巨大的影响。大众与叶芝的情诗产生

---

① ［美］罗伯特·詹姆斯·沃勒（Robert James Waller）：《廊桥遗梦》，梅嘉译，外国文学出版社，1994年，第61—62页。

② ［美］波兹曼：《娱乐至死》，章艳译，广西师范大学出版社，2004年，第14页。

了共鸣,使得情感需要和审美需求得到满足,内心世界得到治愈,精神内涵得到丰富。同时,大众接受也反向促进"爱情的传道者"形象的建构。这一诗歌接受现象使得叶芝的爱情诗在大众接受中有更多曝光的机会,但也促使叶芝及其作品中的其他方面在传播过程中逐渐被遮蔽,造成文学接受的"偏见"。

(二)恒爱经典:《当你老了》

叶芝为其挚爱一生的女人毛德·冈的写下了众多感人肺腑的情诗,《当你老了》因其真挚的感情、娓娓动听的音律成了其中最为经典的诗歌。1889年,当毛德·冈带着推荐信来拜访叶芝父亲时,23岁的叶芝由此爱上了她,"我从来没想到会在一个活着的女人身上看到这样超凡的美。这样的美属于名画,属于诗,属于某个过去的传说时代"[①]。当叶芝鼓起勇气第一次向毛德求婚时,后者当时正秘密地与法国右翼政客吕西安交往,所以遭到了拒绝。后来,由于毛德·冈沉迷于政治并是个激进的民族主义者,与叶芝对民族独立运动的态度截然不同,对于叶芝的再次求婚选择了拒绝,并嫁给了约翰·麦克布莱德少校。1916年,麦克布莱德不幸遭受枪杀逝世。毛德·冈深知叶芝爱的是一种美好的幻景,两人志不同而道不合,面对叶芝的求婚再次选择了拒绝。作为一个浪漫主义者,叶芝在其年少时从浪漫主义诗歌中获得一种完美的爱情理想。然而,毛德·冈的拒绝让他感受到了爱情理想的陨灭,他将对毛德·冈的爱化作一首首绝美浪漫的诗篇。1893年,叶芝写下《当你老了》这首脍炙人口的爱情诗。

1. 诗歌译介及传播接受

《当你老了》自被翻译进中国,这首感情真挚的爱情诗在中国流传广泛,几乎成为叶芝的代名词。袁可嘉、杨牧、裘小龙、傅浩、飞白、冰心等文人学者都翻译过该诗。不少学者对《当你老了》各个译本进行了分析,区鉷、蒲度戎的《当你年老:译文比较研究》采用了诗歌翻译的三美理论及译文比较评析的五点原则,从意义系统、音乐系统、视觉系统三个

---

① 王家新编:《镜中自画像 自传·日记·回忆录》,东方出版社,1996年,第24页。

方面分析了六个翻译版本，该文论述全面，方法创新，对袁可嘉、傅浩、飞白等六个译本进行了比对，并提出了这些译本的个别失误、改进余地。张英雪的《〈当你老了〉三个中文译本的比较分析》从译者主观的差异性出发，通过观照傅浩、袁可嘉、冰心三人的身份来分析三个译本风格差异的原因。可以看出，不同的译本有着各自的特色，它们对于《当你老了》在中国的传播起着重要作用。

在诸多译本中，袁可嘉的译本流传得最广、最为经典，本文在此着重分析此译本：

当你老了，头白了，睡思昏沉，
炉火旁打盹，请取下这部诗歌，
慢慢读，回想你过去眼神的柔和，
回想它们昔日浓重的阴影；

多少人爱你青春欢畅的时辰，
爱慕你的美丽，假意或真心，
只有一个人爱你那朝圣者的灵魂，
爱你衰老了的脸上痛苦的皱纹；

垂下头来，在红光闪耀的炉子旁，
凄然地轻轻诉说那爱情的消逝，
在头顶的山上它缓缓踱着步子，
在一群星星中间隐藏着脸庞。①

《当你老了》原诗通俗易懂但却感情饱满、真挚感人。全诗韵律和谐，

---

① ［爱尔兰］叶芝：《叶芝诗选》（全2册），袁可嘉译，湖南文艺出版社，2012年，第51—52页。

共分为三节,每节四行,韵式为 ABBA/CCDC/EFFE,即一、四行押韵,二、三行押韵,除第二节二、三行破格外(句尾采用了"true"和"you"),其余诗行韵式整齐。袁可嘉的译本倾向于原文,尊重了英文的传统用法,在翻译过程中尽可能做到押韵,译诗采用 ABBC/ADEC/FGGF 格式,与原文极为巧合的是译诗在第二节也同样破格(句尾采用了"in"韵和"un"韵),使得诗歌读来朗朗上口,温和细腻,极具音乐美,传唱性极佳。袁可嘉在翻译时尽量做到直译,这不仅体现在诗句的韵式结构上,还体现在词语的转换上。袁可嘉将原诗中的"nodding"直译为"打盹","pilgrim"直译为"朝圣者","sorrows"直译为"痛苦","paced upon"直译为"踱步"。诗人帕斯曾说:"在西班牙文中,我们称字面的翻译为 servil(奴性式)……它更接近字典而不是翻译,翻译永远是一种文学活动。"[①] 袁可嘉在翻译时既做到了直译,同时又不拘泥于原诗,运用富有创造性的处理技巧,增加了诗歌的诗意。如,"fire"本意为"火",在这里袁可嘉结合诗歌情景翻译为"炉火"。"bending"本意是指屈身,(使四肢等)弯曲,这里翻译为"低下头来",不仅更为传神,也增加了诗歌的意境。

　　袁可嘉在翻译时采用白描手法,用"另一种语言重构文本"。诗人一开始就采用假设手法将画面带入到当你"老了"的情境。"当你老了,头白了,睡思昏沉"一句语气平和地勾勒出一幅美人迟暮昏昏欲睡的画面。接着诗人带有暗示性地告诉毛德·冈这世界很多人爱慕着你的容颜,而唯有我一人是真心的。袁可嘉在翻译时有意强化诗人的款款深情:只有一个人爱你那朝圣者的灵魂,/爱你衰老了的脸上痛苦的皱纹。"只有"二字强调了诗人不离不弃,突出了诗人对恋人真挚的感情。第三节开头的"And bending down beside the glowing bars"被译为"垂下头来,在红光闪耀的炉子旁",译者采用顿号将这句话隔开,避免了诗句过于冗长,增加了诗歌的节奏。袁可嘉将原诗中最后一句"And hid his face among a crowd of

---

[①] 转引自王佐良:《论诗的翻译》,江西教育出版社,1992 年,第 182 页。

stars"译作"在一群星星中间隐藏着脸庞",不仅保留了拟人手法,也使用"星星"两个叠字来增加诗歌的音乐感与节奏感。

面对诗歌《当你老了》,袁可嘉不仅运用自己高超的英语水平来翻译,更是运用自己深厚的文学功底使之成为一首动人的中文诗。他在翻译过程中,宽严有度,既使得译文流畅自然、韵味深长,又消除了外国诗翻译成中文所带来的陌生感,便于读者朗诵和记忆。正是基于这些原因,袁版的《当你老了》在中国受到广大读者的喜爱,流传甚广。

2. 诗入乐为歌

叶芝的爱情诗《当你老了》在中国除了被多次翻译、入选教材[①]之外,还通过诗歌改编入乐的方式重现经典。2012 年,歌手赵照将叶芝的《当你老了》改编谱曲成民谣,并发布了同名单曲 MV。该单曲 MV 上线两周就获得了十万点击量,但之后热度迅速降了下来。2015 年 2 月 18 日,莫文蔚在 2015 年中央电视台春节联欢晚会上演唱了《当你老了》,此版本的《当你老了》沿用了赵照的谱曲,但是经彭飞重新编曲使其更加大众化。春晚作为全中国人的娱乐盛事,自开播以来每年都成为大众关注的重要节目,2015 年的春晚在中央电视台全国直播,省级卫视同步转播,并在网络平台爱奇艺全网独播,电视直播收视率为 28.37%,电视观众规模为 6.9 亿人[②],歌曲《当你老了》也因著名歌手莫文蔚在春晚这样的全国性舞台上进行演唱而家喻户晓,深入人心。"大众所喜爱的歌星的演绎会有助于歌众传播,它推动了一首经典歌曲变成无数个歌众口中、心中的歌,他们自己的歌,这样一首歌就变成了广为流传的歌。"[③] 2015 年 2 月 20 日,著

---

① 注:袁行霈主编的普通高中语文选修课"外国诗歌散文欣赏"课本和教师用书(人民教育出版社,2005 年)在第二单元"自然而然的情感流露"中选载了叶芝名诗《当你老了》;普通高中课程标准语文读本编写组编写的《外国诗歌散文欣赏》"爱情絮语"一章中,选录了叶芝的《当你老了》;《大学语文读本》(复旦大学出版社,2009 年)《婚恋爱情》一章中选载了叶芝的诗歌《当你老了》。

② 《央视羊年春晚收视率传新低 网友吐槽列最想看春晚节目单》,人民网,2015 年 2 月 24 日,http://gx.people.com.cn/n/2015/0224/c229131—23976492.html。

③ 陆正兰:《〈从经典咏流传〉看歌曲的经典化方式》,《中国文艺评论》2018 年第 9 期。

名歌手李健在音乐节目《我是歌手第三季》翻唱了该曲,歌手风度翩翩的形象与轻吟低唱的情歌重叠交融,立刻吸引了众多观众和网友的讨论。随后,高夫、蔡国庆、巫启贤等人也纷纷演唱了这首歌。2016 年,这首歌曲获得"2016 QQ 巅峰音乐盛典"年度十大热歌金曲奖①,歌曲《当你老了》在大众传播中的热度可见一斑。随着赵照将《当你老了》改编成曲,著名歌手莫文蔚、李健等人的翻唱,《当你老了》这首歌一时间传遍大街小巷,原诗《当年老了》也重新进入大众视野获得大量的关注。

  歌曲《当你老了》之所以从众多的歌曲中脱颖而出成为经典,是赵照、莫文蔚、李健等人共同推动的结果。首先,赵照的编曲在吉他编配的基础上加入了架子鼓、提琴、小提琴等多种乐器,使得歌曲在平实中增添了小河淌水般的流动感,同时整体曲风温柔舒服,使得听众能沉浸其中来感受歌曲的魅力。创作这首歌时,赵照的灵感来源于与母亲的情感,这也使得歌曲《当你老了》脱离了原诗的语境,同时成为一首咏叹母子情深的歌曲。之后,莫文蔚所演唱的《当你老了》由彭飞进行编曲,歌曲以弦乐、钢琴为主旋律,配上莫文蔚优美磁性的声线,使得歌曲忧而不伤而又若即若离,从咏叹母子情深的民谣变为一首轻声诉说恋情的情歌。随后,李健翻唱的《当你老了》对赵照的原曲进行了改编,并且混编了法国香颂 La Via en Rose,从而使得两首经典歌曲碰撞出新的火花,增添了诗歌的唯美与浪漫,同时,配上李健温润悠扬、似水流过的声线,歌曲更加充满了诗意。陆正兰提出:"歌曲的经典挑选和传播方式是典型的'块茎式'。歌曲的源头意义、权威性并不能完全主宰歌曲意义传播的旁侧再生。不仅每次新歌的挑选发行,每个歌手的演唱,每一台节目都是在新语境中创造新文本,每个歌众的歌唱,甚至哼唱,也是在创造新文本。歌曲的这种'块茎式'的传播方式,决定了歌曲的经典化只能通过歌众选择。"② 歌曲《当你老了》正是"块茎式"的典型体现,在每一次的演唱和改编中,它

---

  ① 2016 QQ 音乐巅峰盛典全程精彩回顾及完整获奖名单. 腾讯网,2016 年 4 月 22 日,https://y.qq.com/msa/70/67_1271.html?mp_sourceid=0.0.0.

  ② 陆正兰:《〈从经典咏流传〉看歌曲的经典化方式》,《中国文艺评论》2018 年第 9 期。

具有了不同的意义,表达了不同的情感,从而获得了大众的喜爱。

随着印刷时代逐渐衰落,电视、网络时代蒸蒸日上,依赖于纸质媒介的诗歌在现代生活中处于尴尬的地位。中国自古以来就有"不学诗,无以言"的古训及诗入乐而歌的传统,"诗者,志之所之也……言之不足,故嗟叹之;嗟叹之不足,故永歌之;永歌之不足,故不知手之舞之,足之蹈之也"。随着影视媒介的崛起,诗歌在大众社会生活中的地位逐渐式微。为改变诗歌所处的尴尬境地,歌曲改编、诗歌节目等途径纷纷接过纸质媒介传播诗歌的重担,运用新的方式使得诗歌重新回归大众的视野。将诗歌《当你老了》进行谱曲是诗入乐为歌这种传播途径的现代体现,是基于社会文化需求而进行的一次思维方式的转变,也是一次文化内容的创新。

有学者认为,诗入乐而歌有两种形式:一是以诗为词的直接转换,一是据诗写词的间接转换。歌曲《当你老了》中的歌词显然是二者的结合。赵照为了谱曲与传播,在袁可嘉译本的基础上结合其他翻译版本对原诗做了适当的改编,从而形成了歌曲《当你老了》的歌词。原诗前两节的部分诗句改编成:"当你老了 头发白了/ 睡意昏沉/当你老了 走不动了/炉火旁打盹 回忆青春/多少人曾爱你青春欢畅的时辰/爱慕你的美丽/假意或真心/只有一个人还爱你虔诚的灵魂/爱你苍老的脸上的皱纹。"同时,删去了原诗的第三节,增加了新的歌词:"当你老了 眼眉低垂/灯火昏黄不定/风吹过来你的消息/这就是我心里的歌/当我老了 我真希望/这首歌是唱给你的。"歌词的改编一方面降低了谱曲的难度,满足旋律在字数及节拍上的需求;另一方面更加口语化、简洁凝练,使大众容易理解歌词的意义、配合旋律记住歌词,从而增加歌曲的传唱度。

如今,歌曲《当你老了》早已唱遍大街小巷,在中国家喻户晓。在影视乐传播媒介的大力传播下,这首歌已潜移默化地进入大众的娱乐体验中。随着歌曲《当你老了》的走红,叶芝的诗歌在大众视野中进一步传播,豆瓣等网站的网友纷纷对叶芝的诗歌进行了讨论,《我们当时相爱而无知/叶芝的诗歌人生》《叶芝的爱情诗》等帖子接连涌起。可以说,歌曲《当你老了》对叶芝的诗歌进行了反哺。通过音乐制作人的改编歌词、谱曲传唱，叶芝的诗歌以通俗的方式重新进入中国大众视野，诗歌本身所承载的诗人形象与歌手形象相结合，使得观众在聆听时结合自身经历获得了情感共鸣，在诗与歌结合这种双向谋利的方式中，诗歌得到了有力传播，叶芝爱情的传道者形象也由此建构而成。

格律体新诗研究

当代汉语诗坛生态略探

□王端诚[①]

内容摘要：本文着重阐述诗歌外在形态的基本特征及格律对诗歌语言音乐性的重要保障作用，揭示散文化非诗化倾向对现代汉诗创作和研究的负面效应，预警诗歌的文体危机，研判当代诗坛二元格局相互并存发展的现实和前景。

关键词：格律；音乐性；文体特征；二元化格局

一、诗歌外在形态的明显特征：韵节奏句式

诗歌，一个立体的全方位系统艺术工程。它使用富有音乐性的雅化语言，将人心灵深处最微妙的感情或感受形象地表现出来，从而引起受众心理的共鸣，并得到令人愉悦的审美享受。它必须是外在形体特征与内在情愫意蕴有机融会组合而成的审美整体，二者相辅相成，缺一不可。外形是它的躯体，内涵是它的灵魂。躯体因灵魂而获有生命，灵魂赖躯体而得以

---

① 王端诚（1941—），男，四川富顺人。重庆市诗词学会格律体新诗研究院副院长，创作现代汉语新诗及传统文言诗词，以新诗格律的创建为其研究方向。

显现。要探究它的灵魂，首先就要从外表上判断它是否是具有诗歌的躯体。如果此物不具备诗的外貌体征，那探究它的灵魂就是无的放矢了。所以，只有对诗之为诗的体貌特征进行认证之后，才可能进一步去深入探究诗歌的内涵。因为，没有这第一步的认证，便无法找准需要研究、探讨的对象目标。

这本是一个很简单的问题，一个早已解决而今又莫名其妙的回归到无解状态的问题，一个似乎比探究内涵更难而实际答案就在眼前人们却往往熟视无睹的问题。

任何物体均有一个形态，比如说人吧，具有五官四肢、直立行走、能用语言交流的生物即是人，这就是人这种生物的基本形态也就是人的"样子"！至于他是好人、坏人、智人、愚人等内在属性那是需要进一步探讨才能认知的。每个人都必然有他独具的音容笑貌，我们只有通过外表的音容笑貌认清这个人的确是某人之后，才谈得上去逐渐了解他的性格、学识等内在的特征，才能通过交往去验证他的内心世界。否则，如果他不是你此时要找的那个人，还有必要去接近了解吗？

诗歌自有独具的有别于文章或其他艺术形式的外貌特征，当它的"音容笑貌"一出现在我们眼前，首先必须使我们感知到这是一首诗，我们先要承认它的这个"样子"是诗，然后才会逐渐深入内涵体悟到共鸣与美感。

那么，诗究竟该是什么样子呢？

当年，身历战国秦汉三朝的学术权威毛亨老人家传授毛诗，其大序云："情动于中而形于言，言之不足故嗟叹之，嗟叹之不足，故咏歌之。"原来，诗和文虽同为抒发感情的文体，但其又各具不同的形式：感情冲动了，诉之于话语（形于言）这就是叙述文；感情激烈了，客观叙述变成主观倾诉了（嗟叹之），这已经是感染力极强的近乎呼喊的抒情文了。如感情已达炽热，呼喊犹嫌不足，则放声歌唱吧（咏歌之），这就是诗呀！

此后大唐元和年间，由中央贬到江州的白居易司马，更写信给他的诗友兼同僚通州元稹司马，作如是说："诗者：根情，苗言，华声，实义。"

诗如一棵树，感情是根，语言是树苗并发展成树干枝叶，声韵是它开的花，有了这花才会结成果实，才有了诗这棵大树。

诗属于文学，文学属于艺术。诗具有艺术的共性"根情"（植根于情感）也具有文学的个性"苗言"（用语言来表现）。在文学领域内，"苗言"就成了共性，诗当然具有这个共性同时更具有自身的个性。此个性非它，"华声"（音乐性）是也！

当代美学家桐城孟实先生更是一语中的："诗是有音律的纯文学。"①

其实，现代汉语中"诗歌"一词，早就透露出个中端倪：那一个"歌"字不是音乐性又是什么呢？这就是诗之为诗的独特"样子"了。诗的这个样子是自有诗之始即与生俱来的，从"康衢击壤，肇开声诗"② 的时候就已奠定基础。那《康衢谣》和《击壤歌》等上古作品就是它的形体规范的原始范例，及至到"关关雎鸠/在河之洲"时已趋成熟。此后三千年，经过不断的完善、美化、修饰，它的形体特征不管如何进展演变，总是与音韵、节奏以及与此相关的限字限句对仗等句式句法紧密结合在一起的，到唐宋竟已达炉火纯青之化境。及至现代白话新诗，它的具体格律虽目前仍处于建设阶段，但建设决不能离开古今咸同的诗艺总体原则。就新诗而言，除音韵节奏外，还有一个句型行式的问题都待同时予以规范。我们不能否定诗歌首先必备的这些外形特征，否定了它也就否定了诗。那样，也就把本有样子的诗弄得不成样子了！我们今天对诗歌的认知，总不能退化到比上古先民都不如的地步吧？

诗就是这个样子！有韵律，有节奏，语言轻重徐急长短莫不中规中矩，且诗行排列对称有序，均在外形中表露无遗，我们一看即知：此乃诗也！若无上述规矩，用单纯的语言文字表现，那就是文了。"北风卷地白草折胡天八月即飞雪忽如一夜春风来千树万树梨花开"，诗也；"其必曰先天下之忧而忧后天下之乐而乐乎噫微斯人吾谁与归"，文也。诗与文，泾

---

① 朱光潜：《诗论》，《朱光潜全集》（第3卷），安徽教育出版社，1987年，第112页。
② 沈德潜：《古诗源·例言》，湖南思贤书局，1891年重刊本，第3页。

渭分明。

在古人行文由上到下自右至左连续书写无标点的固定格式中，我们也一眼分辨得出孰为诗孰为文来。诗就是必须具备语言的音韵节奏及有序的句式排列的这个"样子"，这就是诗歌外在形态的明显特征！虽然仅有这个样子，还不一定是诗；但是，如果没有这个样子，那就一定不是诗！舍诗之样子而谈什么诗的主旨、立意、张力、魅力，那发射的都通通是无的之矢！认准诗的躯体，再去探究诗的灵魂，你说心底是不是才会踏实一些？

二、百年新文学史的惊天误会：错把散文当诗歌

既然是具有音乐性这个形体特征，格律（包括严格的经书面规范的和此前宽松的由约定俗成的）便是其音乐性的根本保证。

前清翰林院检讨、民国清史馆王壬秋馆长有云："诗主性情，必有格律。不容驰骋放肆，雕琢更无论矣。"① 为确保"性情"这一内在意蕴的充分显现，必须要有"格律"这一外在形式的支持。否则，听任语言"驰骋放肆"或随意"雕琢"，那就不再是诗了。近体律诗及古风词曲等，恃格律同行，保持着鲜明的文体特征，在古典诗歌时期一直健康地向前运行着。可当白话新诗诞生后，诗的外在形体特征这个本无问题的问题却成了问题。

文言（古代汉语）时代过去了，汉语书面表达方式转型为白话（现代汉语），这是一种进步！但文言诗词的格律却无法规范以白话为载体的新诗，于是诗没有了格律，如脱缰之野马，"散文式"的狂奔，音乐性随之丧失。这样下去，诗的"样子"问题要不成为问题岂不是个问题？加上西方诗歌的翻译开始在国内传播，语言可译而格律不可译，斯时译诗只能以分行散文面目呈现给国人。这也是无可奈何的事，姑且暂时将就吧！可这

---

① 王闿运：《论诗法》，转引自鲁德俊《什么是诗》，中国书籍出版社，2014 年。

样一来，在当时及其后竟然造成了"新诗就是散文化的诗（通常称作'自由诗'）"的错觉，这倒是始料未曾及的。面对无律之新诗，人们开始按照"话怎么说，就怎么说"，认为这样"方才可有真正的白话诗"了①。我们说话本不是诗，于是大家就开始用不是诗的"话"来当诗了，我们说的话原封照搬就都是诗了。抛弃了诗歌赖以安身立命的音韵节奏，诗逐渐变成"话"了，也就非诗了！

可以回忆一下被吴宓教授誉为"中国拜伦"的梁宗岱先生当年的一段话："所谓'有什么话说什么话'，——不仅是反旧诗的，简直是反诗的；不仅是对于旧诗和旧诗体底流弊之洗刷和革除，简直把一切纯粹永久的诗底真元全盘误解和抹杀了。"② 他说得很直率，我想也许就用不着再做多余的诠释。

适之先生一生取得丰硕的学术成就永远值得后人的敬佩、景仰和尊重！他曾经说过很多很多非常非常正确的话，可是这一句话，就不能不说是千虑之一失了！借鉴西方诗歌采取分行的形式书写，这本是顺应现代汉语多音词造句致使诗行长短参差的实况而出现的十分适宜的措施。但分行虽然是辨别诗、文形体特征之一，却不是二者相区别的本质特征。既然没有了格律，诗和文总得有点区别才好吧？于是人们丢了"西瓜"（音韵节奏句式）拾起"芝麻"（分行），分行即是诗，连排则是文。一篇文字写好，分行与否悉听尊便，欲成诗则分之，欲成文则连之，诗文两便，何乐而不为？作者将文字分行列之，发表曰"诗"；读者连读而品味之，感觉是"文"。诗乎？文乎？中间没有一条法定的固定疆界，而且谁也不知道己方的实际控制线在哪里。

如此这般，这条可怜的已经淡化到几乎无形的文体边界线随时可越，要想把诗不写得像散文都难！古人写诗不分行，是诗依然是诗；今人写诗分行，不是诗依然不是诗。

---

① 胡适：《尝试集》"再版自序"，亚东图书馆，1920年。
② 梁宗岱：《新诗底十字路口》，《大公报·诗特刊》1935年11月8日。

幸好！幸好！新诗百年的前半期中，不少深受古典诗艺熏陶的诗人如刘半农、汪静之、闻一多、徐志摩、朱湘、戴望舒等前辈写诗，并没有排斥且顺应音韵节奏将早已韵律化的情感构建成美丽的诗行，这才在新诗史上留下了那么多精彩的传世之作。幸好！幸好！百年新诗中，还有前述闻、徐等新月诸公及其后的何其芳、邹绛等前贤，为新诗的格律化进行了十分可贵的影响深远的历史性探索，加上当代有志于新诗诗体建设的学者和诗人正在进行的努力，汉语新诗克服困境走向辉煌或已现一丝曙光！然而无可讳言的不幸是，今天散文化非诗化的滥觞竟成顽疾，严重威胁到汉语新诗的兴衰存亡。此非危言耸听，唐贤李青莲大师似乎预言在先：大雅久不作，吾衰竟谁陈？令人遗憾的荒诞戏正在上演！

百年新文学史的惊天误会就是：错把散文当诗歌！

三、当前汉语诗歌的生态环境：诗体二元之并存

既然诗歌是语言的艺术，那么，说到诗坛的现状，就离不开对其所使用的语言工具进行具体的分析。

同样是汉语特别是书面语言，古今却存在着既有传承又迥然有别的两个体系，一是文言一是白话。古典诗歌以前者为载体，百年新诗以后者为载体。

诗词以单音词为主构建诗句，不管是律绝的格律还是各种词牌，以及古体乃至风体骚体（今人统称"传统诗词"）皆可适应。古代如此，今仍健在，依然对作者读者有着极强的吸引力，风靡古今，历久不衰。当代诗词，已经涌现出一支不可忽视的诗人群体和建造起一片客观存在的诗歌领地。新诗以多音词为主构建诗行，与当代口语契合且加以雅化，更易于反应当代生活及当代人的思想情感，无可争辩地应该成为当代诗坛的主流。

不过，新诗虽年仅百龄，尚属青春，而情况却比较复杂。它既不受文言格律的约束，又没有新建格律的规范。于是"自由"起来，往往越过文体边界，误入散文领域，成为诗其名而文其实的作品（其中不乏佳作）；

或又有散文（其中不少美文）经过分行便免签入境，也自号"诗歌"。这种现象，不利于新诗原生态的维护和发展，更不利于诗歌独立文体的生存和传承。

无论是德意志的歌德翁"唯法则才能给我自由"[①] 也罢，还是我中华的家骅公"棋不能废除规矩诗就不能废除格律"[②] 也罢，其言之初衷皆是要阐明艺术需要法则与规矩这一真理。诗歌和散文都有各自的规矩，诗歌的规矩就是语言的音韵节奏与句式的有机排列，是不能"自由"的。因此，"自由诗"或曰"自由体诗"的称谓，是违反科学规律与文学理念的一个伪命题。此名一出，便点亮了通往歧途的绿灯！前方到达站必然是"散文化"，由此而驶向"非诗化"，诗的终点站也就到了！哪里还能去奢谈什么"诗和远方"？

同属于文学的小说、散文、戏剧（剧本），都分别各有其规矩和法则，皆无"自由"一说；而唯独最需要规矩和法则的诗歌，却偏要高扬起"形体自由"的旗帜！岂非殷浩书空之"咄咄怪事"？

我们的诗歌应去除散文化倾向，保持它的音乐性特征，严格区分美文和好诗的不同标准，让优秀的诗歌和优秀的散文以不同的文体形式双美并陈于 21 世纪的中国文坛。至于那些语言粗俗，立意庸鄙，格调低下、境界浅陋甚至梦呓连篇、语无伦次之作如梨花、下半身、屎尿之流，沉渣泛起，尽管一时甚嚣尘上，酿成窃据诗坛之势，然早为读者（诗人的上帝）所不耻，必将为时代所唾弃。究其本质，此类非诗非文非艺术，与诗歌无关，与诗人诗篇毫不搭界。论诗者蔑而弃之，毋庸置疑可也。

新诗就是新诗，如前述它是以现代汉语（雅化后的口语）为载体的诗歌，其音韵句式只有自发约定俗成与新建严格规范之区别。形式绝对自由则无诗，故"自由体新诗"中前三字是多余的；诗本来就必需格律，故"格律体新诗"中前三字是重复的。鉴于长期使用的专指术语"新诗"一

---

① 约翰·沃尔夫冈·冯·歌德（Johann Wolfgang von Goethe）：《自然和艺术》，转引自鲁德俊《什么是诗》，中国书籍出版社，2014 年。

② 闻一多：《诗的格律》，《北京晨报》第 7 号，1926 年 5 月 13 日。

词容易与"新写的诗"产生歧义,加之经过百年现在已然不"新"了,因此,我倒赞成有的学者提出使用的"现代汉诗"这个称呼代指"新诗"其名。只有这个属于白话体系的"现代汉诗",才可能与属于文言体系的"传统诗词"相并列!

现代汉诗同传统诗词一道,构成了20—21世纪汉语诗坛的二元化格局。考当前汉语诗歌的生态环境,呈现的是吟坛双峰并峙的状态!故曰:没有诗歌三国之鼎立,只有诗体二元之并存!

四、诗坛现状任其发展前景堪忧:
挽救未来文学史中诗歌文体的削弱和衰亡

诗歌是人的感情冲动激烈而发,有别于文者,在于它与音律自始至终相依相随。19世纪俄罗斯文学批评家别林斯基说:"抒情诗表现一个人的主观方面,把内在的人揭示于我们眼前,因此它整个儿是感觉、感情、音乐。"① 这种感情是融会了音乐的律动同时孕育成为诗行的,诗人是怀着韵律化的情感凭借音乐驱动的文字去表达、构建诗篇的。它同散文的区别,在受胎之始就存在了。有明一代,那位虽曾中举却又布衣终身的学者少室山人,在他的《诗薮》中有云:"作诗大要不过二端,体格声调、兴象风神而已。"② 前者是外形,后者属内涵,二者结合于作诗之始,同生并长。原来,"诗有别材",不独诗人如此,就是诗歌本身,也是具有"体格声调"的先天基因的。

诗歌是文学大家庭中不可或缺的具有鲜明个性特征的一员,如果人为地削弱并泯灭它的个性特征,将会失去这位活泼可爱的姐妹。当前,散文化非诗化正在锲而不舍地进行着驱赶这位姐妹的工作!当诗的个性特征丧失殆尽与他种文体无异的时候,诗还会是诗吗?文坛上还会有"诗歌"这

---

① 维萨里昂·格里戈里耶维奇·别林斯基(Vissarion Grigoryevich Belinsky):《智慧的痛苦》,转引自鲁德俊《什么是诗》,中国书籍出版社,2014年。

② 胡应麟:《诗薮》,转引自鲁德俊《什么是诗》,中国书籍出版社,2014年。

个品牌吗？现代汉诗面临存亡绝续的紧要关头，若听任其无序发展，其恶果有三：

一曰诗意的淡薄和削减。应该说，任何艺术都离不开诗意，汉文化尤其如此。古来举凡歌舞、乐曲、戏剧、绘画，乃至建筑、园艺，皆离不开诗词楹联。散文、小说更不待言，它们根据自身的特征借用诗意以增添其作品的神韵情趣；而诗歌本身，却是以自身特征使诗意这个中心灵魂得以显现。当诗歌散文化后，意境、意象的表现失去了音律的伴奏而乏味而淡化而消减。诗意在散文及其他艺术中是珍贵的他山之石，而诗歌自己离开它就失去镇山之宝了。

二曰审美的缺位和消失。一切艺术要引人共鸣，使人愉悦，皆须具备审美功能。即使强调它们的教化功能，也需借审美以体现。人们读诗，首先不是想知道什么，懂得什么，而是什么使他们感动，什么使他们愉快。可以设想，当人们读到那些或无腔无调或隐晦生涩或平淡无奇毫无美感的句子时，他们还会对这种"诗歌"有什么好感？

三曰文体的弱势和衰亡。文学作为艺术的一个门类，诗歌作为文学的一个种属，它在艺术与文学的共性之下，必然有与其他文学种属不同的个性。上文所述的诗歌个性特征，在废弃音韵节奏后与散文无异，也就逐渐失去文体的独立。从属于散文的诗歌是弱势种族，它必将在散文化向非诗化进军的征途中走向衰亡。我们的下一代或数代，当他们翻开未来编撰的的文学史时，不知道还会不会有《某某时期的诗歌》这一章？

然而，缪斯作证，一个民族万万不可以没有诗歌！丢失诗歌的代价将是换来愚昧！盖"正得失，动天地，感鬼神，莫近于诗"（《毛诗序》）者也！凡此数端，心所谓危，不敢不告！诗界有识之士，望察鉴焉！

当前，是把音韵节奏归还诗歌的时候了！是给予诗歌以规范准则的时候了！是现代汉诗需要恢复诗之为诗本来面目的时候了！从一种"大致整齐的格式和大致相近的音韵"[①] 做起，再进而逐渐规范出较为严谨的格律，

[①] 公刘：《诗要让人读得懂》，转引自鲁德俊《什么是诗》，中国书籍出版社，2014年。

应该是诗国中兴的起步建设,刻不容缓的了!前景堪忧的诗坛现状不能任其发展,应该立即采取有效措施,挽救未来文学史中诗歌文体的削弱和衰亡!

五、结语

话说当今诗界大势,诗之道沉沦甚矣!诗之救亡图存重任迫矣!谁能起一代之衰?但愿这不是一个没有答案的天问。今古传承,新旧互补;大浪淘沙,激流勇进!

我们高兴地看到,世纪之交,一批有识之士崛起,上承闻一多、何其芳等前贤之遗业,重启现代汉诗的格律化工程,到今天实际上已经取得可喜的成果。根据有关学者和诗人的努力,一种根据"完全限步说"和"对称审美原理"为理论依据、以"三分法原则"为规范的格律体系已成雏型,且经过不少诗人的实践,证明是具有"无限可操作性"[①] 的。现代汉诗诗体建设工程正在实施之中,这真是令人堪慰!

纵承中华风骚唐宋之传统,横鉴世界名篇巨匠之精华,重振一代诗风,舍当代诗人其谁耶?但愿能验证清人赵翼翰林之箴言:江山代有才人出,各领风骚数百年!更愿能实现今人吕进教授之豪语:走向新诗的盛唐[②]!果如是,则汉诗幸甚!吾人将翘首以盼之!

(辛丑端午诗人节撰于渝州歌乐山著园微斋)

[①] 万龙生:《现代诗学的多维视野》,《中外诗歌研究》1997年3、4期合刊,第101页。
[②] 吕进:《走向新诗的盛唐——序〈东方诗风论坛10年诗选〉》,《长江师范学院学报》2012年第5期。

格与诗歌

□余小曲[①]

内容摘要：诗歌作为人类社会生活最早的文学体裁，一开始就形成了独特的格的规范，这种格的规范具有排他性，是区别其他文体的标志性要素。诗歌作为文学样式的产生与发展具有从立格、守格、破格、升格到创格的过程，并在这一过程中保持着它作为诗歌而非其他文体的独特标志。立格定型、守格固本、破格求变、升格求美、创格求新，是诗歌艺术发展的基本规律，只要是诗歌这一体裁形式，概莫能外。

关键词：立格；守格；破格；升格；创格

诗歌作为人类社会生活最早的文学体裁，一开始就形成了独特的格的规范，这种格的规范具有排他性，是区别其他文体的标志性要素。诗歌作为文学样式的产生与发展具有从立格、守格、破格、升格到创格的过程，并在这一过程中保持着它作为诗歌而非其他文体的独特标志。下面就围绕诗歌的立格、守格、破格、升格和创格五格加以论证。

[①] 余小曲（1965—），笔名晓曲（余晓曲），四川省诗词协会格律体新诗创作研究会会长、四川省作家协会会员、四川省诗歌学会员、四川省散文学会理事、成都市新都区作家协会常务副主席，重庆格律体新诗研究院特约研究员。

综合自《诗经》以来的不同诗歌体裁形式，不难发现，诗歌的立格是从语言、字数、节奏、押韵和平仄格律五个要素得以定型来体现，诗歌的守格则是要求具有这五个方面的约束，诗歌的破格只能打破其非诗性要素而求得变化，诗歌的升格则是追求诗性之美，而诗歌的创格是在坚守诗歌特有体裁要素前提下的创新发展。

因此，立格定型、守格固本、破格求变、升格求美、创格求新，是诗歌艺术发展的基本规律，只要是诗歌这一体裁形式，概莫能外。为直观体现，下面将诗歌与五格列入五格图示。

诗歌与五格

诗歌立格 （定型）	诗歌创格 （求新）
	诗歌升格 （求美）
诗歌守格 （固本）	诗歌破格 （求变）

诗歌立格的要素包含两个方面：一是排他性要素，二是包容性要素。押韵、平仄格律为排他性要素，是诗之为诗的标志，非其他文体所具有（不包括可以作为文学体裁看待的对联、一些需要押韵的曲艺等）；语言、节奏、字数是包容性要素，他们不具有排他性，其他文体也包含，只是各有不同的具体规范要求。对于诗歌来说，要求语言更凝练而有诗性张力，节奏对称符合音乐性，字数精炼而惜字如金。

诗歌的守格，既要坚守诗之为诗的排他性要素，又要坚守诗歌应有的包容性要素。如果只坚守排他性要素而忽视诗歌的包容性要素，那么只会有诗歌之形而无诗歌之质；如果放弃诗歌的排他性要素而仅仅在意诗歌的包容性要素，那么诗之不为诗歌了。

诗歌的破格应当是守格求变，即在坚守诗歌立格规范要求前提下追求变化。诗歌破格的根本目的应当是升格求美，创格求新，而不是彻底打破诗歌的排他性要素与包容性要素，转化为非诗。打破诗歌的排他性要素而坚守包容性要素，那么诗与歌产生分离，诗歌转化为仅仅具有诗性的文字，或可称其为诗而不是诗歌。打破诗歌的包容性要素而坚守排他性要素，那么诗与歌也会产生分离，诗歌转化为仅仅可以歌唱的文字而没有诗性，或称为歌而不是诗歌。

诗歌的升格求美，是在坚守诗歌排他性要素和包容性要素基础上，增加各要素之间的美感，这些美感包括立格五要素营造的音乐美和诗性美。音乐美以韵、律、字数和节奏的有机组合为标志；诗性美以语言的张力、灵动为标志。由此可见，诗歌立格五要素中的押韵、平仄、字数和节奏是为诗歌的音乐美服务的，而语言则是为诗性美服务的。

诗歌的创格求新，也是在不彻底打破诗歌立格各要素前提下，对诗歌立格五要素运用上的创新突破，包括语言新颖，节奏、字数、押韵和平仄的变化运用，或局部破立等。这些要素一经彻底打破，则不是创格求新，而是诗歌文体本质的转化了。

一种诗体形式就是一套格的体系诗经之立格

押韵 （押韵，或以语气词代韵）	节奏 （对称与对称破缺）
	字数 （诗句以四字句为主）
平仄格律 （无规定）	语言 （以"赋比兴"表现）

中国诗歌从《诗经》以来，在2500多年的历史长河中，通过破格演变，创格求新，产生了辞赋、乐府诗、律绝近体诗、宋词、元曲，以及今天的白话新诗（包括格律体新诗、自由新诗等）等诗体形式。每种诗体形式都有其独立的格的体系，都能凸显出当时人们不同精神生活的需要。

《诗经》是中国古代诗歌开端，是最早的一部诗歌总集，收集整理了从西周至春秋时期五百年间的作品集萃，它奠定了诗歌最初立格的排他性要素和包容性要素。这一时期，诗歌还没有产生平仄格律系统，则押韵就是其唯一的排他性特征；而包容性的元素语言、字数、节奏则有明显的规律性特征；二者的有机结合，形成了诗歌的音乐美和诗性美。

尽管当时的诗歌并不以分行的形式呈现，但其字数和节奏的对称，或基本对称，伴之以押韵，形成了强烈的音乐之美感。如果用今天的诗歌分行排列，则在外在形式上已经呈现出整齐式、参差对称式和整齐参差对称复合的基本形态。列举如下：

关雎（整齐式）[①]
关关雎鸠，在河之洲。
窈窕淑女，君子好逑。

参差荇菜，左右流之。
窈窕淑女，寤寐求之。

求之不得，寤寐思服。
悠哉悠哉，辗转反侧。

参差荇菜，左右采之。
窈窕淑女，琴瑟友之。

参差荇菜，左右芼之。
窈窕淑女，钟鼓乐之。

[①] 文心主编：《诗经》，天地出版社，2017年，第1页。

木瓜（参差对称式）①

投我以木瓜，报之以琼琚。
匪报也，永以为好也。

投我以木桃，报之以琼瑶。
匪报也，永以为好也。

投我以木李，报之以琼玖。
匪报也，永以为好也。

卷耳（复合式）②

采采卷耳，不盈倾筐；
嗟我怀人，寘彼周行。

陟彼崔嵬，我马虺隤；
我姑酌彼金罍，维以不永怀。

陟彼高冈，我马玄黄；
我姑酌彼兕觥，维以不永伤。

陟彼砠矣，我马瘏矣；
我仆痡矣，云何吁矣。

上面仅从《诗经》"风"篇中选了三首诗加以佐证，后面数字代表音步（节奏）数量，诗行音步数量一致，字数相等，表示音步节奏整齐，不

---

① 文心主编：《诗经》，天地出版社，2017年，第56页。
② 文心主编：《诗经》，天地出版社，2017年，第3页。

一致则形成参差形态。以此分行，可见诗歌的外在形式一开始就有了整齐式、参差对称式和复合式三种基本形式。纵观《诗经》中的篇目，大部分诗句都是以四言为主，间以二言、三言、五言，少有六言以上的诗句，并都形成了节奏的对称关系。偶有诗句字数破格，产生对称破缺，这是求变之破格，而未有彻底打破其立格五要素者。其他古典诗体形式也可以一以贯之地加以分析，这里不赘述。

诗体的演变是破格与发展

从诗歌作为满足人类情感表达需要诞生以来，其形式并不是一成不变的，它和世间任何事物一样都存在破格求变、升格求美、创格求新的发展过程。这种变化与语言文字的逐渐丰富是分不开的。语言文字的丰富与发展又是满足社会物质文明和精神文明发展的需要，社会发展又推动了语言文字的发展，满足人们社会生活的需要。诗体的破格演变，也适应了这些发展变化的需要。所以产生了楚辞、汉赋与乐府诗、近体诗、宋词、元曲和今天的新体诗（格律新诗与自由新诗等）。

楚辞的产生。楚辞为屈原首创，结合当时楚地的歌辞开创新体。它打破了《诗经》以四言体为主的形式，句式与韵式参差活泼，并运用方言，节奏与韵律独具特色，更易于表达跌宕起伏的复杂情感变化。

乐府诗的出现。汉初设立乐府令，掌宗庙祭祀之乐。到了汉武帝时，立乐府，当时政府要求制作雅乐，采集民歌。以五言、七言为主，间以杂言的诗歌形式成为当时的主流，反应丰富多彩的社会生活。句式与韵式更加灵活，手法多样，整体看没有固定的模式，单首看则主要遵守了诗歌押韵的排他性要素和包容性要素，其破格仅仅是对其包容性要素的破格求变。

近体诗的繁荣。随着诗与音乐高度结合发展的需要，诗歌不再仅仅是外在节奏和韵律满足唱诵的需要，更是要求诗歌文字内在音韵节奏与音乐的融合紧密协调，融合汉字发音的特点，承接五、七言诗的基础上，产生了平仄格律规范，并逐步定型成为五言律诗、七言律诗与绝句，以至于在唐代形成中国近体诗的繁荣景象。这是诗歌伴随音律需要的发展成熟，形成了诗歌的第二个排他性特征，即五、七言平仄格律规范，并将诗歌的五大要素中押韵、平仄、节奏、字数全部固化，仅仅给予语言的自由。

宋词的繁荣。社会的发展，再好的固化模式都难以阻碍新的需要，一切事物的存续发展都有破格求变、求美、求新的终极需求，且永无止境。打破五、七言固化模式的宋词长短句应运而生，于是产生了宋词这一全新的诗体形式。这种破格依然是诗之为诗的包容性要素的部分突破，即节奏、字数的变化；而诗歌的排他性要素押韵与平仄运用和包容性要素中的字数与节奏限制得以在承续中发展。宋词相对于近体诗律绝更加灵活多变，而又有可复制唱和的固定词牌模式，使汉语诗歌达到新的繁荣。

元曲的出现。这一时期民族融合突变发展，诗歌不止仅仅满足唱、诵的需要，与戏曲表演形成诗、歌、舞三位一体更加灵活多变的艺术形式的需要更加迫切，于是，对宋词的破格应运而生。这种破格依然以保持诗歌排他性要素为前提，是对包容性要素破格的灵活多变，满足了人们不断增长的精神生活的需要。

唐诗、宋词、元曲共同筑起了中国诗歌的高高丰碑。而到了"五四"新文化运动，随着白话的兴起，受西方自由文化思潮暴风骤雨般的影响，打破一切旧的传统成为历史发展的必然，诗歌的彻底破格亦不可阻挡，受西方翻译诗体的影响，白话新诗应运而生。白话新诗对古典诗词的破格，可以说是彻底的破格，打破奠定中国诗歌高峰的排他性要素，放弃平仄，排斥押韵；打破诗的包容性要素，打乱节奏，滥用字数，丢失音乐性，仅仅在语言上保持诗性特征。

有破就应有立，然而新诗发展一百年来，依然没有正确立格，致使乱象丛生，派系林立。但逐渐在形成两条泾渭分明的新诗体系，一是坚持诗歌排他性原则的格律体新诗，继承诗歌押韵、节奏对称、字数适当的限制等排他性与包容性要素，这将是继承中发展的具有显著音乐性与诗性特质的中国新诗歌；二是完全放弃诗歌排他性原则，仅仅追求诗性语言要素的自由新诗,这将是弃歌而去的诗文。

不管诗体形式在历史的长河中怎么破格发展,新的诗体形式都不是为了取代以往的旧体形式,是新的形式与旧有形式的共存发展,不同的诗体形式共同推波助澜,汇聚成中国诗歌的汪洋大海!

不同诗体与五格

由前面的论述可知,任何诗体形式都存在立格、守格、破格、升格和创格的过程,当诗歌排他性要素和包容性要素之格没有彻底打破时,诗歌和其他一切艺术形式一样,局部的破格是破格求变,升格求美,创格求新。下面用图示来综观不同诗体与五格。

《诗经》与五格

立格 (押韵,节奏对称与对称破缺,四言句为主间以杂言,语言精炼并采用"赋比兴"手法)	创格 (句式、韵式、语言、字数的变化求新)
	升格 (语言的变化带来内容的升华求美)
守格 (形式的音乐性、语言的诗性)	破格 (对称破缺,间以杂言求变)

《诗经》为中华民族奠定了诗之为诗的基石,成为中华民族生产生活与文化传承最初的艺术表达,揭开了中华民族文化绚丽的篇章!

《楚辞》与五格

立格 (押韵,节奏对称与对称破缺,六、七言句为主间以杂言,起承转合多用语气词,语言精炼并采用"赋比兴"手法)	创格 (句式、韵式、语言、字数的变化求新)
	升格 (语言的变化带来内容的升华求美)
守格 (独特的形式与语言风格)	破格 (对称破缺,间以杂言求变)

楚辞，因屈原的《离骚》而习惯性称为"骚体"诗，深受民间的歌辞体的影响，因篇幅长，整体看没有统一定型的格式，除了间用方言押韵外，其内部节奏局部对称性十分明显，按现代诗歌分行，其大体呈现为"复合式"的外在形式特征，就因其独特的艺术形式和语言特征而成为中华诗学宝库的重要组成部分。

乐府诗与五格

立格 （押韵，节奏对称与对称破缺，五、七言句为主间以杂言，语言精炼并采用"赋比兴"手法）	创格 （句式、韵式、语言、字数的变化求新）
	升格 （语言变化带来内容的升华求美）
守格 （形式的音乐性、语言的诗性）	破格 （对称破缺，间以杂言求变）

汉乐府诗盛行，主要以五、七言诗句间以杂言诗句，用今天的诗句分行排列方式来看，也包括明确的整齐式、参差对称式和复合式三种基本形态，也存在局部的对称破缺。汉乐府诗的盛行，为后世开启五、七言律绝近体诗奠定了基础。

唐诗（律绝或近体诗）与五格

立格 （押韵，字词平仄规律，节奏对称，五、七言律绝字数固定，语言精炼并采用"赋比兴"手法）	创格 （语言变化带来的内容求新）
	升格 （语言变化带来内容的升华求美）
守格 （形式的音乐性、语言的诗性）	破格 （失格与出律）

近体诗从大的分类看，有四种固化的格律形式，即五律、五绝、七律、七绝四种，每种都有各自明确的格律体系。

宋词与五格

立格 （押韵，字词平仄规律，节奏对称与对称破缺，杂言为主，每种不同的词牌句式与字数固定，语言精炼并采用"赋比兴"手法）	创格 （语言、词牌变化带来的内容求新）
	升格 （语言变化带来内容的升华求美）
守格 （形式的音乐性、语言的诗性）	破格 （词牌变化，失格与出律）

宋词打破了唐近体的五、七言整齐固化诗句，增加参差杂言诗句，但仍承续平仄格律的音乐性，用今天的诗句分行排列看，回归到整齐、参差对称和整齐参差复合式的外在形态，其内在结构也存在局部的对称破缺。宋词以一种词牌一个格律固化模式，不同词牌适应不同情感内容表达的需要，形成丰富多样的词牌格律，就像今天的歌曲，一首歌一个曲调的形式。

元曲与五格

立格 （押韵，字词平仄规律，节奏对称与对称破缺，杂言为主，不同曲牌句式与字数固定，语言精炼并采用"赋比兴"手法）	创格 （语言、曲牌变化带来的内容求新）
	升格 （语言变化带来内容的升华求美）
守格 （形式的音乐性、语言的诗性）	破格 （曲牌的变化，失格与出律）

元曲进一步打破宋词的限制，比宋词更加宽泛、灵活。外在形式近似于宋词，一个曲牌一个格律体系，形成丰富多样的曲牌形式。

自由新诗与五格

立格 （分行无限制，字数不定，节奏无规律，语言精炼并采用"赋比兴"及现代修辞手法）	创格 （语言、分行、字数、节奏变化带来的内容求新）
	升格 （语言、分行、字数、节奏变化带来内容的升华求美）
守格 （语言的诗性）	破格 （一诗一式，式式破格）

这里与其说自由新诗立格，实则仅仅是对现状可能的提炼归纳，尚不构成立格规范。因其已经没有了音乐性特征，因而无法称其为诗歌，仅仅是诗文而已。

格律新诗与五格

立格 （押韵，节奏对称与对称破缺，分行与整齐式、参差对称式和复合式，语言精炼并采用"赋比兴"手法）	创格 （各要素变化带来的形式与内容求新）
	升格 （各要素变化带来内容的升华求美）
守格 （形式的音乐性、语言的诗性）	破格 （失格与出格）

格律体新诗继承了中国诗歌押韵的排他性要素，又吸收了诗歌包容性要素中的节奏对称性和其他诗性要素，具有显著的音乐性特征和诗性特征，是名副其实的中国新体诗歌。目前虽然已经有了基本的立格规范，仍需在发展中丰富与完善，经受实践的证明与考验，最终完成立格定型，成为共同遵循的新体诗歌规范。

歌词体与五格

立格 （押韵，节奏对称与对称破缺，分行呈现出整齐式、参差对称式和复合式，语言直抒胸臆）	创格 （各要素变化带来的形式与内容求新）
	升格 （各要素变化带来内容的升华求美）
守格 （形式的音乐性、语言的直白性）	破格 （失格与出格）

在中华数千年的诗歌传统文化中，诗歌主要就是以歌唱的方式来表达情感，因而诗与歌总是附身一体。然而，白话自由新诗产生后，迫使诗与歌分离，诗走向失去音乐性的纯诗文，而歌词则保留其诗歌音乐性的外在形式，包括排他性要素的押韵与包容性要素的节奏对称，语言上几乎完全放逐诗性。当然，这与歌词作者的文化素养有关，有的歌词也不乏丰富而厚重的诗性色彩。今天，注重诗与歌结合的格律体新诗，就在向着这个方向努力。

无格不成诗

从前面不同时代、不同诗体形式下诗与五格的关系不难看出，无格不成诗，诗必有格，这里指的是诗歌。诗之为诗歌必须同时坚守其作为诗歌的排他性要素和包容性要素的音乐性特征与诗性特征，否则就不具备作为诗歌的文体特征，也无从区别诗歌与其他文体的关系。有了五格理念，我们就可以通过诗歌与五格的关系来明确判定什么是诗歌，什么是诗文，或别的文体了。

下面结合五格理念主要谈谈白话自由新诗的诗歌属性，引出其亟待解决的立格问题。

自白话自由新诗诞生以来，在一百年的发展历程中，除了分行，作为诗歌各要素的立格问题一直未能形成共识。诗界官方、民间、个体、群体，或者学院派，关于什么是诗各执一词。尤其是网络兴起，白话新诗因无立格规范，成了人人可写，人人敢写的文体，导致是诗是文似乎都是各自说了算的局面。今天诗坛占据主流的所谓白话新诗，不管是官办刊物，还是民间刊物，非诗文体大量占据着版面，更别说没有任何约束可以自由发表的网络平台了。这与中华数千年诗歌发展进程完全背道而驰，谁把握了话语权，谁就是法官，主流媒体用表面人人能写白话诗的虚假"繁荣"长期掩盖实质的混乱局面。至今仍有不少人坚称，这种"乱象"就是"繁荣"，硬说什么这也是时代的需要，殊不知他们就是要背离优秀的传统诗学文化，以此来凸显自己的先锋性。

用五格理念来审视，白话自由新诗长期处于立格未定就彻底破格的局面，或者说因为没有格，所以才符合部分人随意一格，于是呈现出非诗非文的各自为阵格局。进而又衍生了不同的"好诗"标准，这个标准就是此时的话语权所有者的标准，比如某某大赛的评选标准，某某理论者的自我界定标准等，而非公认的标准而已。白话自由新诗如果解决不了其立格规范问题，作为诗之为诗歌的要素不能有效确立，其混乱局面必将一直持续下去，给这个时代的诗歌画上"悲哀"的句号，而不是所谓的"繁荣"。

白话自由新诗没有统一规范的立格，就不存在守格，进而也不存在破格求变，升格求美，创格求新的问题。这本身就背离事物存在与发展的客观规律，因而其混乱从理论上讲是混乱的，自然在实践中必然也是混乱的了。那些用虚假"繁荣"来粉饰太平者，只可能占得一时之利而已。

白话自由新诗已伴随历史的进程而产生，也必将在历史发展的进程中最终确立自己的立格规范，也必须构建其排他性要素和包容性要素，沿着守格固本、破格求变、升格求美、创格求新的轨迹完成其历史使命。时代终将寻找到这个进程中各个环节的真正主角。到那时，白话自由诗才能真正成为融入中华诗学文化的新诗体。

诗格与流派

艺术的流派一般指具有同质化创作的一个群体，或具有显著排他性的艺术风格。作为诗歌而言，不同的诗歌体裁显然就是一个独立的艺术风格，可以称其为一个流派。但是，就其同一种诗歌体裁来看，都应遵循相同的立格规范，这种规范本身不存在流派问题。

不同的诗体形式一旦立格完成，那么这种诗体形式就确立了自己的排他性，是己而非他。所有认同这一体式的作者都必须遵循这一立格形式创作，因而就该种诗体形式本身来说，不存在格律形式的流派问题。但诗歌的内容风格却是千差万别的，而且可能形成区域性的同质化倾向，这时候诗歌流派得以存在，比如过去的田园诗派、边塞诗派，婉约派、豪放派，白话新诗产生后的新月派、朦胧诗派等。

另一方面，在同一时期，不同的诗体形式可以说是一种流派来体现。作为不同体裁的诗派群体，不应视作拉帮结派的贬义范畴，他首先是创作者个体同质化爱好的集聚，认同接受的人越多，群体自然越大，范围就越广。同一体裁的诗派群体，可能是自发的共同追求，也可能是志趣相投、相互结社的发展壮大，并最终成为同质化追求的诗派，或壮大成为广泛的群体。诗派能否独立支撑，必须有其客观的排他性条件，只要具备了自身的排他性条件，就可能形成独特的诗派存在。

比如白话新诗产生至今，从诗体形式看，大致形成了白话自由诗、白话格律体新诗、白话散文诗、白话微型诗等。就其旧体诗与白话新诗来说，我们可以称为古典诗派、现代新诗派。

在诗歌的发展进程中，诗派对诗体建设具有不同程度的推动作用，这种作用可能表现为破格求变、升格求美，有时更是一种新的诗体创格求新的诞生。

下面从格律体新诗的发展进程就可以直观地说明。

中国格律体新诗最早诞生于20世纪初，以著名爱国诗人闻一多为代表的诗人群体进行了广泛的尝试与探索实践，并形成以"新月派"诗人为主的创作群体。而闻一多在论《诗的格律》中提出的诗歌要有"音乐的美、绘画的美、建筑的美"三美主张与音步划分初探"有节的匀称，有句的均齐"[①]。这种匀称与均齐是通过划分诗行的音尺（音步）来实现的，音尺的长度，他以"二字尺""三字尺"做了例证，这样写出来的诗可以兼顾诗行音尺和字数的整齐，这为格律体新诗奠定了最初的立格规范。

后来，提倡现代格律诗的何其芳在他的《关于现代格律诗》一文中说，"我们说的现代格律诗在格律上就只有这样一种要求：按照现代的口

---

① 闻一多：《诗的格律》，《晨报·诗镌》第7号，1926年5月13日。

语写得每行的顿数有规律,每顿所占的时间大致相等,而且有规律地押韵"①。他还认为可以一个字到三四个字为一顿,每行的最后一顿基本上是两个字。

林庚又提出了"半逗律"诗歌格律思想②,把诗行划分为两个半段,每段为一个大顿,诗行由两个大顿组成。具体到四字音组构成九言诗行为四·五(或五·四)结构,五字音组构成十言诗行为五·五结构等。大顿实为小顿组成的"节奏音组",本质上还是由音尺(音步)构成。

新诗格律理论家程文又提出了"完全限步说"理论,他认为,"所谓完全限步说,是以音步(不是字)为着眼点,在限定音步数量的同时又兼顾几种音步的有机配合,从而构成步数和字数的统一,音节与字句的和谐,节奏与字形的和谐,以便最大程度体现内容与形式的完美统一"③。完全限步说较之之前的单纯限字与单纯限步,使新诗格律要素更加完善。

万龙生就格律新诗的外在形式提出了"三分法"的思想,他在《论现代格律诗的无限可操作性》④一文中指出,现代格律诗发展到当时(即20世纪末),已经可以划分为整齐式、对称式两大类型,再加上一首诗内兼有以上两种成分的"综合体式",就可以实现闻一多先生当年"量体裁衣"的理念。后来在21世纪逐步将以上三种样式归纳为格律体新诗的"三分法",得到业界的普遍认同。

21世纪初,以"东方诗风"为代表的诗人群体,包括万龙生、齐云、王端诚、余小曲等,总结前人构建新诗格律要素的基础上,使新诗格律音步划分进一步具象化,统一新诗格律要素,明确新诗外在形式的"三分法",统一形成了《格律体新诗创作规范》与《格律体新诗谱系》,主要以"两网两刊"为创研阵地,即"东方诗风网"与《东方诗风》诗刊,"中国

---

① 何其芳:《关于现代格律诗》,《中国青年》第10期,1954年5月。
② 参见林庚《新诗的格律与语言的诗化》,经济日报出版社,2000年。
③ 参见程文《从〈死水〉及〈诗的格律〉略谈闻一多实验新诗格律的得失》,《淮阴师专报》1987年第3期。
④ 参见万龙生《论现代格律诗的无限可操作性》,《中外诗歌研究》1997年3、4期合刊。

格律体新诗网"与《格律体新诗》诗刊,汇聚全国一大批热爱新诗格律的同仁参与创作实践,成果丰富。至此,可以说格律体新诗的阶段性立格基本完成。

格律体新诗的确立,是继承中的完善,是守格,继承并坚守了中华诗歌讲求韵律、节奏规范及外在形式"三分法"的优良传统;是破格求新,适应时代发展的需要,打破了几千年中国旧体诗歌语言表达与格律要素,采用了新的白话语言表达与格律要素。

当然,格律体新诗在未来的发展进程中,从内容到形式都离不开升格求美。一方面,依托现有的立格规范,创造出语言更美、境界更高、诗性更强、内容更丰富的优秀作品;另一方面,现有格律要素,也需要伴随诗歌表现内容的需要,不断充实与完善,不断满足升格求美的需要。

格律体新诗的创格求新,始终都是形式与内容的需要。当形式确定,需要内容的求新;当内容需要,形式也需满足内容变化而创新。这是相辅相成的,也是辩证统一的。

"两行诗"史话

□ 项兆斌①

内容摘要：高平是1990年在《绿风》首发29首"两行诗"和发表"两行诗"数量最多的诗界先驱；晓雪是2010年10月至今，在《诗潮》《光明日报》《星星》《扬子江》《绿风》《红豆》《作品》《诗红河》《丽江》及《清远日报》，八刊两报发表百余首"两行诗"在全国产生重大反响及最先对新诗中的无题两行诗作出诗学命名的诗界先驱。概言之，对开创中国新诗"两行诗"之贡献而言，高平与晓雪可谓双峰并峙于史册，两星辉映在诗国！

关键词：串珠体·两行诗；高平；晓雪；双峰并峙

开宗明义，何谓"两行诗"？

先画一条红线：两行诗者，新诗中的两行诗也！新诗系百年前从西方传入，今所言两行诗，自然不是中国古代的两行诗和楹联。

再谓两行诗与民歌、民谚、格言是何关系？

其实大多数民歌中优美的句子和韵味悠长的民谚，也并非"两行诗"。

---

① 项兆斌（1943—），男，汉族，贵州省六盘水市人，北京金台艺术馆中国西部办公室（昆明）主任。

有人说，两行一节的信天游民歌体新诗，其中每节的两诗句，就是两行诗。此话并不准确，但若单独抽出其中某节的两句，往往也不是诗。如贺敬之的名作《回延安》第一段中的"几回梦里回延安，双手搂定宝塔山"。此两诗句在全诗中，当然是好诗句，而且是引领全诗、最具真情美的诗句，诵读一遍，即终生难忘！但如果将其单独抽出，就不是诗了！民歌、民谚和格言中，只有个别单独蕴含诗美的两句才是诗。如民谚"千年的大道踩成河，多年的媳妇熬成婆"，就是具有比喻美、夸张美的两行诗。

接下谈两行诗史话。写史或叙事，通常写法有二：一是按时间顺序从开始写至结局；一是先写结局，然后倒叙完成。本文打破常规，从腰身中段写起。即从过程中选一多趣事件开局，然后左右开弓，任情流淌，直至把整个事情娓娓说完。此法以故事性为主，为读者阅读添趣增乐。

一、"六刊"青睐

2010年10月《诗潮》卷首刊出了著名诗人晓雪新作《两行诗一束》（39首）。始读时眼睛一亮再亮，新奇得不忍释手。此《两行诗一束》美到何种程度呢？仿佛是把若干新诗每一首中类似"诗眼"的两句挑了出来，单独成诗，39首无单独标题的两行诗，以序号排列，整齐优美，犹如一串大小匀称、晶莹剔透的珍珠项链，美不胜收！让人不由得呼出："串珠体·两行诗"！我当时想，世上倘若真有纯诗，《两行诗一束》就是了。后我又得知，由《诗潮》率先，随后《诗红河》（2010.3）、《红豆》（2010.10）、《扬子江》（2011.1）、《绿风》（2011.1）、《作品》（2011.11）五家文学刊物，先后也刊出了《两行诗一束》。此两行诗，同时受到六家文学期刊青睐，成为诗空一道瑰丽的彩虹……

为了让读者能亲睹晓雪《两行诗一束》的新奇风采，不仿将前四首转引于此：

（1）

所有的灯熄了，

只有我的心亮着。

（2）

最好的诗不是写在纸上，

而是写在人们心里。

（3）

陶潜的菊花采了一千六百多年，

至今仍香在人们心上。

（4）

字把诗落在纸上，

诗使字变成珍珠。

晓雪《两行诗一束》受到热捧，不外有两个原因。人们往往认为，短诗是旧体诗词的强项，如五言和七言绝句，而晓雪39首两行短诗，比旧诗中只有四句的绝句，不仅少两句，还少了一个标题，诗美特色却各有千秋，让读者折服。这是其一。诗作者晓雪时任中国诗歌学会副会长、中国少数民族文学研究会会长、原中国作协理事、原云南省作家协会主席、著名诗人和诗学家，他以《两行诗一束》为名发表39首诗作，自然有倡导新诗体"两行诗"之意，众期刊闻之响应，其影响力使然也。这是其二。

"串珠体·两行诗"是笔者以形象取名（直白就是无题两行诗的串联集群）。如此取名，首先是使其区别于新诗微型诗中有标题的两行诗。如诗人黑马有标题的两行微型诗：

西红柿[①]

在农田

[①] 黑马：《西红柿》，《中国微型诗》2006年第2期。

点燃希望的红灯笼

无题两行诗和有题的微型两行诗,明显区别在于:前者无题两行诗,是实实在在的"两行";后者名为两行,连上标题实际是"三行"。说明微型诗中的有题两行诗,比小诗中无题两行诗多了一行,两者也就无可比性。

与"串珠体·两行诗"相似的,应是有标题的一行微型诗。因为一行微型诗,加上标题,正好是无标题的两行诗了。如30年前出现在公众视野的仅有9字的一行诗①:

雾
你能永远遮住一切吗?

此有标题的一行微型诗,刊出不久即风闻诗坛,成了名诗。若把标题《雾》当作一行诗句,该一行诗当即变成"串珠体·两行诗"之一了:

雾
你能永远遮住一切吗?

在此说明,将标题为《雾》的一行诗,改成的两行诗,属于象征诗美。然而"串珠体·两行诗"艺术技巧难以穷尽。诸如:象征法、比喻法、联想法、奇想法、奇感法、通灵法、通感法、点睛法、绘形法、绘神法、绘魂法等。这就是将以《雾》为题的一行诗,改成无题两行诗,其与"串珠体·两行诗"的同与异的关联性。

再者"串珠体·两行诗",明显区别于新诗"无题小诗群"中的两行诗。虽然两者形式上完全相同(无标题,两行诗句),但"串珠体·两行

---

① 麦芒:《雾》,《诗刊》1979年10月。

诗"已从小诗中脱颖而出,成为独立的新诗体,后者仍然是矮化在小诗群中的"芸芸众生",不引人注目。

花香蝶自来,树高风来攀。

作者事后得知2010年10月后,争相发表晓雪两行诗的报刊,除前述六刊外,尚有《星星》《光明日报》《清远日报》《丽江》①。"串珠体·两行诗",诗美形象凝练新奇,易读易记易传,尤其适宜口语写作,靠两行诗串连集群的魅力,受文学传媒青睐,争相刊出,广获读者好评。两行诗创作热潮至今未减,不愧为21世纪20年代前后的诗坛奇观。

二、串珠体·两行诗

笔者从2006年在《星星》发表15000言的诗论《趣谈于坚口语诗及其他——兼论现代新口语诗的特点和形成》始②,一头栽进新诗诗体研究的窟窿,至今再也爬不出来。此15年间,我潜心研究新诗百年本土化(即新诗民族化)形式的成败,陶醉于新诗理论与时俱进和创新诗观的不倦追求之中。此期间我写作发表了数十篇创新诗观的理论文章,其中关于新诗诗体研究占大部分;而在涉及诗体建设的文章中,有两篇系统论述"串珠体·两行诗"的论文,内容前后相袭,文字无缝对接,虽属承前启后的两行诗纯理论文章,却不乏活跃思维闪烁和创新诗观的穿插,且听笔者娓娓道来。

前一篇《诗体创新铸大美——论晓雪〈两行诗一束〉诗美艺术》,写成于2011年秋,是花了整半年时间阅读、学习、思考、总结晓雪《两行诗一束》的心得文章。此文主要内容有二:

---

① 《星星》2011年第8期发表《两行诗一束》;《光明日报》2011年11月23日发表《两行诗抄》33首,2012年1月6日发表《两行诗抄》33首,2018年9月14日《两行诗抄》22首;《清远日报》分别于2011年6月29、7月16、8月18、9月14刊出了《两行诗抄》14首、16首、15首、14首;《丽江》2011第10期刊出《两行诗抄》61首。

② 此文中"现代新口语诗"一词,为区别于"文革"前的口语诗,笔者此后文章中改为"后口语诗"。

1. 新诗中无标题的两行小诗，早已有之，并非始自晓雪，但自觉地将其当作一种诗体进行创作，一次性发表39首"无题"两行小诗者，在本人有限的阅读范围内尚属首次；晓雪及时对新诗中"无题两行诗"作出了两行诗的诗学命名。

2. 笔者在文中对新诗中的无题两行诗提出了个性化的诗学理论，基本点是：

（1）在晓雪对两行诗作诗学命名的基础上，笔者提出了形像性诗学命名——"串珠体·两行诗"，使之区别于微型诗中的一行诗、两行诗和小诗中的两行诗（为便于叙述，"串珠体·两行诗"仍可称"两行诗"，前者为形象名，后者为简化名）。

（2）"两行诗"诗体的血脉基因承传关系——无题小诗中的两行诗、微型诗中有标题的一行诗（一行诗句加上标题正好两行）的混血儿。

（3）"两行诗"诗美艺术特色——是对其母本"小诗中的无题两行诗"、微型诗中有标题的一行诗的诗美艺术的继承与突破。使之，既有"小诗中无题诗"赏心悦目的新奇美，又有微型诗的晶莹美，还有因"无题"（对内容无知）而产生的天性的悬念美。此即"串珠体·两行诗"三美合一的艺术特色。后面随着文章进入到"无题两行诗群与无标题音乐"一节，还将深入讨论。

三、《闪念》登场

2011年3月，著名诗人、两行诗多产作家高平的《闪念》[①]登场，"串珠体·两行诗"的剧情由此更加跌宕，内容格外精彩，高潮不断叠起。2011年秋，一件意外的文坛风波，牵出了两行诗的多产作家——著名诗人高平。他当年出版的著作《闪念》（随想录），所载491条思想闪念中，有两百多首两行诗混杂于格言警句之中。我心想在晓雪发表《两行诗一束》

---

① 高平：《闪念》（随想录），东方出版社，2011年。

39首和《两行诗抄》66首之前，两行诗体应当有个孕育摸索过程，很难一蹴而就，或许高平就是在探寻无题两行诗秘密的黑暗隧道中，迎险摸索前行的先驱!?

笔者通过网购终于得到了高平著《闪念》（随想录）。翻阅后，笔者认为书中作为思想花朵的格言从古到今都有，文体并不新鲜，然而其中的优秀的两行诗作，属新生事物，十分稀奇，是新诗中的珍宝，特与读者分享《闪念》中信手拈来的"五首"：

1（卷一 2）
紧攥着一粒石子，
把整座山忘了。

【点评】短视者之凝练诗美形象，读者过目难忘，属隐喻诗美。

2（卷一 43）
在人生的雨中，
我是不打伞的。

【点评】敢于挑战人生逆境的勇者形象，象征诗美，上乘砺志诗。

3（卷三 10）
溶雪的动机不是迎春，
是哭泣冬的消逝。

【点评】常理冰雪溶化仍春暖之景，诗人反常意而用之，借雪溶化抒发伤感之情。"哭泣冬的消逝"，属拟人诗美和奇感诗美。

4（卷二 4）
站着的人，
却有个跪着的影子。

【点评】人往往有双重人格，揭示人性的多样性，一站一跪产生反差诗美和哲理诗美。

5（卷三 7）
弯曲的树也能结出甜果，
不圆的月照样射出清辉。
【点评】天生我才必有用，存在就是合理，哲理诗美。

高平在《闪念》"后记"中说："收集在这本小册子里的东西，是我灵感式的闪念，涉世中的感受，是'长期积累，偶然得之'的片断。它们如流星一般地划过我思维的长空，我珍惜这光亮，用笔尖做镜头拍摄下来，定格在纸面上……如果这本小册子中的某几个句子能够得以流传，我将感到荣幸和宽慰。"

我认为，"串珠体·两行诗"是新诗本土化的已经取得成功重要诗形之一。令我费解的是，作为著名诗家、文学前辈的高平，重文学、轻格言乃在情理之中，为何舍得将稀罕的两百多首两行"诗宝"，混杂在非文学的格言警句中出书，岂不遮拦了两行诗的光芒?! 我还想，倘若高平举起诗体创新的旗帜，率先在中国诗坛出版第一本《两行诗集》（精选一百或两百首），其对中国新诗里程碑式的贡献，必然光耀夺目，获得满堂彩！

我为崇敬的诗坛前辈扼腕叹息！事后，我在一篇新的诗论[①]里，记录下《闪念》集子数百条思想闪念中隐藏有两百余首珍稀的两行诗的信息，只为对高平于两行诗的贡献留下蛛丝马迹般的文字墨迹。

四、无标题两行诗群与无标题音乐

上面介绍了晓雪和高平的"串珠体·两行诗"，其形式上的特征是以

---

① 项兆斌：《为新诗正名——论百年新诗形式成败之争》，《诗学》（第六辑），巴蜀书社，2014年。

虚拟的阿拉伯数字"1、2、3……"为题,说白了无实际标题的"串珠体·两行诗"与无标题音乐有相似性,两者都属于无标题艺术。仅此而论,笔者发现"串珠体·两行诗"与有标题的诗作,审美情趣取向恰恰相反。剖析于下:

先谈无实际标题的"串珠体·两行诗",与无标题音乐、艺术审美情趣高度一致。无标题音乐,由于无需任何文字说明,纯粹用声音、旋律塑造音乐形象,是悲是乐,是苦是甜,是山川河流还是叙事谈古,是百花争妍还是彩云追月,是万马奔腾还是百川激流,全凭听众自身感受评判,这就极大地调动和激发了听众的音乐鉴赏力和审美想象力。同理,无标题两行诗,因为没有标题配合,只是靠仅有的两行诗句完成诗美形象塑造,全凭诗作的诗美艺术感染力,激发读者"心灵生万象"。如果硬要塞标题给无题两行诗,画蛇添足,反会破坏"串珠体·两行诗""三美合一"的诗美艺术。

有标题诗作和其他有标题文艺作品一样,标题是作品思想内容的窗户,是读者进入作品审美的门槛。譬如作为有标题的诗歌,其标题对其内容而言,是引导读者进入作品内室的向导,读者由此得到初识作品的"先验"!与此相反,读者阅读实际无题的"串珠体·两行诗"时,心存悬念,在对诗作内容完全无知的情况下,一步即跨入诗美王国的天地,吮吸诗美的香风、畅饮诗美的甘露、沐浴诗美的朝晖,一字一词一句无不是初相识。与此同时,会极大地激发读者审美的积极性和想象力,自会感到内容新颖奇异,一首首无题两行诗,幻化为一个个奇美的诗歌形象,接踵飘然而至,恍若与纯诗天遇!由此,"串珠体·两行诗"因"晶莹""悬念"和"新奇"三合一诗美,呈现"青出于蓝而胜于蓝"的杂交美优势,故能让人耳目一新!

"串珠体·两行诗",因为没有标题示意内容,也就没有了先验,诗作的诗美特征全由读者阅读中感知,如果硬要塞标题给无标题两行诗,反而画蛇添足!

五、最早的"串珠体·两行诗"

时间是个怪物,它既会掩饰历史,又会还原历史。

在西南大学中国新诗研究所主办的《中外诗歌研究》2015年第2期,我意外地读到了高平文章《我写两行的诗》。此文开头说:

吕进、熊辉教授主编的《诗学》2014年第六辑,收录了项兆斌先生题为《为新诗正名——论百年新诗形式成败之争》的文章。他"总结出四种已经成功实现民族化的新诗诗形或诗体",那就是"信天游民歌形式""微型诗形式""新口语诗形式"和"串珠体·两行诗形式"。承蒙他慧眼所及,文中提道:"2011年3月著名诗人高平出版的随想录《闪念》共载思想闪念491条(每条两行,均无小标题),其中不乏优秀的两行诗作。"项先生的评论引起了我对自己写作两行诗的由来做一番回顾的念头。

写至此,读者肯定已经感觉到,高平与新诗中的"两行诗"有着割舍不掉的历史渊源和情愫,而且其与"两行诗"的关系只有他自己才说得清;不管高平横说或直说,他说了就是历史。在"两行诗"作为一种新诗体十分时髦的今天,在"两行诗"已堂而皇之地在《诗潮》《星星》《上海诗人》《扬子江》《绿风》《红豆》《作品》《诗红河》《边疆文学》《北斗》《丽江》《今晚报》《济阳文艺》等报刊频频亮相的今天,在网络上"串珠体·两行诗"已四处露脸时,高平在回顾他与两行诗关系的文章中,其对历史的忠实、写作的真实及做人的诚实,深深感动了我。他不伪饰、不作假、不邀功,让我看到了老一辈作家的清纯正直、高风亮节和虚怀若谷。

高平在文中说:"过去,我的头脑中没有'两行诗'这个名词概念,在我喜欢的诗形中,它们仅是一种两行的诗。""我第一次发表两行的诗是在 1990 年的《绿风》诗刊①,用的题目不是'两行诗',而是《我说两句》,一共是 29 首。还收录在我的短诗集《心摇集》。"② 读了以上文字,我总算明白了两件事。

头一件:高平出版《闪念》时,为什么不用《两行诗》之名发表或以《两行诗集锦》之类名称出版其中的两百多首两行诗。原因就是他长时间里,头脑中没有"两行诗"这个名词,只有"两行的诗"的概念,所以他不高明地将两百多首珍稀的两行诗作,当成"两行的诗"混杂在格言群中结集出版,而没有举起诗体创新的旗帜让其率先创作的两百余首两行诗闪亮于华夏诗坛。

第二件:高平 1990 年在《绿风》诗刊发表《我说两句》29 首。我认真读了此发表于 31 年前的《我说两句》,并非混迹于小诗群中的"两行的诗",发现全是脱离小诗体的"串珠体·两行诗",因为其中任何一首都绽放了诗美,这是我迄今为止发现的见诸报刊的我国最早的"串珠体·两行诗",多数是优美而有深邃思想内涵的好诗,确是中国诗坛的大喜事。弥足珍贵的是,高平新近整理旧作时,无意间又发现了 1992 年《绿风》诗刊第四辑还刊发其续作的《我再说两句》15 首。

高平如此说明其写作"两行的诗"的相关历程:"我写两行的诗,是从 20 世纪 80 年代后期开始的。因为我觉得有些象意象性的火花很有意思,它们是属于'长期积累,偶然得之'的东西,且往往一闪即逝,如果不及时记录下来,十分可惜。为了凝练,我特意把每首压缩成两行。""2010 年 3 月,我将其中我写的两行的 334 首编成了一本小册子,书名《一闪念》,自费少量印了些,赠送给了诸如徐怀中、高洪波、晓雪、周良沛、白桦、林子、张同吾、野曼、张新泉、毛翰等文朋诗友。"

高平说:"我的两行诗得到了广泛的社会认可,的确出乎我当初的预料。像'冬天对不起我,我要对得起春天',竟然受到了孙克恒、吕进、

---

① 高平:《我说两句》(29 首),《绿风》1990 年第 5 期。
② 高平:《我说两句》(29 首),《心摇集》,天马图书有限公司,1992 年,第 49—55 页。

毛翰、常文昌等著名教授的赞赏和引用。借此动力，也许将来有一天，我会把其中像诗的那些精选出来，编一本《高平两行诗》。"

我没见过高平 2010 年 3 月自编自印的《一闪念》的小册子，但我想它定是我 2011 年网购到的高平著《闪念》（东方出版社）一书的前身。高平当年馈赠自己编印的《一闪念》小册子给诸多文友，其目的是与文友们交流切磋，相互启发，希望诗友们多写两行的诗或格言。而今晓雪与高平已携手成为开拓"串珠体·两行诗"的先驱和巨擘，喜看星火《闪念》燃起了燎原大火，实现了高平的初衷愿景，高平内心的陶醉和宽慰可想而知！

高平尽管 30 年前创作了中国最早的"两行诗"而不自知，但却遮掩不了他是中国最早写作并发表两行诗者的历史事实，否定不了他就是那位在创作两行诗的黑暗隧道中摸索前行的先驱，抹杀不了他的"两行诗"在文坛的广泛影响和对新诗诗体建设的杰出贡献。

高平近十年来，仍然一直在写作和发表"两行诗"。自 2016 年 1 月至 2021 年 7 月，他在他的新浪博客和微博上按照编号共发表有 1640 首之多，用的题目都是《高平两行诗》，得到了网友们大量的好评。《超然诗刊》《都市生活》《尚溪》《甘肃日报》等报刊发表他不少的两行诗。其中发表得最多的另有两家，一是山东的《济阳文艺》，从 2011 年 5 月至 2015 年 6 月，以《闪念》为题，选发了他的两行诗共 840 首。一是天津的《今晚报》，从 2010 年 2 月至 2021 年 7 月，已经选发了他的两行诗共 342 首，均受到了读者的欢迎，有的还被《青年文摘》《杂文选刊》转载。

六、双峰并峙

著名诗人晓雪和高平，均是我久仰的文学前辈。笔者因与晓雪同在昆明，晓雪又是云南文学界的老领导，自然认识晓雪在先（2008 年秋）。一年半后，在 2010 年第 13 届（安庆）国际诗人笔会上，笔者与高平幸有一面之缘，只是未有机会深入交流。但我知道高平是品性高洁的著名诗人，甘肃省作协名誉主席（前甘肃省作协主席）。他的诗集《大雪纷飞》中的许多抒情佳作广为传颂，他深受读者（包括笔者）所爱戴。近来，我因常在《诗学》和《中外诗歌月刊》发表文章，以文会友，增多了与他交流并向他学习的机会，他的"三实精神"（对历史的忠实、写作的真实及做人的诚实）永远是我学习的榜样。

在此文结束时，该作出结论了：

高平是 1990 年在《绿风》首发 29 首"两行诗"和发表"两行诗"数量最多的诗界先驱；晓雪是 2010 年 10 月至今，在《诗潮》《光明日报》《星星》《扬子江》《绿风》《红豆》《作品》《诗红河》《丽江》及《清远日报》，八刊两报发表百余首"两行诗"，在全国产生重大反响，及最先对新诗中的无题两行诗作出诗学命名的诗界先驱。概言之，对开创中国新诗"两行诗"之贡献而言，高平与晓雪可谓双峰并峙于史册，两星辉映在诗国！

2015 年 12 月 19 日　初稿
2021 年 8 月 5 日　定稿

继承和发展
——万龙生对格律体新诗的建树

□杨开显①

内容摘要：新诗摒弃了旧体诗格律，导致了它的自由化、散文化、无序化。但同时也有新诗诗人写下少数套上格律的新诗。闻一多提出新诗不应废弃格律，应用音步作为新诗格律的基本节奏单位，并使这些音步在诗行中均等或有规律的变化，从而实现新诗的音乐美、绘画美、建筑美。何其芳后来提出了"现代格律诗"的概念，为新诗建立格律。万龙生在研究和继承闻一多、何其芳等人关于新诗格律的理论和创作后，促进和发展了新诗格律的理论并进行了创作实践。他提出用"格律体新诗"取代"现代格律诗"的概念，并进而提出格律体新诗的三分法——齐言等步式、参差对称式、复合式，实现了新诗的"无限可操作性"，以呼应闻一多的"相体裁衣"说，从而使新诗形式变化无穷。

关键词：继承；发展；闻一多；现代格律诗；格律体新诗；三分法

新时期以来，格律体新诗得以重生并发展，得益于卞之琳、邹绛等不少诗人和诗歌翻译家的重新启蒙、介绍和推广。而21世纪初前后，重庆的

---

① 杨开显（1945—），男，重庆人，曾任重庆市科委信息中心研究员、重庆市翻译协会副会长、重庆市作协评委会秘书长。

万龙生先生，作为服膺格律体新诗的诗人的重要一员，在格律体新诗的理论和创作实践上，有着浓墨重彩的一笔。他对格律体新诗的建设和建树，主要体现在两个方面：一是研究和继承，一是创作和发展。

一、对"五四"以来新诗格律化的研究和继承

"五四"前，受西方诗歌的影响，在中国诗歌的发展变化中，新诗从旧体诗脱胎而出。"新诗运动从诗体解放下手"①，摒弃了旧体诗格律，用白话文自由地抒发情感和表达意趣。但是，诗体的解放，导致了新诗的自由化、散文化、无序化，诗歌缺少了音律，没有了节奏，乐感不强，诗意淡化。

以闻一多为代表的新月派诗人，注意到新诗的这一弊端，开始从不自觉到自觉地担负起对这一弊端的纠正。他们对新诗诞生以来的作品做了检视，也注意到一些不多的格律化的新诗和格律理论。其实，新诗虽然突破了旧体诗格律，但是新诗诗人们在创作新诗时，有时仍不免套上了格律。例如胡适写于1926年8月23日而后收入上海书店出版的《尝试集》的一首新诗《蝴蝶》：

  两个黄蝴蝶，双双飞上天。
  不知为什么，一个忽飞还。
  剩下那一个，孤单怪可怜；
  也无心上天，天上太孤单。

这是中国最早的几首新诗之一。它完全是一首后来被称作现代格律诗或格律体新诗的作品，属后来万龙生所说的齐言等步式四行诗，每行四音步（即我们现在所说的"顿"），每行十音节（即"字"），行行押韵。

---

① 朱自清：《现代诗歌导论》，《中国新文学大系导论集》，岳麓书社，2011年，第309页。

又如郭沫若1920年2月24日发表在《时事新报·学灯》的《新月与晴海》：

儿见新月，
遥指天空。
知我儿魂已飞去，
游戏广寒宫。

儿见晴海，
儿学海号。
知我儿心正飘荡，
追随海浪潮。

这是一首如后来万龙生所说的参差对称式格律体新诗。此外，还可举出不少后来被称作现代格律诗或格律体新诗的作品，如郭沫若写于1919年的 Venus（我把你这张爱嘴，/……），刘半农写于1920年9月4日的《教我如何不想她》（天上飘着些微云，/……），郭绍虞大约写于1920年前后的《江边》（云在天上，/……），胡适写于1021年1月27日的《平民学校校歌》（靠着两只手，/……），徐志摩1923年4月20日发表在《时事新报·学灯》的《默境》（我友，记否那西山的黄昏，/……）等等。此外，格律理论探索也在进行，如刘梦韦1923年7月出版的著作《我的诗的躯壳》等。

闻一多在研究了草创时期新诗的一些格律化因素后，于1925年5月13日在《诗镌》上发表了《诗的格律》一文，提出了新诗不应该废弃格律，要"戴着镣铐跳舞"，指出格律化的新诗要达到"三美"：音乐的美、绘画的美、建筑的美。他进一步指出创作格律化新诗的方法：借用西方诗歌的"音尺"（即"音步"或我们所说的"顿"），来作为新诗格律的基本节奏单位，并使这些音步在诗行中均等或有规律的变化。例如他的《死水》，全诗5节，每节4行，每行四音步（即"顿"）、九音节（即"字"），2、4行押韵（仅录第1节）：

这是一沟绝望的死水，
清风吹不起半点漪沦。
不如多扔些破铜烂铁，
爽性泼你的剩菜残羹。

这首诗很好地体现了闻一多的诗歌的音乐美、绘画美和建筑美，是新诗格律化的典范。

此外，闻一多和他的同仁们还实践了一些参差对称式的新诗。至于复合式的新诗则较为罕见。当然，新月派也写有突破部分格律或格律不十分严谨的新诗，如徐志摩的半格律体新诗《再别康桥》等和新月派终止前后所创作的一些非严格意义上的格律化新诗。

到了20世纪50年代，何其芳、卞之琳等诗人对新诗形式又开始了接续闻一多等新月派诗人的主张的探索和研究。1953年11月，何其芳在北京图书馆讲座上发表了《关于写诗和读诗》，提出"建立现代格律诗"的观点。第二年他在《中国青年》杂志发表《关于现代格律诗》一文，正式给出写作现代格律诗的要点："按照现代的口语写诗，每行的顿数有规律，每顿所占的时间大致相等，而且有规律地押韵。"① 这里，他只强调诗行的顿数的有规律的变化（如做到顿数整齐等），并不强调字数的有规律的变化或整齐等。

何其芳的现代格律诗主张受到中国作协的重视，它为此召开了3次关于诗歌形式的研讨会，更得到不少诗人的赞同，其中包括20世纪40年代活跃起来的重庆诗人、翻译家邹绛和70年代末活跃起来的重庆诗人万龙生

---

① 何其芳：《关于现代格律诗》，《中国现代诗论·下编》，杨匡汉、刘福春编选，花城出版社，1986年，第64页。

等人。邹绛除了在五六十年代继续关注和践行现代格律诗外，后来还编选了《中国现代格律诗选》（重庆出版社，1985年），撰写了关于现代格律诗的论文和文章，还首开现代格律诗分类的研究。而此时，"格律体新诗"的概念已经提出。他自己也出版了《现代格律诗选》一书（香港天马出版有限公司，1993年），收录他20世纪40年代以来创作的部分现代格律诗。而万龙生是在60年代以后开始对闻一多、何其芳、卞之琳和邹绛等人关于新诗格律化的理论和实践的研究和继承，并在90年代推出自己的现代格律诗诗集。

现代格律诗的声音后来被一些反对者和1958年的"新民歌"运动的声浪压制了。但是它的影响在延续，以至于在非常时期的1967年1月，万龙生和笔者还在重庆市劳动人民文化宫研讨何其芳的《关于现代格律诗》。这也许并非刻意为之，但却为万龙生后来格律体新诗理论和创作播下了种子。后来，他和笔者还是留下了一些现代格律诗，如他写于1974年1月18日的《给K. X.》：

> 沐浴着冬日和煦的阳光，
> 沿着那田间的小径徜徉，
> 听你娓娓地讲述着情史——
> 多么美妙又动人的故事！
> 那庄重、多有韵味的姑娘，
> 令你是那样的心驰神往！
> 而欢乐、苦恼、微妙的暗示，
> 这一切胜过音乐胜过诗。
>
> 晴朗的天空飘来了阴云，
> 寒潮袭击了早春的园林，
> 朋友，你开始饮到了苦酒，
> 懊恼地徘徊在十字路口……

大海的潮汐啊涨落不定，
爱情的航程就一帆风顺？
多变的气候哟有晴有阴，
爱情的道路就没有泥泞？

朋友，请记取人生的真理，
愿我的诗句给予你勇气——
既善于追求，又善于等待，
相信吧，她的芳心属于你！

这是一首后来被他自己称作是齐言等步式的格律体新诗。这一时期他还创作了类似的格律体新诗，可见六七十年代他已经自觉地创作格律体新诗了，其中，创作的半格律体新诗似乎更多一些。

在我们两人1967年1月研讨何其芳的《关于现代格律诗》后，笔者也自觉地写出了一些后被称作格律体新诗的现代格律诗，如1968年1月7日的齐言等步式的《无题》：

生活的绿树为什么如此繁盛？
爱情的奇葩为什么那样芳香？
呵，朋友，请探索那自然和人生，
啜饮它全部哲理：春露与秋霜。

这期间，虽有一些格律体新诗的创作实践，但格律体新诗的理论很少。创作方面，除了一些诗人自觉不自觉地写出一些格律化的新诗外，更多的是写作半格律化的新诗，如每节四行，每行几个二字顿、三字顿（一字顿、四字顿很少），二、四行押韵之类，这占据了20世纪50年代至80年代诗歌的大半壁江山。

及至 90 年代，万龙生开始更自觉地走上新诗格律化之路。他为此系统地研究了闻一多等新月派诗人和何其芳、卞之琳、邹绛等诗人的新诗格律化的理论和创作，对他们的优秀成果完全继承下来，并开始自己的新诗格律化理论研究及创作实践。

二、新时期万龙生对格律体新诗发展的促进作用

20 世纪八九十年代以来，新诗格律化虽处于诞生以来的低谷，但仍在自由诗的夹缝中生存和发展。1994 年，深圳成立了中国现代格律诗学会。2004 年 9 月，诗歌理论家吕进在"华文诗学名家国际论坛"上提出"完善自由诗，建设格律诗，增多诗体"。2005 年 7 月，万龙生参加 2002 年创办于合肥的"古典新诗苑"论坛的部分诗人的聚会，将论坛更名为"东方诗风"，以建设并建成新诗格律为宗旨。从此，新诗的格律化建设进入新时期。

在这期间，为避免与今人写的旧体诗词相混淆，且现代格律诗的概念语意模糊，万龙生遂提出用"格律体新诗"的提法取代"现代格律诗"的提法，得到同仁们的一致赞同。这一新的诗学名称科学、准确地界定和规范了按后来提出的"三分法"创作的新诗。此乃功莫大焉。

当然，在此前后，全国还有一些关于新诗格律化的学术会议、学术成果，一些诗歌理论家和诗人对格律体新诗的理论建设和实际创作作出了重要贡献，这里就不一一列举了。

"格律体新诗"的提法得到诗界广泛认可和赞同后，万龙生更归纳分析研究了"五四"以后和 20 世纪 50 年代以来新诗格律化现象，提出了创作格律体新诗的"三分法"，这就可以使格律体新诗的创作达到"无限可操作性"，而闻一多的"相体裁衣"的提法也得以实现。他在《何其芳的现代格律诗理论及其深远影响》一文中说："'无限可操作性'观点的提出与论证，遥应闻一多著名的'相体裁衣'说，指出只要懂得现代格律诗的基本规律，'便可视表现的需要创作出无数种各不相同的式样'。具体说，

就是在前述邹绛'五分法'的基础上,进一步整合为整齐式、对称式和综合式。"① 这样就有力地回击了格律体新诗是"豆腐干"的讥讽,扫除了"格律束缚思想"的阴影,使创作和理论同步进行,令格律体新诗进入了"柳暗花明又一村"的境地。

万龙生的格律体新诗的"三分法"的具体式样是什么呢?他在《命名·分类·谱系:新世纪格律体新诗理论的重大进展》一文中指出,"所谓三分法,就是把现代格律诗分为每行顿数一致,字数相等或略有出入者,称为'整齐式',并指出上承古代的五、七言诗;再把各个诗节节式相同、完全对称者称为'对称式',并且指出了这种诗体与中国古代'词'的血缘关系。我将整齐体与对称体视为现代格律诗的两种基本类型。而整齐的部分与对称的部分在一首诗中同时存在的作品,则为'综合式'"②。这里的整齐式、对称式、综合式,万龙生后来把它们更准确地表述为齐言等步式、参差对称式、复合式。现依次举例如下。

第一,齐言等步式:全首诗内,每行音步(即"顿")数、音节(即"字")数必须相等,行式也相同。整首诗节式、节数、行数根据表达的需要而定。这种范式承袭了古典诗歌的五言、七言诗。不妨以1991年2月的拙诗《无题四重奏(之一)》为例:

澄滢滢滴溜溜闪动
那一对秋晨的露滴
悄然地摄一种伟岸
娇羞地呈一段心曲
无色含绚丽的七彩
单纯有丰沛的情意

---

① 万龙生:《何其芳的现代格律理论及其深远影响》,《东方诗风》2012年总第8期,第20页。
② 万龙生:《命名·分类·谱系:新世纪格律体新诗理论的重大进展》,《东方诗风》2015年总第15期,第12页。

可真诚浇灌的花蕾
却寂然珍藏在心底

此种式样允许有变异式样——变言变步整齐式：在同一首诗内，不同的诗行单元采用不同的行式，但内部必须保持一致。如1967年5月的拙诗《松涛》：

似大海和狂飙的搏击，
如千军与万马的奔腾，
一支震撼心灵的乐曲在轰鸣，
一场改换天地的厮杀在进行。

第二，参差对称式：全首诗内，各节可以参差不齐，诗节内诗行的顿数和字数也可以参差不齐，但以首节为模板，各节诗行的顿数和字数必须与对称的诗节内的诗行的顿数和字数完全相同。这种范式承袭了古典的词。仍以拙诗为例，如《落叶·退潮》：

叶落下了
因为它早已枯黄和萎谢
只得恋栈地把光秃的枝头
让给绿叶

潮退去了
冲刷了喧嚣污染的海岸
但却把一叶净化了的扁舟
留给沙滩

第三，复合式：全首诗内，既有齐言等步式，又有参差对称式，多种不同的齐言等步式与多种不同的参差对称式的组合，可以产生出千变万化的新诗，这也证明了格律体新诗的形式是丰富多彩和无穷无尽的。以万龙生诗《题相册》为例：

读你
不知疲倦地
再读你

回溯时光的河流
觅你人生的轨迹

无非是一片空白
那没有我的日子

读你
不无遗憾地
再读你

在格律体新诗创作实践中，除了顿数和字数等方面须有规律的讲究外，万龙生还尝试着总结归纳出考虑诗歌行数的"定行诗"，但这种诗也必须遵循"三分法"的格律，兹分列如下：

第一，四行诗：可采取整齐式或节内参差式。这是对古典诗的绝句等的承袭。

第二，六行诗：可采取整齐式或参差式。这是对古典的宋词如"浣溪沙""如梦令"等的承袭。

第三，八行诗：可采用整齐式或参差式或复合式。这种行式容量相对较大，可以写出变化多端的格律体新诗来。这是对古典诗的律诗的承袭。

第四，十四行诗：更能够采用整齐式或参差式或复合式。这种行式的容量更大，诗人发挥的空间也更大，可以写出变化无穷的格律体新诗来。这是对意大利和英国的十四行诗的承袭。不过在这种承袭的同时，也可以有所变化和发展。

当然，格律体新诗并不局限于上述四种定行诗，它可以是任意行数、任意节数，但前提是必须遵守齐言等步式、参差对称式、复合式这"三分法"。

格律体新诗继承了中西方诗歌优质的格律因素，并在此基础上有所发展。近年来，格律体新诗开始呈现蓬勃的趋势。万龙生现正带领以重庆格律体新诗诗人和诗歌爱好者为主的"东方诗风"派创作更多、更好的格律体新诗，拯衰纠偏，消除新诗的单一化，形成新诗的多样化，促进新诗全面、健康、完美的发展。

假以时日，在中国新诗诗坛上，格律体新诗、半格律体新诗半自由体新诗、自由体新诗将形成"三足鼎立"，中国诗歌终将会走向诗歌的盛唐。

课本与教辅
——读全国第一套正式出版格律体新诗集丛书

□斯原①

内容摘要：这是中国文史出版社2019年9月出版，由吕进主编的"东方之韵：当代格律体新诗集"丛书的一篇评论，认为此套由知名诗学教授主编的全国第一套格律体新诗丛书可视作格律体新诗的课本或教辅读物，分五个部分：一，该丛书出版背景，主要是中国诗坛三足鼎立态势和格律体新诗发展近况；二，从丛书作品看格律体新诗形式上的特点、类型，回答关于束缚与自由问题；三，从丛书作品看格律体新诗内容上的主要分类和归属；四，以胆气、豪气、英气、底气、灵气、仙气分别对六位作者进行总体评述；五，对丛书吕进总序，单册序跋、题诗、题记以及附录的诗学论文和歌曲的评介。

关键词：格律体新诗；吕进；内容与形式

一

一百多年来，中国诗坛一直存在着新体诗、旧体诗，格律诗、自由诗的争议和博弈，时至今日大体形成"三足鼎立"局面。我在两年前写过一

---

① 斯原（1943—），原名师运山，男，河北邯郸人，解放军重庆通信学院原副政委，大校军衔，已退休。中国作协会员，重庆新诗学会副会长，《银河系》诗刊副主编。

篇小文《诗的三国演义》中说：

> 按时间先后为序，旧诗是第一国，新诗中的自由诗是第二国，新诗中分化出的讲究格律宣称自己是格律体新诗的是第三国。
>
> 当年魏蜀吴三国分分合合，演绎出跌宕起伏、脍炙人口、精彩绝伦的故事。今天我们拭目以待，要看中国诗歌的三国如何谋略、攻守、杀伐、分合，想来也一定会不负众望，大饱眼福吧。特别对关注诗歌关注文学乃至关注文化的骚人墨客们，有得好看。①

这个局面的形成对于中国诗歌事业是一件好事，不过，当今世界以和平发展为主题，诗的三国演义不应相互攻守、杀伐，而应互相借鉴，各展其长，积极发展，比翼齐飞，共同营造中国诗坛健康、多元、繁荣、优质诗体生态。这里只说格律体新诗眼下状况。

格律体新诗的历史与自由体新诗几乎同长，新诗甫一诞生，就有针对自由诗"只有自由而没有诗"的责难，责难背后包含建设既是新的（新的思想、语言、内容、形式等），又具有诗的规范（段式、句式、韵式等格律）的诗的努力。这种努力诞生了先是叫作新格律诗、现代格律诗，而后叫作格律体新诗的一种崭新诗体。叫什么名字本无关紧要，但笔者认为，原先的两种称呼似乎只注意到诗的形式，而后一种把形式和内容都包含进去，再大的阵营上公开宣称自己属于新诗，似乎更具现代性。

然而从作者和作品数量、影响看，虽经百年努力，格律体新诗远远不能与自由体新诗比肩。究其原因可能一是自由这个词实在太诱人了，它不但是人类追求、向往的本质所在，而且作为一种诗体它似乎没有为想进入它的人设置任何门槛，只要是人，只要你写就行了（现在也许还包括机器写作），你写就是诗人，你写出的就是诗，唯一要求于你的，便是不要有规范、标准。这样一来尽管这些年不少极端个人化、日常化、恶俗化、无

---

① 重庆作家网 2019 年 2 月 26 日发文。

序化的诗作出尽了洋相，为自由诗的声誉带来极大损伤，但此类东西仍然层出不穷，依旧以压倒优势占据诗歌阵地。二是格律这个词确乎有些吓人，不要说格律体新诗要自造格律，就是原先旧体诗的格律也是一种高深学问，许多人搞了一辈子也未见得多么精通，因而不少人在格律面前望而却步，再加上有人刻意诋毁，说什么格律体新诗是吃了饭没事干，自己给自己制造枷锁镣铐，谁愿意戴谁戴等等，使得热衷者愈发显少。

针对这种情况格律体新诗同仁没有悲观失望灰心退却，反而日益激发了他们的斗志，筚路蓝缕走过百年艰难曲折道路的他们，决心从理论研究的突破和大量优秀作品的产生两个方面同时发力，使格律体新诗站稳在中国诗坛的一席之地，并不断有新的发展。2019年2月22日格律体新诗研究院在重庆宣告成立，名誉院长、副院长、研究员、特邀研究员、财会人员以及办公地点公章等应有尽有，是全国第二家挂牌民营群众性格律体新诗研究机构（第一家早一年在成都成立），不仅在重庆而且在全国诗坛都产生了巨大影响和不小震动。不过此前重庆乃至全国各地一些志同道合者在"东方诗风"的旗帜下已经为着格律体新诗创作、研究、活动了近二十年，研究院的成立可谓水到渠成、瓜熟蒂落、实至名归。可喜的是研究院成立后只过了短短半年多时间，到当年9月就由中国文史出版社推出了由诗界重头人物吕进教授主编并撰写总序的"东方诗韵·当代格律体新诗集"丛书。该丛书由6个分册组成，共57.4万字，每分册平均约10万字。这是中国内地公开正式出版的第一套格律体新诗丛书。当时对该丛书开展了推介活动，有关领导、诗人、评论家热情洋溢撰文给予充分肯定，全国各地发来贺电贺函表示由衷祝贺，一时出现轰动。作为百年来第一套此类丛书有补缺和开创之功，中国文史出版社，主编吕进，作者（以及书目）王端诚《微斋十四行》、周思维《追梦路上》、周琦《海棠新月集》、石家远《云松集》、王民胜《为某个春天而写》、陈建军《竹林集》的名字应当可以进入格律体新诗的发展史册。

二

我读了这套丛书的第一个强烈印象是，这是一套格律体新诗的课本，或曰教辅读物。诚然，直到现在全国大中小学似乎并未开设格律体新诗课程，也就不存在所谓课本与教辅问题，我之所以这样说显然带有象征和比附意义。格律体新诗虽然已走过百年历史，但丛书的编者、作者以及出版社好像觉得对于当下仍不知其为何物的广大读者还是需要从事一番启蒙、教化工作。把格律体新诗一些基本知识和问题，比如什么是格律体新诗？它有一些什么类型？它用格律束缚自己不要自由吗？……以作品方式诠释出来，让人们在阅读中自己找到答案，消除种种误解，克服许多颇为流行的错误观念，是格律体新诗为着普及与提高所应当也可以进行的有价值工作。正是在此情势下，这套课本或教辅读物诞生了。

即便从未接触过格律体新诗的读者，通过阅读此丛书并稍加归纳就会对上列三个问题了然于胸，我们先从形式上看。什么是格律体新诗呢？其最鲜明的特点有三：一是押韵。6册诗集共选录诗歌作品约600首，全部押韵，至于怎样押韵那是深一层问题，有兴趣的读者也可从集中归纳出连句韵、隔句韵、交替韵、换韵等，这里不赘述。这和格律体新诗的理论自觉、审美追求是一致的，他们认为诗歌在形式上最本质的属性乃是其音乐性，而音乐性首当其冲的就是要有和谐的韵律。这也和中国诗歌第一个形式标志的"韵"相契合，章太炎曾云"有韵为诗，无韵为文"（《国学概论》），由此韵成为诗体的标志。自然，这也与自由诗领域大部分人的认识相悖，自由诗也有押韵的，但越来越少，翻遍全国诗歌报刊押韵的找不到多少，据说有的编辑在审读来稿时先把押韵的毙在一边再说。我在读《诗刊》时，发现一个著名诗人公然说他终生的追求就是去掉韵这个东西，不知他为何对韵如此反感。如果认定韵是中国诗歌的传统之一，要反传统，当然就可能会反对押韵，至于传统的东西是否一律要反，似乎未想那么多，更多的可能连是否反传统也未想，是盲目跟风而已。此丛书中有万龙生的一首《序诗》：

> 棋手与诗人集于一身
> 规矩与格律步步遵循
>
> 棋坛与诗坛皆为师尊
> 人生的道路并驱双轮
>
> 能在限制中大显身手
> 冥冥中得到前贤指引
>
> 这样的人生令人羡慕
> 花开在道旁且行且吟①

  这是万龙生为王民胜集所写序言中的一首序诗，认真说还算不得丛书作品，但也使用了韵的工具，前两节行行押韵，后两节偶数行押韵，读来和谐悦耳。而丛书中编入的约600首诗作无不如此，无须举例，或叮当作响或铿锵激昂或浅吟低唱，合起来是一部颇为壮观的诗的交响曲。

  二是节奏和谐。诗行由词汇和短语组成，词汇和短语的语音形式就是节奏，节奏有规律出现就动听娱人。如王端诚集中第一首《秋之韵》："诗当酒/书作杯/好个秋/好场醉//心已动/笔正挥/这人生/这滋味//诗赠谁/心给谁/谁同在/谁与归//那枫叶/那斜晖"②。一个单音词和一个双音词组成的诗行反复出现，统驭全诗，和谐。又如周琦集中《孤光自照》前两节："此刻，远离尘嚣/拒绝手机问候的高潮//此刻，挽留虫鸣/努力唤回惊飞的山鸟"③，两节完全对称，都是五个双音词加一个三音词再加一个双音词构

---

① 王民胜：《为某个春天而写》，中国文史出版社，2019年，第4页。
② 王端诚：《微斋十四行》，中国文史出版社，2019年，第18页。
③ 周琦：《海棠新月集》，中国文史出版社，2019年，第50页。

成,也是节奏有规律出现,达到和谐。这和自由诗不同,自由诗也是有节奏的,但节奏的出现一般没什么规律,原因大概在于有规律的话他们就会担心失去了自由。

三是行、节有序。情况相对复杂一些,除定言、定行、定节的以外,其他全部包括在他们归纳提出的"三分法"中,即按照行节排列分为整齐式、参差(对称)式、复合(前两种)式三种体式。按三分法划分,定言、定行、定节的应当就是整齐式。掌握了这一谱系很有趣味,你随便读一首格律体新诗,能够很快判定其体式,犹如读到一份曲谱能够判定其节拍、旋律、调式等一样,会为自己学会了一种专门知识而欣喜。如王民胜集中《陶翁墓前》:"行走你行走过的/园畴/仰望你仰望过的/峻陡//哪一片云彩在此/守候/哪一只飞鸟曾经/停留//洗墨池洗去你的/春昼/归来亭归来你的/优柔//我说隐居是另一种无由/你说我清醒得没有醉眸"①一看便知是由三个四行参差式和一个两行整齐式组成的复合式。

格律体新诗有些什么类型的问题就更容易明了了。第一,有的诗集,如石家远集直接以不同类型的诗为目录,把自己的作品按柔巴依体(7首)、十四行体(39首)、整齐式与参差式(21首)、花环体(3组共30首)、唱和体(6组共23首)分别列出。第二,如王端诚集目录中分为整齐式(61首)、参差式(3首)、复合式(3首)、花环体(2组共30首)、集句(3首),但全部是十四行诗,和集名《微斋十四行》完全一致。而周琪集把80多首诗全部划分为整齐式、参差式、复合式推出。这些除了定行诗外基本上把格律体新诗的类型概括殆尽,而定行诗如果宽泛来说柔巴依、十四行也可包含在内,而石家远的唱和诗中的八行体也是定行的,实际都涵盖了。需要指出的是,柔巴依和十四行诗是对外来诗体的移植、改造和发展。柔巴依本是古波斯诗体,每首4行,单支,无题,近年来东方诗风诗人群创作了大量柔巴依,根据著名翻译家黄杲炘所译《柔巴依集》,逐渐改造发展为12言5步,可视需要加题,也可写成同一主题组诗的格律

---

① 王民胜:《为某个春天而写》,中国文史出版社,2019年,第30页。

体新诗。十四行诗本是意大利诗体，诗行按 4433 排列，传到英国有改变，按 4442 排列；传到俄国不但排列有变，而且音韵也有改变，"东方诗风"诗人群对它改变得更多，仅排列就有 4442、2444、5252、2525、3443、4334、4433、3344 及不分节 14 行等多种，也使之成为一种定行、大体定节的格律体新诗体式。唱和诗和花环体是对中国古代唱和诗和外国花环诗的继承、发展，只是其中每组每首都要符合格律体新诗的规范而已。三分法由东方诗风领军者万龙生提出，是他在格律体新诗理论方面的重大建树之一，所有格律体新诗都可归入三分法中。他本来也是格律体新诗作品创作等身的重要人物，不知此次丛书中为何没有他的专集。不过，6 本专集中都有写他、唱和他、他唱和的诗作，他还为丛书多本诗集作了序，足见其作用与影响之大。第三，即束缚与自由问题，实际已迎刃而解。万龙生对格律体新诗的另一个重大建树就是提出它具有"无限可操作性"的命题。格律体新诗的韵、节奏、行节排列看似枷锁和镣铐，但这枷锁和镣铐不是别人预先打造好戴在诗人头颅和手足上的，而是每个写诗的人自己为自己打造，在打造什么样的，怎样打造中，他们已享有了充分自由，在有了枷锁和镣铐后写什么怎么写中更是享有无限自由，实际上打造过程和写作过程是统一的，一边打造、创作，一边就享有这双重的无限自由。这从无论哪本诗集、哪首诗中不是都可以明显看出吗？就此我感到与旧体诗格律的一个重大区别，格律体新诗是携带着无限自由来到诗坛的，作为工具学会掌握运用它是为着自由的，它也确实能够给你无限自由。就此我还感到说这套丛书是课本或教辅，还因为其不但有关理论知识，而且其作品可以把留给学习者的作业和答案都包含进去。

三

以上说的是格律体新诗这个概念的前半即格律体，下面说它的后半乃是新诗。我们知道对于诗来说无论什么称谓，前面的限制词无论怎样，比如格律、自由、抒情、叙事、阶梯、回文、朗诵等，都要和后面的诗字紧密结合在一起才有意义。一般来说前面的限制词是形式，后面的这个诗字是内容，当然限制词有的也包括内容，比如自由，同时也有以内容为诗分类的，比如山水诗、田园诗、军旅诗等等，不过是少数。说到诗的内容和形式，好多年以前我就发现这里有作为诗这种体裁的内容形式和具体诗歌作品内容形式的区别，有了这个区别许多问题容易说得清楚。我曾经把这个发现口头跟吕进老师简谈过几句，但也许这问题在一般文学教科书上早有定论，未作区分；也许吕老师未听清我的意思，当时他对此未作明确表态，只是听我说了几句话题就转向了其他。现在借着这套丛书我再简单阐述几句，只说内容。按照哲学本意内容是指构成事物的内在要素，以及它们的矛盾运动和因之决定的事物特征。诗的内容比照过来会很复杂，我觉得简单来说就是诗人主观的意和客观外界的象所构成的诗意，包括诗思、诗情、诗趣等，中国古人很智慧很简洁地用意象这个概念对之加以概括，因此我们有了意象诗学的深厚理论，意象就是作为文学体裁的诗的内容。此丛书内容非常丰富，不过按照诗之体裁的内容来分析都跑不出"意象"二字，都是作者对世界万事万物的反映和对自己各种各样主观情思的抒发。作为诗之体裁的意象是高度抽象的，是内涵意义上的，它化为诗歌作品的内容就非常具体了，可以说世界的万事万物无所不包，诗人的万般情思无所不有，是外延意义上的。此套丛书从诗集目录看，以形式分类的有王端诚、周琦、石家远3本，以内容分类的有周思维、王民胜、陈建军3本，不过王民胜、陈建军在内容分类之后又各加了若干首柔巴依，出现了一点变化。为了简洁，也为了显示课本与教辅的功能，我把这6本诗集的内容分为6种，来他个六六大顺，其中可能会有些牵强，望诸君见谅。

  第一种，叙事。无论什么诗都是要抒情的，没有完全不抒情、纯粹叙事的诗，所谓叙事诗是通过叙事来抒情的诗。此类作品在丛书中占有不小比例，有数十上百首，叙各种各样事，抒各种各样情。其中令人感到惊讶的是周思维写山东诗会的4首十四行叙事诗，因为一般叙事诗都是叙作者亲身经历之事，而这4首所叙的山东诗会之事周思维并未参加，只根据参会者发来的照片、言语、视频等写成。第3首《山东诗会梦绕魂牵》：

细看你们的每一帧照片
细嚼你们的每一首诗篇
流连你们的每一段留言

你们朗诵的那激越场景
你们游微山的那湖那天
情把我梦绕梦把我魂牵

诗人们相约登泰山之巅
沿南池湖畔寻诗圣诗仙
膜拜孔圣人共同读《论语》
下河穿莲池撑篙到日边

一路唱欢歌一路去采风
诗境绕画意友谊意绵绵
只得等来年举杯论诗酒
了却我心中无尽的思念①

这独特的叙事诗更增添了对所叙之事的关注、惦念、向往、渴盼之情。

第二种，抒情。所有的诗都抒情，但并不是所有的诗都是抒情诗，抒情诗特指那些以抒发感情为题材的诗。此类诗在此丛书中比例也不小，总计百首以上，诗人们纷纷放开喉咙，歌唱爱情、亲情、友情、乡情、爱党爱国之情。其中被王民胜认为"情意浓浓"周琦的诗《献给我的祖国》：

我是汨罗江里轻盈的船桨

---

① 周思维：《追梦路上》，中国问题出版社，2019年，第34页。

奋力追寻上下求索的贤良
哪怕置身凄冷
凄冷的黑暗
我也要紧贴你炙热的胸膛

我是浣花溪畔孤独的草堂
倾心守护泣血忧国的衷肠
哪怕置身秋风
秋风的撕扯
我也要铭刻你的绝世华章

我是北方大地笔直的白杨
傲然挺立千年巨龙的脊梁
哪怕置身冰雪
冰雪的压迫
我也要扎根你广袤的土壤

我是金水桥头放飞的翅膀
痴情眷恋东方神话的翱翔
哪怕置身乌云
乌云的迷蒙
我也要满载你金色的梦想①

通过对古代诗人屈原、杜甫和现代诗人艾青的赞美，落脚到对以北京天安门金水桥为标志的祖国的爱，不知爱深几何？却知恰切诗人身份。

第三种，咏物。咏物诗、写景诗、纪游诗这几个概念容易相混，我这

---

① 周琦：《海棠新月集》，中国文史出版社，2019年，第41页。

里说的咏物诗指所咏之物比较具体、单一，且体量不是很大，用以借物抒怀的那种。此类作品此丛书中不是很多，但每人都还是有那么几首，其中写得篇幅巨大、影响非凡的要数王端诚的十四行花环体组诗《秋菊之歌》，限于篇幅，不能在此全诗引入，只把第 15 首即前 14 首的首句组成的这首引述如下：

听一支仙笛吹奏起季节的忧欢
看几颗星星飘落进银色的庭院
西风呦西风呦捎来了她的请柬
清秋的女神赠予我澄澈的诗篇

也算耕出了一小块避世的桃园
笑看那尘寰中数不完冷酷炎凉
互递那妾意郎情在这一世人间
一直到永远啊天长地久的那天

斜阳下傲然站立成永恒的经典
秋天的问题获得了春天的答案
采菊东篱下我采回虔诚的信念
我把那艳影种入了清澈的心田

不辜负秋之神这一番痴情缱绻
微斋中向缪斯献上精织的花环①

每行 5 步 13 言，通过对秋菊的吟诵，抒发了追求秋菊般美好人格的胸怀。第四种，言志。诗言志、诗缘情都是中国古代对诗的本质的精辟论

---

① 王端诚：《微斋十四行》，中国文史出版社，2019 年，第 86 页。

述，言志就是表达志趣，有时易与咏物诗混淆，区别要看以何为主。此类作品此丛书中比较少见，言志内容一般掺杂在别类诗中，不宜以言志诗名之，但不是没有，每人都有。陈建军的《受聘之后》：

这岂止是一纸薄薄的聘书
它承载着先贤的厚重嘱咐
新诗已进入了第二个百年
集结队伍踏上新长征之路

集结队伍踏上新长征之路
在诗歌的耕耘中戴月荷锄
让格律体新诗鼎盛于天下
迈开韵律研究的坚实脚步

迈开韵律研究的坚实脚步
任重道远的路上大刀阔斧
不负缪斯女神的殷殷期望
在新诗的江湖里群雄角逐

在新诗的江湖里群雄角逐
打开心灵的窗户探骊得珠
吸纳古今中外诗家之精妙
东方诗坛一定会大展宏图①

本诗四节运用顶针的修辞手法。诗前小注说："2019年2月22日余受聘为格律体新诗研究院首批研究员，有感而发。"就发了这一通对格律体

---

① 陈建军：《竹林集》，中国文史出版社，2019年，第93页。

新诗的期颐也是自己的志向之言。

第五种，纪游。纪游诗历来是中国诗歌的大端，此丛书也不例外，是选入作品最多的题材。在以内容分类的三位诗人中周思维称其为纪游，陈建军叫作行吟，而王民胜则呼之以行歌，他有一首《台北看雨》：

穿过雨幕
会走到另一个世界吗

连绵的时雨
找不到阳光的影子
让我想起朝阳搬的青春
也是这样消失在人生的雨季里

我踩着雨水的脚步
踢踢踏踏
像踩动时光的秒针
滴滴答答

雨雾中唯有远处的一零一大厦
闪耀着光芒如一盏灯塔
我没有带着梦过来
却有伞如花

穿过雨幕
会走到另一个世界吗①

---

① 王民胜：《为某个春天而写》，中国文史出版社，2019年，第28页。

其中抒发了多种观看的感慨，特别是首尾两节相同的发问"穿过雨幕/会走到另一个世界吗"，引人深思。

第六种，唱和。唱和诗在中国源远流长，是格律诗特有的一个强项，一般可归入内容分类，但石家远把它归入形式分类也无不妥。近年东方诗风诗人群创作了大量唱和诗，往往是一人首唱多人和，蔚为大观。石家远有一首六和万龙生首唱《因果》：

难忘你绿色的罗裙
搅动那小路边野草

难忘你清澈的双眼
像浓酒早把我醉倒

你默默露出的深情
化作我炽热的诗稿

若不是相爱的深沉
怎会受相思的煎熬①

唱和诗应当唱诗与和诗通读才有意思，限于篇幅这里未能引入唱诗只有和诗，稍有遗憾。

从上述分析的作品可见此丛书主题、题材、语言等诸多内容方面都与旧体诗不同，而与自由体新诗相近，都是新的思想新的题材新的语言，加上格律体新诗的形式也是新创立而且永远保持不断创新态势（形式因此也成为内容之一），因此大的范畴上可归入新诗，是新诗发展的一个方向。同时其课本与教辅功能也基本展现无遗，读者可从阅读中得知格律体新诗

---

① 石家远：《云松集》，中国文史出版社，2019年，第111页。

面对不同内容的写法。

四

明眼人不难看出，以上论述有支离破碎之感，一个诗人一本诗集只在内容或形式上展示分析其一两首作品，而且有的还不一定是代表作，怎能让读者对之有整体印象？可谓只见树木不见森林，这也是此类文章易犯的通病之一。为了弥补之，我就阅读和了解的，对六位诗人总体上再述说一番，若能补缺一二，让读者在阅读中对作者增加一些了解，则幸甚至哉矣。

王端诚（微斋）。其作品中埋藏着一股胆气。他是一个十分谦虚的人，谦谦君子是也。但这不影响他在诗学理论和诗歌作品中标新立异，敢于和善于冲击"危乎殆哉，难于上青天"的诗之高地。就拿他创作的两组十四行花环体诗《秋菊之歌》《世纪之约》来说，我认为这是迄今为止我见过的难度最大的诗，体式十分严谨，几到不可能程度。每组由15首十四行诗组成，前14首必须采用顶针手法，即每首末行都是下一首的首行，而第15首全部由前14首的首行组成，全部15首诗都必须完全符合十四行诗的规范要求。这还只是形式方面，内容上要求围绕同一主题同一意象或同一个故事逐一展开，让人读来兴趣盎然，如饮甘露，谁能做到？王端诚做到了，他的《秋菊之歌》围绕秋菊这个意象，分别以其前奏、记忆、专访、栽种、面对、瓶供、吟咏、图画、疑问、簪鬟、清影、梦幻、残篇、遗韵、回声为题，融入了作者对秋菊般高贵、纯洁、美好人格的赞扬和追求，她当年一出现就把我倾倒，认为十四行花环体咏物诗无出其右也。不想数年后他又推出具有同样难度的十四行花环体组诗《世纪之约》，这不是咏物了，变成了叙事，以序曲、预约、订约、待约、临约、爽约、寻约、践约、阻约、坚约、身约、心约、续约、永约、跋歌为题，讲述、讴歌了一对男女爱情盟约的曲折离奇故事，融入作者对纯洁、坚贞、矢志不渝爱情的倾心赞美。如果没有一股为诗胆气，一般人是不敢涉足十四行花环体组诗的，勉强写了也会顾此失彼、不伦不类。王端诚不但写了而且写得很好，受到同仁们一直赞扬，可见他有一股充盈的为诗胆气。他的胆气在其他作品和诗学理论文章中也多有表现，若问这胆气何来？俗话说艺高人胆大，没有金刚钻不敢揽瓷器活，这不能不说与他优良的家学传统，与他数十年来刻苦治学、广泛涉猎、勇于历练有关。他是格律体新诗研究院副院长，曾受聘到多家高校执教。

周思维。此人我认识不是很久，但觉得他的作品和言谈之中充满着一种豪气。据说他之前虽然也写诗，但写的都是自由诗，并未接触过格律体新诗，加入"东方诗风"短短几年时间，很快上路上手，研究院成立时担任了常务副院长，并抓紧著作，加盟此丛书。有次我参加同仁聚会，他对格律体新诗要不要引入平仄概念问题，慷慨陈词发表了自己不同意见，干脆，痛快，很有见地。

周琦（海棠依旧）。她是深受大家拥戴的一位女杰，重庆市诗词学会格律体新诗研究院副院长。她身上洋溢着一种锋芒逼人的英气。她这种气质是以其才华为基础，也以其出于真诚和执着对但凡涉及格律体新诗有关问题畅谈自己的认识和感悟为常见之态。我曾见过一位诗友专门写了一首诗当众朗诵，表达对周琦的感佩和感谢之意。最近她的组诗《金陵，我的故乡》在首届"光中杯"全球华文新诗主题征文大赛中荣获优秀奖（评奖特别严格，全部获奖者仅26人），极大鼓舞了格律体新诗同仁。其后贺言贺诗连篇累牍，以万龙生的一首贺诗始，诗友们自动以顶针手法接龙祝贺，竟然形成一组8行花环体诗，掀起了祝贺小小高潮。

石家远（云松石）。六人中年龄最长者，81岁高寿。我与他在一起谈诗论词不多，多的是人生。初次相识时我问他退休前在什么部门工作，他说北碚莲花山小学，当了个校长，我马上又问了一个女老师的名字他认不认识，因为她是我一个老战友的老婆，也在那个小学工作，他听后微微一笑说当然认识，她是我的助手，副校长。我们就这样认识了。经打问知他与万龙生、王端诚本是中师同学，都爱好文学，参与过办刊。他毕业后进入教育系统无暇顾及诗的创作，只是近几年在万龙生、王端诚极力鼓动下才又拾诗笔，加入"东方诗风"，成为研究院的研究员。第二次相见时他把我拉到一边说我那个老战友过世了，夫人副校长也不在原来地方住了，具体情况不是很清楚。听后我有些伤感，同时觉得他把获知的消息告我还是很够意思的，我们相互嘱咐多加保重。这次见丛书中有他一册，读后发现写得很不错，顿觉他身上有一股充盈的底气，这底气既是他从年轻时由于热爱所养成的文学诗歌方面的，也是他数十年来在教书育人、学校管理中所历练出的为人为事方面的。

陈建军。我与她不是很熟，只是在多次诗会听过她的朗诵。在诗集的自序中得知她对当年未能被大学录取有些气愤和无奈，只是退休后走入老年大学才学到一些自己钟爱的文学诗歌知识。我感到对于诗的写作来说这并不要紧，因为写诗的关键主要的不在于你知识的多少，而在于你对诗有无悟性和灵气。看来陈建军是有的，她格律诗、自由诗都写，都朗诵，而且写得朗诵得都不错，与这两班子人相处得都很好。她这本诗集的出版得益于她对诗的热爱，对诗的悟性，也得益于她的灵气。

王民胜。六位诗人中其他五位都住重庆，只有他一人住上海。六位诗人中其他五位我都见过；只有他是陌生的，至今未见过面。也许是相距遥远的缘故，我读他的诗集，总感到有一股仙气扑面而来，正如前面引用的他的诗句"穿过雨幕/会走到另一个世界吗"，他好像也在另一个世界。不过在诗集后所附的诗论中他说"在茫茫人海中，冥冥之中总有一些人在未知的地方等你的到来，而你来到这个世间也是为了与他们相遇"[①]。真的那样的话，当是神仙会。

六位作者有的为格律体新诗奋斗了数十年，几近终生；有的刚加入这个群体不久；有的以前写自由诗或旧体诗，后来转写格律体新诗，他们都写得得心应手，频出佳作；有的以前并没有多少诗作，现在竟然正式出版了诗集，说明这种诗体具有强大生命力，能够被人们接受，只要你通过阅读对它产生了兴趣，热爱、钻研、实践、坚持，就一定会有所成就。

---

① 王民胜：《为某个春天而写》，中国文史出版社，2019年，第124页。

五

此丛书中除了诗作外，还有多篇序跋、题诗、题记、附录的诗论、歌曲等，也是课本或教辅的重要内容。总序由主编吕进作于美国华盛顿，题目为《实绩·信念·方向——〈东方之韵：当代格律体新诗集〉总序》，共10个自然段，谈了研究院成立、丛书编选、对六位作者的了解、新诗"二次革命"问题、当前诗歌创作中的痼疾、三足鼎立的诗体生态等，特别强调了丛书问世是当下格律体新诗实力的展示，对其前景要充满信心，加强定行诗创作研究是格律体新诗发展的重要方向。吕进是当代屈指可数有重大建树的诗学教授，世界诗歌黄金王冠获得者，"新诗百年贡献奖·理论贡献奖"获得者，"中国当代诗人杰出贡献金奖"获得者，全国文学奖、鲁迅文学奖多届评委，他的这篇总序不但对丛书的六位作者，而且对全体格律体新诗同仁都是巨大鼓励和有力鞭策。

每本诗集均有单序，其中万龙生作3篇，分别为《种子的生命力——序石家远〈云松集〉》《追梦路上好风光——序思维诗集〈追梦路上〉》《赠民胜——〈为某个春天而写〉序诗并记》，谈友谊，谈诗情，表心迹，多有赞赏、鼓励之言。在群中许多年龄差不多的把他当成朋友，许多年龄略小的把他当成老师，都缘于他与人为善、甘为人梯的精神，此点自然洋溢在序言中。他想到千年古莲仍能开花结果，用以比照石家远时隔数十年仍可拾笔为诗，其心犹如一颗诗的莲子，是很恰切也很独到的。许霆作1篇，是《〈中国十四行诗史稿〉第十一章第六节节录之王端诚的十四行诗》，对王作细加分析大加赞赏，情真意切。王民胜作1篇，是《巧手无痕妙天成——为〈海棠新月序集〉序》，他小周琦11岁，二人姐弟相称，曾联手出版过诗集，在这篇序中他高度评介周琦的诗是情真意浓，天然去雕饰。陈建军1篇为《自序》，上已谈及，不赘。

诗集前面除了有总序、单序外，有的还有题诗，如周思维集前有王端诚题诗：

读思维的诗读出来韵律
读思维的诗读出来真情
思维本来是作者的名字
可诗如其人蕴含着深思

从韵律读出了思维其人
从诗情读出来思维之心
思维不仅是作者的名字
思维的深处酝酿着好诗①

看得出这首题诗费了王端诚不少精力,是为朋友两肋插笔那种。而他自己的集前独自加了一篇《作者题记》,介绍十四行诗和他的十四行在体式结构、文字声律、意境神韵、内涵主旨方面的继承和追求。

诗集后面有跋3篇,均为王端诚作,《抚今追昔述缘起》回忆60多年来与石家远同学分手、又相聚的往事,跋于石家远集之卷尾当然贴切。《给海棠》和《海棠女士从余问学,诗以励之》各是一首诗,分别作为代跋一和代跋二录于周琦集后,周琦答诗也录于后。殷殷师生之情昭然纸上,格律体新诗乃至中国文化传承景象置诸面前,令人感动。

诗集后面附录的诗学论文3篇,即王端诚的《十四行体中国化在新诗诗体建设中的地位》,周琦的《格律体新诗无限多样性的形式探索》,王民胜的《诗路心语》,细读之有不少新颖厚重见解,与他们的诗作互为知与行,无论创作还是研究都是不可或缺的。

最后,周思维集后还附录歌曲2首,一首是东方诗风之歌《追梦路上》,另一首是大湾村村歌《美丽的大湾》,细看原来两首歌的歌词都是标准的格律体新诗,由陈和昭谱曲,一首表明心志,另一首赞美家乡,也好,读课本或教辅累了,唱唱歌再读。

---

① 周思维:《追梦路上》,中国文史出版社,2019年,第7页。

东方诗潮论

□赵青山①

内容摘要：东方诗潮是中国新诗格律化第三次浪潮的第二个潮头，它是指21世纪以来，以西南大学中国新诗研究所、江苏常熟理工学院、东方诗风论坛、格律体新诗网，以及纸刊《中外诗歌研究》《诗学》《常熟理工学院学报》《东方诗风》《格律体新诗》为主要阵地，兼与《现代格律诗坛》《世界汉诗》《并州诗汇》《中华诗词》《韵律诗报》《新月诗镌》《汉俳》等新诗刊物遥相呼应，高举新诗"二次革命"的旗帜，团结全国具有追求新诗形式美倾向的学者诗人进行的新诗"诗体重建"运动。

关键词：中国新诗格律化；东方诗潮；诗体重建

一

东方诗潮是中国新诗格律化第三次浪潮的第二个潮头，它是指21世纪以来，以西南大学中国新诗研究所、江苏常熟理工学院、东方诗风论坛、格律体新诗网，以及纸刊《中外诗歌研究》《诗学》《常熟理工学院学报》

---

① 赵青山（1965—），男，山西平遥人。深圳中国现代格律诗学会理事，重庆诗词学会格律体新诗研究院特约研究员，香港国际当代华文诗歌研究会研究员，多年关注并研究现代格律诗。

《东方诗风》《格律体新诗》为主要阵地，兼与《现代格律诗坛》《世界汉诗》《并州诗汇》《中华诗词》《韵律诗报》《新月诗镌》《汉俳》等新诗刊物遥相呼应，高举新诗"二次革命"的旗帜，团结全国具有追求新诗形式美倾向的学者诗人进行的新诗"诗体重建"运动。

二

东方诗潮之得名，源于笔者2016年撰写《现代格律诗发展史》时，为现代格律诗发展所做的历史分期。在这部史学著作中，笔者将百年现代格律诗探索历程分为六个时期：启蒙时期、新月派时期、现代派时期、民族化时期、雅园诗派时期、东方诗潮时期。

启蒙时期。现代新诗的发生可以追溯到诗界革命，所以探寻现代格律诗的源头也必然要上溯到诗界革命。诗界革命对传统诗词的声律模式和节奏模式进行了全新意义上的革新，一方面革除与摒弃传统诗律中僵化的格律形式的束缚，催生并启发了现代自由体诗的诞生；另一方面传承与改造传统诗律中符合中华民族审美心理的格律因素，开启了现代格律诗发展的通道。而现代自由体诗和现代格律诗的同时并存与此消彼涨，贯穿了整个中国现代诗歌发展的历程。

新月派时期。新月派是新诗格律化的生力军。他们追求新诗的"建筑美""音乐美""图画美"，开创了新诗格律的新纪元。只可惜天灾人祸，闻一多、徐志摩、朱湘等新格律的开拓先锋过早殒命，使得新诗格律发展先天不足。幸运的是，后期新月诗人逐渐融入现代派，成为其中坚力量，也成为现代派探索新诗格律化的核心。

现代派时期。现代派诗人，接过了新月派诗人的格律薪火，对格律的中外传承做了更成熟的引入与理论研究，甚至不少现代诗人终生都不放弃新诗格律的追求。20世纪50年代提出"现代格律诗"名称的何其芳就是现代派的主要诗人之一。现代派诗人持续半个世纪致力于现代格律的建立和倡导，是中国现代诗学史上，对新诗格律的倡导持续最长，今天看来也是成就最高的诗人群体。但由于现代派内部新诗理论主张复杂，格律化的声音不高，缺乏高扬的旗帜，所以为诸多新格律研究者所忽略。

民族化时期。中华人民共和国成立初期，在毛泽东主席新诗观的指导和影响下，诗人们大致沿着两个方向对现代格律诗进行探索，一是运用新格律诗形式对古典诗词进行译介，如蓝菊荪、余冠英、李易、刘景路等；二是借用民歌形式抒写新生活，如阮章竞、闻捷、李季等。两者融合，在郭小川、贺敬之手里达到了极致。

雅园诗派时期。这一时期源于改革开放以来的百花齐放、百家争鸣的文艺政策，诗人们纷纷在理论与实践领域探究新诗形式，直至深圳中国现代格律诗学会成立，达到高峰。当时团结了全国众多诗人（甚至包括热衷于自由体诗的诗人）支持并参与其中。学会坚持了二十余年，做了大量推动新诗格律化的具体工作，涌现出了许多对新时期具有巨大影响的理论家与诗人，如公木、胡建雄、黄淮、思宇、邹绛、屠岸、吕进、骆寒超、许霆、鲁德俊、万龙生、丁鲁、刘章、丁芒、纪宇、浪波、王一桃、晓帆、李忠利、周仲器等。

东方诗潮时期。网络技术的革命也带来了现代格律诗发展的机遇，网络拉近了诗人们的距离，使诗人们的交流与切磋更加快捷与便利。深圳中国现代格律诗学会、世界汉诗协会、东方诗风论坛、中国格律体新诗网、中国韵律诗歌网、太原诗词学会、《中华诗词》，以及全国大专院校的学刊学报等，网站、博客、纸刊、微刊（公众号），多管齐下，成为21世纪致力于新诗格律化的老中青诗人们的主要阵地，掀起了新诗格律化的又一个高潮。

将21世纪以来的新诗"诗体重建"运动定位于诗潮，而不是诗派，有着多方面的考量。首先，参与新诗"诗体重建"运动的不只是一个诗歌社团（群体），成员也不仅仅局限于一个地区，而是遍布于全国，乃至海外。其次，这些诗歌社团（群体）的诗歌理论主张分别具有各自鲜明的特征，但也具有明显相同的审美趋向——追求新诗形式美。再次，整体呈现出由网上虚拟到线下现实、由民刊到官刊、由草根创研到学术殿堂、由各自为政到国际论坛的发展趋势。正是以此为据,我认为21世纪的新诗"诗体重建"运动绝不是一个流派之内涵所能够涵盖的,而是一场轰轰烈烈的新诗格律化诗潮。

三

正如一部百年新诗史就是新诗的自由化与格律化相互抗争的历史一样,21世纪的新诗格律化,依然在自由与格律的激烈交锋中奋力前行。

1. 新诗诗体建设"伪话题"之争是进入21世纪以来历时最长,参与度最广,专业程度最高的论争。

1998年,叶橹先生在《雨花》第6期发表了关于新诗的论文《形式的困惑》,认为讨论新诗的形式美问题是多余的。冯亦同先生于1998年在《雨花》第12期发表《风景仍在大河两岸——也谈诗歌形式问题,并与叶橹先生商榷》,对该话题进行辨析,认为自由和规范(或曰"秩序")都属于形式美的范畴,也是创作之河不可或缺的两岸,诗歌理论家要回到真正的诗歌形式美的探讨上来。

2009年8月,在福建师范大学主持召开的武夷山"现代诗创作研究技法"学术研讨会上,叶橹先生做了大会发言,他为呼应吴思敬教授"新诗应该是自由诗"的主张,针对在场的吕进、骆寒超、王珂等主张"新诗应该有诗体"的新诗学者,首次提出新诗诗体建设是一个"伪话题"的观点,引起与会者的激烈论争,会后有关"伪话题"的论争一直延续了十余年之久。

2010年叶橹先生又在《诗江南》第2期发表《现代新诗中的形式与意味》,继续对新诗诗体建设"伪话题"的观点进行深度阐述。2010年4月22日,周仲器教授在博客上以《录此存照》为题,对叶橹先生的"伪话题"观进行了批驳。2010年6月26日,在北京大学新诗研究所与首都师范大学中国诗歌研究中心联合主办的"中国新诗:新世纪十年的回顾与反思——两岸四地第三届当代诗学论坛"上,王珂教授提交长篇论文《新诗诗体研究的成绩和问题：诗体建设"伪话题"之争透析》。2011年10月，王珂教授又专文《诗体的"伪话题"之争》，专门对其观点进行了剖析与反击，后被收入2012年由知识产权出版社出版的王珂所著《新时期30年新诗得失论——当代新诗诗体、技法、功能及生态综合研究》之中。

2016年，叶橹先生在《诗探索》第1期发表论文《流变的诗体不变的诗性》，依然认为现代诗所面对的所谓"困境"，不是靠"诗体建设"就能解决的。此文随后又于2017年7月7日《文艺报》第五版文学评论版刊出。这篇文章引起了丁鲁教授的注意，在2018年《文学自由谈》第6期，丁鲁教授发表了《诗歌形式问题的讨论是必要的》的批驳文章。

2019年，叶橹先生又在《中国当代文学研究》第1期（创刊号）发表文章《关于新诗诗体问题的思考》，他仍然认为"诗体建设"是一个"伪话题"。随后，中国诗歌网、中国作家网分别于2019年2月1日、2019年3月3日又陆续贴出了《关于新诗诗体问题的思考》，致使这篇作者言辞凿凿，反复论证、反复推介其观点的文章在网上广为传播，影响甚大。基于此，新诗格律化同仁对叶橹先生的"新诗诗体建设是伪话题"的观点进行了系列性的强烈反击。一是西南大学中国新诗研究所主办的《中外诗歌研究》于2019年第1期开辟了"关于新诗诗体建设的讨论"专栏，发表了乔延凤先生的《关于中国新诗体建设的几个问题——与叶橹先生共同探讨》和万龙生先生的《新诗的诗体重建岂容否定——与叶橹先生共同探讨》两篇驳文。二是西南大学中国新诗研究所为此专门在2019年6月21至23日在西南大学召开"新诗形式美学对话会"，会议主题设计了七个与"诗体建设"有关的话题，共收到了相关专题论文30余篇。三是21世纪新诗格律化的主要刊物民刊《东方诗风》也在2019年9月出版的第22期"理论之库"专栏，专门刊发了王端诚先生的《叶橹先生"思考"十误》和赵青山先生的《新诗"诗体建设"真的是一个伪话题吗？》两篇反驳文章。

上述所有的辩论文章和会议论文，都有理有据，不仅从学理上反驳了叶橹先生新诗诗体建设是一个"伪话题"的错误观点，而且以此立论，全面阐释和完善了新诗诗体建设的基础理论，加快推进了新诗格律化的发展进程。

2. 新诗格律化的成败之争也是21世纪新诗自由与格律激烈交锋过程中具有代表性的典型论争。

2014年6月9日,《太原日报·双塔》发表了李珂先生的文章《"新诗格律化":注定失败的"尝试"》,该文以太原老诗人梁志宏先生的"十二行"新诗创作为例进行剖析,彻底否定新诗格律化的试验成果,认为梁志宏先生"关于'改造新诗''创建新格律诗'的尝试(或曰'实验'),其结果则是和其他'同志们'一样,注定是要失败的"①。作者奉劝梁先生及所有热爱诗歌的人们,与其"竹篮打水"般徒劳无功地创建"新体格律诗",不如花点时间去研究一些真正的诗歌学术问题。

2014年6月16日,太原老诗人梁志宏先生在《太原日报·双塔》发表《新诗和新诗格律化试验岂容否定——评李珂先生〈"新诗格律化":注定失败的"尝试"〉》具文反驳,认为吕进先生"关于诗体重建"的主张是真知灼见,期待新诗界的同仁求同存异,努力创作出更多形式与内涵完美结合的自由体、格律体新诗力作,不断涌现获得诗界和民众乃至国际上认可的代表性诗人,与中华传统诗词并肩前行共铸辉煌!

2014年6月30日,《太原日报·双塔》继续以"再谈新诗与格律化"为题发表了史枫先生的《略谈新诗的发展趋势》与杜美文先生的《漫谈新诗的形式问题》,史文认为新诗不宜再来个格律化,杜文认为当前诗歌弊病不在形式,而在内容,诗歌发展"真正应该呼唤的是我国古典诗歌的忧国忧民情怀与现实主义传统"②。

2014年7月7日,《太原日报·双塔》持续刊出赵青山的文章《新诗格律化的成效》,该文从新格律诗人大致进行着三种形态的新诗格律形式着眼,列举了21世纪新诗格律化的优秀成果,用历史史实强有力地反驳了李珂先生的新诗格律化试验失败论。

---

① 李珂:《"新诗格律化":注定失败的"尝试"》,《太原日报》2014年6月9日第9版。
② 杜美文:《漫谈新诗的形式问题》,《太原日报》2014年6月30日第9版。

3. "梁氏十二行的诗体归属"之争属于21世纪新诗格律化诗体理论建设学术范畴的论争。

2013年12月,山西老诗人梁志宏先生的十二行诗集《雪映金银木》由三晋出版社出版发行,赵青山先生将序言《关于12行诗的絮语》贴到"东方诗风论坛",并撰文《梁氏十二行诗的格律归属》一文,认为梁志宏先生的这种追求定行,规律押韵,不求句式整齐和对称的新诗属于半格律体新诗范畴。诗评家孙逐明先生随即发文《评赵青山先生〈梁氏十二行诗的格律归属〉》,对赵文对"梁氏十二行诗"的诗体定位提出异议,认为梁志宏先生的十二行诗创作属于有格律倾向的自由体。后来梁志宏先生著文《十二行诗引起争鸣的回复》予以回应,认为经过慎重辨析,诗集《雪映金银木》中有一部分诗可以归属为半格律体新诗。赵青山随后又专文《再论梁氏十二行诗的格律归属》,再度对诗集《雪映金银木》中的诗例进行分类剖析,认为梁氏十二行新诗,是一种在押韵方面具有严谨规律性的定行诗,属于共律体新格律诗。此次论争历时数月,同时得到东方诗风论坛网友的积极回应。主要辩论文章后被收入太原诗词学会主办的《并州诗汇》2014年第1期(总第7期)"争鸣"专栏全文刊发。这实际上是格律体新诗分类理论的深度探讨。

四

考察21世纪新诗格律化运动,江苏常熟理工学院和重庆西南大学中国新诗研究所是不可忽视的存在。无论是对民间社团的学术支持,还是其自身的学术活动,都显示出了其作为21世纪新诗格律化运动的领袖地位。

1. 在常熟理工学院召开的"新诗格律与格律体新诗研讨会"是21世纪最早的新诗格律理论研讨会。

自1994年10月23日深圳中国现代格律诗学会在北京雅园宾馆召开首届年会——"雅园诗会"以来,由于种种主客观原因,学会同仁只能以会刊《现代格律诗坛》和雅园出版公司为阵地发表作品,却一直缺少坐在一起深入研讨的机会。2007年前后，恰值多年从事新格律诗研究的江苏常熟理工学院许霆教授在任常熟理工学院党委书记，周仲器等一班诗友便提议许霆教授利用工作之便利筹备召开一次现代格律诗研讨会，以推进现代格律诗运动进程。于是由常熟理工学院主办，深圳中国现代格律诗学会、西南大学中国诗学研究中心协办的"常熟诗会"于2007年10月20至21日在常熟理工学院召开，会议名称为"新诗格律与格律体新诗理论研讨会"。会议由许霆教授、蒋登科教授、黄淮诗人共同主持，参会人员有许霆、蒋登科、黄淮、鲁德俊、周仲器、潘颂德、骆寒超、万龙生、沈用大、程文、孙则明、王端诚、杨继晖等。与会专家一致认为，新诗复兴的主要目标就是创造出具有时代精神的中国新格律诗。"常熟诗会"是21世纪以来首次由新诗格律化运动骨干诗人、学者参与的小型高层会议，专业化程度最高。同时也是"雅园诗会"以来，新诗格律化运动发展过程中关键问题的大聚合，与会者讨论了十多年来新诗诗体建设研究方面产生的如历史研究、诗体分类、诗体建设、节奏韵律等等诸多专业性问题。此次会议上承20世纪"雅园诗会"的旗帜与理念，下启"东方诗潮"格律体新诗理论研究的基础与方针，发出了21世纪新诗格律理论建设的最先声。

2. 西南大学主办的"华文诗学名家国际论坛"是21世纪新诗格律化理论建设的主要平台，论坛多次邀请世界各地的华文诗学名家，以及新诗"诗体建设"的主要试验阵地民刊《东方诗风》的代表诗人、学者万龙生、王端诚、沈用大、赵青山等与会研讨，为格律体新诗（原名现代格律诗）的创作实践提供了丰厚的理论支撑。

1986年6月18日成立的西南师范大学中国新诗研究所（现名西南大学中国新诗研究所）是中国第一家专门以新诗为研究对象的学术研究机构。自成立之日起，新诗研究所就以繁荣发展中国现代诗歌为己任，结合实际提出了具体可行的中国诗歌三大重建的建议：诗歌观念重建、诗体重建、传播方式重建。随后又提出诗体重建的三大设想：建立现代格律诗、完善自由诗、增多诗体。进入21世纪，西南大学在建立现代格律诗、增多诗体的艺术实践方面，于2004年9月19日主持召开了以"新诗二次革命"

（诗体重建）为主题的"首届华文诗学名家国际论坛"，邀请来自亚洲、美洲、澳洲等地的十多个国家和地区的130余位华文诗学名家进行国际性学术交流活动。以后每隔两年（或三年）就举办一届，截至目前（2021年），已经连续成功主办了七届"华文诗学名家国际论坛"。七届论坛始终贯穿一个主题：新诗第一个百年是诗体大解放，第二个百年应该是诗体大建设，这是攸关新诗兴衰甚至存亡的重要命题。论坛汇聚了全世界多个国家和地区的诗人、诗歌评论家、诗学研究者及在读的硕士、博士研究生，对百年新诗发展的经验、教训与启示进行了具体而深入的探讨，对诗体建设的诸多学术性理论进行了深度探讨和研究，取得了丰硕的学术成果，成为新世纪格律体新诗创作实践的理论支撑。

3. 西南大学主办的"新诗形式美学对话会"是21世纪以来新诗坛拨乱反正的一次专题研讨会。

叶橹先生是扬州大学文学院教授，著名诗歌评论家。自2009年8月，在福建师范大学主持召开的武夷山"现代诗创作研究技法"学术研讨会上，针对在场的吕进、骆寒超、王珂等主张"新诗应该有诗体"的新诗学者，首次提出新诗诗体建设是一个"伪话题"的观点以来，连续多年不厌其烦地在全国各种报刊上推介其观点。尤其是2019年，叶橹先生在《中国当代文学研究》第1期（创刊号）发表文章《关于新诗诗体问题的思考》，随后，分别于2019年2月1日和2019年3月3日在中国诗歌网、中国作家网陆续贴出，给21世纪新诗诗体重建运动造成了极坏的影响。因此，西南大学中国新诗研究所专门在2019年6月21—23日在西南大学召开"新诗形式美学对话会"，邀请全国著名诗人和学者与会探讨新诗"诗体建设"的相关话题。会议设计的七个话题分别是："1、新诗与形式建设；2、新诗诗体的双轨发展与诗坛的'三足鼎立'；3、艾青中后期诗歌的半格律化倾向；4、自由体新诗的文体建设；5、格律体新诗无限多样的形式探索；

6、外国诗体与新诗；7、闻一多、何其芳研究。"① 会议收到的30余篇专题论文，不仅从理论探索和创作实践等多方面对新诗诗体建设"伪话题"的错误观点进行了批驳，而且以此为契机，整合了诗界不同的观点，对新诗诗体建设的必要性形成了广泛的集体共识，进一步完善了新诗格律化的基础理论。另外这次会议的最大亮点还是将新诗"诗体建设"提升到新诗审美的高度来审视，为21世纪新诗格律化运动赋予了崭新的意义。

4. 全国各大专院校的学刊学报是21世纪新诗格律化理论建设的主要阵地。

据初步统计，2001—2020年间，《常熟理工学院学报》每期都开设新诗格律研究专栏，20年间发表有关新诗形式建设领域的理论文章有35篇。西南大学《中外诗歌研究》每期发表有关新诗形式建设研讨文章，20年间有90篇左右。西南大学大型新诗理论年刊《诗学》自2009年创刊以来，聘任21世纪新诗格律化运动领军人万龙生担任编委，执编其中的"格律体新诗研究"栏目，十年间共刊发论文54篇。《江苏大学学报》2002—2010年间，发表的新诗格律理论研究文章有17篇。以上刊物所刊论文，林林总总，蔚为大观。论文主要涉及基本理论、历史梳理、作品评论几个方面，扩展到与诗词关系、与译诗关系、资料存目等领域，其中不少堪称创见，这些刊物成为21世纪新诗格律化理论建设的主要阵地。

21世纪以来，新诗格律理论研究逐渐进入全国各大专院校学界的研究视野，成为大学博士、硕士学位论文的首选课题。初步统计，博士论文5篇，作者分别为吉林大学刘富华（2006）、复旦大学刘群（2006）、四川大学李国辉（2008）、复旦大学张入云（2011）、华中师范大学王雪松（2011）；硕士论文15篇，作者分别为南昌大学吴凌春（2005）、中南大学刘怡（2006）、西北师范大学潘国美（2006）、苏州大学彭云（2006）、四川大学黄淞（2008）、广西师范大学史树楠（2010）、华中师范大学李秋芸

---

① 西南大学中国新诗研究所：《新诗形式美学对话会预备邀请函》，2019年4月8日，未刊稿。

(2011)、山东师范大学夏宝龙（2012）、中国人民大学文学院方钦（2012）、扬州大学石娉娉（2012）、广西师范大学杨捷（2014）、山东师范大学王海雁（2015）、江西师范大学吴雅琼（2015）、福建师范大学叶盼（2017）、河北大学解楚楚（2019）。论文涉及课题包括诗派研究（新月诗派、京派以及50年代的格律讨论）、诗人研究（闻一多、朱湘、徐志摩、于赓虞、林庚、卞之琳、何其芳）、理论研究（音律、声律、韵律、节奏、语言）、诗质研究等等。

在收入研究数据的100余篇21世纪以来全国期刊所发表的关于新诗格律理论研究的论文之中，50余篇发表于全国各大专院校学刊学报，涉及的院校有50所以上，其他的50余篇发表于全国各大知名学术刊物，如《诗探索》《星星》《中国现代文学研究丛刊》《名作欣赏》《文艺争鸣》《文学前沿》《当代文坛》《中国比较文学》《学术研究》《求是学刊》《齐鲁学刊》《江淮论坛》《台湾诗学学刊》等。内容涵盖了百年新诗格律诗史论、新诗形式讨论、新诗诗体建设理论、新诗语言建设、诗派研究（新月派、现代派）、诗人论、诗体论等新诗诗体建设的所有领域，成为新诗格律化的理论宝库。

从以上数据分析可以看出，新诗要走格律化之路，不仅已经成为全球华文诗歌理论学界的集体共识，而且逐渐已成燎原之势。越来越多的诗人、学者、青年学子，投入到这场轰轰烈烈的新诗形式美学建设中来，新诗发展繁荣可期！

五

考察21世纪新诗格律化运动，民间诗社、民间诗刊是运动发展的有生力量。追求新诗形式美的诗人通过网络新技术相互联络交流，在相同（或相近）的新诗创作理念、审美趋向吸引下，自发组织诗社，筹建创作基地，自费出版诗刊，自费出版诗集和诗学著作，成为新诗格律化运动的一道亮丽的风景线。

一是进入21世纪以来，深圳中国现代格律诗学会以香港雅园出版公司为阵地，运用作者自筹（或共筹）资金的方式推出《雅园诗丛》《雅园诗论丛》，陆续为程文、程雪峰、周仲器、周渡、黄淮、万龙生、许霆、李长空、任雨玲、丁芒、屠岸、高昌、穆仁、赵青山等诗人和学者出版个人诗集、诗论集40余部。2005年9月，学会主编的《中国新格律诗选萃》，由吉林大学出版社出版发行。2007年9月，因故休刊的《现代格律诗坛》总8卷在江苏大学周仲器教授主持下复刊，专门发表全国范围内的新格律诗人的诗论和诗作，至2010年总11卷终刊。2007年10月20至21日，由常熟理工学院、深圳中国现代格律诗学会、西南大学中国诗学研究中心共同主办的"新诗格律与格律体新诗理论研讨会"在常熟理工学院举行，会议针对当下诗歌存在的不注重形式和形式散漫等问题来讨论新诗的文体规范，倡导诗体重建。这是改革开放以来现代汉语格律诗学理论的一次大聚合，代表了雅园诗派（深圳中国现代格律诗学会）关于新诗格律理论研究的最新成果。2013年，丁国成、黄淮、周仲器主编的《雅园诗选》，丁国成、周仲器、赵青山主编《雅园诗论选》，由雅园出版公司出版发行，对学会二十年间现代格律诗理论与创作成果进行了系统的梳理、回顾与总结，掀起中国新诗格律化第三次浪潮的第一个高潮。

二是2003年在香港正式登记注册的世界汉诗协会，属于世界性汉语诗歌民间学术团体。该协会在"首届世界汉诗大会"上就提出了"汉诗规范"的问题，制订了《中国汉诗艺术创作规范标准（草案）》，对汉诗的形式和韵式提出了规范标准。2004年，该协会创办了《世界汉诗》杂志，其中专门设立了新诗格律栏目，大力推介新格律诗理论和实践创研成果。自2004至2016年，《世界汉诗》共出版30期，发表的新诗格律理论文章主要有7篇，《世界汉诗协会2006年工作年会论文集》中收入关于新诗格律的论文有14篇。另外，《世界汉诗》每期都辟有格律新诗专栏，其中1—23期版块为"格律新诗"，24—30期版块为"戴镣舞"。在格律新诗（戴镣舞）版块里发表新格律诗作的诗人，几乎囊括了21世纪全国所有的格律体新诗界主要诗人：周拥军、吕进、穆仁、黄中模、黄淮、思宇、刘章、丁芒、黄杲炘、程文、沈用大、万龙生、王端诚、孙则鸣、齐云、刘年、王世忠、余小曲、张先锋、马德荣、李长空、赵青山、任雨玲、刘聪美、孙友芳、朱亚年、尹国民、宋煜姝、刘志强、汤云萍、胡晟、高平、刘善良、王民胜、李征、付显龙、朱华杰、迟海波、李治国、杨恒学、孙焱、徐泽兰、张斌、陶芎、刘贵宝、汪常、马世成、龙光复、周琪、简云斌、严希、蔡友元、张梦辉、邓子伕、李太伯等。

三是2005年创办的"东方诗风论坛"2006年创办的"中国格律体新诗网",以创建新诗格律,建立格律体新诗为己任,以创新的新诗格律分类理论——"三分法"为指导,团结全国有志于追求新诗形式美的新诗人,开展了21世纪以来规模最大的新诗诗体建设实验。他们的创研活动主要呈现出以下特征:第一,在理论建设方面实现了由诗歌观念更新到诗歌本体研究的方向性跨越。依托西南大学大型理论年刊《诗学》专设的"格律体新诗研究"专栏,专注于新诗诗体建设本体研究,从将"现代格律诗"名称改为"格律体新诗"(万龙生)到自由诗和格律诗"双轨发展"(吕进)的新诗体建设基础理论,从格律体新诗的分类"三分法"(整齐式、参差对称式、复合式)到定行诗体(四行诗、六行诗、八行诗、十四行诗、花环体),从"完全限步说"(程文)到"对称统摄说""程式化音步说"(孙逐明),从标点符号的运用(余小曲)到外国诗歌的翻译(杨开显),这些都是对新诗格律本体化的研究。第二,在活动形式方面独具匠心。东方诗人群最初由网站结缘,后来实现了线下聚会,实现了每年一地的诗学年会,他们创办纸质诗选刊《东方诗风》《格律体新诗》杂志,并争得当地政府、当地文联、当地大学的支持,多次举办诗学论坛及研讨会。随着社会新科技的发展,他们建立微信群,注册公众号,联络各地诗刊设专栏推介格律体新诗作品,甚至全国性诗词刊物《中华诗词》都为格律体新诗开设专栏,每期刊发格律体新诗。2020年,山西赵青山依托东北作家编委会、中国知网开展了新诗格律化发展历史讲座的网上直播;2021年,重庆万龙生依托江北新华书店开设"格律体新诗系列讲座",并同步网上直播。坚持创办网站、诗刊杂志、微信公众号,巩固了格律体新诗创研阵地；一年一地的诗学年会，转战南北，传播了新诗格律化理念，扩大了创研队伍；网上直播更是将新诗格律化影响波及了海内外。他们还依托当地政府和文化机构，筹备成立了四川省诗词协会格律体新诗创作研究会、重庆市诗词学会格律体新诗研究院。灵活多样的活动形式，使得21世纪新诗格律化创研活动别开生面，生机勃勃。第三，在创研成果方面硕果累累。从历史研究到理论建构，再到作品创作，东方诗人群都有杰出的表现。2005年论坛编选了《新世纪格律体新诗选》（中国文化出版社），2006年编选了《东方诗风2006年诗选》（名人出版社），2011年论坛编选了《东方诗风格律体新诗选》（吉林文史出版社），2013年论坛编选了《桃源在我心》（中国文联出版社），2000年程文、程雪峰出版了《汉语新诗格律学》（雅园出版公司），2006年沈用大出版了《中国新诗史1918—1949》（福建人民出版社），2012年余小曲出版了《中国格律体新诗论集》《格律体新诗增刊》，2015年李长空出版了《李长空诗论选》（白山出版社），赵青山2016年出版了《现代格律诗发展史》（雅园出版公司）、2019年出版了《雅园诗派研究》（雅园出版公司）、2021年出版了《东方诗潮研究》（雅园出版公司）。而东方诗人群的大多数代表诗人都分别出版了自己的格律体新诗诗集。据初步统计，自2005－2021年间，《东方诗风》诗刊共出版25期，《格律体新诗》诗刊共出版20期，出版丛书2套15本，20余位诗人出版诗（论）集40余部，成为新诗史上新诗格律化坚守时间最长、汇聚诗人最多、创研结合紧密、成果最为丰厚、发展最具潜力的诗人学者创研群体。

四是由山西省太原诗词学会主办的《并州诗汇》，该刊2011年创刊，先以格律新诗版块，后以刊中刊版块，以诗体交融与构建为宗旨，专栏研讨格律体新诗创作与研究，至今已发表理论文章30余篇。《并州诗汇》除刊发格律新诗理论研讨文章外，还专辑刊发《中国格律体新诗酉阳论坛作品小辑》《重庆"东方诗风论坛"格律体新诗小辑》《重庆市诗词学会格律体新诗研究院诗辑》《定行诗选》等，刊发全国各地优秀的格律新诗作。刊物专设的新诗体实验区所涉及的新诗体有：歌词体、新古风、八行诗、九行诗、十二行诗、六六谣等,确实体现了刊物"诗歌,在融会中前行"的办刊方针,也使山西太原成为21世纪新诗格律化运动的北方重镇。

五是《渝水诗刊》。2013年创刊,由重庆市诗词学会主办,7年间已出版17期。该刊奉行"诗三国"理念,对中华诗词、自由体新诗、格律体新诗实行兼收并包的方式。其中格律体新诗专栏每期集中刊发新格律诗人诗作,至今已发表600余首;另外还在《渝水论坛》中刊发关于格律体新诗的理论文章。

六是湖南诗人段乐三,2002年筹建益阳市汉俳诗研究会,创办《汉俳诗刊》(季刊),2004年改名为《汉俳诗人》,截至2008年,共出版24期(终刊)。长春汉俳学会于2009年成立,并创刊《汉俳诗刊》(季刊),每季度出版一期,截至2017年已出版22期。长春市文联党组书记张守智在学会成立大会明确指出:"我国著名的诗歌理论家吕进先生曾在《三大重建:新诗、二次革命与再次复兴》一文中说:'提升自由诗,成形现代格律诗,增多诗体,是诗体重建的三个美学使命。'我们成立长春汉俳创作委员会,提倡写汉俳诗就是一种增多诗体的具体体现。"① 这是新诗史上迄今为止为一种诗体成立诗社、创办诗刊的特例。

七是深圳大学黄永健教授自2013年推出定型新诗体——十三行新汉诗(手枪诗)以来,不仅团结全国各地年轻诗人试验创作这种新诗体,而且积极撰写论文,探索这种诗体的格律诗学理论,获得了2019年"当代汉诗创新诗体研究"国家社科基金立项。同时在深圳光明区、江苏盐城、广东兴宁等地创建十三行汉诗艺术创作基地,出版诗集,发展文化创意产业,第一次将新诗体同书法、绘画、商品有机融合,大大拓宽了新诗体的传播途径。

八是由中华诗词学会主办的《中华诗词》,自2019年8月开始在新诗之页专栏每期都集中刊发格律体新诗理论文章与诗作,至今已发表54位诗人和学者的60余首(篇)作品。

---

① 《汉俳》诗刊,长春汉俳学会主办,2009年1期(创刊号),第6页。

六

21世纪的新诗格律化运动，在政治清明、思想开放的社会背景及网络新技术的影响下，整体呈现出由网上虚拟到线下现实、由民刊到官刊、由草根创研到学术殿堂、由各自为政到国际论坛的发展趋势。尤其是西南大学中国新诗研究所、常熟理工大学、"东方诗风论坛"和"格律体新诗网"，在理论上提出新诗"二次革命"和新诗"诗体重建"的主张，完善了分类理论——"三分法"和节奏理论——"完全限步说"，成为21世纪格律体新诗创作实现突破性进展的基础性理论；他们团结全球范围的华文诗学名家、诗人，举办专题理论研讨会、创建网站、微刊、出版诗刊、举办讲座和学术交流、组织出版个人诗（论）集等，拓展了创研阵地，拓宽了传播途径，扩大了格律影响，凝聚了新诗"诗体建设"的核心力量，开创了新诗史上格律化诗潮蓬勃发展的大好局面。新诗要走格律化之路越来越成为新诗学界有识之士的共识。传承与改造中华传统诗歌的格律精华，为新诗建立一套符合中华民族审美习惯的美学规范，是当前新诗摆脱边缘化、步入健康发展快车道的必由之路。期待新诗人努力创作出更多形式与内涵完美结合的格律体新诗经典诗作，期待新诗界不断涌现为诗界和民众乃至国际上认可的代表性诗人，期待新诗人创造出具有民族特色的中华新诗体！

诗图·第十五辑·

少数民族诗歌研究

代际差异下的当代少数民族诗歌
——以娜仁琪琪格、苏笑嫣为中心

□魏巍[①]

内容摘要：要对当代少数民族诗歌的发展趋势做一个预测，最好的方式就是通过代际间的书写差异来进行把握。以娜仁琪琪格、苏笑嫣母女为中心的案例研究，将代际差异与少数民族诗歌发展相结合，对两者间各自建构的民族身份与文化认同进行比较。文化全球化使得少数的"共同文化"趋于解体，诗歌写作也开始向"去中心化"方向发展，而这个过程又必然会导致一种新的发展趋向，即，在少数民族诗歌"去中心化"的同时，将会产生新的"中心化"，在民族文化融合的同时，表达中华民族文化共同体的趋势会呈现上升趋势。

关键词：代际差异；少数民族诗歌；娜仁琪琪格；苏笑嫣

如果真要对中国当代少数民族文学的发展做一个预测的话，那么，我们就不得不重视代际间的文学书写：从中来发现少数民族文化意识的变迁，并从中看取当代少数民族文学的走向。在这里，我选取了娜仁琪琪格及其女儿苏笑嫣作为研究对象，将两代人的诗歌创作进行一个大致比较，

[①] 魏巍（1982— ），男，土家族，重庆酉阳人，文学博士，西南大学中国新诗研究所、中国文学研究所副教授，主要从事中国现当代文学研究。

从代际创作差异上来理解当代少数民族诗歌创作。

一

我一直坚持这样的判断：随着社会变迁速度的加速，民族融合加剧，少数民族越来越城市化，民族意识将会越来越淡薄，在这个过程中，"乡愁"体验将代替民族文化认同成为新的表达方式。当然，"乡愁"也不是永恒的话题，在经过几代人的城市生活之后，"乡愁"也会贬值，他们将最终湮没于城市生活之中，这可以说是城市化发展的必然结果。

人的一生其实在很大程度上是寻求身份认同的一个过程。只有在多数民族面前，少数民族才能成为少数，少数民族只是一个相对的概念，是自己深切感受到与多数民族之间文化差异的产物，它不是一个固定的概念，而是一个相对的概念。很显然，元、清时期，蒙古族、满族从来不会认为他们是少数民族，所谓少数民族，其实只是从文化差异、生活习性等差异性认识中分离出来的一个门类，这个门类当然有着文化上的认知，正是从文化上的不同认识出发，相互之间才会在很长一段时间里产生"非我族类"之感，才会在族群文化认同中去安置自己的身份认同。"乡愁"意识虽然在某种程度上照样来源于文化差异，但是，它更多注意的是区域之间的差异，是面对一个陌生环境的时候唤起的对已然熟悉的人事与地理的回忆，它是在"陌生人"之中产生的与地理有关的概念。这个地理不一定是文化上的地理，而可能仅仅只是与熟悉或陌生有关，至于是否认同本土的文化，那又另当别论。"乡愁"意识是人类漂泊感的共同体验，少数民族文化认同则不一定因为这种漂泊感，从某种程度上来说，它更像是一个固定在一个族群内部的概念。从国际上对民族主义的研究来看，族群认同更具有意识形态概念，而乡愁虽然是一种现代城市生活生发出来的普遍现象，但却恰恰是个体化的感受。

对于从草原走出来的第一代人来说，娜仁琪琪格尽管已经脱离了蒙古的草原文化，但是，由于从小的经历，某些文化因子还是在她身上留下了印记，作为一种记忆而存在，这或许就是某些论者所认为的"民族气质"。这种民族气质其实只是民族文化在她身上残留的记忆与想象。在她的《格桑花》中，她对蒙古草原的认知仅仅体现在"说出草原　说出马儿　说出羊群/说出草原上空的云朵　说出草原大地上的湖泊"这样的自然景观，这些自然景观虽然具备地域色彩，但是，我们并不能就此认为这就是民族特色。对娜仁琪琪格来说，她对蒙古文化的认知并没有提升到文化认同的高度，而是借着草原以安慰自己漂泊的灵魂的所在。"美丽的格桑花啊　当你开遍了我的全身/大草原就认领了我"，不是我认领了草原文化，而是草原这个地域认领了我。对于一个具有深厚民族文化认同情感的人来说，我认领的草原不会仅仅只是那一群吃草的马儿或者羊群，也不是草原上空的云朵或者大地上的湖泊，而是整个草原文化的精髓，而今，诗人只能依靠开遍自己身上的格桑花来让草原认领自己。这不是民族文化的认领，而是地域性认领，这种认领不是来源于族群文化认同，更多的是漂泊在外的"乡愁"意识。

"我是被放逐的，有一颗漂泊不定的灵魂，这一生都在寻找精神的归所，茫然始于的最初，仿佛在幼小的时候，或者比这还要早。"[1] 这种漂泊感使得诗人认为，"我总是游离于群体之外，我在这里，我早已不在这里"[2]。大雪弥合了天地之间的北京城中，尽管如一幅画一样，把"从钟鼓楼开始　树木　巷道　四合院/到广厦万千　和那个小女孩飘动的长发/她身后的脚印　迎面行驶过来的六三五路汽车"推到眼前，但是，这些眼前的事实并不能让诗人诗意的栖居，她想到的是"那一夜的奶茶　美酒　蒙古人的好歌喉/把她带到了辽阔的草原　带到了那个/远离的故乡　忧伤让她在马头琴的曲调中/起伏　同族妹妹的体贴入微/这些母语的暖流　将一个放逐天涯的女子/迎回家　然后又一次看她走向远方"（《雪》）。就算

---

[1] 娜仁琪琪格：《在诗歌中安放下我的草原》，娜仁琪琪格主编：《诗歌风赏——中国当代少数民族女诗人作品选》，长江文艺出版社，2014年，第299页。

[2] 娜仁琪琪格：《在诗歌中安放下我的草原》，娜仁琪琪格主编：《诗歌风赏——中国当代少数民族女诗人作品选》，长江文艺出版社，2014年，第300页。

诗人"热爱着北京的老胡同","我叫出它们的名字/就喊出了童年的玩伴",从北京的老胡同中,诗人"能从这里抵达故乡与童年"(《时光打老远从这里走过》)。甚至是"京城的灰灰菜 与故乡/一模一样的灰灰菜/像邻家姐妹",但是,这一切都抵挡不住诗人从内心深处流露出来的"漂泊感"与"思乡病"。确实,正如诗人自己所说的,她在这里,却又早已不在这里。这话其实还可以更直白地说,她属于这里,却又早已不属于这里,无论是对于京城还是对于草原。

"思乡病"在娜仁琪琪格那里就像开在"身体中的梨花","她的梨花先是开出一条河的清澈/叫大凌河 再开出一个村庄的纯朴/叫香磨村 她素白洁净 不张扬/却开出了一大朵一大朵的白 一树一树的白/一个村庄的白 那玉质的剔透与晶莹/是整个大辽西的底色"(《身体中的梨花》),正如霍俊明所说,"随着时间的推衍,人世的沧桑,一个人的内心和情怀会越来越患上显豁的'怀乡病',一个暮色中的'异乡人'在无家的潮水中仍试图寻找归乡的草径。而遥远的辽西、拒马河、大凌河和香磨村就成为诗人身体和内心河流深处幽幽的梨花,芬芳静雅的雪白伤口上满是温暖而低语的乡愁"①。

娜仁琪琪格犹如"都市中的向日葵","北京对我意味着——我能够生存/与朋友相爱"(《落在希望的枝杈上》),她深切地感受到自己与进城的土豆一样的命运,"然而 一定有什么/是我说不清的 比如炊烟/比如土豆来到大都市的过程/比如卖土豆的那个女人的愁容与叹息/以及 豆花出走后的命运"(《当我说出土豆》)。大辽西的生活,则给予了她创作的灵感,而诗歌,成为她医治思乡病的强心针。在诗集《时光的鳞片》中,诗人把她的乡愁安置在第二辑"都市中的向日葵"中,这种安排显然是刻意为之的,不过只是为了自证身份而已。在这个自由迁徙加上大拆大建的社会,每个人都不过是都市中的一颗向日葵,甚至于端坐家中都可能成为故

---

① 霍俊明:《静然低语的梨花怀有阳光与灰尘——娜仁琪琪格近期诗歌解读》,《诗歌月刊》2011年第7期。

乡的陌生人,就像我的老乡冉云飞的一部书名所说,"每个人的故乡都在沦陷"。

二

我们很难说"乡愁"意识是一个贬义词汇,尤其对作家们来说,精神上的痛苦可能正是他们孕育写作的温床。如果没有乡愁,也就不会有娜仁琪琪格《我想家了 你想我了》这样的书写。乡愁虽然让人痛苦,但它毕竟还给了现代人一个精神的寄托之所,尽管给人无家可归的感受,但在精神上它多少可以让一个人在回望故乡的时候感到温暖。就像王单单的滇黔边村一样,虽然这个故乡充满着让人感到屈辱的卑贱,尽管那里的人们在生老病死的泥潭中挣扎,在贫困中难以自拔,但是,它毕竟让诗人找到了根的感觉。

当我们熟悉于都市生活,并切身融入到这种都市生活的时候,这种根的感觉就会在不知不觉之中消失殆尽。对他们来说,他乡即故乡。当母亲以忧伤的笔调书写着"都市中的向日葵",强调都市与故乡之间的差别,并告诉妈妈这个"五一"又不能回家的时候,苏笑嫣则以另外一种笔调来书写属于她的向日葵。"那些向日葵不十分贵 八元一枝/小小而瘦弱的身躯 经过修剪/插在花瓶里/它们不是我的向日葵"(《我的向日葵未经修剪》),尽管苏笑嫣笔下的向日葵未经修剪,要把泥土抓得紧紧,代表着灼灼、旺盛和摧毁一切的爱情。但是显然,这样的向日葵并非是所有人所共同渴望的东西,诗歌从一开始就留下了可供读者"钻营"的缝隙:城市中的向日葵是可以用钱买到经过修剪之后插在花瓶中供人赏玩的,不用生长在泥土中。苏笑嫣的向日葵在无意中揭示了现代都市生活的无根状态,象征热烈的爱情的向日葵,在都市人手里是可以用钱买到的,包括爱情,一切都似乎与消费社会紧密地联系在一起。

更进一步来说,如果我们把娜仁琪琪格《都市中的向日葵》与苏笑嫣的《我的向日葵未经修剪》进行更深入的比照的话,我们就会发现,这两者之间有着完全不同的情感基调,《都市中的向日葵》表达的是在外求生存的人——包括那些戴着黄色安全帽的民工们——过节不能回家的思乡病,这种思乡病因为民工们的加入而具有了普遍现实的意义,成为背井离乡在外求生存的真实写照。对他们来说,无所谓什么假期,在家乡,花开有期,而北京的"向日葵"是不分季节的,每一天都有,他们日出而作,日入而息,为了生存而不分早晚,也不辨假期,忘了什么时候应该是团圆的时间。而《我的向日葵未经修剪》中,则更多的是私人性的写照,大众的是八元就可以买一枝经过修剪后的摆设,这种向日葵不会结籽,从自然规律上来说,当然也就不会延续生命:它是短暂的存在。如果把这种短暂的生命和苏笑嫣后面提到的爱情对比起来,无疑更有意思,那种消费的幻象就呈现出来了。当然,并非所有人都会把向日葵当作凡·高画中的太阳。对于绝大多数习惯了都市生活的苏笑嫣的同龄人们来说,这些都市中的向日葵,既不会变成民工们的小黄帽,也不会像妈妈一样,会思念家乡的亲人:她的亲人就在身边,无须千里迢迢回到草原。

没有颠沛流离的感受,父母就在身边,无须再去记挂辽西、拒马河、大凌河、香磨村,甚至不再去思念母亲的母亲,那些与母亲相关的记忆不再是她的记忆,她的文化之根在都市,而不是在辽西,族群对她来说是外在的标签,乡土对她来说是一个陌生的词汇。文化记忆在苏笑嫣这里是断层的,或者说,代际间的书写差异在很大程度上即是文化记忆之间的差异。她的时光正被都市文化所同化。"初秋的午后阳光正好 适合/煮一壶咖啡 摆一盘点心 安静地/放置好自己 什么都不去做/甚至 话也不说 事业不想//像重组一只老旧磨损的机器 把/那些锈蚀斑驳的零件拆卸维护/从它们加速运转开始到现在 已有些年头/越来越快的日子 童年的摩天轮/不知何时就变成了发狂的风车//现在 这午后属于我的/阳光是我的 安静是我的 恬淡是我的/这生活的慢与细腻 也是我的/把闹钟和照片一起挂在晾衣绳上吧/湿漉漉的时间和记忆 都需要晒晒太阳"(《初秋的午后》)。咖啡、点心,这些具有小资情调的物象已经掩盖了母亲笔下的黄色安全帽,诗歌不再关心人类,也不再关心自己来自何方,诗歌在这里只关心自己，关心自己的存在状态。

少数民族诗歌从关心人类，关心自己的族群，以及自己来自何方，到只关心自己，这是现代消费社会形态下的必然趋势。对于那些远离少数族群，迁居都市的第二代及其以后诗人们来说，融入迁居地的生活，就必然要求文化上的重新融合。梳理中国当代少数民族女性诗歌就会发现，这种趋势随着新生力量的加入而越来越明显。从唯色、德乾旺姆、萨仁图娅、匡文留、葛根图娅、额鲁特乌银，甚至包括王雪莹、娜仁琪琪格、娜夜等人的书写到张牧宇、张牧笛、苏笑嫣等人的书写中，表现出了两种完全不同的气度，前者对自己的出生地都具有相当深厚的感情，她们或书写自己的族群在现代社会生活中所遭遇的生存挑战，或回望故乡，从而为自己的漂泊无依寻求精神支柱；而后者则已经完全同化于都市，在都市文化中发现生活的乐趣。她们更关心自己的生活，书写变成了当前都市化体验的反映。文化全球化使得少数的"共同文化"趋于解体，诗歌写作也开始向"去中心化"方向发展，而这个过程又必然会导致一种新的发展趋向，即，在少数民族诗歌"去中心化"的同时，将会产生新的"中心化"，在民族文化融合的同时，表达中华民族文化共同体的趋势会呈现上升趋势。苏笑嫣的诗歌写作中，与自己形成对话的诗作不在少数，她的诗集《脊背上的花》其实就可以看作是这种私人化写作的成果。

这些固然与其置身都市之后的现代感受有关。当都市文化造成了人类相互间的陌生化，真正实现了萨特意义上的他人即地狱的时候，一切都与己无关，各种道义上的关怀似乎都不过是隔靴搔痒。但是，我们必须问一句，这难道就是文学的全部吗？

三

我始终认为，文学当然是安慰自己最后的表达，但是，这绝不是最好的表达。它除了安慰自己之外，还有更多的人需要安慰，还有更多的人值得我们去关注，尽管他们可能与我无关。这不是要提倡一种所谓的后殖民主义写作，代替其他人说话，而是说，文学是一项共同的事业，它应该引起读者的共鸣，唤起他们的共同经验。从这个意义上来说，无论如何全球化，都不是诗歌私人化写作的动力。当然，追求共性写作与私人化写作之间，从艺术上来讲，并没有高下差异，李清照的"凄凄惨惨戚戚"与岳飞的"壮志饥餐胡虏肉"同样具有艺术感染力，每一种文学的表现都有它存在的合理性。关键问题或许不在我们写什么，而在于我们有没有，或者以什么样的感情去进行写作。正如萨特所言，"没有任何东西为我们保证文学是不朽的"，在这个各种衡量标准多元化的时代，套用萨特的话说："归根结底，写作艺术不受不变的天意的保护；写作艺术就是人们把它造成的那个东西，人们在选择自身的同时选择了它。如果写作艺术注定要变成纯粹的宣传或纯粹的娱乐，社会就会再次坠入直接性的泥潭，即膜翅目与腹足纲动物的没有记忆的生活之中。当然，这一切并不重要：没有文学，世界照样存在。但是，没有了人世界可以存在得更好。"①

　　提倡一种介入生活式的写作不是今天我要谈的重点，但是，从少数民族女性诗人的代际写作中，我们必须要正视这样的现象。作为诗人，不应该被城市的钢筋混凝土硬化我们的感受能力，硬化我们对于他人关切与同情的心脏。我们当然不必一定要回到充满着泥土气息的村野，但是，至少，我们可以在城市中也建构起可以沟通彼此情感的桥梁。

　　文学诚然是个人的事情，是私人化的问题，但是在当代，文学一经面世就具有必然要面对众多的读者，如果要引起读者的共鸣，让他们一起经受，那么，文学就必须直击读者的内心，唤起相似的感情经验。在这个充满不确定因素的年代，文学要在精神上让人还乡，不仅是诗人自己，还应该让读者从中感受精神的温暖。荷尔德林在《面包和葡萄酒》中问道："在贫困时代里诗人何为？"循着荷尔德林的提问，海德格尔回答说，"在贫困时代里作为诗人意味着：吟唱着去摸索远逝诸神的踪迹。"② 他认为，

---

　　① [法]让-保罗·萨特：《什么是文学？》，李瑜青等主编：《萨特文学论文集》，安徽文艺出版社，1998年，第278页。

　　② [德]马丁·海德格尔：《林中路》孙周兴译，上海译文出版社，2008年，第245页。

"诗人的天职是返乡,唯通过返乡,故乡才作为达乎本源的切近国度而得到准备。"① 我们这个年代当然不贫困,甚至可以说非常丰富,然而,这却是一种丰富的贫困,一种丰富过后的无所适从。借助于 WiFi,我们充实地享受着我们的空虚;借助于高效的交通工具,我们朝发而夕至,把自己与世界各大城市联系在一起。但是,这一切却解救不了我们精神的贫困,我们的肉体在这个嘈杂的世界不是得到了拯救升入天堂,相反,却有坠入地狱的危险。在这样的时代里,敏感的诗人们如果想要继续活下去,也只有在痛苦中寻求精神的故乡,否则也会面临精神上的危机。然而,城市日常生活的书写就意味着切近了诗人的故乡吗?苏笑嫣以自己的诗歌回答了这个问题。

"每当阳光洪暖身体 我都能听见你/舒畅又怯怯的 小小的叹息 偶尔/短小的喷嚏声 打出昨夜的几只/蓝幽幽的星星 我在自己的身体内感受到你/又祛除了几颗凉意……在颤抖着的 你的身体你的牙齿 夜的冷/那些冰碴一样 深蓝色的风与/獠牙一般的黑色 是囤积的 夜与夜的/星星般幽蓝/碎片的 寂寞的梦"(《指尖相触的一刻》)。当面对自己,尽管外面的阳光让人温暖,但是内心却充满着凉意。在钢筋混凝土的城市里,人与人之间相互都是陌生的,这种寂寞是难免。"行色匆匆 镇定的只有认命的创造/钢筋水泥 又或华灯初上/湿漉漉的城市 他们是一闪而过的影子 被时间和生活压得干瘪 无论从/正面还是侧面/雨水 会使他们成为软塌塌的纸张//像夜一样 如此一般的每个夜一样/被褶皱的黑色包装紧紧裹住/我靠在色彩艳丽的广告牌下 清楚地/听到他们的脚步 当当当/敲起孤独的迷失 散落在一整片的潮湿/是每个人熟悉的味道"(《被城市浸湿的雨水》)。

母亲在城市中寻找丢失的故乡,女儿则迷惘地在城市中找魂——虽然她自己可能并没有意识到这样的状态。在城市生活中,尽管代际之间因为

---

① [德]马丁·海德格尔:《荷尔德林诗的阐释》,孙周兴译,商务印书馆,2009 年,第 31 页。

生活经历的不同而使得她们有着不同的精神取向，但是，她们其实有着相通的地方，那就是，在钢筋混凝土的城市里，在陌生的环境中——这种环境既使得她们感觉自己其实是这个城市的陌生人，同时也感觉自己原来是自己的陌生人，这种双重的陌生感其实也是我们这个社会几乎所有共同感受。——她们一起迷失于当下。

在城市化越来越严重的今天，少数民族女性诗人们，当然，也包括所有寄居于城市的诗人们，应该如何诗意的栖居？这是当前我们共同面对的问题。全球化带来的文化分裂，城市化带来的族群根性文化的断裂，正把少数民族文化越来越推向万丈悬崖的边上。族群身份、故土意识越来越成为一张张机器印制出来的薄薄的照片，只是挂在身上作为标签。

四

北娃在《阳台上的燃炉》中谈到了一个非常有意思的现象，她的舅舅在四十六岁那年的夏天从库布奇沙漠腹地搬到了镇上，住进了楼房，他们很快就适应了城镇生活的方式，虽然还保持着"祭灶"的仪式，但是仪式已经简化了，还要在面对物业罚款与传统文化仪式之间的选择。尽管有关部门在广场临时摆设了很多火撑子，让城市蒙古人自愿去那里祭祀火神，但是，北娃明显感觉到了这个民族在现代社会的尴尬处境，以至于她发出感叹说："没有一个民族能摆脱时代变迁的齿轮，独自驾驭诺亚方舟，驶向遥远的未来，这一点是毋庸置疑的。然而，好比是一个优秀的猎人，进入林子的时候知道自己可能满载而归，也可能永无回头之路，但是他不能忘记自己是猎人，纵是被狼群包围，也要会用空枪吓走狼群。若反之，林子还有什么神秘之谜？"[①] 城市生活对于少数民族来说，犹如进入林子里的猎人，对于在库布奇沙漠腹地生活了几十年的舅舅一家来说，尽管暂时还

[①] 北娃：《阳台上的燃炉》，娜仁琪琪格主编：《诗歌风赏——中国当代少数民族女诗人作品选》，长江文艺出版社，2014年，第261页。

保留着族群的某种象征性的仪式,但是,无论这个猎人如何优秀,他都永无回头之路:高楼大厦的城市里没有任何猎物,相反,角色早已在他们入城的那一刻就已经互换,城市才是猎人,而入城的少数民族注定只能是城市里的猎物,他们可能暂时逃脱现代化城市的猎杀,但最终也难免死于猎人的枪口。

这是一个现代社会的悖论,套用齐格蒙特·鲍曼的一部书名来说,"现代性与矛盾性",那些许诺为现代人带来只有理性才能提供的清晰、透明性,可以提供更好生活的图景在第一代入城的少数民族诗人身上可能并不会出现,生活充满了偶然性与矛盾性。

北娃把少数民族进入城市比喻为进入丛林的猎人,从而突出了适者生存的丛林法则对于当代少数民族文化的意义:唯有适应法则,少数民族才能在城市中生存下来,否则,就难免被狼群包围的命运,空枪虽然有可能暂时吓退围上来的狼群,但那绝非长久之计,他们要么把自己变成狼一样的猎物,要么就只能面对被狼群撕咬的命运。多少年之后,这些入城的少数民族,还会保留多少族群的共同文化?当这个族群慢慢地融入了城市生活,这些文化对于他们又意味着什么?

当他们终于变成了城市里的人之后,对他们来说,族群文化最后终究会消失于现代都市的日常生活之中,入城的第一代人可能还多少以"乡愁"的形式来回望这个族群的文化,就像娜仁琪琪格的文学创作一样,偶尔会以"乡愁"的形式来书写她与蒙古草原之间的关系,但是,到了第二代第三代呢?当他们的后代已经习惯于城市生活,成为城市中的一员的时候,他们又会怎样?在这方面,娜仁琪琪格的女儿苏笑嫣的创作给了我们最为有力的答案,那就是:与城市生活达成某种共识,寻求和解。这种意识远不是因为她有意识地感受到了民族身份与城市生活的格格不入,而是无意识地感受到了自己与城市生活之间的关系。"从阅读,到写作;从欣赏,到作画,是往来穿梭于他人的世界与构造自己的世界的过程,妙处在于人的感知使这些世界有交集，所以有交流与体会。"① 无所谓族群的共同文化，无所谓文化认同，也无所谓"乡愁"意识，因为她们生来就已经属于城市。在城市中成长起来的少数民族第二代诗人，已经不再关心自己与族群之间的关系，她们更多地在于感受生活的城市空间与自己之间的关系，如何达成与城市生活之间的和解，并在自我与他人的交流中感知自己的存在。

对于已经融入城市生活的少数民族女性诗人们来说，她们迟早都会成为城市文化中的一员，就像匡文留、沙戈、王雪莹、冉冉、娜夜等人一样。她们并不在意自己的民族文化，最多只是像王雪莹一样剩下一点连自己都觉得莫名其妙的乡愁，更多的，则会像匡文留、娜夜一样，融入她生活的西部，像沙戈一样，他乡即故乡，虽然可能感到孤独，但是，这并不影响她对生活的向往与渴望。

五

我们应该重视这样一种现象，那就是，21世纪以来，在众多的少数民族作家们那里，他们突出的不再是民族文化认同，而是当前文化研究中的一个非常火热的词汇：乡愁。这种现象也不断被研究者们所认同，成为我们面对"异域"文本的一个重要关键词。

"乡愁"虽然是一个文化概念，但是，这个文化概念的重点不再突出某种文化认同，而在于体现了一种感伤、焦虑的心理。"乡愁"是一种地域观念，对于进入城市生活的诗人们来说，是否还记得自己的民族文化并不重要，重要的是记住自己的出生地。这对当代少数民族文学来说，已属不易，随着更多的少数民族进入城市生活，随着一代代人更多地融入城市，少数民族文学必然会面临更多的尴尬。少数民族文化共同体在城市文

---

① 苏笑嫣：《艺术是一场对世界的单恋》，娜仁琪琪格主编：《诗歌风赏——中国当代少数民族女诗人作品选》，长江文艺出版社，2014年，第289页。

化面前变得不堪一击,所有的风俗习惯、文化传统在城市现代化面前必然会成为一具空壳。我们可以想象,在多少年之后,少数民族文学的创作必然融入中华民族文化共同体之中,甚至连他们的出生地名,也将消失在城市的高楼大厦之中,就像福柯所比喻的一样,成为沙滩上的"人",随时都可以被抹除。

我们当然不是说少数民族文学就是最好的文学,但是,在这个集体迷失的年代,它确实又是作为少数民族的我们最为理想的精神寄居地。它是我们作为少数民族身份认识自己来自何方,又将去往何处的最后避难所。然而,在当代少数民族女性诗歌中,我们不得不悲哀地发现,这种美好的愿望正一步步走向毁灭,在全球化、城市化的今天,少数民族文学变得不堪一击,到最后,它可能会由少数民族文学变成少数人的文学。代际之间的书写差异,不仅预示"共同文化"的解体,也预示着少数民族文学族性的衰落。

有论者判断说,"在全球化语境中,少数民族诗歌自身显示出了比任何时候都强烈的对本族文化的自觉意识"。在把西方的后殖民理论作为认同基础的前提下,他们认为,"少数民族文化开始走上了'文化自觉'和反文化强势压力的道路,开始了重新建构自己的新历程"[①]。这样的推论具有一定的道理,诸如彝族诗人吉狄马加、藏族诗人唯色、蒙古族诗人葛根图娅等等,确实在其诗作中展示出了"文化自觉"和"反文化强势压力"的一面,但是,这样的论断是在静态的视野下获得的,它没有把中国当代少数民族诗歌放在发展的过程中去观照,没有能够注意到少数民族诗人代际间的文化差异。同时,论者把匡文留的书写也认为是"文化自觉"的产物,在我看来则完全是毫无事实依据的主观臆断。只有把少数民族作家放到发展的视野中,才能真正发现少数民族文学创作的趋向。事实上,从代际间的文化差异上,诸如娜仁琪琪格与苏笑嫣之间,我们会发现,少数民

[①] 马绍玺:《全球化语境中中国少数民族诗歌的文化认同问题》,《民族文学研究》2001年第1期。

族诗歌并非走向了文化自觉,相反,是在文化融合中走向了文化弥散。如果说少数民族文学必然意味着对于少数民族文化的传承,以及弱势文化对于强势文化的反抗的话,那么现在,这种传承关系因为生活环境的变化,以及代际间的文化差异而正走向衰亡,而弱势文化则正在向强势文化俯首称臣,可以想象,这样的现状在不久的将来会是一种什么样的状况。

以"草原"为中心说开去
——论娜仁琪琪格的诗学空间

□李静①

内容摘要："草原"对于娜仁琪琪格来说,是一生的牵挂,是抹不去的回忆,以"草原"为支点娜仁琪琪格构建起了属于自己的诗学空间。这里的"草原"已不再只是简单的地域空间,它已转化成诗人的心灵空间和精神领地,是一个类似于巴什拉《空间诗学》中所说的"家屋"的空间。在这一空间中她可以诗意地栖居,涤净琐屑的忧虑,扫去平庸的尘繁,弥合被"放逐"的创伤体验。同时,民族的基因根植于民族文化心理的深层,她爱草原的山川风物,精神上则放大到对先祖的敬畏、对传统的承继,这些共同构成了娜仁琪琪格独具魅力的文化特质。

关键词:娜仁琪琪格;草原;诗学空间

一、"家屋":"草原"的象征意义

"草原"是娜仁琪琪格出生、告别,而又心心念念想要回归的地方,是家园,是归宿,也是初心,是一个类似于巴什拉《空间诗学》中所说的"家屋"的空间。作为一个独特的存在,"家屋"明显受制于建筑物这一实

---

① 李静(1995—),女,安徽滁州人,西南大学中国新诗研究所硕士研究生。

体性因素，但又不止于建筑物这一层次，巴什拉力图超越"家—建筑"的实体性特征而去探究它的原初价值和本真含义，思考人的存在价值。"'家屋'是人类思维、记忆与梦想的最伟大整合力量之一。"① 以"家屋"来建构的内心空间，超越了实体性外部空间的意义，"家屋"不再仅仅是某一单独的、具体的实在物象，而是所有内心荒芜的人的共有家园。

娜仁琪琪格心中的"草原"正有这样的特性，这个巨大的"家屋"将外界的一切喧嚣世故推到一旁，尽力维持着自己的本原性，坚强地为它的儿女抵御天上的风暴和人生的风暴，可以说，它既是实存又是灵魂，是这片土地的人存在的根本。

《风吹草低》中，娜仁琪琪格对蒙古草原的书写是以"蒙古包"为起点的，这时它还是一个实体性的，具有建筑性意义的"家屋"。《晨光，扎鲁特草原》：

沐浴草原的第一缕晨光，当我悄悄地
推开蒙古包的小木门那一刻，出生的太阳在山峦之后
正探出四分之一的头部。而那血脉偾张的光焰
神秘、瑰丽，染红了天边的流云

我拧开水管，用清凉的水轻轻地拍打着面颊
仿佛把晨光、清澈、世界的温软
都拍打进皮肤
转身回到蒙古包，轻轻掩上小木门
唯恐惊扰了还沉在梦乡的人

阳光在木门的缝隙，把明亮、红艳投射给我

---

① ［法］加斯东·巴什拉，龚卓军、王静慧译：《空间诗学》，世界图书出版社，2017年，第31页。

我说：请等一等，我要让自己的干净、清爽
配得上草原的清晨
再次推开木门，太阳已脱离了高山
发出白炙的光

我在草原上疾走、奔跑，似乎在追赶着时光
我在青草、花香微漾中奔跑，要到青草
百花更深处，山峦更高处。
我要陷得更深，眺望得更远。

第三首《草原月色美》所有的联想，对于月色的观察、联想、赞美也都是在"蒙古包"内生发而来：

蒙古包里美酒佳肴，是浓得化不开的情感
是悠扬的歌声，窃窃的私语
一轮硕大的月亮，就站在包外。它的高度
总是让人产生错觉

这枚肥美的月亮，把遥不可及的天涯带到眼前
它盈盈的笑，把天庭的光，清澈地洒入每个人的心房
今夜月色美。一块石头，一截木头
都在发光

站在月夜伸手想摘到月亮的人
站在月夜伸手将月亮托举的人
举起相机按动快门，急于把月亮
及它所带来的光华，收入永恒的人
已是被草原的月亮征服、迷醉，收入了它的香囊。

蒙古包里的"美酒佳肴","悠扬的歌声,窃窃的私语",气氛的渲染,幸福感的包围,各种浓得化不开的情感袭来。诗人在蒙古包里静静地、细腻地、温柔地感受着,屋内的一切,屋外大自然的一切,融为一体,安宁和谐,这是诗人处在蒙古包,处在草原时在想象力的基础上所自由构造的诗意的空间,一切都充满了诗意的静谧。

现实中的"蒙古包"是一种建筑,"包"即"家""屋"的意思,是游牧民族为适应游牧生活而创造的居所,易于拆装,便于游牧。但这里的"蒙古包"作为"草原"的缩影显然已不再只是传统的住宅空间,"草原"也已超越了具体的地域空间,作为一个小的"家屋"和大的"家屋",它们不可测量描绘,或用数字估计,超越了建筑的实体性和可描述性,由实存的外部空间变成了内部的精神空间,它亲密而热情,是一个"全然地沉浸着品质与奇想的世界"[1]。

如巴什拉所说,"所有真实栖居的空间,都含有家这个理念的本质"[2],普遍意义上的"家屋"总能给人带来幸福感和安定感,尽管它有时仅存在于人的回忆和梦想中。在娜仁琪琪格的想象、回忆、再现中,所有美好的属性都驻到"草原"这个巨大的"家屋"中来了。这里变成了一块遥远而又神秘的栖息地,弥漫着关于万物之灵、关于先祖、关于自然的宝藏,进入到这个巨大的"家屋"之后,娜仁琪琪格关于其他空间的记忆也随之复现,两相重叠,她更亲密于此悠游平静的孩提之境。

以"草原"为支点,能够撬动娜仁琪琪格整个诗歌世界。她的艺术视野的形成,就是从草原出发而后又回归草原的过程。在从"草原"离开和多年后回归的地理迁徙中,诗人对于自己的身份也有了一个更加清晰的认知。以蒙语为"母语",做"草原的女儿",心灵皈依于"草原","草原"

---

[1] [法] 米歇尔·福柯:《空间、知识、权力——福柯访谈录》,《后现代性与地理学的政治》,包亚明编,上海教育出版社,2001年,第20页。

[2] [法] 加斯东·巴什拉,龚卓军、王静慧译:《空间诗学》,世界图书出版社,2017年,第30页。

无疑早就具有了家园的意义。

娜仁琪琪格所说的一段话可以作为她诗歌的主题：

行走草原与历史碰撞对接，与草原上的万物生灵共呼吸，替它们言说，表达自然的情怀，呼吁热爱自然、保护自然、维护自然世界的生态平衡，这是一个诗人的天命与职责，更是一个蒙古族诗人的自然情怀。①

以"草原"为起点，出于对自然情感共性的体悟，娜仁琪琪格以广博的情怀和想象，以"爱"和"敬畏"衍生出广阔的自然意识，有着大爱世间自然万物的博爱。她歌颂自然的万事万物，歌颂花、歌颂草、歌颂河流、歌颂阳光和雨露，丝毫不见虚伪与造作。她自称是"大自然的信徒"，"笃定万物有灵"，爱自然，亲近自然，"在花草树木、山河大地中，读着悲喜/感受着欢欣、疼痛"（《我是大自然的信徒》）。青草、花香、牛羊、渊源绵亘的历史都是她反复赞颂的美好。可以看出，诗人渴望的是和民族、祖先、草原所在的土地的永恒依附，正如她所说，"作为一个蒙古族人，草原、内蒙古会是我一生抒写的主题"②。

"草原"影响了娜仁琪琪格的诗歌创作，给她继续前行的能量，她深情地对草原表白，"我们从哪里出发，最终还会回到哪里，诗人、作家更多的时候是通过文字一次又一次走在返乡的路上。很多的朋友说，我的诗歌开阔、大气、从容、旷远，这些正是来自辽阔无边的草原吧，那些血液里的沸腾与舒张"③。在草原上，她就是"最幸福的孩子/被万缕阳光照耀、洗礼，被风涌的花香簇拥"（《一轮红日喷薄而出》），刚刚来到草原之时"一切又是那么滞重"，但草原的万物，总能够给诗人带来力量，"当我再

---

① 娜仁琪琪格：《时间为过往收存了记忆》，《风吹草低》，长江文艺出版社，2019年，第2页。
② 娜仁琪琪格：《时间为过往收存了记忆》，《风吹草低》，长江文艺出版社，2019年，第2页。
③ 梁翔：《娜仁琪琪格：在诗歌中安放我的草原——作家网"作家访谈"》，《时代文学》2014年第8期。

一次疾走如风/长生天,我已获得远行的能量"(《一轮红日喷薄而出》)。

在娜仁琪琪格笔下,草原作为一个独立空间,一个巨大的"家屋",已具有了和其他空间不同的独特性。这片草原把时间隔离开来,既打开又关闭,既独立又与其他空间关联。除了四季更替外,草原仿佛是凝固的,但又处处彰显着生命力的魅力。总之,一切都显得那么与众不同。

首先,"草原"是一个独特的文化地域空间。"草原"本身即带有着鲜明的地域性和文化性,它所代表的诗学领域独具魅力。但在现代化文明的冲击下,这片深具魅力的草原难逃趋同化的命运,或是已被遗忘逐渐黯淡。而在娜仁琪琪格诗歌中,这片土地仿佛被时间凝固,在一个时间的真空里保持着它原有的光彩。草原还是那么的古老神秘,神奇在流动。在这里,她可以随时走在广阔的草原上,沉浸在《敕勒歌》的意境中,感受自然的美好。在这里,也没有时代的焦虑感,唯有顺其自然的恬淡、随和与从容,可静可动、可柔可刚。显然,不管现代社会如何发展,它好像就在那里,保持固有的模样,等回了浪迹天涯的儿女。其次,它更是诗人的心灵空间和精神领地,包容了诗人所有的柔情和记忆。来到草原,娜仁琪琪格涤净了琐屑的忧虑,扫去了平庸的尘繁。重新唤起了对于纯粹"美"的追求,以自我为中心的偏执感也得以消除。在新的空间逻辑中,自然和自我融为一体,你中有我,我中有你。可以说是处处是中心,但又无中心,自然、自我无边界、无隔阂地水乳交融。正是这样一个特殊的空间使得娜仁琪琪格的诗歌大气、开阔而从容,娜仁琪琪格也通过自己的方式,建构了属于自己的独特的空间诗学。

二、"放逐":"草原"是心灵的归属地

娜仁琪琪格生在内蒙,长在辽宁,后又来到北京,很早远离故乡,一直在他乡游走。她知道自己的根在内蒙古,可是并没有在这片土地上真正地生活过。随着年龄的增长,无根的漂泊感、不安全感逐渐扩大,以至于随时随地都能够挑起她内心的煎熬。娜仁琪琪格总说自己是一个被草原

"放逐"天涯的人，一个一出生就向着远方行走的人，"放逐"是娜仁琪琪格诗歌中的高频词，仅"风吹草低"部分就出现了7次，其他也有很多诗篇都间接的表达了这种被"放逐"的感受。"草原"对于她来说，是一生的牵挂，是抹不去的回忆，是心灵上渴望回归而终不能真正回归之地，就像她所说，"我终是远去的离人"。

在娜仁琪琪格的诗中，以"草原"为代表的"家屋"空间总给人一种边界感，往往以"地方"的形式出现，这一片空间让她感到亲切，是她心灵的避风港。以北京为代表的空间虽然广阔，"北京给每一个追梦的人都提供了一个广阔的世界，生命在这里重新开始，在这里重新寻找自己，从此走向自我的建设过程，也是对自我确认的旅途"①。但对娜仁琪琪格来说，它却又那么陌生。显然，迁徙到一个新的城市，在一个宽广新鲜的世界里，外界的许多事物已远远超越了她旧有的所有经验。娜仁琪琪格在一次访谈中也谈道，"它打开了我们视野的同时，也产生了强烈的冲撞"②，北京为代表的空间对于她来说就是心理上的"他者"，她首先感知到的是这个"他者"所带来的心理震荡。在相对于"草原"的这个"他者"空间中，她绝望过，彷徨过，她将这个"他者"空间称为"尘世"，"尘世"充满了喧嚣，让人身心俱疲，她感到自我被囚禁，她这样描述曾受过的苦难，"我们敏感的身心经历过苦痛、沉沦、挣扎/那些囹圄，突出重围的伤"（《远离尘世的地方，与神灵最近》），她也曾这样言说"尘世"的复杂，"关于隐忍、宽容，关于复杂也简单的尘世/关于世界的维度、人心的维度/人心是逼仄、狭隘的缝隙"（《被佛光照耀》），来到草原她想要"忘记了尘世中的苦，那些阴暗、屈辱、疼痛、挣扎"（《不愿离去的人，都在脱胎换骨》），在尘世中行走的长了，她"一再避让、放下/我的血液中仿佛早已丢失了/锋利、霸气"（《朝拜圣祖成吉思汗》）。由此，被草原"放逐"的身份

---

① 梁翔：《娜仁琪琪格：在诗歌中安放我的草原——作家网"作家访谈"》，《时代文学》2014年第8期。

② 梁翔：《娜仁琪琪格：在诗歌中安放我的草原——作家网"作家访谈"》，《时代文学》2014年第8期。

焦虑愈来愈清晰，在整个人生旅程中，对于故乡的强烈归属感融入了她的血液中、潜意识中，进而对其生命历程轨迹都产生了一定程度的影响。

娜仁琪琪格对于"草原"就是这样地强烈依恋与渴望，但在诸多因素影响下，这块净土终究只能片刻回归，就像是一班没有回程的列车，娜仁琪琪格回头定居、回归她日思夜想的故乡的可能性极其渺小。正因为"难能"所以"可贵"，"草原"这个空间在她的精神世界领域越来越重要，她曾多次地表达自己偶尔回到这片土地时的激动，听到草原乐器时的感动，以及在听到母语时无法自持的泪流满面：

> 潮尔、托布秀尔、马头琴
> 这些古老的蒙古族乐器
> 在巴义斯胡楞的手中
> 轮番上场。这个阳刚、帅气的蒙古族艺术家
> 一边演奏，一边歌吟
>
> 听着，听着，已是泪流满面
> 无法自制啊——
> 青草、河流、风涌的百花、晶莹的露珠
> 长天浩荡，白云悠悠
> 这些在我被放逐的命运里，远去的事物
> ——返回
>
> 牛羊、骆驼、飞奔的骏马、山峦上的敖包
> 返回到我生命的河床、沟谷
> 平原、山峰、每一个神经末梢
> 在母语的暖流中跌宕起伏
> ——《在母语的暖流中跌宕起伏》

草原这个巨大的"家屋"使她远离都市喧嚣,对抗世俗烦扰,寄寓理想灵魂,可以怀念,也可以向往,但渴望企及又无法企及、渴望回归而又无法真正回归,两难困境中,希望和失望相交杂。

很多人在经历了一系列的生活之苦,心历了许多希望却又失望之后,很难再看到这个世界的美好,也很难再以一颗赤子之心去爱这个世界。而娜仁琪琪格的可贵之处就在于,她把这些当成她人生必不可少的养料,她甚至看到了这份经历、这段心灵煎熬的珍贵,"不断地完成着能量的积累,有了力量与万物打通,也有了力量替万物言说"①,而这个"替万物言说"的方式就是诗歌。

幸运如斯,娜仁琪琪格找到了向自然、向万物之灵敞开心扉,并言说自己的方式——诗歌。"我是从另一个世界把它们带到这个尘世,我是在上天那里领命而来,我必要经过尘世的挣扎,找到它们,并完成它们"②,在生命的旅途中,诗歌就像一盏黑夜中的明灯,她可以借此从容地释放自己,抚慰温暖他人。诗人是最能发现美的人,娜仁琪琪格不仅发现了美,还将自己的感情和收获一并融入了这美中。正如她在《十万里的山河与长空》中所说,"是水引出了水,是光亮引出了光亮",美好的诗句召唤出她内心的真诚、良善和希望。在对蒙古自然景观的书写中,对蒙古原乡的审美化体验中,她最初被"放逐"分裂感得以弥合。在被问到诗歌对她有什么特殊的意义时,她说,"诗歌是我的精神信仰,在艰难的岁月里,它甚至是我活下去的理由,它给了我阳光、给出了我希望。诗歌与我,我与诗歌就是这样彼此滋养的过程"③。诗歌提供了途径,让她这个一出生就向着远方行走的人,一次次得以回归,"而今,我以一个诗人的名誉回归,或

---

① 梁翔:《娜仁琪琪格:在诗歌中安放我的草原——作家网"作家访谈"》,《时代文学》2014年第8期。

② 梁翔:《娜仁琪琪格:在诗歌中安放我的草原——作家网"作家访谈"》,《时代文学》2014年第8期。

③ 梁翔:《娜仁琪琪格:在诗歌中安放我的草原——作家网"作家访谈"》,《时代文学》2014年第8期。

许，这就是远行的意义"① 与自然、与先祖沟通，与草原上的万物生灵同呼吸。又是诗歌，让她有了一次次走向远方的机会，行至西部高原、河西走廊、丝绸之路，行至南海，为之感动、为之喜悦。在这一过程中，娜仁琪琪格始终心怀的是一颗对美的向往，以画家的眼光，诗人的心灵找寻美好事物，从一枝一叶、一花一草中体悟生命的底蕴。对生命的赞美、对草原的热爱、对祖先的敬畏、对故乡的依恋，使她的诗歌有了一种遁入内心的孤独，又有一种奔向广阔生命的蓬勃。

"诗歌"带着她冲破生命的桎梏，找到了心灵的突破口，使她成就了自己，更多的人通过诗歌认识了她。反过来，以"诗歌"为媒介，娜仁琪琪格也成就了更多的人。《诗歌风赏》是由娜仁琪琪格创办的全国首家大型女性诗刊，它的出发点就是：

> 力图把它办成一本能全面展示当代女诗人生命诉求、精神信仰、理想追求、灵魂在场的艺术天地。大视野、高品位，又简单、素朴与自然会是我们一直坚持的方向。总之，努力把它办成一流的诗歌刊物，无论从文本到美术设计与装帧。②

如娜仁琪琪格所期待的，《诗歌风赏》一面世就取得了巨大的成功，一天多的时间内就有两万多条的关注，又迅速达到四万多条的关注，样刊发出去后，也迅速得到很多的反馈意见，在汹涌的鲜花与掌声中娜仁琪琪格获得了更大的能量。

就像英国女作家弗吉尼亚·伍尔夫所说："文学女性应该有一间自己的房子"，而现实的情况是，许多女性诗人虽然有才华，也有很好的作品，但往往缺乏外界必要的鼓励和媒介，于是逐渐就黯淡了下去。可以说，娜

---

① 梁翔：《娜仁琪琪格：在诗歌中安放我的草原——作家网"作家访谈"》，《时代文学》2014 年第 8 期。

② 梁翔：《娜仁琪琪格：在诗歌中安放我的草原——作家网"作家访谈"》，《时代文学》2014 年第 8 期。

仁琪琪格就是那个苦心孤诣地为这些有才华而无条件的女诗人找寻"房子"的人,"我与她们灵犀相通,我与她们同体存在,我与她们惺惺相惜,因此,我希望有一天,我能为她们建设一个百花园,让她们于此繁衍生息、自然花开"①。其实,这些女诗人何尝不是经历过与她同样的生活磨砺、精神挣扎,有着同样的敏感、脆弱。同样的经历,相似的情感,于是也就有了感同身受的理解,她想要向一些人伸出援助之手,"从泥沼、深渊中打捞出一些人来",倾尽全力练就睿智的眼光,当一个识得千里马的伯乐,"有胸襟装下更多的千里马,为千里马的驰骋创造更多的机会与更广阔的天地"②。也正是有了《诗歌风赏》这个平台,更多女性诗人的诗歌才能得以被大众所熟识和接受。言行之有力,更见其为人之挚切,而富于爱的智慧,娜仁琪琪格以实际行动筑造起了诗歌的广泛联通——这也是娜仁琪琪格所独有的。

三、"民族的传统"与"传承":"草原"独特的文化属性

草原永远牵动着娜仁琪琪格的心,这不光来自记忆更来自种族的血缘。民族的基因根植于个体心理的深层,它强烈地参与着娜仁琪琪格诗歌世界的构建。她爱草原的山川风物,精神上则放大到图腾崇拜、对先祖的敬畏、对传统的承继,这些共同构成了娜仁琪琪格独具魅力的文化特质。

作为具有不寻常意义的心灵地图,娜仁琪琪格不仅依恋也迷恋着草原,因为爱、因为敬畏,对于"草原"这个特殊的空间,娜仁琪琪格有着无限的忠诚,她骄傲于自己是草原的儿女,总会不由自主地热烈赞颂先祖以及先祖们为这片土地所留下的宝贵遗产,在珠日河草原,诗人禁不住感慨:

---

① 梁翔:《娜仁琪琪格:在诗歌中安放我的草原——作家网"作家访谈"》,《时代文学》2014年第8期。
② 梁翔:《娜仁琪琪格:在诗歌中安放我的草原——作家网"作家访谈"》,《时代文学》2014年第8期。

我的马队就在这里，我的族人就在这里
彪悍的、威武的、英俊的，都在那里
身着节日的盛装。我多想亲近他们
就像我想亲近每一株小草、每一朵小花
　　　　　　——《珠日河草原，所有的草尖都挂着水珠》

在宝古图沙漠：

宝古图沙漠，这曾经的古战场
突然浮现的海市蜃楼
也会折射远古的恢宏。那株康熙种下的小叶朴
在古树沧桑中讲述历史。而我们的到来
在鸣沙飞响的停顿里，获得了一场欢愉
这是腾格里敞开宽大胸怀的给予
薄云将烈日轻轻遮挡，倾注以无限的温存
让我们在突然地停顿中不舍离开
　　　　　　——《在宝古图沙漠》

　　在娜仁琪琪格及蒙古民族人民心目中，人和周围的自然万物、古老的先辈已结合成了不可分离的整体，他们与这片神圣的土地有着剪不断的脐带情缘，这里有着亘古的传说，先辈们不朽的事迹，族群的整个生命都在这里绵延。他们在这里出生、成长，祖祖辈辈，世世代代，说着同样的母语，过着传统的生活，坚守着纯真的、不染纤尘的本心。就像犹太民族相信耶路撒冷是耶稣赐给他们的圣地一样，在许多蒙古族人心目中，他们所生活的这片土地是神的赐予。他们执着于"草原"所代表的空间灵性，万物、祖先之间的长久依附，祖祖辈辈以及后世子孙都将顽强地生活在这里。崇拜自然、依赖自然、热爱自然、敬畏自然，他们头顶蓝天、身跨马

背，为了生存而驰骋在草原上，一生都与草原生死相依。

生存与死亡自然是草原人民所面临的最大考验，而他们对于生存与死亡等问题的思考，受萨满教的影响很大。作为一种有着悠久历史传统的宗教，萨满教是蒙古的原始宗教，尽管充斥着诸多非理性的因素，但萨满教所特有的"泛神"思想还是深刻影响着草原各民族对自然的态度，自然崇拜、万物有灵是萨满教的信仰核心。长生天，灵魂不死，转世之说，对于神明的祭拜和皈依，不论时代如何变迁、时空如何转移也不会轻易丧失本心。敬畏自然，珍惜生命，同时不畏惧死亡，是草原诗人们不必言传而人人遵循的信念。可以说，对萨满教的信奉已从宗教转化为一种对生命的至诚态度。在娜仁琪琪格的诗中就可以看到这样的信仰，自然风景在她眼中都带上了神圣的色彩、神秘的灵性，处处透露着草原的生命哲学：

> 我是大自然的信徒，笃定信仰万物有灵
> 爱自然，亲近自然
> 在花草树木、山河大地中，读着悲喜
> 感受着欢欣、疼痛
> 人们匆匆走过时，我依然虔诚地跪拜在
> 长白山神面前——
> 汇报我来到，我探访
> 我来领受大自然的恩赐
>
> 至于萨满文化，我这个蒙古人的血统中
> 一直流淌着它的元素
> ——《我是大自然的信徒》（节选）

与信仰相应，蒙古民族的萨满教每年都会有祭祀"敖包"的盛大仪式。祭祀"敖包"的历史也很悠久，据《汉书·匈奴传》记载："岁正月，诸长小会单于庭祠。五月，大会龙城，祭其先、天地、鬼神……"①，蒙古人祭"敖包"就是延续这种古俗。"敖包"在牧民的心目中，更是象征着神在其位，每年五月中旬举行一次的祭祀"敖包"活动，也就成了蒙古人民生活中的一件大事。这样的祭祀会一般要持续三四天，如同过节一样，远远近近的牧民，无论男女老少，都前往参加。娜仁琪琪格自然亲历过这样的祭祀会，她也在多个诗篇中表达了"敖包"祭典的神圣感受，在《星光璀璨的扎鲁特草原》：

勇敢而真挚的人们登上了山顶，再次抵达敖包
那弯领路的月儿，完成了使命，隐没于
沉实、起伏的山峦。
来到的人，都得到了神示
绕着敖包转，默念，颂咏，领受了神谕

站在这里，举手便可触摸星辰，倾听过天语的人
返回尘世，身体中携带了无限的能量

在《在扎鲁特草原　祭拜敖包》中：

我潮涌的思绪　有些纷乱
抱紧的眷念　已是疾飞的鸟阵
我要是静默的　我要是庄重的　我要忍住涌上来的泪水
我要是从容的　我要像我的祖先一样
先压上石块　敬献哈达
跪下来祭拜　然后起身　双手合十

---

① 董波：《蒙古族敖包信仰仪式中萨满教与佛教文化交融现状的根源探析》，《世界宗教研究》2018年第3期。

慢慢地转　从左到右　慢慢地　慢慢地
我便与你融在了一起　与天地融在了一起

在《相会于阿拉善右旗的敖包山》：

此时，我们站立、行走的是敖包山
我们在大的敖包前虔诚祭拜，绕着敖包转
祈求幸福；我们在小的敖包上
每个人都俯下身，祈愿，添福

"敖包"祭典庄严神圣，作为游牧民族带有特殊意义的文化历史传承，无疑寄托着草原人民对山川大地、自然神灵的崇拜，对美好生活的祈福，为这片草原增添了无限神秘。在诸篇诗作中，娜仁琪琪格不仅揭示了草原的信仰起源，也突出了这片苍穹的神秘力量，祭祀敖包之人需心怀虔诚，勇敢而真挚，获得心灵洗礼后将会再次充满远行的力量。

土地、民族、自然、祖先构成了蒙古族人的精神图谱，包括祭拜祖先、萨满教、祭拜敖包在内的草原文化更是世代生活在此的人们共同创造的一种文化，它们以崇尚自然为根本，既充满着神秘的地方色彩，又承载着厚重的历史记忆。作为蒙古族的一员，娜仁琪琪格满怀热忱地承继着先祖们留下的精神遗产，坚守着蒙古族关于万物有灵、祖先崇拜的原始思维，对自然、山河、土地、太阳、月亮，甚至一株植物上的露珠和细小的茸毛都充满了礼敬。她小心翼翼地保持着内心的纯净与平静，生怕尘世的喧嚣浮躁会惊扰了这土地上万物的神灵。娜仁琪琪格常用"通灵者"这一略带神秘的字眼来形容诗人，"每个诗人一定是通灵者，每个通灵者必然是在天地万物间获得了强大的信息与能量"[①]，她说，"我无法认同，一个

---

① 娜仁琪琪格：《时间为过往收存了记忆》，《风吹草低》，长江文艺出版社，2019年，第2页。

不相信万物有灵,不对大自然、天地万物抱有敬畏之心的人,会是一位好诗人"①。如此看来,自然也就不难理解为何娜仁琪琪格的诗歌总给人一种新鲜、神秘的艺术体验,可以说,正是这种神秘而悠久的民族特性和独特的文化心理给她的诗歌赋予了不一样的特质,也是因为这种特质,娜仁琪琪格的自我形象以及诗歌空间得以建构并逐渐完整清晰。

---

① 娜仁琪琪格:《时间为过往收存了记忆》,《风吹草低》,长江文艺出版社,2019年,第1页。

《诗学》征稿启事

《诗学》是西南大学中国诗学研究中心、中国新诗研究所于 2009 年创办的诗学辑刊，自 2020 年起每年出版两辑。常设栏目有中国现代诗学、比较诗学、翻译诗歌研究、音乐文学研究、少数民族诗歌研究、抗战诗歌研究、当代川渝新诗研究、新来者诗歌研究、鲁迅文学奖诗歌奖获奖作品研究、格律体新诗研究、海外华文新诗研究、硕博新诗论坛，等等。欢迎惠赐稿件。

稿件要求：

一、文章形式与结构

1. 稿件形式为学术专论。

2. 文章必须未曾在其他正式刊物上发表，每篇字数为 8000—15000 字，重要选题可不受字数限制。

3. 标题。

文章标题层级：一，（一），1，（1），①，尽量控制在 4 级以内。标题应整饬、简洁、有学术味，25 字以内。

4. 论文需中文摘要和关键词等。摘要字数为 200－300 字；关键词 3—5 个，中间用";"隔开。

5. 作者简介：需提供作者姓名、性别、出生年月、籍贯、所在单位（具体到院系或研究所）、职务或职称、研究方向等。

6. 来稿若为科研立项成果，请提供具体信息。首页注释基金项目，例：基金项目：本文为国家社科基金重大委托/重点/一般/青年项目"项目名称"（项目编号：12345678）阶段性成果。

7. 正文字体为宋体五号，每段首行空 2 个字符。正文中出现的独立引文用仿宋五号。独立引文第 1 行首空 2 个字符。独立引文前后各空一行，首尾不加引号。

二、注释体例与技术规范

1. 采用页下注。本刊不另列参考文献，相关参考与引用文献皆在注释中说明。一律采用页下注，每页重新编号，使用带圆圈的阿拉伯数字序号，如①②。注释用宋体小五号。

2. 中文注释。中文参考文献，请按照《信息与文献参考文献著录规则》（GB/T 7714—2015）执行。

(1) 期刊：作者，文题，刊名及年卷（期）。

例：郑敏：《世纪末的回顾：汉语语言变革与中国新诗创作》，《文学评论》1993 年第 3 期。

(2) 报纸：作者，文章名，报纸名称，出版日期。

例：吕进：《双城文化二重奏》，《社会科学报》2021 年 5 月 26 日。

(3) 专著：作者，书名及卷册，出版者，出版年，页码。

例：吴宓：《吴宓诗话》，商务印书馆，2005 年，第 66 页。

孙锡信：《唐五代语气词的更迭》，郭锡良主编：《古汉语语法论集》，语文出版社，1998 年，第 609 页。

[美] 艾米莉·狄金森：《狄金森诗选》，王柏华等译，四川文艺出版社，2020 年，第 19 页。

3. 外文注释。

标注方法与中文文献相同，书名、刊名用斜体，论文名加引号。格式为：作者，书名或篇名，出版社，出版年，页码。

例：Christopher Dyer, *An Age of Transition? Economy and Society in England in the Later Middle Ages*, Oxford: Oxford University Press, 2005, pp. 3—5.

T. H. Breen, "An Empire of Goods: The Anglicization of Colonial America, 1690—1776", *Journal of British Studies*, vol. 25. no. 4, 1986, pp. 467—499.

4. 其他说明

（1）非引用原文者，注释前加"参见"二字。

（2）引用资料非引自原始出处者，注释中注明"转引自"。

（3）公历世纪、年代、年月日、时刻、图表序号均用阿拉伯数字。年份不能简写。

三、本刊目前只接受邮箱投稿，投稿邮箱为：xinshisuo1986@163.com。请在邮件主题中注明"《诗学》投稿＋作者单位＋姓名＋文章名"。为保证投稿文章内容无误，投稿时请提供 Word 和 Ppf 两种格式的电子文档。来稿请在文末注明作者简介、作者单位、电子邮箱、联系电话、通信地址等信息。

四、作者须确保投稿文章内容无任何违法、违纪内容，无知识产权争议。遵守学术规范，引文、注释应核对无误。严禁剽窃、抄袭，反对一稿多投。

五、本刊不收取任何形式的版面费。

六、本刊已许可中国知网以数字化方式复制、汇编、发行、信息网络传播本刊全文。所有署名作者向本刊提交文章发表之行为视为同意中国知网拥有对该论文的著作使用权。如有异议，请在投稿时说明，本刊将按作者说明处理。

七、本刊实行匿名审稿制，审稿期限为 3 个月。稿件一经采用，寄送样刊两册。未用稿件，恕不退稿，三月内未收到用稿通知，可自行处理。

《诗学》编辑部

图书在版编目（CIP）数据

诗学. 第十五辑 / 吕进，向天渊主编. —— 成都：巴蜀书社，2021.11

ISBN 978-7-5531-1561-0

Ⅰ.①诗… Ⅱ.①吕… ②向… Ⅲ.①诗歌研究－中国－当代 Ⅳ.①I207.22

中国版本图书馆 CIP 数据核字（2021）第 213465 号

诗学（第十五辑）
SHIXUE

吕　进
向天渊　主　编

责任编辑	陈亚玲
出　　版	巴蜀书社
	成都市槐树街2号　邮编 610031
	总编室电话：（028）86259397
网　　址	www.bsbook.com
发　　行	巴蜀书社
	发行科电话：（028）86259422　86259423
经　　销	新华书店
照　　排	四川胜翔数码印务设计有限公司
印　　刷	成都蜀通印务有限责任公司　（028）64715762
版　　次	2021 年 12 月第 1 版
印　　次	2021 年 12 月第 1 次印刷
成品尺寸	170mm×240mm
印　　张	20
字　　数	360 千
书　　号	ISBN 978-7-5531-1561-0
定　　价	72.00 元

本书若有印装质量问题，请与工厂调换